PANINI BOOKS

K. J. PARKER

WIE MAN EIN IMPERIUM REGIERT UND DAMIT DURCHKOMMT

Ins Deutsche übertragen
von Peter Bondy

Bibliografische Information der Deutschen Nationalbibliothek
Die Deutsche Nationalbibliothek verzeichnet diese Publikation
in der Deutschen Nationalbibliografie; detaillierte bibliografische
Daten sind im Internet über http://dnb.d-nb.de abrufbar.

Titel der Englischen Originalausgabe:
»How to rule an Empire and get away with it« by K. J. Parker,
published in Great Britain in 2020 by Orbit an imprint of Little,
Brown Book Group, London, UK.

Deutsche Ausgabe 2022 Panini Verlags GmbH,
Schlossstr. 76, 70176 Stuttgart.
Alle Rechte vorbehalten.

Geschäftsführer: Hermann Paul
Head of Editorial: Jo Löffler
Head of Marketing: Holger Wiest (E-Mail: marketing@panini.de)
Presse & PR: Steffen Volkmer

Übersetzung: Peter Bondy
Lektorat: Anke Bondy
Umschlaggestaltung: tab indivisuell, Stuttgart
Satz und E-Book: Greiner & Reichel, Köln
Druck: GGP Media GmbH, Pößneck
Gedruckt in Deutschland

YDPARKE002

1. Auflage, Mai 2022,
ISBN 978-3-8332-4183-3

Auch als E-Book erhältlich: ISBN 978-3-7367-9843-4

Findet uns im Netz:
www.paninicomics.de

PaniniComicsDE

Oh, the man who can rule a theatrical crew,
Each member a genius (and some of them two), (...)
Can govern and rule, with a wave of his fin,
All Europe – with Ireland thrown in!

W. S. Gilbert, The Grand Duke

1. Akt

1. Kapitel

Es lief nicht gut. Er war zwar höflich, das war er immer, aber ich war auf dem besten Weg, ihn zu verlieren.

»Es ist wirklich eine fantastische Geschichte«, sagte ich. »Da ist dieser Mann ... Einhard wäre wie gemacht für die Rolle. Sie ist ihm wahrlich auf den Leib geschrieben.«

Ein bisschen hatte ich an Boden zurückgewonnen. Rollen für Einhard zu finden, war nicht leicht, und er stand unter Vertrag.

»Sprich weiter«, sagte er.

»Da ist dieser Mann«, fuhr ich fort. »Er ist von adeliger Geburt, aber er ist in raue See geraten. Jetzt bettelt er auf der Straße.«

»Das klingt gut«, meinte er zurückhaltend. »Die Leute mögen so was.«

»Eines Tages sitzt er also vor dem Tempel, vor sich seinen Hut und neben sich seinen Hund an einem Strick ...«

»Keine Hunde. Wir arbeiten niemals mit Hunden.«

»Vor sich seinen Hut ... als niemand anders als der Oberhofmeister und der Großwesir auftauchen. Verkleidet natürlich.«

»Aber wir wissen, dass sie es sind.«

»Natürlich. Und sie sprechen den Mann darauf an, dass er

9

eine unglaubliche Ähnlichkeit mit dem König hat. Ja, sagt der Mann, er ist mein zigster Cousin, deshalb habe ich mir den Bart wachsen lassen, denn es wird manchmal wirklich peinlich, aber was soll ich machen? Und dann sagt der Großwesir, wir brauchen dich, du musst für uns einen Auftrag erledigen. Man wird dich gut dafür bezahlen. Und es stellt sich heraus, dass der König von Verrätern entführt worden ist, die der Feind gedungen hat, weil er einen Krieg anzetteln will. Deswegen brauchen wir dich, sagen sie, damit du dich für ihn ausgibst, nur so lange, bis ...«

Er hob die Hand. »Lass mich gleich hier unterbrechen«, sagte er.

Okay, dachte ich.

»Es ist wirklich eine tolle Geschichte«, meinte ich.

»Da stimme ich zu. Es ist eine fantastische Geschichte. Das war sie schon immer. Schon vor einem Jahrhundert war es eine großartige Geschichte in *Der Gefangene von Beloisa*. Noch besser war sie in *Carausio* und in *Der Mann mit der Bronzemaske* ...«

»Hundertsechzehn Aufführungen hintereinander«, betonte ich.

»Bis heute ungeschlagen«, räumte er ein. »Es ist eine dieser Geschichten ... nun ja, ein bisschen wie du«, meinte er lächelnd. »Sie beginnt vor langer Zeit wirklich gut und wird immer besser und besser, egal, wie oft man sie sieht. Zumindest bis zu einem gewissen Punkt. Aber nach einer Weile ...« Er zuckte mit den Schultern. »Viel Glück damit«, sagte er, »für uns ist das aber ehrlich gesagt nichts. Trotzdem danke.«

»Es kommt auch eine Belagerung vor«, gab ich noch nicht auf. »Und eine Liebesgeschichte.«

Er zögerte. »Belagerungen sind immer gut«, meinte er. »Und ich sage dir was. Warum setzt du dich nicht hin und schreibst es neu, mit der Belagerung im Mittelpunkt, und vergisst all das andere Zeug? Belagerungen kommen im Moment richtig gut an.«

Was ziemlich bizarr ist – sieben Jahre nach der großen Belagerung der Stadt. Aber das ist eben das wahre Leben, verdammt! Und das Letzte, wofür man ins Theater geht, ist das wahre Leben. Aber (erklärte er mir, als ich Einspruch erhob) die Leute wollen etwas sehen, das auf den ersten Blick wie das wahre Leben erscheint, sich dann aber als Märchen entpuppt, in dem die Tugend triumphiert und das Böse besiegt wird – mit einer aufmunternden Botschaft, einer mutigen Hauptdarstellerin und, wenn irgend möglich, mit ein paar Einhörnern. Außerdem, so sagte ich ihm, wollen sie etwas, das neu und völlig originell aussieht, aber eigentlich dieselbe alte Leier ist, die wir alle kennen und lieben, seit wir Kinder waren. Genau, meinte er. Aber wie ich dich kenne, würdest du ihnen etwas wirklich Neues und Originelles zeigen, das du anscheinend in die alte Leier verpackst, und wenn ich das in meinem Theater aufführe, würden sich die Schauspieler nach ein oder zwei Abenden furchtbar einsam fühlen.

Also ging ich.

Und dann schrieb ich ihm ein positives, wirklich erhebendes Stück Scheiße über eine Belagerung, bei der die Tugend triumphierte, das Böse besiegt wurde und Andronika in schwarzem Glattleder einfach toll aussah, als sie den Feind quer über die Bühne prügelte. Es lief sechsundzwanzig Abende und deckte mehr oder weniger die Kosten. Daher war es in Ordnung.

* * *

Die Moral triumphiert, das Böse ist besiegt, am Ende gibt es eine positive, aufbauende Botschaft, eine mutige Hauptdarstellerin und wenn irgend möglich ein paar Einhörner. Ich muss gestehen, dass ich kein Gelehrter bin, also kann es durchaus sein, dass es Einhörner gibt, in Permia oder sonst wo, sodass vielleicht eine Komponente dieser Liste im wahren Leben tatsächlich existiert. Ich möchte allerdings keine Monatsmiete darauf verwetten.

2. Kapitel

Ich verließ das Theater und ging die Fischtreppe hinunter nach Eden. Es war schon seltsam in dieser Stadt. All die wirklich schrecklichen Viertel haben absolut charmante Namen. So wie der Alte Blumenmarkt, auf dem man früher sicher einmal hatte Blumen kaufen können, allerdings nicht mehr zu meinen Lebzeiten. Er ist bei dem großen Brand vor etwa fünf Jahren in Flammen aufgegangen, und niemand hat ihn bisher vermisst. Die Bewohner gingen fort und teilten sich strikt nach ihren Interessen – alle Angehörigen der blauen Bruderschaft zogen ins Alte Treppenviertel, die grüne Bruderschaft ließ sich in Eden nieder – mit dem Ergebnis, dass nirgendwo in der Stadt noch Blaue und Grüne zusammenleben. Allerdings ist das kein großer Verlust. Die Bruderschaftsmorde sind um etwa zehn Prozent zurückgegangen, seit der Blumenmarkt niedergebrannt ist. Es ist nämlich viel einfacher, seine Todfeinde zu tolerieren, wenn man sie zwischen Jahresanfang und Jahresende nicht sieht.

Ein angesehener Mann wie ich muss einen trefflichen Grund haben, wenn er auch nur einen Fuß nach Eden setzt. Niemand würde das leichtfertig tun oder wenn es nicht unbedingt sein muss. Ich ging ein paar Gassen entlang und konnte dieses unangenehme innere Zucken nicht abschütteln, weil ich spürte, wie Blicke sich in meinen Hinterkopf bohrten. Dann blieb ich vor einer von vielleicht zwanzig identischen rußschwarzen Türen stehen, wickelte ein Stück Stoff um meinen Fingerknöchel und klopfte dreimal. Die Tür wurde geöffnet, und da stand diese Frau und starrte mich an.

Ihr würdet sie nicht unbedingt auf eine Bühne stellen. Das würde sich niemand trauen. Stereotypen und Karikaturen sind schön und gut – unser Lebenselixier, wenn wir ehrlich sind –, aber man kann es auch übertreiben. Wenn man also eine widerwärtige alte Hexe will, dann nimmt man zwei, drei typische Merkmale: Falten, eine Hakennase, dünnes weißes Haar wie Schafswolle, die sich in der Brombeerhecke verfangen hat, verknotete Hände, die wie Klauen wirken – all das. Natürlich nimmt man nicht alles, denn das wäre zu viel. Und genau darum zeigt sich auf der Bühne auch nicht das wahre Leben. Niemand würde es glauben.

»Hallo, Mutter«, sagte ich.

Sie warf mir einen säuerlichen Blick zu. »Oh«, erwiderte sie, »du bist es.«

»Geht es dir gut?«

»Als ob dich das interessieren würde.«

In Eden steht man nicht im Türrahmen herum und redet. »Darf ich reinkommen?«, fragte ich.

»Warum? Was willst du?«

Sie liebt mich wirklich, aber ich bin eine große Enttäuschung für sie. »Ich war schon eine Weile nicht mehr bei dir«, entgegnete ich.

»Sechs Monate und vier Tage. Nicht, dass mich das stört.«

»Darf ich reinkommen, bitte?«

Meine Mutter besitzt ihr eigenes Spinnrad, was einen in Eden zum Mitglied der Aristokratie macht. Außerdem ist sie die Witwe eines Anführers der Grünen, deswegen hat es noch niemand gestohlen. Und das ist noch nicht alles. Sie spinnt hochwertige bunte Seidengarne für die Töchter des Adels, die den ganzen Tag nichts anderes tun, als zu sticken, mit dem Unterschied, dass meine Mutter dafür bezahlt wird. Sie ist praktisch blind, aber trotzdem ist sie sehr gut in dem, was sie tut, sehr schnell, und sie hat nie Probleme mit der Qualität ihrer Ware. Einmal habe ich ausgerechnet, dass sie genug Seidenfäden gesponnen hat, damit sie von hier bis Atagena reichen würden und wieder zurück. Das habe ich ihr auch gesagt. Sie allerdings hat keine Ahnung, wo Atagena liegt, und es ist ihr auch völlig egal.

»Geht es um Geld?«, wollte sie wissen.

Wie verletzend. Es stimmt schon, gelegentlich musste ich mir kleinere Summen leihen, aber nicht in letzter Zeit. Zumindest nicht in den letzten sechs Monaten. »Bestimmt nicht«, entgegnete ich. »Ich wollte dich nur sehen, das ist alles. Du bist schließlich meine Mutter, verdammt noch mal!«

Sie setzte sich auf den lächerlich wirkenden niedrigen Schemel, stellte einen Fuß auf das Pedal und griff in die Fasern mit ihrer Hand, die nun ganz haarig wirkte, wie eine Frucht mit Schimmel. Das Rad begann zu surren, wie es das schon mein ganzes Leben lang getan hatte. Ich erzählte ihr, was ich gemacht hatte, oder eine kreative Version davon, in der die Tugend triumphierte und das Böse vollends besiegt wurde. Sie tat so, als könnte sie mich wegen des Lärms, den das Rad machte, nicht hören. Wie ich schon sagte, ich bin eine Enttäuschung für sie. Sie hätte es lieber gesehen, wenn ich ein Mörder und Erpresser geworden wäre wie mein Vater.

Was ein Mann von seiner Familie ertragen kann, hat naturgemäß seine Grenzen, deswegen führte ich meine Erzählung zu einem ästhetisch ansprechenden Ende, sagte ihr, sie solle auf sich aufpassen, und ging.

Erneut stieg ich den Hügel hinauf, und glücklicherweise kam der Wind von der See, deswegen war zu dem Zeitpunkt, als ich das Buttertor erreichte, der Geruch meines Zuhauses verweht.

Vom Buttertor aus ging ich in die Oberstadt. Ich hatte einen Job, und der wurde auch noch bezahlt: ein privater Auftritt nach dem Abendessen in einem eleganten Haus in der Halbmondallee. Natürlich imitierte ich führende Persönlichkeiten der Zeit, und als ich um die Ecke in dieses prächtige Beispiel frühmanieristischer Architektur einbog, versuchte ich verzweifelt, mich daran zu erinnern, auf welcher Seite meine Gastgeber standen. Ich hoffte nur, sie waren Optimaten, weil ich Nikephoros und Artavasdus gut nachahmen kann und dabei sogar auf dem Kopf stehe (kostet zwei Taler extra, kommt aber sehr gut an, macht mich nur schwindelig), während die Popularen ein bisschen zu unscheinbar sind, damit es witzig werden kann. Das Haus, das ich suchte, war das dritte vom südlichen (modischeren) Ende aus gesehen, mit einer blauen Tür.

Ich hörte dieses surrende Geräusch. Es klang genau wie das Spinnrad meiner Mutter, aber das konnte doch nicht sein, oder? Ich hörte es vielleicht drei Herzschläge lang, und ein Schatten zog über meinen Kopf und nahm mir die Sonne. Dann gab es diesen unfassbar lauten Schlag, und dort, wo eben noch das Haus mit der blauen Tür gestanden hatte, erhob sich eine riesige Staubwolke.

Es gibt fast immer einen Moment der Totenstille, bevor die Hölle losbricht. Und wenn man schon so lange dabei ist wie ich, weiß man, wofür dieser Moment da ist. Es ist die Unbesiegbare Sonne, die einem gerade genug Zeit gibt, sich zu entscheiden: Stürmt man los und hilft und mischt sich ein, oder wendet man sich diskret ab und geht einfach weg?

Als das Bombardement begann, vor etwa anderthalb Jahren, dachte niemand darüber nach, dass er diese Entscheidung treffen könnte. Es spielte keine Rolle, wer man war, wenn eine dieser gewaltigen Felsplatten vom Himmel fiel und irgendetwas dem Erdboden gleichmachte, ging man nicht, man rannte los, um zu helfen. Tat, was immer man konnte, selbst ich – ein- oder zweimal. Ich erinnere mich daran, wie der Staub mich blendete und die Innenseiten meines Mundes mit Zement überzog und dass ich mir zwei Fingernägel abriss, als ich versuchte, einen der Steinbrocken zu bewegen, unter dem ein Mann zur Hälfte eingeklemmt war – seine Augen waren durch den Druck aus den Höhlen gequollen, aber er lebte noch. Ich erinnere mich noch, dass meine Mitbürger mich aus dem Weg drängten, weil sie zuerst da sein wollten.

Aber das ist achtzehn Monate her. Seitdem hat sich eine Art Routine entwickelt. Der Feind baut heimlich ein neues Super-Trebuchet, das bis über die Mauern reicht. Im ersten Licht der Sonne bringen sie es in Reichweite, beschäftigen sich den Tag damit, es aufzubauen, und lösen in der Abenddämmerung den ersten Schuss aus. Es dauert sechs Stunden, bis sie es wieder spannen. Bis dahin sind unsere unerschrockenen Kommandos durch ein Ausfallstor hinausgeeilt, haben die Linien durchbrochen, das Trebuchet irreparabel beschädigt und sind in die Sicherheit der Mauern zurückgekehrt, manchmal mit Verlusten von weniger als sechzig Prozent. Also zieht der Feind ab und baut eine neue Wurfanlage, und so geht es weiter, sinnlos und desaströs wie die Belagerung selbst. Und ein- oder zweimal im Monat wird ein Haus in der Nähe der Mauer zertrümmert (weil man keinen Felsbrocken über das östliche Ende der Mauer schleudern kann, ohne dabei irgendwas zu treffen), so ist nun mal das Leben. Gelegentlich ergeben sich daraus schlimme persönliche Konsequenzen für gewöhnliche Leute wie mich, die gut dafür bezahlt wurden, vor einem erlesenen Publikum zu spielen, das jetzt nur noch aus zerschlagenen Knochen in einem Trümmerfeld besteht. Das ist das wahre Leben in dieser Stadt. Ihr könnt sicher verstehen, dass niemand unbedingt mehr davon erleben möchte, als er verkraften kann.

Ich nutzte meinen Moment der absoluten Ruhe sinnvoll. Ich drehte mich um und ging den Weg zurück, den ich gekommen war, schnell, aber ohne zu laufen.

* * *

Ich bin kein Schriftsteller (wie Ihr mir zustimmen werdet, sobald Ihr dieses Buch gelesen habt). Ich greife nur zur Feder, wenn die Zeiten hart sind, das Geschäft schlecht läuft und mich niemand will. Dann schreibe ich eine Rolle für mich – meist eine unauffällige Cameo-Rolle – und ein passendes Stück dazu, das ich bei den Theaterleitern anpreise, bis einer von ihnen leichtgläubig genug ist, es anzunehmen. Weil ich besser darin bin, für andere Leute zu arbeiten als für mich selbst, mögen meine Schauspielerkollegen im Allgemeinen meine Werke. Und was die großen Namen in der Branche mögen, das mögen auch die Theaterleiter. Und was die Theaterleiter mögen, mögen die Kleindarsteller und die ganz kleinen Fische auch. Tatsächlich mögen alle meine Sachen, außer mir selbst (und dem Publikum, aber das mag sowieso nichts), und deswegen erreichen wir auf diese Weise meistens durchaus eine Kostendeckung. Da drei von fünf Theaterstücken in dieser Stadt innerhalb einer Woche wieder abgesetzt werden und einen Verlust einfahren, bin ich eine relativ sichere Bank. Aber ich bin kein Schriftsteller, und ich will auch gar keiner sein.

Ich will eigentlich auch nicht das tun, womit ich hauptsächlich meinen Lebensunterhalt verdiene, nämlich Leute zu imitieren. Wie auch immer, das Schicksal oder die Unbesiegbare Sonne oder sonst wer schert sich einen Dreck darum, was ich will, weshalb ich völlig unscheinbar aussehend geboren wurde und entsprechend wenig weiterentwickelt bin und weshalb ich diese unheimliche Gabe habe, andere Menschen zu imitieren. Eine schützende Maske für mich. Oder der grundlegende Antrieb eines Schauspielers ins Extrem getrieben.

Nicht, dass ich jemals ein richtiger Schauspieler sein werde, geschweige denn ein wirklich guter – wofür ich zutiefst dankbar bin. Es gibt die unumstößliche Regel, dass nur Idioten und Bastarde wirklich gute Schauspieler sein können. Nehmt nur Psammetichus oder Deuserik oder Andronika – alle abscheulich arrogant und egozentrisch wie die Sonne. Aber das ist leicht zu erklären. Wenn man die meiste Zeit seines Lebens damit verbringt, Psammetichus oder Andronika zu sein, was für eine Wonne ist es dann, jeden Abend für drei Stunden in eine andere Haut zu schlüpfen. Ich kann mir keinen größeren Anreiz vorstellen, sein Handwerk zu meistern und zu perfektionieren. Und Frühvorstellungen zu spielen.

Bei mir ist das nicht ganz so. Meistens sind die Menschen, die ich darstelle, seriöse Leute des öffentlichen Lebens: Politiker, Generäle, gelegentlich auch Schauspieler, Sportler oder Gladiatoren. Die meisten von ihnen sind zutiefst unangenehme Menschen, und unter dem Strich bin ich lieber ich als sie. Eigentlich gibt es hier ein bemerkenswertes Paradoxon. Niemand, der bei klarem Verstand ist, würde gutes Geld dafür bezahlen, mich zu sehen, wenn ich nicht in meiner Rolle bin. Und fast jeder in der Stadt würde absolut sehr gutes Geld für eine Garantie zahlen, dass man den Ersten Minister oder den Führer der Opposition nie wieder sehen oder etwas von ihm hören muss. Aber wenn ich es bin, der nur vorgibt, der Erste Minister oder der Führer der Opposition zu sein – nun ja, dann bilden sich nicht gerade Schlangen, die sich die Straße entlangziehen, aber jeden Abend tröpfeln genug Zuschauer herein, um die Miete zu bezahlen und einen bescheidenen Gewinn zu machen. Denkt darüber, was Ihr wollt. Ich betrachte das alles eher als kurios denn als wirklich interessant.

* * *

Ziegelstaub auf den Schultern und in den Haaren und ein ebenso unerwarteter wie ungewollter freier Abend. Ich griff in die Tasche und kramte hervor, was auf den ersten Blick wie eine gute Handvoll glänzender Silbermünzen aussah, doch die Hälfte davon entpuppte sich als Wochenmiete, ein Viertel waren Schulden bei verschiedenen Freunden mit der unglücklichen Gabe, mich zu finden, und der Rest war Essen und ein neues Paar gebrauchter Stiefel – kein Luxus in meiner Branche. Wenn Ihr einen Theaterleiter aufsucht, sieht er sich als Erstes Eure Schuhe an. Seid Ihr in letzter Zeit viel herumgelaufen, seid Ihr wahrscheinlich nicht sonderlich brauchbar.

Ich versuchte es in der anderen Tasche, denn man weiß ja nie, und zu meiner großen Überraschung und Freude fand ich ein seidenes Taschentuch. Ich erinnerte mich, es etwa drei Wochen zuvor während einer Probe am Boden gefunden zu haben. Damals schwamm ich im Geld und hatte die Absicht gehabt zu erkunden, wem es gehörte und es zurückzugeben – sehr tugendhaft von mir. Und nun sollte meine Tugend belohnt werden. Ich brachte es in den Laden, in den ich normalerweise gehe, im Rosengang, und sie gaben mir etwa ein Viertel des tatsächlichen Wertes, und das war, wenn Ihr mich fragt, absolut unredlich.

Da ich nun schon im Rosengang war, dachte ich mir, ich könnte genauso gut die fünfzig Meter weitergehen und mich im *Sonnenwagen* zeigen. Ich war schon eine Weile nicht mehr dort gewesen, weil ich bestimmte Leute nicht treffen wollte, die freundlich und verständnisvoll gewesen waren, als mich das Glück verlassen hatte. Doch trotz all seiner Nachteile ist es ein durchaus nützlicher Laden, und ich ging davon aus, dass mir nichts geschehen würde, da meine beiden Gläubiger mit dem goldenen Herzen in einer Wiederaufführung von *Zwei Hexen* im *Goldenen Stern* auftraten und daher zu dieser Tageszeit auf der Bühne stehen würden. Bevor ich hineinging, trat ich absichtlich in eine schlammige Furche auf der Straße. Das konnte jedem passieren, egal, wie teuer sein Schuhwerk war, und der Dreck verdeckte Risse und Sprünge in abgetragenem Leder. Liebe zum Detail ist oft alles.

Im *Sonnenwagen* verändert sich nie etwas. Man wird Euch dort sagen, dass auf dem Boden immer noch dieselben Binsen liegen wie zu der Zeit, als Huibert den König in *Dolcemara* probte, und es wäre ein Sakrileg, sie zu ersetzen. Ebenso befindet sich noch derselbe Ruß an der Rückwand, von dem Saloninus ein wenig abkratzte, um die Tinte zu mischen, mit der er *Ein Traum schöner Frauen* schrieb, während er genau in jener Ecke saß, auf dem Stuhl, der ein wenig wackelt, neben dem Tisch, auf den man sich nicht zu schwer lehnen sollte, wenn man vermeiden will, dass die Getränke auf dem Boden landen. Der Laden war so überbordend von Tradition wie das Imperium selbst.

Und auch das übliche Publikum war anwesend. Leicht überrascht, mich nach so langer Zeit zu sehen. Sie wussten, dass ich einem Theaterleiter ein Angebot unterbreitet hatte – jeder weiß dort immer alles –, daher musste ich mein Getränk nicht selbst bezahlen. Verschiedene gute Freunde klopften mir den Staub von der Kleidung, und ich sorgte für ein wenig Aufsehen, als ich ihnen erklärte, woher der Staub kam, obwohl ihr Interesse an den aktuellen Geschehnissen beträchtlich nachließ, kaum hatten sie sich versichert, dass keines der Theater getroffen worden war. Vielmehr interessierte es sie, was ich für die *Rose* schreiben würde, unter besonderem Hinweis auf vielleicht kleine, aber muntere Rollen, für die sie unter Umständen gerade zur Verfügung stehen würden. Ich versprach jedem, der mich fragte, etwas Nettes, so wie es alle immer tun. Die Hoffnung breitet sich in dieser Stadt so eifrig aus wie die Ratten.

»Jemand war hier und hat nach dir gesucht«, sagte mir jemand.

Beachte die Grammatik! Wäre das Subjekt des Satzes ein Eigenname gewesen, wäre das nichts Ungewöhnliches. A) ein Theaterleiter mit einer Rolle für mich – gut; B) ein Gläubiger – schlecht. Es waren die zwei Seiten der sich endlos drehenden Münze des Lebens. Aber jemand meinte jemanden, den wir nicht kennen (und im *Sonnenwagen* kennen wir jeden). Ich spannte die Flügel an, bereit, mich in die Flucht zu schwingen wie eine Taube auf einem Baum.

»Und?«

Meine Freundin grinste. »Nicht aus der Branche«, sagte sie. »Sie würden keine fünf Minuten durchhalten, wenn sie es wären.«

»Ah.« Ich griff nach der Flasche und hielt sie über ihr Glas, ohne sie zu kippen.

»Nicht sehr gut in der Schauspielerei«, erklärte sie. »Wir sind alte Freunde von ihm, meinten sie, haben ihn schon ewig nicht mehr gesehen und hatten gehört, dass er oft hier ist. Natürlich war das Quatsch.«

Sie hatte sich zwei Zentimeter verdient, die ich ordnungsgemäß ausschenkte. »In welchem Sinne?«

Sie runzelte die Stirn. »Auftritt des Herzogs und seines Gefolges, verkleidet als Vagabunden. Schuhe und Schmuck passten überhaupt nicht. Sie hatten einfach keine Ahnung.«

Beunruhigend. Ich war nicht immer Schauspieler, ob Ihr es glaubt oder nicht, und nicht jeder, den ich je kannte, war in diesem Beruf tätig. »Was hast du ihnen erzählt?«

»Ich habe dich schon ewig nicht mehr gesehen, keine Ahnung, wo du sein könntest, dachte, du seist tot, habe nie etwas von dir gehört.« Sie lächelte mich an. »Natürlich war ich nicht die Einzige, die gefragt wurde.«

»Wann war das?«

»Vor etwa einer Stunde.«

Das hieß, sie waren schon kurz nach meiner Ankunft gegangen. So unauffällig wie möglich schaute ich mich um. Alle, die schon da waren, als ich gekommen war, schienen immer noch anwesend zu sein. Nein, ich lüge. Ein Gesicht fehlte. Ich schob die Flasche, die immer noch zu einem Drittel gefüllt war, zu ihr hinüber, nahm meinen Hut und schlich mich durch die Seitentür davon.

* * *

Ich ging zurück zum Kronentor, wo ich von einer halben Kompanie schwerer Infanterie fast zu Tode getrampelt wurde. Ich wich zurück in eine Türöffnung und ließ sie passieren. Keine Ahnung, wohin sie so eilig unterwegs waren. Wäre ich ein Soldat auf einer Mission, von der ich wahrscheinlich nicht zurückkäme, würde ich wohl nicht ganz so zügig voranmarschieren. Da habt Ihr es wieder. Vermutlich rechneten sie alle damit, zu den Glücklichen zu gehören, die überlebten, oder genau der eine zu sein. Siehe noch einmal weiter oben unter Hoffnung.

Es ist gar nicht so einfach, den Kopf einzuziehen und sich von den Leuten fernzuhalten, die nach einem suchen, wenn man Schauspieler ist, also machte ich mir klar, was für ein Glücksfall es war, dass ich derzeit kein Engagement hatte. Ich korrigiere: Ich musste ein Stück für die *Rose* schreiben, etwas, das überall möglich war. Allerdings ärgerte es mich, dass ich nicht nach Hause zurückkehren konnte, aber trotzdem die Miete zahlen musste, was mein Kapital stark dezimieren würde. Ich beschloss, meine berechtigte Empörung über all die

Ungerechtigkeit in meine Arbeit einfließen zu lassen, was Saloninus oder Aimo an meiner Stelle sicher auch getan hätten.

Wenn man in dieser Stadt der Männer untertauchen will, gelingt das umso einfacher, je näher man an die Docks herankommt. Seit die Belagerung begonnen hat und wir die Kontrolle über das Meer zurückgewinnen konnten, obwohl das gesamte Landreich den Bach runtergegangen ist, gibt es eine Menge Ausländer, die in und um die Docks herum leben, wo die Mieten billig sind. Niemand kennt sie, sie gehören keiner Bruderschaft an, und ihr Geld ist so gut wie das von jedem anderen. Sie sind Händler, Vertreter, Agenten oder Matrosen, die von fremden Schiffen entlassen werden, und viele von ihnen sprechen nicht einmal Robur. Und sie wissen, wie wir mit jedem umgehen, den wir nicht verstehen. Ich dachte mir, wenn ich vorgebe, ebenfalls ein Fremder zu sein und, sollte mich jemand ansprechen, in irgendeinem Kauderwelsch antworte, wird man mich schon in Ruhe lassen. Dann könnte ich mein Stück schreiben, dafür bezahlt werden und so lange untertauchen, bis derjenige, der nach mir sucht, beschließt, dass ich tot oder in Übersee sein muss, und das alles zu einem Preis, den ich mir leisten kann. Hätte das nicht eine gewisse Magie?

Also wanderte ich ein bisschen herum – es war inzwischen stockdunkel –, bis ich meinte, ein Haus gefunden zu haben, das mir angemessen unheimlich erschien, wo ich es aber trotzdem eine Woche oder vielleicht länger aushalten könnte, und klopfte an die Tür. Ich wartete lange, dann flog eine kleine Abdeckung in der Tür zur Seite, und ein blutunterlaufenes Auge starrte mich an.

»Zimmer«, sagte ich mit meinem besten aelianischen Akzent. Ich hatte mir meinen Schal um den Kopf gewickelt, um die Farbe meiner Haut zu verbergen.

Die Abdeckung schnappte wieder zu, und die Tür wurde geöffnet. Der Mann mit dem blutunterlaufenen Auge sah, was er zu sehen erwartete. »Vierzig Trachy pro Nacht«, sagte er. »Mahlzeiten extra.«

Ich streckte meine behandschuhte Hand mit der Handfläche nach oben aus. In ihrer Mitte glänzte ein silberner Vierteltaler. »Zimmer«, sagte ich.

»Sicher.« Er trat zur Seite, um mich hineinzulassen. »Ich habe Euch schon beim ersten Mal verstanden.«

Die Sache mit der Hautfarbe würde natürlich ein Problem sein. Zwar habe ich zufälligerweise ein geradezu geniales Händchen, wenn es darum geht, mich selbst oder andere zu schminken, doch alle meine Sachen waren zu Hause, wie Ihr Euch denken könnt, und einfach mal eben neue zu kaufen, konnte ich mir schlicht nicht leisten. Doch genauso gut weiß ich zu improvisieren. Ich habe gelernt, wie man mit Kreide, Ziegelstaub und Gänseschmalz ein wirklich überzeugendes Bleichgesicht hinbekommt, damals, als ich im Chor von *Das Mädchen mit dem roten Schirm* gesungen habe. Anstelle von Kreide kann man auch Mehl nehmen. Später in der Nacht würde ich mir das ganze Zeug in der Küche von irgendjemandem zusammensuchen.

Das Zimmer war nicht schlecht. Es hatte vier Wände, ein winziges Fenster und eine Tür, die man auch schließen konnte, wenn man sie zuknallte.

3. Kapitel

Mein Geschäft verlangt von mir, dass ich mich über das aktuelle Geschehen auf dem Laufenden halte. Apropos, ich möchte auf das Schärfste gegen den beklagenswerten Mangel an Loyalität und Geduld der Öffentlichkeit – also Euch – protestieren. Nur weil der Minister für dieses oder der Staatssekretär für jenes nichts taugt und nicht mal mit beiden Händen seinen eigenen Arsch finden könnte, ist das kein triftiger Grund, ihn aus dem Amt zu jagen und durch jemanden zu ersetzen, der mit ziemlicher Sicherheit ein Gesicht hat, das man sofort wieder vergisst, dazu eine leise, piepsige Stimme, die kaum bis in den hinteren Teil des Saals trägt, und keine bekannten Eigenarten. Es ist schlimm genug, wenn ein General getötet wird, der von der Front aus führt – verzweifelte Verschwendung meiner Zeit und meiner Mühe, ihn wie ein Buch auswendig gelernt zu haben, auch wenn ich verstehe, dass so was passiert im Krieg. Doch einen wirklich guten Politiker zu erschießen, nur weil er nutzlos ist, kommt mir geradezu pervers vor.

Früher, vor der Belagerung, war das natürlich nicht so. Hohe Beamte wurden nicht gewählt, sondern ernannt, und man wusste, dass man die nötige Zeit und Mühe auf sie verwenden konnte mit einer vernünftigen Aussicht auf eine gewisse Rendite. Aber als dann die Notstandsregierung den letzten Kaiser absetzte, das Parlament umging und Direktwahlen einführte – ich glaube eigentlich nicht, dass sie mir absichtlich das Leben zur Hölle machen wollte. Die unglücklichen Folgen für mich persönlich sind ihnen wahrscheinlich gar nicht in den Sinn gekommen – was es meiner Meinung nach irgendwie noch schlimmer macht.

Es ist nicht so einfach, die Nachrichten zu verfolgen, wenn man im fünften Stock eines Hauses eingeschlossen ist, vor allem, wenn man gerade die Rolle eines tumben Ausländers spielt, der nichts über die Politik der Stadt weiß und sich noch weniger dafür interessiert. Manche Nachrichten gelangen jedoch überall hin, so wie am Strand der Sand in Euren Kragen.

Ich hatte mich gut eingepackt und mit milchweißem Gesicht auf den Weg gemacht, um ein Brot und ein bisschen Käse zu kaufen. Nichts davon brauchte ich sofort, aber wenn man drei Tage mit niemandem außer den Figuren seiner eigenen Fantasie verbringt, ist einem so ziemlich jeder Vorwand recht.

Die Händler auf dem kleinen Markt vor den Toren des Hafens sind an Ausländer gewöhnt, auch wenn sie Euch nicht ansehen, während sie Euch das Geld abnehmen. Und was mich betrifft, ist das auch gut so. Jedenfalls war da dieses fette Marktweib, und es sprach mit der Frau am nächsten Stand, der sich hinter mir befand. Zwar hörte ich nicht richtig zu, doch dann wurde ich doch aufmerksam, als sie sagte: »Natürlich alles Lügen.«

»Ich habe da etwas anderes gehört«, kam es aus dem Off hinter mir.

»Pure Lügen«, spie die fette Frau hervor, und ihr Speichel regnete in hohem Bogen auf meinen Käse. »Die würden alles behaupten, diese verdammten Opties.«

»Es stimmt aber«, beharrte die Stimme aus dem Off. »Sie haben gestern Abend im *König der Tiere* darüber gesprochen. Mein Bruder hat es selbst gehört. Sie sagten: ›Er ist tot.‹«

»Blödsinn«, entgegnete die fette Frau.

»Doch, doch. Lysimachus ist tot. Er war auf einer Feier, und ein Stein ist ihm auf den Kopf gefallen. Hat ihn platt gedrückt wie einen Käfer.«

Nun war ich ganz Ohr. Es ist zwar ein Klischee, aber eisige Finger umfassten mein Herz. Erst wenn es einem selbst passiert, merkt man, was für eine zutreffende Metapher das eigentlich ist.

* * *

Lasst mich eins von vornherein klarstellen: Es ist mir egal. Es ist mir wirklich völlig egal. Ich habe nichts damit zu tun.

Entsprechend war der Tod von Lysimachus - falls es den Tatsachen entsprach - ein verheerender Schlag für mich persönlich, einfach, weil ihn zu parodieren, etwa vierzig Prozent meiner Einnahmen ausmachte. Sicher, man kann Leute auch dann noch imitieren, wenn sie schon tot sind, aber die Nachfrage ist einfach nicht dieselbe. Aber bei der gewöhnlichen Burleske, die einem die Miete zahlt, spielt man immer nur eine Nebenrolle, nie den Hauptpart. Und selbst wenn man das Publikum jeden Abend zu Begeisterungsstürmen hinreißt, bekommt man deswegen in der Regel keineswegs eine höhere Gage.

Andererseits - so lautete meine Überlegung, während ich erschüttert zu meinem Zimmer zurücklief und kaum noch wusste, wo ich war und was ich tat -, andererseits ist Lysimachus nicht ... Pardon, *war* er schließlich nicht irgendwer. Er war der Mann, auf den es jetzt ankam in der dunkelsten Stunde dieser Stadt. Fünfhunderttausend blutrünstige Milchgesichter lagerten vor den Mauern, die reguläre Armee war tot oder versprengt, und die Flotte saß immer noch auf der anderen Seite des Ozeans fest. Mit einer Garnison von ein paar

Hundert untrainierten Männern hielt er die Front gegen die Dunkelheit, mit seiner Entschlossenheit, seinem unerschrockenen Mut und so weiter und so fort. Wäre er nicht gewesen, wären wir alle tot. Das ist nicht nur meine Meinung, sondern eine Tatsache. Deshalb – so tröstete ich mich – wird es immer eine Nachfrage nach einem wirklich erstklassigen Lysimachus-Imitator geben, und jetzt, da er tot ist, erst recht (falls er denn tot ist). Jetzt wird er zum ultimativen Symbol der Hoffnung, und was ist das Theater schon, wenn es Leuten keine Hoffnung mehr macht, obwohl sie es eigentlich besser wissen sollten? Tatsächlich – mal alle falsche Bescheidenheit beiseite – hatte ich, als ich in mein Zimmer zurückkam, bereits einen Plot und eine grobe Vorstellung der Handlung im ersten und dritten Akt im Kopf, in dem die Unbesiegbare Sonne den Geist des Lysimachus von den Elysischen Feldern zurückschickt, um die Stadt in ihrer dunkelsten Stunde zu retten. Und es würde eine Belagerung geben, darauf könnt Ihr wetten. Zudem sollte jemand mit meiner unglaublich ergiebigen Fantasie in der Lage sein, eine starke weibliche Hauptrolle einzubauen ...

Während ich mit der letzten Szene des zweiten Aktes kämpfte, versuchte ich, logisch darüber nachzudenken, was eigentlich passiert war. Ich hatte zwei Marktfrauen belauscht, die über ein Gerücht tratschten, und eine von ihnen schwor, dass es nicht stimmte, sondern nur ein Haufen Lügen sei, die von den Optimaten in Umlauf gebracht worden waren. Ich verspürte den Drang, hinauszugehen und mich weiter umzuhören, vielleicht an Orten, wo man unter Umständen noch besser informiert war als meine beiden aktuellen Ohrenzeuginnen. Aber dann dachte ich, na und. Wenn Lysimachus tot war, würde er auch morgen noch tot sein, vielleicht sogar übermorgen. Der Tod ist wie eine Immobilie. Er unterscheidet sich von allem anderen durch seine Dauerhaftigkeit. Zudem hatte ich

Arbeit, die erledigt werden musste, und Leute, die ich nicht kannte, suchten nach mir. Es geht nichts darüber, Prioritäten zu setzen.

Der zweite Akt ist immer eine Schinderei. Mit Ausnahme des ersten und dritten Akts ist das der schwierigste Teil eines normalen Dreiakters. Deshalb neige ich dazu, mit viel Fleisch zu schreiben – nämlich alles Mögliche hinzukritzeln, solange es die Handlung vorantreibt und zu den Stellen führt, die man kennt und die einen interessieren. Überarbeitet und umgeschrieben wird später, wenn es denn unbedingt sein muss. Auf diese Weise müsst Ihr nicht allzu viel nachdenken, was in diesem Fall auch gut so war, denn meine Gedanken schweiften ständig ab. Er war auf einer Party und ist von einem Stein erschlagen worden.

In der Tat.

Es hatte sich inzwischen herumgesprochen, dass ein Trebuchet-Geschoss ein Haus in der Halbmondallee in Trümmer gelegt hatte, und Gerüchte sind nun mal die ultimative Auster, die Schicht um Schicht glitzernde Ausschmückungen um ein winziges Stückchen Tatsache aufbaut. Und hier kommt der vermeintlich logische Schluss der Gerüchtekrämer ins Spiel: Jemand wurde in dieser Nacht getötet; Lysimachus ist jemand; also wurde Lysimachus getötet.

Gut und schön, aber jetzt lasst uns versuchen, ein wenig Verstand walten zu lassen. Man hatte mich engagiert, um auf dieser Festivität aufzutreten. Lysimachus ist eine der Figuren, die ich am besten kann. Daher die alles entscheidende Frage: Hätte der Gastgeber einen Lysimachus-Spezialisten kommen lassen, um auf einer Feier aufzutreten, auf der Lysimachus zu Gast sein würde?

In dem Fall hätte man mir gesagt: »Gib nicht Lysimachus, es sei denn, du willst, dass wir alle hängen.«

Ganz genau.

Also war Lysimachus kein Gast auf der Feier gewesen und auch nicht von einem Stein erschlagen worden. Er musste also noch am Leben sein.

Ich wähnte mich da auf ziemlich sicherem Boden. Ja, vielleicht wäre der Gastgeber kurz vor meinem Auftritt auf mich zugekommen und hätte gemurmelt: Übrigens, mach nicht den Lysimachus, das ist ein guter Kerl. Er sitzt in der ersten Reihe. So was macht man öfter mit mir, als mir lieb ist, und plötzlich liegt der ganze Plan für den Abend in mehr Scherben vor mir als ein zerbrochener Topf. Aber denkt mal nach. Es ist kein Geheimnis, dass Lysimachus meine beste Nummer ist. Ich imitiere ihn wirklich sehr gut, auch wenn ich mich da selbst lobe. Und vermutlich weiß Lysimachus das. Nach allem, was ich über ihn gehört habe, und nach der Art und Qualität seines Humors, amüsiert es ihn wahrscheinlich nicht sonderlich. Wenn es Euch also gelungen ist, den bekanntesten und wichtigsten Mann der Stadt zu Eurer Abendveranstaltung zu locken, würdet Ihr es dann wirklich riskieren, ihn tödlich zu beleidigen, indem Ihr den berühmtesten Lysimachus-Nachäffer der Welt für eine Vorstellung einladet? Nein, natürlich nicht. Schon deshalb, siehe oben, ist das Gerücht nicht wahr. Man sorgt sich also wegen nichts zu Tode. Reißt Euch zusammen, um Himmels willen, und macht Eure Arbeit.

Den dritten Akt zu Papier zu bringen, war so qualvoll wie eine langsame Zahnextraktion, trotzdem schaffte ich es irgendwie. Zu diesem Zeitpunkt hatte mir der schreckliche kleine Raum bereits den letzten Nerv geraubt, und der Geruch von Kardamom und Lavendel aus dem Lagerhaus drei Türen weiter vermischte sich subtil mit dem Gestank aus dem offenen Abfluss unter meinem Fenster, also weißte ich mein Gesicht, rollte zusammen, was ich geschrieben hatte, und schlich hinaus auf die Straße. Ich fühlte mich so schlecht, wie ich ausgesehen haben muss. Zehn Tage lang hatte ich mich nur im Pisspott waschen können, und das nächste Wasser war die Pumpe, fünf Stockwerke hinunter auf engen, gewundenen Stufen.

Die Einsamkeit hatte sich als das geringste meiner Probleme erwiesen, zumindest wenn man kleine Biester, die übel beißen können, als Gesellschaft ansieht. Ich bin nicht der anspruchsvollste Mann, aber ich mag es nicht, wenn ich mich in ein Wesen verwandle, das selbst mich veranlassen würde, die Straßenseite zu wechseln, sollte es mir begegnen.

Das verdammte Stück war fertig, aber wie sollte ich es abliefern und meine Bezahlung kassieren? Wenn die Männer, die ich nicht kannte, mich ernsthaft aufspüren wollten, hatten sie inzwischen längst herausgefunden, dass ich etwas für die *Rose* schrieb, also konnte ich dort nicht selbst vorstellig werden. Ich musste jemanden finden, der das für mich übernahm. Es war eine dieser absolut deprimierenden Phasen, in denen man klar erkennt, wer seine wahren Freunde sind.

Um von den Docks zur Galerie der Illustrationen zu gelangen, muss man quer durch die Stadt laufen, nichts, was ich am helllichten Tag und mit selbst angemischter Schminke im Gesicht tun wollte. Das Zeug schmilzt nämlich, was bei professioneller Schminke nicht der Fall ist. Ich wickelte mich ein, so gut ich konnte, wodurch ich an einem heißen Tag nur noch mehr Blicke auf mich ziehen würde, und jeder weiß, dass Milchgesichter Hitze nicht mögen. Also was würde eher auffallen, ein wandelnder Kokon in sengender Hitze oder ein normal gekleidetes Milchgesicht mit braunen Streifen? Ich entschied mich für die gepackte Variante, und es muss funktioniert haben, denn die Leute schauten eher weg, als dass sie mich anstarrten.

Die Galerie der Illustrationen hatte einmal als Theater für Leute begonnen, die nicht gerne gesehen werden, wenn sie ins Theater gehen, und von denen gibt es ziemlich viele in dieser unheilbar bühnengeschädigten Stadt. Anstelle von Theaterstücken werden in der Galerie illustrierte Vorträge über erbauliche Themen deklamiert, und obwohl die Autoren und Darsteller im Grunde dieselben Leute sind, die man in den Lasterhöhlen antrifft, die zehn Minuten entfernt am Fuße des Hügels liegen, meinten die hochgebildeten Leute, es sei alles in Ordnung, und die Galerie machte viele Jahre lang ein glänzendes Geschäft. Ich habe selbst einige Male dort gespielt, hin und wieder. Dann übernahm eine neue Leiterin und verwandelte die Galerie in ein weiteres zweitklassiges Schauspielhaus. Aus verschiedenen Gründen passte daraufhin mein Gesicht nicht mehr. Und genau sie war die Theaterleiterin, die ich aufsuchen wollte.

Ihr richtiger Name ist Hodda, und sie hat sich seit etwa fünfzehn Jahren auf reine, unverdorbene Mädchenrollen spezialisiert. Im ersten Akt wird sie von Sklavenhändlern entführt und im dritten gerade noch rechtzeitig von ihrer Jugendliebe gerettet, denn genau so etwas will man nördlich des Flusses sehen. Und wenn sie das nicht tut, führt sie ein schmerzhaft strenges Regiment und ist die härteste Verhandlerin in der Stadt. Zudem ist sie eine außergewöhnliche Tänzerin, trotz eines steifen linken Beins, gegen das man ihr vor zehn Jahren bei einer geschäftlichen Meinungsverschiedenheit getreten hatte. Wenn sie nicht auf der Bühne steht, geht sie mit einem Stock. Wenn man es genau nimmt, ist sie das, was im wirklichen Leben einer starken weiblichen Bühnenrolle am nächsten kommt, eine Qualität, die sie dank ihres Puppengesichts und ihrer Fähigkeiten als Simulantin erreichen konnte. Singen allerdings kann sie überhaupt nicht.

»Wie siehst denn du aus?«, fragte sie.

Ich warf einen Blick über die Schulter. »Sprich leise, um Himmels willen!«

Sie verdrehte die Augen. »Du steckst wieder in Schwierigkeiten.«

»Ja.«

»Wie viel?«

»Eigentlich«, sagte ich, ohne nachzudenken, »geht es nicht um Geld.«

Jetzt hatte ich ihre Aufmerksamkeit. »Was hast du getan?«

»Können wir bitte reingehen?«

»Du siehst absolut lächerlich aus, ist dir das klar?«

Die Galerie der Illustrationen hatte früher als Lagerhaus gedient. Der Dachboden eignet sich perfekt für eine Galerie, mit einer Außentreppe, die nach oben führt. Hinter der Bühne gibt es einen schäbigen kleinen Raum, mit Körben voller alter Kostüme, zwei oder drei Tischen, an denen man sich schminken kann, einer großen alten Truhe mit drei Vorhängeschlössern, in der Hodda ihr Geld aufbewahrt, und ein paar klapprigen alten Stühlen.

»Und?«, meinte sie.

»Ist jemand, den wir nicht kennen, hier gewesen und hat nach mir gefragt?«

Sie weiß, dass ich tagsüber nicht trinke, also bot sie mir auch nichts an, aber ihre Hand zitterte leicht, während sie sich selbst ein Glas einschenkte. »Nein. Warum?«

»Leute, die ich nicht kenne, erkundigen sich nach mir«, sagte ich.

Sie hob die Augenbrauen. »Warum sollte das jemand tun?«

»Frag mich nicht.«

»Du hast eigentlich nicht die Angewohnheit, Fremde zu verärgern«, meinte sie. »Nur deine Freunde und Kollegen.«

»Genau.«

Sie trank ihren Wein und schaute mich über den Rand des Glases hinweg an. Es ist eine Eigenart, die sie im Laufe der Jahre bei Männern sehr beliebt gemacht hat, und ich schätze, es ist wie bei der Geige: Man muss immer weiter üben, auch wenn man nicht vor Publikum auftritt. »Was hat das alles mit mir zu tun?«

»Du musst mir einen Gefallen tun.«

»Natürlich, warum solltest du auch sonst hier sein? Sicher nicht, um mich zu sehen. Darauf kann man Gift nehmen.«

Nun ja, wir waren einst gute Freunde gewesen und dann irgendwann überhaupt nicht mehr. »Ich habe für die *Rose* ein Stück geschrieben.«

»Habe ich gehört. Irgendwas Gutes?«

»Purer Müll«, erwiderte ich. »Gute Rolle für Einhard und für Andronika, die in einem hautengen Kettenhemd ein Schwertduell austrägt. Wie auch immer, es ist fertig, und ich brauche jemanden, der es für mich abliefert.«

»Und dein Honorar kassiert.«

»Genau.«

Sie nickte. »Zehn Prozent.«

Ich starrte sie an. »Hast du den Verstand verloren?«

»Ich denke da eher an dich«, meinte sie. »Ich gehe zu einem Theaterleiter, gebe ihm ein Manuskript, und das war's. Ich bin nur der Bote. Aber er wird mir kein Geld aushändigen, es sei denn, ich bin dein ordnungsgemäß bevollmächtigter Agent.

Und da liegt die branchenübliche Beteiligung bei ...«

»Hodda, ich brauche das Geld. Ich muss vielleicht eine ganze Weile unsichtbar bleiben.«

»Entweder so oder gar nicht.«

»Gut.« Ich stand auf und griff nach meinem Hut. Mehr tat ich nicht.

»Und?«

Ich setzte mich wieder. »Hodda«, sagte ich, »in der Vergangenheit mag ich nicht immer absolut ehrlich zu dir gewesen sein.«

»Das kannst du laut sagen.«

»Wegen ... nun ja, Dingen, die vor langer Zeit und weit weg passiert sind.«

Sie hat diese gemeine, skeptische Ader. »Sag es mir nicht«, sagte sie. »Hinter deiner Maske bist du wirklich der Kronprinz von Olbia.«

Ich blickte sie finster an. »So ähnlich. Der Punkt ist, soweit ich weiß, können diese Leute in der Tat sehr unangenehm werden, und solange sie sich in der Nähe aufhalten, ist es mir natürlich unmöglich zu arbeiten, deswegen brauche ich das Geld. Und zwar alles.«

Sie schürzte die Lippen. »Ich könnte ein kleines Vorspiel brauchen«, entgegnete sie.

»Ich könnte hundert Prozent von dem brauchen, was mir zusteht.«

Sie lächelte. »Abgemacht«, sagte sie. »Du schreibst mir fünfzehn Minuten fröhliche Unterhaltung, dann hole ich dir dein Geld.«

Wie ich schon sagte, ich bin kein Autor. »Die üblichen Bedingungen?«

»Das können wir später besprechen«, meinte sie. »Und ich sage dir was. Du bekommst noch einen Stift mit weißer Gesichtsfarbe dazu. Nur damit du siehst, dass ich dir nichts übel genommen habe.«

Ich blieb gerade lange genug, um die schlimmsten Schäden an meinem kastanienbraunen Teint zu beseitigen, dann stapfte ich verärgert zurück zu den Docks. Ich hatte wirklich keine Lust, weitere drei Tage in diesem abscheulich stinkenden Zimmer eingesperrt zu sein und umsonst leichte Komödien zu schreiben, aber das passiert eben, wenn einem die ältesten und liebsten Freunde zur Seite springen.

4. Kapitel

Während ich mir in meinem Versteck am Hafen einen Wolf schrieb und versuchte, einigermaßen komisch zu sein, geschahen draußen vor der Tür Dinge, von denen niemand meinte, sie mir erzählen zu müssen. Es fand ein weiterer Trebuchet-Angriff statt, der eine Tanzschule für höhere Töchter traf. Keine Überlebenden. Und es gab einen Aufstand. Nicht Blaue gegen Grüne, sondern Blaue und Grüne gegen die Regierung, und irgendein Witzbold schickte die Kavallerie, was ein furchtbares Durcheinander zur Folge hatte. Ich bezweifelte sehr, dass die beiden Ereignisse zusammenhingen, da die Bruderschaften nicht dazu neigen, ihre Kinder zum Erlernen des Pas de deux zu schicken, aber das alles förderte nur meine niedergeschlagene Stimmung und mein Unbehagen. Mir gefällt ein ruhiges Leben, mit Geld und all den Dingen, für die man es ausgeben kann, und mit sauberer Kleidung und Seife.

Es hatte wenig Sinn, herausfinden zu wollen, worum es bei dem Aufruhr ging, da ein Ausländer sich nicht dafür interessieren würde. Ich konnte nicht erfolgreich lauschen, weil die Leute dazu neigen, nichts mehr zu sagen, wenn sie glauben, dass ein Milchgesicht zuhört. Ich erfuhr nur, dass jetzt Soldaten auf den Straßen und auf der Mauer waren. Oh, und alle Theater waren bis auf Weiteres geschlossen. Ich musste grinsen, bis mir einfiel, dass Hodda vielleicht noch nicht bei der *Rose* gewesen war. In dem Fall war ich geliefert. Und sie war es auch, dachte ich einen Moment später, ganz zu schweigen vom ganzen Berufsstand, aber wahrscheinlich nicht annähernd so aufgeschmissen wie ich.

Das Problem war, dass ich keine Ahnung hatte, wo ich sie finden konnte. Vermutlich wohnte sie irgendwo, im Sinne eines abgeschlossenen Raumes mit einem Bett, falls sie ein eigenes brauchte, aber unter normalen Umständen würde mich das nichts angehen. Niemand weiß, wo die Leute wohnen, wenn sie nicht gerade im Theater sind. Es spielt einfach keine Rolle.

Die Galerie würde verschlossen sein, und ich konnte mich an keinem der üblichen Orte blicken lassen, nicht einmal mit rosafarbener Schminke. Ich konnte nicht einmal länger als einen Tag dort bleiben, wo ich gerade war, ohne meine winzige Schatztruhe zu leeren. Ich zählte noch einmal, was ich besaß, und kam auf hundertsechzig Trachy. Ich hatte keinen Schlafplatz, dafür ein kleines Vorspiel mit originellen Liedern zu populären Melodien, das ich nicht verkaufen konnte, Stiefel mit Löchern darin und fremde Männer, die nach mir suchten, und das alles, weil ein Haufen Idioten Lust hatte, das Pflaster aufzureißen und mit irgendwelchen Sachen zu werfen. Ich wünschte, die Leute würden mehr Rücksicht nehmen.

Ich kann mir vorstellen, was Ihr denkt – das ist keine Telepathie, nur eine Reihe logischer Schlussfolgerungen. Erstens lest Ihr das hier, daher könnt Ihr lesen, also seid Ihr offensichtlich gebildet, daher gehört Ihr zur besseren Sorte –, und ich kenne Euch wie meine Westentasche. Ihr denkt: Falls er verhungert, ist es seine eigene Dämlichkeit, denn in dieser Stadt gibt es immer Arbeit. Nicht die Art, die er vielleicht gewohnt ist, sich ein paar Stunden am Abend in Theatern und Salons reicher Männer herumzutreiben und die Worte nachzuplappern, die ein anderer sich ausgedacht hat (er muss sich nicht einmal ausdenken, was er sagt, um Himmels willen! Das macht ein Autor für ihn). Nein, richtig harte Arbeit. Lastkähne schleppen, Ballen umlagern, holen, tragen, Löcher in den Boden graben und wieder verfüllen. Aber das käme ihm natürlich nicht in den Sinn. Dafür ist er zu stolz. Niemand wäre schuld, außer ihm selbst.

Ich könnte Euch nicht mehr zustimmen, abgesehen von einer Sache. Ich bin nicht zu stolz, denn jemand, der Tag für Tag von einem Vorsprechen zum nächsten stapft, um sich dann höflich sagen zu lassen, dass er nichts taugt, hat nicht mehr viel davon übrig. Und es ist keine Todesangst, ins Schwitzen zu geraten – versucht mal, eine Tanznummer in voller Montur in der Hochsommerhitze fünf Stunden am Stück zu proben, weil am nächsten Tag Premiere ist und es immer noch nicht funktioniert; und zeigt mir den Maurer, der das schafft, ohne in Ohnmacht zu fallen und in einer Schubkarre weggefahren zu werden; und denkt daran, Ihr müsst die ganze Zeit nett lächeln und anmutig sein – nein, das ist es nicht. Es ist einfach so, dass man, wenn man in dieser Stadt Gelegenheitsarbeiten übernehmen will, über eine Bruderschaft bezahlt werden muss, und damit will ich nichts zu tun haben, wollte ich nicht und werde ich nicht, wenn ich es irgendwie verhindern kann. Und bevor Ihr fragt, es geht Euch nichts an. Es ist Familienkram. Privat. Meine Möglichkeiten waren also begrenzt: Ich konnte von einer Brücke springen oder verhungern. Oder ...

5. Kapitel

Eigentlich knüpft das an meine frühere Schimpftirade an, denn wenn ich nicht mein ganzes Erwachsenenleben in diesem Beruf verbracht hätte, bezweifle ich sehr, dass ich die nötigen Fähigkeiten und den Körperbau für Einbrüche in Häuser gehabt hätte. Jahrelanges Singen und Tanzen haben mich fit und beweglich gemacht. Ich kann ohne Unterbrechung vom Kornmarkt zum Osttor rennen und mit Steinmetzen Armdrücken machen. Und was ist das Wesentliche am Handwerk des Einbrechers? Nicht gesehen oder gehört zu werden. Das ist etwas, worüber ich viel weiß. Es gibt Zeiten auf der Bühne, in denen Ihr wollt, dass alle auf Euch schauen – bei Eurem großen Monolog –, und andere Zeiten (der große Monolog Eurer Partnerin), in denen Ihr die Aufmerksamkeit des Publikums aktiv ablenkt, es sei denn, Ihr wollt, dass sie in dem Moment, in dem der Vorhang fällt, wie eine Tonne Ziegelsteine auf Euch niederfällt. Oder wenn Ihr in der Kulisse auf Euren Auftritt wartet, oder wenn Ihr tot daliegt. Ihr werdet keine fünf Minuten in der Branche überleben, es sei denn, Ihr könnt eine sehr lange Zeit perfekt still und ruhig bleiben und praktisch unsichtbar sein.

Übertragt all das auf so alltägliche Tätigkeiten wie zum Beispiel, in Abflussrohre zu leuchten und leise durch dunkle Räume zu schleichen. Ihr werdet feststellen, wenn Ihr einen Moment darüber nachdenkt, dass ich etwas ausgelassen habe.

Etwas, das ich aufgrund meiner Theaterausbildung zufällig in ziemlich großem Maße habe, aber vielleicht trotzdem nicht ausreichend. Es erfordert definitiv Nerven, vor etwa hundert Fremden auf eine Bühne zu gehen. Es lässt einem das Blut in den Adern gefrieren, den Atem stocken, die Eingeweide krampfen – siehe oben unter Herz und eisige Finger. Aber es gibt Angst und es gibt Angst. Wenn man an einer Hauswand hochklettert, kann man ziemlich leicht in Schwierigkeiten geraten. Der Fuß kann abrutschen, oder das Abflussrohr, an dem man sich festhält, kann sich von der Wand lösen. Dann erreicht man das Fenster, nur um festzustellen, dass die Fensterläden verschlossen sind. Also versucht man, wieder hinunterzuklettern. Nur ist das Hinunterklettern verdammt viel schwieriger als das Hinaufklettern. Man tastet im Dunkeln nach Halt. Auf dem Weg nach oben hat man die Haltenägel halb aus der Wand gerissen, man hat sie gespürt. Oder der Fensterladen ist nicht verschlossen, dann muss man sich mit einer Hand festhalten, während man mit der anderen daran herumfummelt (und inzwischen sind die Finger todmüde, und vielleicht hat man sich ein oder zwei verstaucht, sodass man sich nicht mehr auf sie verlassen kann). Dann muss man sich mit dem Rücken über die Brüstung schieben, bevor man auf dem Bauch weiterrutscht, ohne sich festhalten zu können. Und angenommen, man schafft es tatsächlich ins Haus, dann zertrümmert einem jemand womöglich mit einem Hammer den Kopf, oder ein riesiger Hund reißt einem die Kehle heraus. Das Schlimmste aber, was ein Publikum Euch antun kann, ist, Euch nicht zu mögen.

Deswegen, denke ich, habe ich mich für das Theater entschieden. Aber das war's dann auch schon. Ich wählte – nun ja, ein Haus. Ich hatte dort nur ein paar Wochen zuvor eine erlesene Versammlung der Elite mit Impressionen führender

Persönlichkeiten aus Politik und Kunst unterhalten. Man hatte mich in eine Art Spülküche im Erdgeschoss abgeschoben, wo ich mich umziehen und schminken konnte, und ich erinnerte mich deutlich daran, dass der Fensterladen nicht richtig schloss, und um von der Spülküche in den Salon zu gelangen, musste man nur einen Korridor entlanggehen und eine unverschlossene Tür öffnen. Keine Fassadenkletterei wie eine Spinne, kein Herumtappen im Dunkeln in unbekannter Umgebung, und ich wusste, dass es lohnende Beute gab und wie ich sie in die Finger bekommen konnte.

Ich habe mir nicht die Mühe gemacht, mein Gesicht weiß zu schminken. Das macht nur die Hände glitschig. Ich ging ins Bett, in der Hoffnung, eine oder zwei Stunden Schlaf zu bekommen, aber daraus wurde nichts. Also starrte ich an die Decke, bis ich meinte, dass es so weit war. Ich packte mich ein, schlich die Treppe hinunter (eine gute Übung für die Hauptveranstaltung) und trat leise hinaus auf die Straße. Ich hatte keine Schritte gehört, während ich wach gelegen hatte, und die Straße war tatsächlich leer. Unauffällig ging ich den Fischerweg hinunter bis zur Mauer, bog dann rechts ab und nahm die Seitengassen, um schließlich am Fuß der Bergstraße herauszukommen. Mein Ziel war eine der großen Villen, die sich am unteren Ende gruppierten, wo die Neureichen wohnen.

Das Haus war leicht zu erkennen, denn irgendein Witzbold mit einem unglücklichen Verhältnis zwischen Geld und Geschmack hatte gedacht, dass zwei Torpfosten in Form von geflügelten Pferden eine gute Idee seien. Ich hielt mich am westlichen Rand der Gartenmauer, bis ich das eigentliche Haus erreichte, und begann dann, die Fenster zu zählen. Nicht der geringste Lichtschimmer war zu sehen.

Der Fensterladen sprang praktisch von selbst auf, sobald ich die Spitze meines Messers in den Spalt steckte. Ich hielt inne, während ich unter der Fensterbank kniete, und zählte bis fünfzig, nur für den Fall, dass ich mit meinem winzigen mausähnlichen Kratzen jemanden geweckt hatte. Aber ich hörte kein Geräusch und sah keine Bewegung. Alles war perfekt. Also sprang ich über das Fensterbrett, spürte die Fliesen unter meinen Füßen, hockte mich hin und wartete noch ein wenig, als würde ich hoffen, dass doch etwas schiefging. Aber das tat es nicht. Also stand ich auf und lief behutsam auf den Kanten meiner Füße weiter (die leiseste Art und Weise, sich fortzubewegen, und man hält das Gleichgewicht; im Dunkeln auf Zehenspitzen zu gehen, birgt Probleme), bis meine Fingerspitzen die Türklinke berührten. Nun klappern Türschlösser manchmal wie die Hölle, aber dieses blieb stumm, Gott sei Dank, und schon befand ich mich im Korridor, der mit Binsenmatten ausgelegt war (weil niemand gerne die klappernden Schritte von Bediensteten hört, während er versucht, ein zivilisiertes Gespräch zu führen). Eigentlich hätte ich stehen bleiben und erneut lauschen sollen, aber es war offensichtlich, dass dies überflüssig war. Man spürt es, wenn ein Haus lebt, und das war dort nicht der Fall. Fünfzehn Schritte brachten mich zur Wohnzimmertür, die nicht knarrte, sodass ich mir die Mühe mit dem Stückchen Schmalz in meiner Manteltasche nicht hätte machen müssen. Direkt gegenüber der Tür, es sei denn, irgendein gedankenloser Idiot hatte ihn umgestellt, befand sich ein Schrank, und in diesem Schrank lagerte eine Sammlung antiker Ringe, Kameen und Broschen – das wusste ich, denn sie waren dumm genug gewesen, den Schrank offen zu lassen, als ich dort zu Gast war.

Den Schrank fand ich, weil ich ganz langsam und leise dagegenlief. Ich spürte einen der Messinggriffe an meiner Kniescheibe. Die oberste Schublade quietschte leise, aber ich ließ mir Zeit und wusste, dass das Geräusch nicht nach draußen dringen würde. Ich füllte meine linke Tasche mit kleinen, kalten Dingen. Schon war der Job erledigt. Es gab noch mindestens fünf weitere Schubladen, aber Gier gehört nicht zu meinen vielen Lastern. Die eine Tasche voller Geschmeide würde lange Zeit für mich reichen. Mehr zu nehmen, als ich brauchte, wäre die Tat eines Kriminellen gewesen. Dann ging ich den Weg zurück, vorsichtig, um nicht ins Hetzen zu kommen, was ein klassischer Anfängerfehler ist.

In der Küche war niemand. Ich öffnete den Fensterladen und steckte meinen Kopf hinaus. Es war auch niemand in der Gasse. Ich kletterte hinaus und achtete darauf, den Fensterladen hinter mir zu schließen. Tief atmete ich durch, dann ging ich zügig die Gasse hinunter. Jeder Schritt ließ das Verbrechen weiter hinter mir, das möglicherweise begangen worden war. Am Ende der Gasse bog ich links in den Bergstall ein, wo vor mir jemand aus dem Schatten trat und mir mit einer Schaufel eine überzog.

6. Kapitel

Ich habe vielleicht schon mal beiläufig erwähnt, dass mein Vater ein Bruderschaftsführer war, und Ihr habt vielleicht den Eindruck gewonnen, dass ich nicht sonderlich stolz darauf bin. Das bin ich auch nicht.

Er kam in die Stadt (Gott weiß, wie oft ich das schon gehört habe) mit fünfzig Trachy in der Tasche, aus einem Minenlager in der Paralia. Er war vierzehn Jahre alt und hatte bereits drei erwachsene Männer getötet. Einen in Notwehr (behauptete er) und zwei für Geld. Nicht unbedingt viel Geld, denn das Leben in den Minenlagern war billig, obwohl alles andere wahnsinnig teuer war. Der Gedanke dabei war, dass niemand ein Kind verdächtigen würde, ein bezahlter Attentäter zu sein, aber auch ein Kind konnte einem erwachsenen Mann etwas Schlechtes in die Suppe tun oder ihm die Kehle durchschneiden, während er schlief, genauso wie jeder andere. Zumindest bis die Behörden (so wie sie nun mal waren) schlau wurden, und damit hatte sich dann wieder eine gute Idee erledigt. Für meinen Vater war es hart, denn er wurde fast erwischt – mit einem Messer in der Hand über das Bett des Vorarbeiters gebeugt. Da kann man sich nur schwer herausreden. Und er hat es auch gar nicht erst versucht. Er ist einfach weggerannt und war so schwer zu fassen wie ein Aal. Versteckt auf einem Erzkahn kam er in die

Stadt, ein weiteres Stück menschlichen Abschaums, das zu den bereits anwesenden noch hinzukam.

Seine Vorstellung war es, dort weiterzumachen, wo er zu Hause aufgehört hatte, und an einer Sache fehlte es ihm gewiss nicht: an Nervenstärke. Mit einem Rasiermesser in der Tasche schlich er sich in das Schlafzimmer eines Anführers der grünen Bruderschaft und weckte ihn. Wenn ich hier reinkomme, meinte er, nachdem der grüne Anführer seine Kehle wieder losgelassen hatte, komme ich fast überall rein und wieder raus, und nichts und niemand wird mich mit Euch in Verbindung bringen.

Der grüne Anführer erklärte ihm, dass die Dinge in dieser Stadt anders geregelt wurden oder zumindest so selten auf diese Weise, dass sich kein Broterwerb daraus würde machen lassen. Allerdings könne er immer junge Männer mit Mumm und Fantasie brauchen, und wenn er am Morgen noch einmal zurückkommen wolle, diesmal durch die Tür, könnten sie sich mal unterhalten. Dann, als mein Vater nickte und lächelte und sich bedankte, dass er ihm eine Chance geben wolle, schleuderte ihn der grüne Anführer mit einem einzigen Schlag quer durch den Raum. Ich habe dir gerade etwas beigebracht, was du noch nicht gelernt hattest, erklärte er. Nimm niemals an, dass du mit irgendetwas davongekommen bist, und sag niemals jemandem, dass du mich im Schlaf überrascht hast.

So trat mein Vater der grünen Bruderschaft bei und begann seinen Weg, den er bis zum Ende nicht mehr verlassen sollte. Bedenkt, dass sich all dies zu einer Zeit ereignete, bevor die Bruderschaften legalisiert wurden (was nur zu Beginn der Belagerung geschah, weil die provisorische Regierung dringend Leute brauchte). Damals war allein die Zugehörigkeit zu einer Bruderschaft ein Verbrechen, das einen in die Steinbrüche oder auf die Galeeren bringen konnte – was unangenehm war, da die Bruderschaften dafür sorgten, dass niemand in der Armenstadt, der kein Blauer oder Grüner war, seinen Lebensunterhalt verdienen konnte, egal, auf welcher Seite des Gesetzes. Jedem, der es versuchte, wurden die Beine gebrochen, und der Anführer der Beinbrecher für den gesamten Westteil der Stadt war mein Vater.

Es war ein guter Beruf, das hat er mir immer wieder gesagt. Er war auch sehr sicher, denn jeder, der einem Ärger machte, trieb innerhalb von vierundzwanzig Stunden mit dem Gesicht nach unten im Hafen. Man muss eben Respekt haben. Die Bezahlung war gut, und jeder gab sich Mühe, nett zu dem Mann zu sein, der allein durch sein Wort ihre Läden niederbrennen lassen konnte. Von Zeit zu Zeit gab es Reibereien mit den Behörden, aber das galt für alle Mitglieder der Bruderschaft. Und wenn mein Vater jemals ein Alibi brauchte oder jemanden, der in seinem Namen ein Geständnis ablegte, gab es genug Männer mit Familie, auf die man sich verlassen konnte und die ihm gerne halfen.

Es ist ein großartiges Leben, hat er mir immer gesagt. Und er sah mir dabei zu, wie ich groß und stark wurde. Er packte mich immer und kniff in meinen Bizeps. Da sei viel Fleisch, meinte er. Und eine Zeit lang war das auch gut so. Ich genoss es, wie die anderen Kinder sich bemühten, mich zu mögen, und wenn jemand gemein zu mir war, entschuldigte er sich gleich am nächsten Tag mit einer Art erschrockenem Ausdruck in den Augen, was ich einfach großartig fand. Ein bisschen frustrierend fand ich eigentlich nur, dass mein Vater mir beigebracht hatte, mich zu prügeln, und zwar wirklich gut, aber ich bekam nie eine Chance, meine Fähigkeiten einzusetzen, weil keines der anderen Kinder sich jemals mit mir anlegen wollte.

Vollkommen schiefging dann alles, als mein Vater beschloss, dass es Zeit für mich war, sozusagen meine Lehre bei ihm zu beginnen. Der Gedanke war, dass ich ihn auf seinen Runden begleite, bei denen er Geld einsammelte, sein Gesicht zeigte, wo es gesehen werden musste, die übliche erste Warnung noch freundlich aussprach und so weiter. Das machte mir überhaupt nichts aus. Ich mochte es, wie die Leute ganz still wurden, wenn wir irgendwo hineinkamen, und ich war stolz darauf, wie sehr sie sich vor ihm fürchteten – vor uns, denn er machte keinen Hehl aus seinen Plänen für meine Zukunft. Sieh dir meinen Jungen gut an, sagte er, dann erkennst du ihn später bestimmt. Das gefiel mir sehr.

Weil mein Vater so gut in seinem Job war, musste er das nicht sehr oft machen. Aber von Zeit zu Zeit gab es einen armen Teufel, der einfach nicht anders konnte, als die Regeln zu brechen. Normalerweise handelte es sich um Auswärtige. In diesem Fall war es ein Aelianer. Er war Bootsmann auf einem Getreidefrachter gewesen, aber er wurde zu krank, um zu arbeiten, also ließen sie ihn zurück. Werde gesund, sagten sie ihm, und das nächste Mal, wenn wir vorbeikommen, nehmen wir dich mit nach Hause. Aber irgendein Schurke stahl das Geld, das sie für ihn zurückgelassen hatten, und damals gab es nicht viele Aelianer in der Stadt, also niemanden, der auf ihn aufpasste. Als er wieder auf den Beinen war, schuldete er drei Taler Miete und wusste nicht, wann seine Schiffskameraden zurück sein würden. Also schlief er unter einem Torbogen auf dem Alten Blumenmarkt. Und er machte den Fehler, seinen Hut neben sich auf den Boden zu legen, so wie es Bettler tun, nur dass man auf dem Blumenmarkt nicht betteln durfte, wenn man nicht über eine Bruderschaft bezahlt wurde. Die Anführer von Blau und Grün trafen sich und warfen eine Münze, und die Grünen verloren. Ihr Job war es nun, den Müll fortzuschaffen. Der Job meines Vaters.

Als wir kamen, um ihn zu suchen, saß der arme Narr einfach da. Der Hut war, wie ich mich erinnere, leer. Ich hätte ihm sagen können, dass er seine Zeit verschwendet, denn kein Bruderschaftsmitglied würde es wagen, sich dabei sehen zu lassen, einem schäbigen Bettler Geld zu geben. Aber das war nebensächlich.

Wenn ich zurückdenke, glaube ich, dass mein Vater unter einer langen ereignislosen Zeit litt. Er hatte schon ewig niemanden mehr verletzen müssen. Und er hat es mir einmal erklärt. Es ist wie beim Liebemachen, sagte er (das war nicht ganz der Begriff, den er benutzte). Wenn man eine Weile darauf verzichten muss, staut sich irgendwie alles in einem an. Das erklärt es wohl, denke ich. Außerdem war der Mann Ausländer, also gab es keine Familie, die sich aufregen konnte, wenn mein Vater ein bisschen weiter ging als sonst üblich.

Mit den Händen in den Taschen schlenderte er auf ihn zu, blieb stehen und schaute auf ihn hinab, ohne einen Ton von sich zu geben. Der Mann blickte zu ihm auf, eindeutig hoffnungsvoll. Mein Vater nickte höflich, dann trat er ihm ins Gesicht. Ich erinnere mich daran, wie das Kinn des Mannes in die Höhe flog. Ich glaubte nicht, dass mein Vater ihm das Genick gebrochen hatte. Der Mann lag auf dem Rücken, und mein Vater trat auf ihn ein, viermal, jedes Mal an einer anderen Stelle. Ich hörte Knochen brechen, ein sehr markantes Geräusch, das man mit nichts vergleichen kann. Dann rollte er ihn mit dem Fuß auf die Seite und trat noch dreimal auf ihn ein. Schließlich rollte er ihn wieder auf den Rücken, betrachtete ihn abschätzig, nickte, wandte sich ab, drehte sich dann aber noch einmal um und trieb den Absatz seines Stiefels in das rechte Auge des Mannes. »Das wird reichen«, sagte er fröhlich. »Lass uns zum Essen gehen.«

Auf dem Heimweg war ich ungewöhnlich still. Aber schließlich fragte ich ihn, warum er sich schon weggedreht und dann doch noch mal zugetreten hatte. Er hatte den Job erledigt, warum also diese letzte Attacke?

Er blieb stehen und sah mich an, und einen Moment lang dachte ich, er würde mir antworten. Dann ging er weiter, und ich musste laufen, um ihn einzuholen.

»Vater?«, fragte ich.

»Komm schon«, sagte er. »Du weißt, deine Mutter hasst es, wenn wir zu spät zum Essen kommen.«

Am nächsten Morgen, als ich eigentlich meinen Vater auf seiner Runde begleiten sollte, tat ich so, als hätte ich Husten und Halsweh. Eine ganze Woche lang blieb ich dabei. Dann habe ich es ihm gesagt. Ich wollte in die Lehre gehen, zu einem Goldschmied oder einem Anwalt, so etwas in der Art.

Mein Vater hat es gut weggesteckt, das muss ich ihm lassen. Und ich hatte eine gute Wahl getroffen. Ich ließ es so klingen, als wäre ich ehrgeizig, als wollte ich aufsteigen, aus dem Blumenmarkt herauskommen. Die Idee gefiel ihm. Mein Sohn der Regierungsbeamte (es gab viele Grüne im öffentlichen Dienst). Das würde zeigen, wie weit er es seit dem Minenlager gebracht hatte, das war sicher. Es war viel eher meine Mutter, die sich darüber aufregte. Sie war durch und durch grün, so wie es manche Menschen eben sind. Doch mein Vater lachte sie aus, was die Sache nicht besser machte. Der Junge will Beamter werden und den ganzen Tag auf seinem Arsch sitzen, sagte er. Verdammt viel Glück für ihn, er wird es weit bringen. Sie sagte nichts, aber sie warf mir einen Blick zu, der mir fast das Gesicht häutete.

Also habe ich mich auf eine freie Stelle im Finanzministerium beworben. Das taten auch eine Menge anderer junger Leute, aber ratet mal, ich bekam den Job, sogar ohne Vorstellungsgespräch. Die Arbeit war viel härter, als ich gedacht hatte, aber meine Vorgesetzten waren erstaunlich tolerant und hilfsbereit, selbst als ich eine Reihe von schlimmen Fehlern beging. Mach dir nichts draus, sagten sie und lachten nervös. Ich versprach, mich in Zukunft zu bessern. Alles in Ordnung, versicherten sie mir. Mach dir keine weiteren Gedanken darüber.

Und dann passierte etwas. Bis heute weiß ich nicht, was es war, obwohl ich vermute, dass mein Vater Geld dafür genommen hatte, jemanden aus der Stadt verschwinden zu lassen, bevor er bekam, was ihm zustand. Er hätte mehr Verstand haben sollen, aber ich glaube, er war so lange er selbst gewesen, dass er dachte, er sei unbesiegbar und unsterblich. Das war er aber nicht, kein bisschen.

Eine Beerdigung gab es nicht, weil es nichts zu beerdigen gab. Meine Mutter durfte als besondere Gunst in der Bruderschaft bleiben, aber arbeiten durfte sie nur am Spinnrad, was schlecht bezahlt ist und den denkbar niedrigsten sozialen Stand bedeutete. Niemand wollte sie einstellen oder von ihr kaufen, also musste sie für Ausländer Akkordarbeit leisten. Aber sie blieb grün, und sie gab mir die Schuld – wenn ich nur mit meinem Vater zur Arbeit gegangen wäre, hätte ich ihn davon abhalten können, was auch immer er tat, oder ich hätte ihn beschützen können oder sie beschützen können. Wie auch immer, es war eben alles meine Schuld. Und ich konnte es nicht übers Herz bringen, ihr zu widersprechen.

Natürlich hatte ich daraufhin auch meinen Job beim Schatzamt verloren, und dann bin ich Schauspieler geworden. Ich weiß nicht, warum die Bruderschaften nie versucht haben, die Theater zu übernehmen, aber sie haben es nie getan. Während meiner Zeit im Schatzamt habe ich viel Zeit damit verbracht zu lernen, wie die Leute dort sprachen und sich bewegten. Gebildete, kultivierte, niveauvolle Leute, so dachte ich zumindest, und im Vergleich zu dem, womit ich aufgewachsen war, waren sie es auch tatsächlich. In meiner Abteilung gab es etwa ein Dutzend junger Adelssprosse, Söhne von Söhnen, die arbeiten mussten, aber durch familiäre Beziehungen nicht allzu hart, und ich hatte mir vorgenommen, mich an ihnen zu ori-

51

entieren. Natürlich waren sie alle hoffnungslos bühnen- und theaterverrückt, so wie ich auch. Ein junger Idiot, mit dem ich befreundet war, gab eine Menge Geld, das er nicht hatte, für eine Schauspielerin namens Andronika aus, die genug gespart hatte, um sich als Theaterleiterin selbstständig zu machen. Er stellte mich ihr vor, und sie engagierte mich als Bühnenarbeiter, Speerträger und Drittbesetzung für die Hauptrolle des Liebhabers und als den dritten Narr. Ich würde gerne sagen, der Rest ist Geschichte, aber das wäre lächerlich.

All das mag Euch irrelevant erscheinen, aber ich dachte, ich erwähne es trotzdem, denn ich weiß ein wenig darüber, wie man ausgeschaltet wird. Nicht viel zwar, aber wahrscheinlich mehr als Ihr. Zumindest hoffe ich das, um Euretwillen.

Mein Vater konnte einem Mann mit einem Schlag die Lichter ausknipsen. Niemand zweifelte das an, aber er wollte es ab und zu beweisen. Er sagte mir, hol nicht so weit aus, als ob du einen Bogen spannen würdest. Lass den Schlag aus dem Rücken und den Schultern kommen. Führe deinen Arm nur über eine kurze Distanz und den Kopf des anderen über eine lange. Und dann demonstrierte er es, an einem alten Betrunkenen, der zufällig vielleicht einen Meter entfernt stand. Und er hatte natürlich recht. Seine Faust holte wahrscheinlich nicht weiter als achtzehn Zentimeter aus, aber der Kopf des alten Mannes flog zurück, und er fiel zu Boden, wie man seine Socken fallen lässt, wenn man sich auszieht.

Na und, in dieser Gegend war das an der Tagesordnung, und mein Vater war nicht der Einzige, der gern Männer fallen sah. Manche Leute stehen nach einer Weile wieder auf, und es geht ihnen mehr oder weniger gut. Es sei nicht schlimmer als ein heftiger Kater, sagen sie. Man hat zwar nicht so viel Spaß dabei, ihn zu bekommen, aber es sei billiger und die Wirkung ungefähr die gleiche. Andere Leute sind da wiederum anders. Ihre Hirne werden durcheinandergeschüttelt – ich habe es selbst einmal gespürt, als ich ein Junge war, dieses absolut einzigartige Gefühl, wenn das Gehirn gegen den Schädelknochen prallt. Hinterher merken die Leute, dass sie Dinge vergessen, sie verlieren wegen irgendwelchem dummen Zeugs ihre Contenance, manchmal fangen sie an zu murmeln, manchmal sagen sie, um sie herum wäre ein Nebel, auch wenn da keiner ist. Nun habe ich auf der Bühne schon häufiger Männer niedergeschlagen und bin selbst auch öfter niedergeschlagen worden, als ich mich erinnern könnte. Ich falle ziemlich gut, auch wenn ich das selbst sage, ich bin dafür von Theaterleitern gelobt worden, die nicht dazu neigen, nette Dinge über andere Leute zu sagen. Auf der Bühne schlägt man ausladend und mit großer Geste zu, damit es auch ganz hinten auf der Galerie noch zu sehen ist, und wenn man getroffen wird, klatscht man unauffällig auf Hüfthöhe in die Hände, um das entsprechende Geräusch zu erzeugen.

7. Kapitel

Ich kam zu mir, und ich sah nur verschwommen. Mein Kopf schmerzte so sehr, dass ich am liebsten geweint hätte. Mir war übel, und in meinem Kopf drehte sich alles. Unwillkürlich schloss ich die Augen, aber das machte es nur noch schlimmer. Ich konnte mich nicht daran erinnern, was passiert war, nachdem ich die Gasse entlanggegangen war. Sehr weit weg hörte ich eine Stimme, aber ich verstand nicht, was sie sagte. Dann hob sich mein Magen, und ich übergab mich, konnte mich aber nicht bewegen, nicht einmal meinen Kopf. Die Kotze ergoss sich über mein Kinn, und meine Kehle war so rau, dass selbst jeder Atemzug schmerzte.

Etwas stürzte auf mich herab. Zuerst dachte ich, es sei ein Vogel, ein Falke vielleicht, aber es stellte sich heraus, dass es eine Hand war, die mit einem Stück Stoff das Erbrochene fortwischte.

Ein Teil meines Verstandes – nicht der Teil, der gegen meinen Schädel geknallt war, vermutlich – bemühte sich, einen klaren Gedanken zu fassen. Er meinte, dass ich vielleicht von einem Karren umgefahren worden sei. Nein, das ergab keinen Sinn, denn ich konnte mich daran erinnern, dass ich vorsichtig in beide Richtungen geschaut hatte, bevor ich aus der Gasse geschlichen war. Dann sah ich diese seltsame Erscheinung.

Es war ein Mann, der plötzlich auf mich zukam, als wäre er gerade aus der Erde gesprossen, und seine Arme hob. Und dann war da die Silhouette eines Schaufelblatts, typisch herzförmig. Ich begriff, dass mich jemand niedergestreckt hatte.

Wenn ich auf den Kopf geschlagen worden bin, schoss es mir durch den Kopf, bedeutete das dann, dass ich mein Gedächtnis verlieren würde? Der Gedanke machte mir wirklich Angst. Wer will schon einen Schauspieler, der sich keinen Text merken kann? Also fing ich an, mir Dinge ins Gedächtnis zu rufen, schnell und wahllos: den Namen meines Vaters, die Eröffnungsrede von Hippolytus und Clarenza, die Anzahl der Speichen in den Rädern des Milchwagens, auf dem ich mit neun Jahren per Anhalter gefahren bin, die Leiter aller Theater in der Stadt.

»Er sieht sich überhaupt nicht ähnlich«, sagte jemand.

»Vielleicht nicht im Moment«, erwiderte jemand anders. »Wir erwischen ihn, glaube ich, nicht gerade zu einem vorteilhaften Zeitpunkt.«

Ich erinnerte mich, dass die Taschen meines Mantels mit Diebesgut vollgestopft waren. Du Narr, schrie ich mich an, wie konntest du nur so blöd sein? Aber dies war auch kein günstiger Zeitpunkt, um mit mir selbst zu streiten. Ich hob es mir für später auf.

»Er ist wach.«

Sofort schloss ich die Augen wieder, aber nicht schnell genug. Jemand bohrte mir einen Zeigefinger in die Wange, als wäre es der Meißel eines Steinmetzes. Ich spürte, wie der Fingernagel fast in meine Haut schnitt. Ich öffnete meine Augen, und da hing dieses riesige Gesicht über mir, das mich anglotzte.

Ich erinnerte mich an die Züge.

Ich erinnere mich an das erste Mal, als ich ihn gesehen hatte. Bei der Beerdigung dieses Generals. Ihr wisst schon, das

Milchgesicht, das bei dem großen Angriff zu Beginn der Belagerung getötet wurde, kurz bevor die Flotte auftauchte und den Tag rettete. Sein Name liegt mir auf der Zunge. Ach, egal. Wie auch immer, er und alle großen Männer der provisorischen Regierung standen abwechselnd auf dem Podium und hielten Reden darüber, wie klug und mutig wer auch immer gewesen sei und wie er die Stadt gerettet habe, was natürlich nicht stimmte. Es war Lysimachus, der das getan hatte. Aber na und. Zuerst sprach Faustinus, der Stadtpräfekt, und dann redeten die Bruderschaftsführer, was ich ein bisschen krank fand, obwohl sie jetzt alle legalisiert und anerkannt waren. Schließlich kam der Admiral, der offensichtlich von Notizen ablas, die jemand anders für ihn niedergeschrieben hatte, und dann noch General Nikephoros, der neue Oberbefehlshaber der Landstreitkräfte. Ich blickte zu ihm auf. Da waren sein breites, edles Gesicht, seine stechenden Augen, sein markantes Profil und ich weiß noch, wie ich dachte: Ich könnte Euch auf dem Kopf stehend erledigen.

Und jetzt war er hier, der zweitwichtigste Mann der Stadt, und sah auf mich herab, als hätte er gerade bemerkt, dass ich an seiner Stiefelsohle klebte.

»Ich habe ihn gesehen«, sagte er mit dieser ruhigen, gemessenen Stimme, die ich so gut kannte, »im Theater. Er ist gut.«

Ich hatte keine Ahnung, wovon er redete.

»Du machst wohl Witze«, sagte jemand anders. Er trat vor, und ich sah ihn. Artavasdus, sein Stellvertreter, den ich tatsächlich einmal getroffen hatte. Eine höhere Stimme, aber immer noch in meinem Register und nützlich für komische Szenen, weil die Leute ihn für einen Idioten halten. Ich spiele ihn nicht sehr oft, aber es ist nicht schwierig. »Seine Nase ist schon mal zu kurz.«

»Aus der Ferne«, entgegnete Nikephoros.

»Ich habe ihn in einer Burleske der *Krone* gesehen«, sagte jemand anders. »Er war sehr gut. Eigentlich war er wie ich.« Ich kannte die Stimme: Faustinus. Und der Grund, warum ich mich nicht bewegen konnte, hatte nichts damit zu tun, dass man mir auf den Kopf geschlagen hatte. Meine Hände und Beine waren an irgendetwas gefesselt. Mit einem Seil.

»Gut«, sagte Artavasdus, »aber wir brauchen ihn nicht, um du zu sein, dafür haben wir ja dich. Und ich sage, er hat keine Ähnlichkeit mit ihm. Die Form des Kopfes passt überhaupt nicht. Und er ist dreißig Zentimeter zu klein.«

»Eigentlich«, warf Nikephoros ein, »ist er fünfzehn Zentimeter zu groß.«

»Soll das ein Scherz sein?«

»Ich habe ihn vermessen lassen.« Nikephoros wandte sich Artavasdus zu. »Was meinen Standpunkt beweist. Man sieht, was man zu sehen glaubt. Er ist nur ein kleiner Komiker, deshalb denkst du, er sei kleiner. In Wirklichkeit ist er größer. Wenn sie also denken, sie sehen den Echten, ist das egal.«

»Niko hat recht«, sagte Faustinus. »Na ja, er ist offensichtlich größer als ich. Aber als ich ihn sah, ist mir das nicht aufgefallen. Und wenn sie größer sein wollen, tragen sie einfach höhere Absätze.«

Was im Übrigen nicht stimmt. In den Dingern kann man nämlich nicht vernünftig laufen.

»Ihr scheint alle der Illusion zu unterliegen, dass wir eine Wahl haben«, sagte Nikephoros. »Aber er wird ja bei uns sein, wer also sollte Verdacht schöpfen? Und er wird die richtige Kleidung tragen, und wir werden dafür sorgen, dass er Hüte und Kapuzen und Gott weiß was hat, wir lassen ihn im Schatten agieren, besorgen ein paar kleine Wachen, damit er größer wirkt ...«

»Du hast gesagt, er sei jetzt schon zu groß.«

Nikephoros lachte. »Siehst du? Jetzt hast du mich erwischt.

Der Punkt ist, dass niemand Verdacht schöpfen wird. Sie sehen, was sie sehen wollen.«

»In Ordnung«, meinte Artavasdus. »Und was ist mit dem Hören?«

»Er kann die Stimme wirklich gut«, warf Faustinus ein. »Einer meiner Angestellten hat es mir gesagt. Wenn man die Augen schließt, könnte man meinen, er sei der Echte.«

»Gut.« Artavasdus wurde langsam ärgerlich. »Lasst ihn uns anhören, ja?«

»In Ordnung«, erwiderte Nikephoros. »Ihr müsst euch allerdings damit abfinden, dass er etwas angeschlagen ist.«

Ich öffnete den Mund. Mein Gaumen war ganz wund von der Säure des Erbrochenen. »Entschuldigt«, krächzte ich.

»Und überhaupt«, bemerkte Faustinus über mir, »es ist nicht nur die Stimme. Es sind die Stimme *und* der Sprachrhythmus und die Ausdrucksweise und all die kleinen Gesten und Manierismen. Und natürlich werden wir ihm erklären, was er sagen soll, damit er die richtigen Worte wählt. Ihr wisst schon, all die kleinen Wendungen und Lieblingsausdrücke ...«

»Er versucht, etwas zu sagen«, unterbrach Artavasdus.

»Sollen wir die Bruderschaften einweihen?«, fragte Faustinus. »Den Teufel tun wir.«

»Ganz meine Meinung«, sagte Nikephoros. »Das geht nur uns drei etwas an.«

Was mir seltsam vorkam, denn hätte es sich um eine politische Angelegenheit gehandelt, hätte Lysimachus davon wissen müssen. »Entschuldigt«, wiederholte ich.

Sie blicken auf mich hinunter.

»Entschuldigt, aber was mache ich hier?«

Nikephoros warf mir einen vernichtenden Blick zu. »Weißt du was«, sagte er, »du bist eine fürchterliche Nervensäge.«

»Bin ich das? Tut mir leid. Ich wollte nicht ...«

»Wir haben nach dir gesucht«, sagte Artavasdus und beugte sich vor, sodass ich Mandeln in seinem Atem riechen konnte. »In der ganzen Stadt, an all den schrecklichen Orten. Und wo tauchst du schließlich auf? Als du in mein Haus einbrichst.«

Ich wollte gerade widersprechen, da fiel es mir wieder ein. Er hatte völlig recht.

»Die«, fuhr er fort und öffnete seine große Faust direkt vor meiner Nase, »haben wir in deiner Tasche gefunden. Sie gehörten meinem Vater, du diebischer kleiner Scheißer.«

Er machte mir Angst. Es ist üblich, Dieben schlimme Dinge anzutun. Seltsam, dass mir das entfallen ist, bevor ich mich auf diese idiotische Eskapade einließ.

»Es tut mir leid«, murmelte ich. Vielleicht war es nicht das Klügste, was ich je gesagt habe.

»Aber«, fuhr Nikephoros fort, »auf eine gewisse komische Art und Weise dient das alles einer guten Sache. Sieh mal, du musst etwas für uns tun, und es besteht in einem geringen Maße die Möglichkeit, dass du das nicht tun willst. Aber wir sind keine Wilden. Hättest du abgelehnt, hätten wir dich nicht zwingen können. Aber jetzt können wir dir ganz rechtmäßig ein Angebot machen. Du tust, was wir wollen, oder wir lassen dich hängen.«

Mein Mund war furchtbar trocken geworden. »Ich werde es tun«, sagte ich.

»Du weißt doch noch gar nicht, was es ist.«

»Das ist egal.«

»Einige von uns«, warf Artavasdus ein, »sind nicht ganz davon überzeugt, dass du es hinbekommst.«

»Lasst es mich versuchen. Bitte.«

Sie sahen sich an, und ich wusste, dass ich keinen guten Eindruck machte. Sie wirken wie jemand, der gerade etwas gekauft hat und zu Hause feststellt, dass es nicht zu den Vorhängen passt. »Hört ihn euch an«, meinte Artavasdus. »Er ist einfach erbärmlich.«

»Das ist seine eigene Stimme«, erwiderte Nikephoros und war bemüht, sich fair zu verhalten. »Lasst uns um Himmels willen versuchen, konstruktiv zu bleiben.« Dann wandte er sich mir wieder zu. »Ich möchte, dass du wie Lysimachus klingst«, sagte er.

»Ich soll ihn imitieren, meint Ihr.«

»Ja. Mach schon.«

Ihr kennt das, wenn der Kopf plötzlich völlig leer ist. »Was möchtet Ihr von mir hören?«

»Woher soll ich das wissen? Sag irgendwas.«

Ich spürte, wie ich anfing, in Panik zu geraten, aber dann dachte ich: *Wartet mal, ich weiß noch viel zu sagen, auch wenn mein Gehirn aufgehört hat zu arbeiten.* Und dann dachte ich: *Ich bin Theaterleiter, und Lysimachus hat bei mir für eine halbe Saison unterschrieben. Was würde wie die Faust aufs Auge zu ihm passen?*

»Oh, verzeih mir«, sagte ich, »du blutendes Stück Erde, dass ich sanftmütig zu diesen Schlächtern bin. Du stehst für den edelsten Mann ...« Und so weiter. Bei solchen Gelegenheiten ist Saloninus nicht zu übertreffen. Jeder verdammte Narr klingt gut, wenn er solche Dinge sagt.

Die Rede ging mir aus, und ich verstummte. Mein Hals brannte höllisch, und mein Kopf schmerzte so sehr, dass ich es nicht ertragen konnte. Oh, und Angst hatte ich auch. Sie sahen mich an, als wäre ich eine Rechnung, die sie durch drei teilen wollten, und sie konnten sich nicht entscheiden, wer den Steinbutt hatte.

»Ich weiß nicht«, sagte Artavasdus. »Ich sehe, was Ihr meint, aber ich bin mir immer noch nicht sicher.«

»Er strengt sich zu sehr an«, meinte Faustinus. »Wahrscheinlich ist er nervös.« Er beugte sich über mich und lächelte geradezu entsetzlich. »Entspann dich«, sagte er.

»Sei kein Idiot, Faustinus«, ging Nikephoros dazwischen, »so wird es nur noch schlimmer.«

Faustinus sah ihn an. »Also?«

Nikephoros seufzte. »Ich denke, er macht das schon«, sagte er. »Arta?«

Artavasdus zuckte mit den Schultern. »Wie du gesagt hast«, antwortete er müde. »Wenn wir glauben, wir hätten eine Wahl, machen wir uns etwas vor. Ich habe einfach das schreckliche Gefühl, dass das alles sehr böse enden wird.«

»Du bist nicht unbedingt hilfreich«, sagte Nikephoros. »Also gut, ich betrachte das als einstimmige Entscheidung. Ihr beide solltet besser wieder rausgehen. Ich weise unseren widerspenstigen Helden unterdessen ein.«

Artavasdus stand auf, schüttelte den Kopf und verschwand aus meinem Blickfeld. Faustinus folgte ihm, blieb dann aber stehen, drehte sich um, als wollte er noch etwas sagen, besann sich jedoch eines Besseren und ging. Dann war ich allein mit dem zweitmächtigsten Mann der Stadt. Was für eine Freude!

Er löste die Seile, mit denen man mich an das Feldbett gefesselt hatte. Entweder war er einfach ungeschickt, oder seine Hände zitterten. Er hatte Schwierigkeiten, die Knoten aufzukriegen. Ich persönlich hätte die Seile einfach durchgeschnitten und wäre schon damit fertig gewesen. »Also gut«, sagte er, »dann wollen wir mal sehen, wie schlau du bist. Sag mir, was hier eigentlich los ist.«

»Ich weiß es nicht.«

»Dann extrapoliere.« Er hielt inne. »Es bedeutet, dass man das, was man weiß, benutzt, um eine Vermutung darüber anzustellen, was man nicht weiß.«

Ich beschloss, ihn nicht besonders zu mögen. »Ihr wollt, dass ich mich als Lysimachus ausgeben soll.«

»Genial. In Ordnung, warum wollen wir das?«

Ich glaube, ich hatte erwähnt, dass mir der Kopf schmerzte. Es wurde auch nicht besser. »Ich weiß es nicht«, erwiderte ich. »Vielleicht ist er krank, und es steht eine große Feierlichkeit an.« Ich wartete auf seine Reaktion. Sie kam nicht. »Vielleicht hat er seine Stimme verloren, und er muss eine Rede halten.«

Nikephoros schüttelte den Kopf. »Die könnten wir einfach aufschieben.«

»Warum erzählt Ihr es mir nicht einfach?«

»Warum tust du nicht, was man dir sagt?«

Es sind oft die kleinen Dinge, die einen dazu verleiten, etwas Dummes zu tun. Das war ein Lieblingsspruch meines Vaters gewesen. »Gut«, sagte ich. »Vielleicht plant ihr einen Putsch. Vielleicht ist er auch schon geschehen, und Lysimachus sitzt eingesperrt in einem Keller. Und ihr wollt, dass ich ...«

Er lachte. »Offensichtlich«, meinte er, »haben wir alles über dich herausgefunden. Nein, Lysimachus sitzt nicht unten in einer Zelle. Aber deine Mutter. Und wenn du nicht tust, was wir dir sagen, wird sie sich wünschen, nie geboren worden zu sein.«

Wisst Ihr was? Als Genre mag ich das Melodrama sehr. Es ist leicht zu schreiben, macht Spaß zu spielen und füllt die Theater auch bei heißem Wetter. Aber im wirklichen Leben mag ich es nicht besonders. Und so, wie er das über meine Mutter gesagt hatte, hätte es auch von meinem Vater stammen können, wenn er dabei war, jemanden zu tyrannisieren. »Ihr wisst um Euer Problem«, sagte ich. »Ihr habt Schwierigkeiten, ein Ja als Antwort zu akzeptieren.«

Er schien schockiert, dann lachte er. »Na gut«, sagte er schließlich. »Es stimmt, wir brauchen dich, damit du dich für Lysimachus ausgibst.«

»Wieso?«

»Er ist tot.«

Mein Schädel fühlte sich an, als steckte ein Keil darin und jemand hätte gerade den letzten Schlag ausgeführt, um ihn mir zu spalten. »Er ist von einem Stein erschlagen worden.«

»Du hast das Gerücht gehört.«

»Ich sollte an diesem Abend dort sein. Ich war der Unterhaltungsgast.«

Nikephoros sah mich an, schockiert, aber gefasst. »Gut für uns, dass du es nicht warst«, meinte er. »Und? Wirst du es tun können?«

»Ich weiß es nicht«, erwiderte ich.

Allmählich begann er, die Geduld mit mir zu verlieren. »Nein«, sagte er, »das glaube ich nicht. Es ist ein Unterschied, ob man in einer Burleske die Leute zum Lachen bringt oder ob man tatsächlich so tut, als wäre man derjenige. Zum einen, weil man auf der Bühne stets übertreibt. Das wagt man nicht, wenn es echt wirken soll. Man kann die Stimme nachahmen, wenn man deklamiert, aber Konversation ist eine andere Sache, und ich nehme nicht an, dass du jemals gehört hast, wie er einfach mit Leuten plaudert.«

»Nein«, gab ich zu. Er sah mich an. »Aber ich kann extrapolieren.«

Sein Gesicht verzog sich zu einem Grinsen. »Worauf wartest du dann?«

Also gut. Ich werde es folgendermaßen machen.

Es ist nicht wirklich schwierig. Wenn es das wäre, würde es mir nicht gelingen. Ich stelle mir einfach vor, dass ich vor einem Spiegel stehe, aber das Spiegelbild darin bin nicht ich, sondern er – das Ziel, das Opfer, das Subjekt. Ich beobachte sein Gesicht, während ich mit ihm spreche, beobachte, wie sich seine Lippen bewegen, seine Augen, wie sein Tonfall klingt und wie er die Worte betont. In meinem Kopf höre ich seine Stimme, obwohl ich selber spreche. Und dann bin ich im

Grunde genommen er. Ich öffne die Augen und schaue ins Publikum, und das ist eigentlich alles.

Das ist ein Scherz, oder? Nein, eigentlich nicht. Ich kann mir nicht jedes Wort und jede Geste ausdenken, denn das wäre Selbstmord. Ich bin er, was mir so leicht gelingt, wie ich selbst zu sein. Und das wiederum ist buchstäblich gar nicht so problemlos möglich. Denn ich zu sein, war noch nie einfach. Und unterm Strich wäre ich sowieso viel lieber jemand anders als ich.

Ohne Frage. Und wenn wir jetzt miteinander reden würden, von Angesicht zu Angesicht, wäre die Stimme, die Ihr hören würdet, nicht meine Stimme – nicht die, mit der ich geboren und aufgewachsen bin in den Gassen um den Alten Blumenmarkt. Ich hatte wie ein Verrückter gearbeitet, um diese Stimme loszuwerden, mit ihren wimmernden Vokalen und ihren erstickten Konsonanten. Und die Worte würden ganz anders klingen, wenn ich sie sprach: ein anderes Vokabular, eine andere Syntax. Ich musste lernen, meine Sätze auf eine völlig fremde Art zu formen, und das brachte mich dazu, auch meine Denkweise zu ändern. Inzwischen kommt mir alles ganz natürlich über die Lippen, aber da ist doch eine ständig nagende Sorge im Hinterkopf, dass es mir die Stimmritze verklemmt oder mir ein falsch benutzter Konditionalsatz oder eine atavistische Verb-Endung entfleucht. Nein, ich selbst zu sein, ist harte Arbeit, die ganze Zeit. Politiker zu sein, ist im Vergleich dazu ein Kinderspiel.

Das ist übrigens auch der Grund, warum ich so wenige Rollen in Komödien bekomme, die unter einfachen Leuten spielen. Dein Akzent ist einfach nicht überzeugend, er klingt zu aufgesetzt. Warst du jemals in deinem Leben östlich des Schwarzen Kreuzes? Und ich zucke mit den Schultern und denke: Das ist ein kleiner Preis.

»Ich werde mein Bestes tun«, sagte ich und klang dabei genau wie Lysimachus. »Aber erwartet keine Wunder.«

Seine Augenbrauen schossen in die Höhe. »Das ist gar nicht schlecht«, sagte er.

»Leckt mich«, sagte ich. Er lachte.

»*Ihr könnt mich mal* wäre noch besser«, sagte er. »Lysimachus hat eigentlich nicht viel geflucht, nicht nachdem er zum großen Helden geworden war. *Ihr könnt mich mal* hätte er allerdings nicht als Fluch angesehen.«

»Also könnt Ihr mich mal.«

»Viel besser. Nur dann lachte er, nachdem er schrecklich unhöflich zu dir gewesen war, um zu zeigen, dass es in Ordnung war.«

»Ist notiert«, sagte ich.

»Versuch es noch einmal.«

»Stichwort«.

»Wie? Oh, tut mir leid.« Er räusperte sich. »Eigentlich ist das gar nicht schlecht.«

»Ihr könnt mich mal«, sagte ich und grinste dann. Kein Lachen, das würde er nicht tun, zumindest nicht laut. Das wusste ich, obwohl ich ihm nie begegnet war. Ich wusste einfach, ein Lachen würde nicht passen.

»Das ist viel besser. Du bist sicher, dass du ihn nie getroffen hast?«

»Ich und so ein mächtiger Mann? Bleibt auf dem Teppich.«

Er schürzte die Lippen. »Nicht *mächtiger Mann*«, sagte er. »Ich bin mir nicht wirklich sicher, wie er sich ausgedrückt hätte, aber ich habe ihn in einem solchen Zusammenhang, nie *von einem mächtigen Mann* reden hören.«

»Anführer«, schlug ich vor.

»Ja, du hast recht.« Er sah mich an. »Wie bist du darauf…?«

»Er kam von den Bruderschaften, oder? Anführer, das Wort hat in der Armenstadt eine wichtige Bedeutung.«

»Das wusstest du also. Du bist wirklich sehr gut.«

Ich antwortete nichts, warf ihm aber einen entsprechenden Blick zu. In Eden bedeutet das, man sucht Ärger. Er musste lachen. »Tut mir leid«, sagte er. »Hör zu. Ich entschuldige mich bei dir. Du weißt wirklich, was du tust. Aber jetzt kannst du aufhören. Die Wahrheit ist, ich konnte den Kerl nie ausstehen.«

Für einen Moment vergaß ich meine Kopfschmerzen. »Ach, tatsächlich?«

»Hört auf, ich habe es Euch gesagt. Nein, ich habe ihn nie besonders gemocht.« Er hielt inne und sah mich an. »Was genau weißt du über ihn?«

Seltsame Frage. »Was jeder weiß. Er war der Held. Er hat die Stadt gerettet.«

»Den Teufel hat er getan«, brach es plötzlich und sehr bitter aus ihm heraus. »Lass mich dir von Lysimachus erzählen. Er hat als Leibwächter gearbeitet. Begonnen hat er als Kämpfer in der Arena. Da war er ein Champion, denn es fiel ihm leicht, andere Menschen zu töten. Dann kam die Belagerung, und ein großer Mann brauchte einen Leibwächter, also wählten wir den Besten für ihn. Und ja, er war ein sehr guter Leibwächter, und er liebte den großen Mann. Er war ihm so treu ergeben wie ein Hund. Aber nachdem der große Mann die Stadt gerettet hatte, starb er, und die Menschen waren nicht dazu bereit, von seinem Tod zu erfahren. Also änderten wir die Wahrheit. Wir sagten ihnen: Lysimachus war der große Mann. Lysimachus hat die Stadt gerettet, denn er sah aus wie ein Held, und er war groß und stark und konnte einen Menschen mit bloßen Händen in fünfzehn Sekunden in Stücke reißen. So etwas mögen die Leute. Wir sagten ihnen: Der Mann, den ihr für einen großen Mann haltet, war in Wirklichkeit nur ein Streber, ein Ingenieur. Er bastelte an irgendwelchen Sachen herum, aber er war kein Anführer. Es war Lysimachus, der das alles gemacht hat. Er hat euch tatsächlich das Leben gerettet, als wir kurz davorstanden, abgeschlachtet zu werden.« Er hielt einen Moment inne, denn er fühlte sich unbehaglich. »Es war meine Idee«, sagte er. »Wir mussten etwas tun, und zwar schnell. Also sagte ich, das machen wir, denn die Leute müssen jemanden haben, an den sie glauben können, sonst geben sie auf.« Er schloss die Augen, dann öffnete er sie wieder. »Und hier bin ich nun und mache genau das Gleiche noch einmal. Geschieht mir recht, denke ich. Aber es hat beim letzten Mal funktioniert, und es wird wieder funktionieren. Diese Stadt wird nicht untergehen, nur die Leute …«

Er hat mir nicht gesagt, wer seine Leute sind. Er nahm wohl an, ich wüsste es bereits.

»Das mit Lysimachus habe ich nicht geahnt«, sagte ich.

»Natürlich hast du das nicht. Niemand hat das. Das war der Punkt.« Er brauchte einen Moment, um sich zu sammeln. »Aber es hat funktioniert«, wiederholte er. »Es hat funktioniert, obwohl die Leute damals dabei waren, sie wussten, wer der wahre Held war. Sie haben ihm auf den Straßen zugejubelt, wenn sie ihn nicht gerade für alles Mögliche verantwortlich gemacht haben. Aber dann haben wir ihnen gesagt, dass es in Wirklichkeit Lysimachus war. Und sie haben uns geglaubt, weil er eben aussieht wie ein Held und weil er einer von ihnen war. Abschaum zwar, aber mit der richtigen Hautfarbe.«

Also hatte ich recht, dachte ich. Und der Name lag mir immer noch auf der Zunge.

»Und wenn«, fuhr er fort, »wir den Leuten diesen muskelbepackten Schläger als einen echten Helden verkaufen konnten, können wir ihnen auch dich anstelle des Schlägers verkaufen. Nur so lange, bis wir jemand anderen gefunden haben, den sie anbeten und verehren können. Dann bist du frei und kannst gehen.«

Ich fand, dass er etwas vergessen hatte. Ich wartete einen Moment und sagte dann: »Entschuldigt …«

»Was?«

»Ich will Euch nicht auf die Nerven gehen, aber was ist für mich dabei drin?«

Er warf mir einen Blick zu, den ich nie vergessen werde. »Am Leben bleiben«, sagte er. »Das willst du doch, oder nicht?«

8. Kapitel

Er gab mir ein Buch zu lesen: *Die Geschichte einer Belagerung*. So stand es auf dem Buchrücken, was allerdings nicht ganz korrekt war, da sie nur bis zu der Stelle erzählt wurde, an der der Oberst der Ingenieure (Nikephoros' alter Chef) getötet wurde. Es war ein ziemlich anstrengender Stoff, aber ich kämpfte mich hindurch.

Dabei begriff ich, dass die Lage an einem Punkt in der Tat sehr verzweifelt gewesen war. Offensichtlich hatte der Feind die gesamte Garnison der Stadt in die Wälder gelockt und sie dort wie Schafe abgeschlachtet, während er gleichzeitig dafür sorgte, dass die Flotte tausend Meilen entfernt festsaß und nicht zurückkehren konnte, um uns zu retten. Das Einzige, was zwischen uns und der Vernichtung gestanden hatte, waren ein paar Kompanien von Ingenieuren, die zufällig in die Stadt zurückgekommen waren, nachdem sie irgendwo einen Auftrag erledigt hatten. Ihr Kommandeur hatte eine Reihe von Tricks und Täuschungen zum Einsatz gebracht, die den Feind hatten glauben lassen, wir seien weitaus besser vorbereitet, als wir es waren. Das hatte uns etwas Zeit verschafft. Und dann wurde seitenlang darüber laboriert, dass der Kommandant der Pioniere den feindlichen Anführer noch aus seiner Kindheit kannte, was ich zugegebenermaßen etwas unglaubhaft fand. Ich vermute, Nikephoros hat es in dem Bericht geschrieben, weil er eine Erklärung dafür brauchte, wie wir es geschafft hatten zu überleben, abgesehen von dem einfachen, altmodischen, verblüffenden Konzept, dass man Glück nennt und das öfter vorkommt, als man denkt, an das aber kein Publikum je glaubt.

Ich las das Buch in einem kleinen Raum – nennt es eine Zelle, denn das war es wirklich – in einem Turm des kaiserlichen Palastes, während ich darauf wartete, dass jemand kam und mir sagte, was ich zu tun habe. Man hätte meinen sollen, in dieser Situation – wir haben keine Wahl, die Katastrophe droht – müssten sie es eilig haben voranzukommen, was auch immer das Endergebnis sein würde, aber anscheinend war das nicht der Fall. Dadurch gewann ich Zeit nachzudenken, Zeit, Ängste zu entwickeln, sie zu überwinden, zu einem Nervenbündel zu werden und mich wieder zusammenzureißen, bis ich irgendwann erneut vage einem Menschen ähnelte. Auch meine Kopfschmerzen ließen allmählich nach, allerdings bemerkte ich das kaum, weil ich viel zu sehr damit beschäftigt war, mich zu Tode zu fürchten.

Bereits am Eröffnungsabend weiß man, ob das Stück, die Inszenierung funktionieren wird oder nicht, und manchmal kann man das Todesröcheln schon bei der ersten Probe hören. Ich hatte ein wirklich schlechtes Gefühl bei der ganzen Idee. Sie war aus Verzweiflung geboren, und das ist nie gut. Wenn man durch die Umstände in etwas hineingerät, hat man keine Optionen, nur bei der Wahl zwischen verschiedenen Alternativen haben wir die Chance, uns in Weisheit zu üben, was immer das auch sein mag. Es ist der Unterschied zwischen dem Ritt auf einem Pferd mit Gebiss und Zaum oder verkehrt herum auf ein galoppierendes Pferd gebunden zu sein. Wenn sich also herausstellen würde, dass ich auch etwas zu sagen hatte, würde ich nicht dort bleiben. Falls sich mir eine

Chance zur Flucht bot, würde ich sie ergreifen. So einfach war das.

Angenommen, ich bekäme diese Chance nicht, gab es dann irgendetwas, was ich tun konnte, um meine Überlebenschancen zu verbessern? Mir fiel nichts ein, außer für diesen lächerlichen Job, den ich da bekommen hatte, mein Bestes zu geben. Tatsächlich beruhigte mich das Buch in dieser Hinsicht ein wenig, da es angebliche Beispiele dafür aufzeigte, dass auf beiden Seiten der Stadtmauer auch vernünftige Menschen den abscheulichsten Unsinn glauben. Aus dem gleichen Grund gibt es in der Welt diesseits des Großen Fleischerhakens nur eine begrenzte Anzahl von Glücksfällen, und wie es aussah, hatte die provisorische Regierung sie sämtlich aufgebraucht und nichts für später übrig gelassen.

Gut. Es gibt ein altes Sprichwort: Je schlechter das Stück, desto mehr muss man sich anstrengen. Was unter anderem bedeutete, dass ich diese lächerliche Geschichte *ernst* nehmen musste und sie nicht einfach nur nebenbei betreiben durfte, während ich nach einer Gelegenheit suchte, mich davonzuschleichen, sondern dass ich tatsächlich darüber nachdenken, mich konzentrieren und jedes letzte Detail auf den Punkt richtig hinbekommen musste. Nicht einfach nur genug zu tun, um die Spielleitung zu befriedigen, sondern alles zu geben, als ob es wichtig wäre, weil es wichtig *war*. Keine leichte Aufgabe angesichts der grotesken Situation, aber wie der Mann schon sagte, haben wir keine Wahl.

In den nächsten fünf Tagen arbeiteten die Verschwörer – nennen wir sie mal so – an mir, um mich auf Vordermann zu bringen. In der Praxis bedeutete dies, dass zwanzig von vierundzwanzig Stunden einer von ihnen bei mir saß und mit mir redete, während die anderen beiden irgendwo unterwegs waren, vermutlich, um die Stadt zu leiten. Ich hatte nichts anderes zu tun, als Lysimachus zu sein und ihnen zu antworten. Wenn ich etwas falsch verstand, wurde ich korrigiert. Nein, das würde er nicht sagen; so würde er nicht sitzen; darüber würde er nicht lachen; das klingt nicht richtig; versuch es noch einmal …

Sie waren geduldig, das muss ich ihnen lassen, mit der tödlichen Ruhe von Männern, die gespannt sind wie Geigensaiten. Zu schreien und die Contenance zu verlieren wäre kontraproduktiv, und wir konnten es uns nicht leisten, eine Sekunde zu verschwenden. Am Ende des dritten Tages war ich zermürbt. Das sei Absicht, meinten sie, es nützte nichts, dass ich Lysimachus war, wenn ich putzmunter war. Ich musste den Mann vierundzwanzig Stunden am Tag verkörpern. In dieser Nacht weckte mich Artavasdus, nachdem ich eine Stunde Schlaf gehabt hatte. Ich erinnerte mich gerade noch rechtzeitig, was los war, und wachte ganz in meiner Rolle auf. Ich schreckte hoch und rutschte zurück, um eine Armeslänge zwischen ihn und mich zu bringen. Gleichzeitig griff ich zum Nachttisch, wo eigentlich ein Messer hätte liegen müssen, das es aber nicht gab. Nicht schlecht, dachte ich im Stillen, und von diesem Moment an begann Artavasdus, mich mit ein wenig Respekt zu behandeln.

»Das werden wir noch üben«, sagte er.

»Nein, werden wir verdammt noch mal nicht.«

Er grinste. »Vorsicht mit den Flüchen«, warnte er.

»Fluchen ist gefordert«, antwortete ich. »Und wenn Ihr das noch einmal mit mir macht, breche ich Euch den Arm.«

Für den Bruchteil einer Sekunde dachte er, ich meinte es ernst. Und für den Bruchteil einer Sekunde dachte ich das auch.

Am sechsten Tag zeigten sie mich in der Öffentlichkeit. Es sei schon sehr lange her, dass jemand außer ihnen den großen Mann zu Gesicht bekommen habe, und die Stadt habe es bemerkt, erklärten sie. Es seien hässliche Gerüchte im Umlauf – wahre zwar, aber egal –, und es müsse sofort etwas unternommen werden. Es hatte bereits Unruhen gegeben, die mit erheblicher Brutalität niedergeschlagen worden waren, was die Verschwörer bedauerten. Infolgedessen hatten sie eine Erklärung herausgeben müssen, dass Lysimachus krank sei, und zwar bedrohlich krank, obwohl die Ärzte noch Hoffnung hatten. Es wäre also in Ordnung, wenn ich mich nur flüchtig auf einem Balkon zeigen würde, gut eingepackt gegen die nicht vorhandene Kälte. Ich würde winken, dann erschöpft von der Anstrengung zurücktaumeln, und meine treuen Kameraden würden mich zurück in den Palast eskortieren, und alles würde gut werden.

Und so kam es. Schwach und kraftlos zu spielen ist schwieriger, als es sich anhört, aber zufälligerweise hatte ich einmal am Bergfieber gelitten, und ich konnte mich daran erinnern, wie meine Gelenke geschmerzt und wie viel Anstrengung es gekostet hatte, sich überhaupt zu bewegen. Mach dir keine Sorgen, sagte man mir, du wirst dich sieben Meter über ihren Köpfen befinden und nur gedämpft zu hören sein. Ich sagte ihnen: Macht Ihr Euren Job, ich mache meinen. Idioten. Haben die nicht gemerkt, dass es perfekt sein muss? Ich glaube nicht, dass sie es wirklich verstanden. Man muss einige Zeit in dem Beruf verbracht haben, bevor man das herausfindet, aber es ist wahr. Die Leute hinten auf der Galerie können dein Gesicht nicht sehen, aber sie wissen, ob du lächelst oder nicht, so wie sie wissen, ob ein Mädchen hübsch ist. Ich habe keine Ahnung wie, aber sie wissen es.

Also habe ich es auf meine Art gemacht, und es hat funktioniert. Ich glaube, das war der Moment, in dem mir klar wurde, was Lysimachus für die Menschen in der Stadt bedeutete. Als man mich auf den Balkon führte, bemerkte ich, dass ich nichts sehen konnte außer Menschen: kein Pflaster, keine Wände, nur dicht aneinandergedrängte Körper, eine wabernde Masse von Gesichtern, alle Augen auf mich gerichtet. Und dann der Lärm. Ich bekomme nicht so einen Jubel, wenn ich auftrete, aber einige von uns schon. Ich stand da und erstickte in dem Krach, und, Gott, war ich neidisch.

»Ich glaube, wir sind noch mal davongekommen«, meinte Faustinus, als ich, immer noch in kranker und schwacher Haltung, vom Fenster forttaumelte. »Du siehst furchtbar aus«, fügte er hinzu.

»Mir geht es gut«, sagte ich, aber ich brauchte einen Moment, um mich wieder zusammenzureißen. »Ich spiele das nur. Was jetzt?«

»Wir sollten es nicht übertreiben«, meinte Nikephoros. »Dreißig Sekunden an einem offenen Fenster sind schon ganz gut. Außerdem brauchen wir dich im Moment eigentlich für nichts.«

Das tat er auch nicht. Eines hatte ich über den ersten Bürger und Vater seines Landes herausgefunden: Er hat nicht viel getan. So gut wie gar nichts. Man musste ihn eher an der Leine halten, damit er sich nicht in Dinge einmischte, die er nicht verstand und sie dann vermasselte.

»Er war ein Narr«, vertraute mir Artavasdus am nächsten Tag bei Lysimachus' Lieblingsfrühstück aus Gerstenbrötchen, fermentiertem Kohl und grünem Tee an. Ich verabscheue vergorenen Kohl. »Er verehrte den alten Mann, aber als er weg war, begann der Idiot zu glauben, was wir über ihn sagten. Er vergaß, dass er nur der Aufpasser des alten Mannes gewesen war, und dachte, er hätte das alles selbst vollbracht. Um die Wahrheit zu sagen, er geriet allmählich außer Kontrolle.«

Sie ließen mich Übungen machen. Lysimachus war ein Champion in der Arena gewesen und damals erstaunlich schlank und fit. Sobald er den Sand verlassen hatte und Zugang zu unbegrenzter Nahrung bekam, begann er mit einer

Art wilder Leidenschaft dem Essen zu frönen. Sein Arenastoffwechsel verbrannte das meiste davon, aber man sagte mir, dass er am Ende anfing, an den Rändern eher unscharf zu werden. Aber das kam für mich nicht infrage. Jeder erwartete, dass Lysimachus den Körperbau einer Heldenstatue hatte, und das war nicht verhandelbar.

»Eigentlich«, sagte Faustinus zu mir, während ich auf dem Rücken lag und irgendein lächerliches Gewicht an einer Stange hob, »warst du ungefähr richtig, als wir dich festgesetzt haben. Du hattest ungefähr die gleiche Statur wie er, meine ich. Aber das würden die Leute nicht glauben, verstehst du?«

Das konnte ich akzeptieren. Ein Freund von mir, der früher seinen Lebensunterhalt damit verdient hatte, Stempel für gefälschte Münzen zu schneiden, sagte mir einmal: Eine Fälschung muss besser sein als das Original.

Und dann waren da noch die Narben. Jeder wusste, dass Lysimachus Narben hatte, denn er war ein Champion gewesen, und zudem war er mit einem Speer in den Rücken gestochen worden, als er dem General einmal das Leben rettete. Eigentlich, so erzählte man mir, während Nikephoros das Rasiermesser streichelte, hatte er bemerkenswert wenige Narben für einen Arenakämpfer, denn er war gut, deshalb wurde er kaum aufgeschlitzt. Aber das ist nicht das, was die Leute zu sehen erwarten, oder?

Wir hatten ein wenig über dieses Thema verhandelt. Ich war von der Annahme ausgegangen, dass ich ein Zauberer mit Siegellack und Schminke war. Das hatten sie nicht akzeptiert. Es zeigt, wie sehr ich es geschafft hatte, ihnen zu gefallen, dass sie überhaupt bereit waren, ihre Ideen anzupassen. Sie hatten damit gerechnet, mich wie eine abgenutzte Säge liegen zu lassen. Stattdessen einigten wir uns auf eine relativ kleine Anzahl von gut dokumentierten Narben, die Nikephoros mir selbst mit einer für einen so großen Mann erstaunlich leichten Hand zufügte. Die Wunden mussten mit Salpeter behandelt werden, um sie schnell altern zu lassen. Es tat höllisch weh, und ich musste mich tief in meinen Charakter hineinversetzen, um mich davon abzuhalten, das Haus niederzuschreien.

Kurze Auszeit, während ich einen Punkt anspreche, der Euch wahrscheinlich schon aufgefallen ist.

Lysimachus war ein Arenakämpfer und, bis er seinen Ruf zu einer höheren Bestimmung vernahm, durch und durch blau, so wie mein Vater grün war. Die Kämpfer sagen: Man wird nur dann richtig gut, wenn man den Kampf genießt. Ein bisschen wie bei meiner Theorie über die Schauspielerei, denke ich. Man muss sie ernst nehmen. Nun ja, offensichtlich nimmt man einen Kampf ernst, wenn man am Leben bleiben will. Aber darum geht es laut den Jungs aus der Arena nicht. Wenn man nur kämpft, um am Leben zu bleiben, wird man früher oder später verlieren. Man muss kämpfen, um zu gewinnen. Du musst den Sieg genießen, mehr als alles andere auf der Welt. Um in den Genuss dieses Vergnügens zu kommen, musst du dich an der Niederlage deines Gegners erfreuen, an seinem Schmerz und an seinem Tod.

Was vielleicht erklärt, warum mein Vater so gut war in dem, was er tat. Er war nicht der größte Mann aller Zeiten, er hatte keine Muskeln wie – nun ja, Lysimachus oder (wenn wir schon dabei sind) eben ich. Er war zwar ziemlich flink auf den Beinen, konnte jedoch keine Rückwärtssalts schlagen oder so hoch springen, wie er groß war. Doch wenn er in einen Kampf ging, tat er das mit aller Entschiedenheit. Es muss einem nicht nur gefallen, Menschen zu verletzen, sagte er einmal zu mir. Man muss es lieben.

Liebe ich das, was ich tue? Vielleicht würde ich nicht ganz so weit gehen. Damit verheiratet sein, käme der Sache schon näher. Jedenfalls betreibe ich mein Handwerk mit der gleichen – ich suche nach dem richtigen Wort – *Herzlichkeit*, mit der er es betrieb.

Mittels eines Spiegels betrachte ich die Umsetzung meines Auftrags namens Lysimachus. Einerseits fällt mir die Aufgabe leichter als manche andere, denn ich weiß, wie dieser Mann tickt. Nehmt meinen Vater und stellt Euch dann vor, dass er durch ein verblüffendes Eingreifen der Unbesiegbaren Sonne auf eine Sache stößt, an die er wirklich glaubt und die sein gesamtes Denken und Handeln beeinflusst und ihn motiviert. Das wäre dann Lysimachus.

Andererseits habe ich Euch von meinem Trick mit dem imaginären Spiegel erzählt. Ich sehe hinein und ich sehe Lysimachus. Ich sehe hinein und ich sehe meinen Vater. Ich schaue hinein und sehe mich.

Kein angenehmer Gedanke.

9. Kapitel

Sobald die Wunden abgeheilt waren, traf ich einen Botschafter.

Keine große Sache, sagten sie mir, denn dieser Narr hat den echten Lysimachus nie getroffen, aber er besteht darauf, mit dem obersten Mann zu sprechen, und sie sind bereit, uns Kredit zu geben. Zudem brauchen wir die Getreidelieferungen. Es wird eine gute Übung für dich sein. Wir können euch beide auf einem Balkon zeigen, und jeder wird wissen, woher seine nächste Mahlzeit kommt.

Mir gefiel die Idee nicht. Der eine Aspekt von Lysimachus, mit dem ich immer noch Schwierigkeiten hatte, war seine Arroganz. Das kam daher, dass ich in der Armenstadt aufgewachsen bin, wo jeder seinen Platz kennt, wie in einem Raubtierrudel. In den Bruderschaften ist dein Platz dein wertvollster Besitz, denn er garantiert dir, dass du immer *irgendwas* zu essen hast und *irgendwo* schlafen kannst, und das nimmt einem viel Stress und Angst. Du weißt, wen du verprügeln darfst und wer dich. Nur die obersten Ränge, die Anführer in jeder Bruderschaft, haben absolute Gedanken- und Handlungsfreiheit, und selbst sie sind nominell dem Gesetz und dem Kaiser unterworfen – sehr nominell zwar, aber ich denke, es ist der Unterschied dazwischen, einen gewissen Himmel zu haben oder gar keinen. Und um den Status zu erreichen, der einem beibringt, wie man arrogant ist, muss man ein Leben lang sehr lebendige und kraftvolle Erfahrungen machen, wobei man meistens verdroschen wird und seinerseits andere Leute verdrischt. Ich habe eine lebendige Vorstellungskraft, aber ich war mir nicht sicher, ob ich in der Lage sein würde, das alles zu extrapolieren.

Sei nicht so eine Primadonna, sagten sie mir. Leg lieber los.

Sie kleideten mich in eine Senatorenrobe und trabten mit mir über ellenlange Korridore eine Million Meilen bis hinunter zur Muschelkammer, so genannt, weil die Wände mit Perlmutt gefliest sind, eines der Wunder der Stadt und unglaublich vulgär. Ich machte meinen Auftritt und beschleunigte meinen Schritt, als ich durch die Tür ging, um sicherzustellen, dass ich den anderen dreien einen sauberen Schritt voraus war.

Der Botschafter war ein großer Mann, breitschultrig und fett auf diese fast elegante Art – er wölbte sich überall, aber nichts wackelte –, mit einer glänzenden Glatze, sehr dunkel für ein Milchgesicht, mit einer Stupsnase wie ein Daumen und Augen von der Farbe eines klaren Himmels im Winter. Er trug schlichtes, ungebleichtes Leinen, schön geschneidert, über einer gelben Seidenweste und Strümpfen, dazu zierliche, mit Pailletten besetzte Hausschuhe an seinen winzigen Füßen. Man hatte mich über sein Volk aufgeklärt. Es lebte weit weg – sechs Wochen über das offene Meer, das sie dank ihrer ungewöhnlich langen, niedrigen, aus Klinkern gebauten Schiffe überqueren konnten, die mit einer verblüffenden Geschwindigkeit dahinglitten und Stürme abritten, die alles, was wir haben, auf den Grund der Meere schicken würden. Ihr Land war eine sehr große Insel, nach übereinstimmenden Aussagen das irdische Paradies. Es hatte eine lächerlich lange Anbausaison, und der Norden war flach und gemäßigt, der Süden heiß mit Monsunen. Getreide war unfassbar billig, angebaut auf

Plantagen, die von Sklaven bestellt wurden. Was sie von uns wollten, waren die besseren Dinge des Lebens: verzierte Möbel, Qualitätskeramik, Geschirr und vor allem Bücher, von denen sie erst kürzlich gehört hatten und die sie für eine wirklich gute Idee hielten.

»Klar«, sagte ich zu ihm. »Und alles, was wir Euch schicken, werdet Ihr kopieren, und dann braucht Ihr nicht mehr bei uns zu kaufen. Das ist kein gutes Geschäft.«

Sein Übersetzer hat meine Worte vermutlich etwas abgeschwächt, aber ich sah, wie sich sein Gesicht verhärtete. Trotzdem, es war das, was Lysimachus gesagt hätte. Am Rande meines Blickfeldes bemerkte ich Faustinus' angespannten Blick, aber ich ignorierte ihn.

Der Übersetzer wandte sich wieder zu mir. »Und warum nicht?«, fragte er. »Wenn wir etwas kaufen, kaufen wir doch auch das Recht, es so zu nutzen, wie wir es für richtig halten.«

»Nein, keinesfalls«, erwiderte ich. »Man kauft *ein* Exemplar, das ist alles. Ihr habt einen langen Weg hinter Euch, und es tut mir leid, Euch zu enttäuschen, aber so ist es nun mal. Unser Zeug ist das beste der Welt, deshalb wollt Ihr es unbedingt haben. Wir können jeden Tag Käufer dafür finden, die uns nicht über den Tisch ziehen, wie Ihr es vorhabt. Freut mich, Euch kennengelernt zu haben. Genießt den Rest Eures Aufenthalts in unserer schönen Stadt.«

Der Übersetzer mühte sich ziemlich ab, das konnte ich sehen. Ich blickte stur geradeaus, denn Artavasdus zog Grimassen und ich weiß nicht, was die anderen beiden taten, aber vermutlich etwas Ähnliches. Der Botschafter hielt inne, um darüber nachzudenken. Ich wartete und gab mich gelangweilt.

»Sicherlich«, sagte der Übersetzer, »können wir einen Kompromiss finden.«

»Ah«, sagte ich, »jetzt kommen wir ins Gespräch. Gut, es gibt folgende Möglichkeit. Ihr kauft alles, was Euch gefällt, aber nur unter der Voraussetzung, dass Ihr für das Recht bezahlen werdet, es auch kopieren zu dürfen. Und das wird teuer.«

Ich hielt inne. Es hatte keinen Sinn, zu lange zu sprechen, sonst hätte der Übersetzer die Hälfte von dem vergessen, was ich gesagt hatte.

»Ihr denkt jetzt: Du kannst mich mal. Wir kaufen Robur-Ware irgendwo auf dem freien Markt. Und ja, das könnte man tun, daher bin ich bereit, vernünftig zu sein. Ich berechne Euch das Doppelte von dem, was das Zeug zu Hause wert ist, was für Euch immer noch billiger ist, als es bei den Aelianern zu kaufen. Weizen und Hafer kosten Euch praktisch nichts, also ist es kein Problem für Euch. Oder wir können die ganze Sache vergessen. Mir ist das wirklich egal. Ganz wie Ihr wollt.«

Der Botschafter runzelte die Stirn, dann streckte er seine Hand aus. Ich grinste und schüttelte sie. »Wie viel will er?«, fragte ich den Übersetzer.

»Wie viel könnt Ihr liefern?«, antwortete der Übersetzer, ohne nachfragen zu müssen.

Danach steckte ich in Schwierigkeiten. Was zum Teufel hast du dir dabei gedacht, bist du übergeschnappt, ist dir klar, dass du dich in Gefahr gebracht hast, entdeckt zu werden, und so weiter. Die Litanei war lang. Ich brauchte das alles nicht. Ich zitterte und war ausgelaugt, nachdem ich eine halbe Stunde auf meinem Nervenkostüm herumgeritten war – es ist ein bisschen so, als wolltet Ihr eine weite Eisfläche überqueren, von der Ihr wisst, dass sie Euer Gewicht nicht tragen wird: Du kannst es nur schaffen, wenn du wirklich schnell gehst und nicht stehen bleibst.

»Es hat doch funktioniert, oder nicht?«

Ja, sagten sie mir, aber das täte nichts zur Sache. Doch, sagte ich ihnen, das täte es wohl, und ich merkte, dass ich immer noch in der Rolle war, und dann hörten sie auf zu schreien und hörten mir zu.

Es war wirklich beängstigend. »Es ist das, was er getan hätte«, sagte ich und war wieder der kleine armselige Notker aus der Armenstadt. »Ich weiß, dass es so war, ich konnte es in meinen Knochen spüren. Nett und höflich und zuvorkommend zu sein, wäre nicht richtig gewesen. Und wir hätten nur die Hälfte von dem bekommen, was wir nun bekommen werden.«

»Es sollte eine Trockenübung sein«, meinte Nikephoros. Er war von den dreien derjenige, der sich am wenigsten aufregte. »Mehr aber auch nicht. Der Mann kannte dich nicht, du hättest nicht überzeugend sein müssen.«

»So funktioniert das nicht«, entgegnete ich. »Es geht um alles oder nichts. Entweder bin ich er oder ich bin ich. Sonst fällt die ganze Sache in sich zusammen.«

»Früher haben wir Lysimachus nie zu Botschaftern gelassen, bis der Vertrag tatsächlich unterzeichnet war«, erklärte Faustinus. »Aber dieser hat darauf bestanden.«

»Das beweist meinen Standpunkt«, sagte ich.

»Wie dem auch sei.« Nikephoros war der Anführer des Rudels, aber das war nicht die Rolle, für die er geschaffen war. »In Ordnung«, fuhr er fort, »wie es aussieht, hattest du am Ende recht. Aber du hast nicht getan, was dir gesagt wurde.«

»Mag sein«, sagte ich. »Dann muss das mal klargestellt werden. Was ist wichtiger? Es richtig zu machen oder das zu tun, was ihr mir sagt?«

»Er denkt, er weiß es besser als wir«, ließ sich Artavasdus vernehmen.

»Was meine Aufgabe angeht«, sagte ich, »tue ich das wahrscheinlich auch.«

»Aber schlau ist er«, warf Faustinus ein. »Ich hatte noch gar nicht daran gedacht. Dass sie unsere Sachen kopieren, meine ich. Du hattest recht«, sagte er, wobei er eigentlich mit mir sprach und nicht mit den anderen.

»Das ist der Unterschied zwischen dem Kauf einer Eintritts-
karte für das Theaterstück und dem Kauf des Theaterstücks«,
meinte ich.

Die drei wechselten einen Blick.

»In Ordnung«, sagte Artavasdus, »er ist also klug. In dem
winzigen, spezialisierten Segment des Lebens, in dem er Wissen und Erfahrung hat, ist er kein Narr. Aber wir können nicht
zulassen, dass er politische Entscheidungen trifft.«

»Das liegt an Euch«, sagte ich. »Ihr entscheidet, was ich
tue. Aber ich muss es auf meine Art machen. Auf seine Art.
Und würdet Ihr bitte ab und zu auch mal mit mir reden und
nicht nur untereinander.«

»Unsere Schuld ist«, sagte Nikephoros, »dass wir rennen
wollen, bevor wir gehen können. Es ist nicht so schlimm ausgegangen, und wir sind damit davongekommen, also ist kein
Schaden entstanden. Aber Arta hat recht«, sagte er und wandte sich an mich. »Du leitest diese Stadt nicht. Hast du das verstanden?«

»Hat er auch nicht«, sagte ich, »daher sollte es kein Problem geben.«

»Ich fange an zu wünschen, wir hätten uns nie darauf
eingelassen«, meinte Artavasdus. »Trotzdem, das muss ich
dir lassen«, fuhr er fort und wandte sich an mich. »Du bist
genau wie er. Ich habe den Mann gehasst, nur damit du es
weißt.«

»Ich kann nicht behaupten, ihn besonders zu mögen«, antwortete ich.

Inwiefern habe ich das Recht, mich zum Helden des Stücks zu
machen?

Ich habe Euch vorhin gesagt, dass ich viel besser darin bin,
Rollen für andere Leute zu schreiben, und ich kann mir vorstellen, dass Ihr mir mittlerweile zustimmt. Außerdem gibt

es eine Art unausgesprochenes Gesetz, dass die Hauptfigur in einem Stück auch der Held sein muss, daher sind die beiden Begriffe praktisch austauschbar. Ich bin der Protagonist dieser Geschichte, weil ich der Protagonist meines Lebens bin. Ein Held zu sein, impliziert jedoch Handlungen von heldenhaftem Format – große Taten, mutig, klug, beides. Ich erzähle Euch Ausschnitte meiner Geschichte, in denen ich mich gut geschlagen habe oder bei denen ich *denke*, dass ich mich gut geschlagen habe, und spätere Ereignisse widerlegen meine Meinung nicht absolut. Das macht mich also zum Helden. Zumindest im Moment.

Aber … Ich habe, höchst untypisch für mich, noch einmal einen Blick auf das geworfen, was ich am Anfang geschrieben hatte (ich lese selten, was ich geschrieben habe; normalerweise fehlt mir dazu die Zeit), und ich habe das bedeutungsschwere Wort benutzt: *Geschichte*. Das impliziert eine Verpflichtung zur Wahrheit, was auch immer das sein mag. Und? Das heißt? Ich schreibe auf, was tatsächlich passiert ist, ich erfinde nichts, ich lasse nichts weg.

Aber es ist mehr als das, sonst könnte ich den Sechimer genauso gut spielen wie Otho, und das könnte ich natürlich nicht. Es ist eine kleine Prise Besonderheit, die man in diese Rolle steckt. Wir sagen beide die gleichen Worte, aber Otho ist ein Genie und ich bin es nicht, also ist Othos Sechimer am Ende ein echtes menschliches Wesen und meiner nicht. Außerdem ist Othos Sechimer völlig anders als der von allen anderen.

Worte, Fakten – es ist das, was ich in die Fakten hineininterpretiere, was den feinen Unterschied ausmacht, ob ich nun der Held bin, der Bösewicht, der Narr oder der Kerl, der am Ende des ersten Aktes die Stühle umstellt, damit niemand während der Kampfszene darüber stolpert. Und das hängt alles davon ab, wie man sich selbst betrachtet.

In meinem Fall betrachte ich mich ausschließlich in einer Reihe von Zerrspiegeln, als wäre ich jemand anders. Siehe oben. Worauf Ihr natürlich und vernünftigerweise antwortet: Na und? Ich bin zutiefst an mir selbst interessiert, niemand sonst schert sich um mich, daher sollte es so sein. Aber nicht, wenn sich das auf meine Fähigkeiten als Historiker auswirkt. Ich weiß es nicht. Vielleicht hätte ich alles in der dritten Person schreiben und mich auf Daten und Schlachten beschränken sollen.

Es kamen drei weitere öffentliche Auftritte: Zwei waren nur Balkonszenen, der dritte war eine Kranzniederlegung am Grab des ersten Blauen, der bei der Belagerung starb. Das wollten sie eigentlich nicht, aber ich sagte ein paar Worte, was bei den Bruderschaften sehr gut ankam. Sie jubelten, trampelten mit den Füßen und warfen ihre Hüte in die Luft, was ein ziemlicher Tribut ist, wenn man bedenkt, was Hüte heutzutage kosten.

»Das hättest du nicht tun sollen«, sagte Nikephoros. »Das war nicht nötig. Normalerweise hält er nie eine Rede.«

»Er ist krank gewesen«, erwiderte ich. »Das Volk hat sich Sorgen um ihn gemacht. Wir hatten Unruhen, weil es sich Sorgen gemacht hat. Also hätte er eine Rede gehalten.«

Darauf hatte er keine Antwort, also ließ er die Sache fallen.

Am nächsten Tag war ich in meinem Zimmer und stemmte diese schrecklichen Gewichte, als alle drei hereinkamen. Faustinus schloss die Tür und verkeilte sie mit der Rückenlehne eines Stuhls. Ich war mir nicht sicher, ob mir das gefiel.

»Offensichtlich«, sagte Nikephoros, »war er nicht verheiratet.«

Ich zuckte mit den Schultern. »Auch gut«, entgegnete ich.

»Absolut«, sagte Artavasdus. »Eigentlich war er eher in die andere Richtung geneigt, wenn du weißt, was ich meine.«

»Damit könnte ich ein Problem haben«, gestand ich.

»Zum Glück hat er es verschwiegen«, sagte Nikephoros. »Aber er war definitiv auf beiden Seiten des Zauns unterwegs, also müssen wir uns darum kümmern.«

»Erklärt bitte, was Ihr damit meint, sich zu *kümmern*.«

»Es gab ein gewisses Maß an Klatsch und Tratsch«, schaltete sich Faustinus ein. »Er hat sich mit einer Schauspielerin getroffen.«

Er ließ es so schrecklich klingen, dass ich mir das Lachen nicht verkneifen konnte. »Davon höre ich zum ersten Mal«, meinte ich.

»Ich dachte, das wäre in deiner Branche ziemlich bekannt.«

»Wir haben ein erstklassiges internes Informationsnetzwerk«, erklärte ich. »Es ist wichtig zu wissen, wer mit wem vögelt, um unangenehme Konflikte zu vermeiden, wenn man ein Stück besetzt. Hätte also einer von uns ...«

»Aber er hat.« Artavasdus schien sich zu amüsieren, das merkte ich. »So ziemlich jeder weiß davon, außer dir.« Er schenkte mir das bösartigste mitfühlende Lächeln, mit dem ich je das Pech hatte, ein Zimmer zu teilen. »Immer der Letzte, der es erfährt, wie man so schön sagt. Ihr Name ist Hodda.«

Er hätte mir stattdessen auch in die Eier treten können, aber nein, er musste grausam sein. »Das kann ich nur schwer glauben.«

Ich hatte ihm den Tag versüßt. »Du glaubst, du kennst die Menschen«, sagte er. »Ich nehme an, deine Freunde haben es dir einfach verheimlicht. Niemand ist gern der Überbringer schlechter Nachrichten.«

Ich atmete tief durch. Es war nicht wichtig. Kaum etwas war das. »Und?«, fragte ich. »Was hat das alles damit zu tun?«

Nikephoros warf mir seinen ruhigen Blick zu. »Er ist krank gewesen«, sagte er, »aber es geht ihm jetzt besser. Wenn die Affäre plötzlich abgebrochen wird, sieht das komisch aus. Also ...«

»Ich glaube, er hat sie abserviert«, entgegnete ich entschieden. »Wahrscheinlich hat er herausgefunden, dass sie ihn betrügt. Das kommt in Theaterkreisen häufiger vor.«

Nikephoros schüttelte den Kopf. »Er braucht eine Freundin«, erklärte er. »Wegen der anderen Gerüchte. Du kennst diese Hodda.«

»Ich kenne viele Schauspielerinnen. Was ist mit Andronika? Die würde alles machen.«

»Hodda kennt die Wahrheit«, sagte Faustinus. »Sie ist also schon eingeweiht. Je weniger Leute beteiligt sind, desto besser ist es.«

Manchmal hasse ich Logik. »Was schwebt Euch also vor?«, wollte ich wissen.

»Es gab kein festes Muster«, erklärte Nikephoros, ganz der geschulte Stratege. »Manchmal kam sie in den Palast, manchmal trafen sie sich in einem der vielen Privathäuser. Niemals jedoch im Theater.«

»Wenn Ihr jemals hinter der Galerie der Illustrationen unterwegs gewesen wärt, wüsstet Ihr, warum. Wie ist der Plan?«

»Für den Anfang ist es einfacher und sicherer, sie hierherkommen zu lassen«, meinte Faustinus. »Ihre Kutsche ist ziemlich auffällig. Die Leute werden sie sehen. Es wird sich herumsprechen.«

»Also brauche ich sie eigentlich nicht zu treffen.«

Nikephoros schürzte die Lippen. »Wir denken, dass ihr beide zusammen gesehen werden solltet«, sagte er. »Wenn jemand Zweifel an deiner Identität hegt, dürfte das die Gemüter beruhigen. Ich meine, sie wüsste, dass er es war ...« Er hielt inne. Voller vornehmer Zurückhaltung, ziemlich niedlich. »Und genau das würde man nicht geschehen lassen, wenn man als Hochstapler unterwegs ist«, sagte er. »Es ergibt also Sinn.«

»Glaubt ihr das wirklich? Ich glaube es nicht.«

»Wir haben uns entschieden«, erklärte Artavasdus.

»Wir halten es für das Beste«, sagte Faustinus mit einem schwachen Anflug einer Entschuldigung in der Stimme.

Ich dachte: Na und? Man lässt seine persönlichen Gefühle immer hinter der Bühne. Außerdem hatte ich eine vage Erinnerung daran, dass ich es gewesen war, der sie verlassen hatte. Oder vielleicht war es doch andersherum.

10. Kapitel

Also machten sie sich daran, ein gut publiziertes Geheimtreffen zu arrangieren. Die konnten mich mal. Ich beschloss, dass es höchste Zeit wurde, mich in intelligenter Weise für die Kunst des Krieges zu interessieren.

Es gibt Bücher zu diesem Thema. Könnt Ihr das glauben? Denkt mal darüber nach. Entweder das Buch taugt nichts, Ihr folgt seinen Regeln und Ihr selbst und fünfzigtausend Eurer Landsleute werden abgeschlachtet wie Gänse im Winter, oder das Buch ist wahr und maßgebend und enthält alles, was Ihr über das Thema wissen müsst, Ihr folgt seinen Regeln und Ihr selbst und fünfzigtausend Eurer Landsleute ... siehe oben. Denn der Feind hat das gleiche Buch gelesen und kann jeden Eurer Schritte vorhersehen. Oder beide Seiten löschen sich gegenseitig bis auf den letzten Mann aus, was auch nicht wirklich eine Lösung wäre, oder?

Trotzdem, es gibt Bücher zu diesem Thema, einschließlich *Schlachten im Spiegel* von Carnufex dem Irrigator, der vor sehr langer Zeit ein sehr großer General war. Zufällig habe ich mal hineingeschaut, als ich ein Stück über, ratet, eine Belagerung recherchierte. Ich suchte einen Haufen militärischer Fachausdrücke, die mein Narr abspulen konnte – Wallschilde und Speerspitzen, wie ich mich erinnere, und Flankenhiebe in Seite und Rücken und Langschilde und Mangonel und anderes Zeug. Also fragte ich Nikephoros, ob er wüsste, wo es ein Exemplar gäbe, und natürlich besaß der Idiot eines. Wahrscheinlich bewahrte er es unter seinem Kopfkissen auf.

Wie auch immer, ich habe das Buch gelesen, diesmal etwas aufmerksamer, und ich gestehe, ich fand es erhellend. Ich habe Faustinus auch dazu überredet, mich in den Archivraum zu lassen, wo die Berichte der Sektionskommandanten über die Dauer der bisherigen Belagerung aufbewahrt werden, aber auch anderer Kram, in den ich mich nebenbei vertieft habe.

(»Wozu brauchst du das ganze Zeug?«, fragte mich Faustinus misstrauisch. »Wohl kaum in deiner Branche, möchte ich meinen.«

»All das würde er wissen«, erklärte ich. »Und ich weiß es nicht, deswegen sollte ich mich wohl damit beschäftigen.«

Er schaute mich an, überzeugt, dass ich etwas im Schilde führte. »Wir sagen dir alles, was du wissen musst.«

»Nein«, entgegnete ich höflich, »das tut Ihr nicht. Das könnt Ihr gar nicht. Nehmen wir zum Beispiel an, ich verleihe Medaillen, und ein alter Soldat sagt zu mir: ›Weißt du noch, als das Fünfzehnte die Bastion am Südtor gehalten hat und Marcianus beinah in Stücke gehackt worden wäre? Nur Ihr seid dazwischengegangen und habt uns gerettet.‹ Ich könnte mich wirklich zum Narren machen, wenn ich in so einer Situation das Falsche sage.«

Er zuckte die Schultern. »Wie du meinst«, sagte er. »Ich leihe dir die Schlüssel. Aber das meiste davon ist unglaublich langweilig.«)

Eine Woche verbrachte ich dort, immer dann, wenn ich nicht für Balkonszenen gebraucht wurde, und als ich Faustinus seine Schlüssel zurückgab, wünschte ich, ich hätte es nicht getan. Ich bin für ein ruhiges Leben, und wenn es schlechte Nachrichten gibt, möchte ich im Allgemeinen lieber nichts davon wissen. Ständige Sorge macht alles nur noch schlimmer, sage ich immer, besonders wenn man nichts Konstruktives dazu beitragen kann, die Dinge zu verbessern.

Ihr erinnert Euch an meine Begegnung mit dem Botschafter: Lasst uns damit mal anfangen. Als der Feind mit der Belagerung begann, befanden wir uns schnell in der Situation, dass er die Mauer nicht mehr überwinden, wir ihn aber auch nicht mehr vertreiben konnten. Das war nicht so schlimm, denn als die Flotte zurückkam, hatten wir immer noch die vollständige Kontrolle über das Meer, obwohl uns unser Landreich genommen worden war. Na und? In den letzten sieben Jahren hat sich die Stadt dann in eine einzige große Fabrik verwandelt. Wir importieren Rohstoffe und machen daraus die schönsten und edelsten Waren, die man für Geld erstehen kann, verkaufen sie dann für hohe Summen, mit denen wir uns wiederum alles besorgen, was wir nur wollen. Einfach brillant. In den Fabriken, auf den Werften und bei der Flotte gibt es Arbeit für alle (theoretisch zumindest), und den meisten Menschen in der Stadt geht es weitaus besser als vor Beginn der Belagerung.

Allerdings bin ich, ganz zufällig und spontan, auf den Fehler in diesem System gestoßen. Die ganze Welt wollte die Dinge, die wir machten, weil wir sie so gut machten, nur verlangten wir zu viel Geld dafür. Also fingen die Ausländer an, die Dinge bei sich zu Hause selbst herzustellen, oder sie versuchten es zumindest. Wir verloren qualifizierte Handwerker, die ins Ausland gelockt wurden, weil dort eine härtere Währung winkte und sie nicht mehr neben einer halben Million mörderischer Wilder leben mussten, die sie unbedingt massakrieren wollten. Wir hatten dafür gesorgt, dass es für einen qualifizierten Mann illegal war, die Stadt zu verlassen, nur war das ein bisschen so, als würde man einen Mann bestrafen wollen, weil er Selbstmord begangen hat: Wenn er es einmal getan hat, was kann man ihm dann noch antun?

Gut, dachte ich. Jetzt schauen wir uns mal die Protokolle der Kabinettssitzungen an und finden heraus, wie die Vorschläge zu diesem Thema lauten. Also machte ich mich daran. Doch nichts. Was mich wiederum zu der grausigen Schlussfolgerung brachte, dass außer mir niemand das Problem bemerkt hatte oder dass sie es zwar erkannt hatten, aber nicht vorschlugen, sich damit zu befassen. Ich konnte es nicht glauben. Die Sache lag derart offen auf der Hand, dass sogar ich sie erkennen konnte. Also las ich das Protokoll noch einmal durch, und alles, was ich fand, war Faustinus, der die Anführer der Bruderschaften anmeckerte, sie sollten verhindern, dass ihre qualifizierten Leute ins Ausland abwanderten, und die Anführer fragten, vernünftigerweise, was sie dagegen tun sollten. Siehe oben?

Sobald man den halben Wurm des Zweifels im Apfel der Zuversicht findet, beginnt man sich Sorgen zu machen. Ich las die Berichte der Abteilungskommandanten. Allmählich zeichnete sich ein Muster ab.

Im Grunde, so sagten die Abschnittskommandeure, ging es uns gut. In den letzten sieben Jahren hatte der Feind ein Dutzend Versuche unternommen, die Mauer zu überwinden und in die Stadt vorzustoßen, die alle unter entsetzlichen Verlusten für den Gegner abgewehrt worden waren. Sie hatten jeden erdenklichen Trick ausprobiert, um die Mauern zu untergraben, aber wir hatten das gleiche Buch gelesen (siehe oben) und waren jedes Mal auf sie vorbereitet. Deshalb hatten sie sich auf eine längere Dauer eingerichtet und im Grunde aufgegeben.

Auf eine längere Dauer eingerichtet. Dafür kann ich mich verbürgen. Steigt selbst auf einen der hohen Türme in der Stadt, und Ihr könnt über die Mauer schauen und sehen, was der Feind in den letzten sieben Jahren erreicht hat. Was als ein Haufen flatternder Zelte begann, hat sich in eine blühende Stadt verwandelt, mit Häusern aus Flechtwerk und Lehm, mit sauberen Strohdächern, die wir von Zeit zu Zeit in Brand setzen. Denkt einfach nur mal an die Tauben. Wir legen Getreide auf den Zinnen aus, um die Tiere anzulocken, die in den Dachtraufen des Feindes nisten. Fangt eine Taube, bindet etwas glimmendes Stroh an ihre Beine, lasst sie frei, lehnt Euch zurück und beobachtet einfach das folgende Spektakel. Nun ja, sie haben doch angefangen. Aber inzwischen bauen sie neu, verbessern und erweitern, und hinter den engen Gassen mit den strohgedeckten Hütten liegen mittlerweile beackerte Felder, so weit das Auge reicht.

Aber das ist schon in Ordnung. Schließlich kommen sie nicht zu uns hinein, das haben wir ja bewiesen, daher gibt es keinen Grund, diese glückliche Konstellation nicht auf unbestimmte Zeit weiterlaufen zu lassen. Und wenn wir schon dabei sind, könnte ich Euch da vielleicht für den Kauf des Tempels vom Blauen Stern interessieren? Der Punkt ist, wir können ihnen Schaden zufügen und tun dies auch regelmäßig mit all unserer Kraft, doch sind sie immer noch hier. Und wir müssen es nur einmal falsch anfangen, dann sind wir alle tot. Es ist wie der Wettstreit zwischen dem Entenjäger und der Ente, wer den besseren Instinkt, die besseren Nerven besitzt. In neun von zehn Fällen gewinnt die Ente. Beim zehnten Mal wird sie getötet und gegessen.

Es liegt also auf der Hand, dass es einen langfristigen Plan geben muss, um die hundertfünfzigtausend Menschen, die in der Stadt leben, zu evakuieren, sie über den großen Ozean in Sicherheit zu bringen und an einem Platz neu anzufangen, an dem die Robur-Nation nicht ganz so zwanghaft von allen gehasst wird. Und genau nach so einem Plan habe ich gesucht. Vielleicht habe ich es nicht gründlich genug getan, oder der Plan ist streng geheim. Vielleicht aber auch …

Langsam dämmerte mir, dass die weisen Männer, die Euer Leben für Euch organisieren, die Katastrophe durchaus kommen sehen, nur keinen Plan haben, wie sie damit umgehen sollen. Weil sie wissen, was getan werden muss, dem aber irgendwelche Interessen im Weg stehen, oder weil sie die Politik nicht verstehen oder weil sie denken, dass es furchtbar unpopulär sein wird, oder weil es zu viel Geld kosten würde, ein Gut allerdings, das man nicht mitnehmen kann, wenn einem der Feind die Kehle durchschneidet, aber egal.

Es ist durchaus möglich, ein wunderschönes Haus am Rande eines aktiven Vulkans zu bauen, mit so viel heißem Wasser, wie man es sich nur wünschen kann, und seinen Verstand derart umzustrukturieren, dass man nicht wirklich darüber nachdenkt, was man tut oder was unweigerlich passieren wird.

Falls Ihr Wert auf einen guten Schlaf legt, wünsche ich Euch, dass Ihr nie eine ähnliche Offenbarung erlebt. Es stimmt, ich mache mir viele Sorgen, weil ich immer viel Grund zur Sorge hatte, aber war das nur meine eigene Blödheit? Ich glaube nicht.

Da stand ich also, gegen meinen Willen in das Ebenbild des mächtigsten Mannes der Stadt verwandelt, starrte auf eine mittel- bis langfristige Zukunft, die nur mies enden konnte, und wusste, dass ich, wenn ich wirklich der war, der ich vorgab zu sein, mit einer monumentalen Anstrengung vielleicht in der Lage sein würde, das alles zu ändern.

Es war einer dieser Momente vollkommener Klarheit. Ich wusste genau, was ich zu tun hatte, wenn ich nur einen Weg finden würde, es auch tatsächlich zu tun. Ich musste lediglich eine Gelegenheit finden, meine Taschen mit kleinen Wertsachen vollzustopfen, dann als blinder Passagier auf dem nächsten Getreidefrachter aus den Docks verschwinden und den Idioten das Feld überlassen. Praktisch eine moralische Pflicht, wenn man mal darüber nachdenkt.

11. Kapitel

Es war alles arrangiert. Wir sollten uns bei Faustinus' Haus am Fuß der Bergstraße treffen. Er und seine Familie würden im Theater sein – geh und sieh dir das neue Stück in der *Rose* an, sagte ich ihm, es soll wirklich ziemlich gut sein –, also würden wir das Haus für uns allein haben. Wir, das sind ich, sie, Nikephoros und Artavasdus, nur sie und ich würden an der Vordertür ankommen, während die anderen sich durch die Hintertür hineinschlichen.

(»Wieso?«, wollte ich wissen.

»Sie hat darauf bestanden.«

»Das ist ein schöner Aufwand, den sie Euch da aufhalst.«

»Es ist kein Aufwand.«)

Ich traf am helllichten Tag ein, weil er es so gemacht hätte. Ich fuhr in einer offenen Kutsche, mit vier Leibwächtern von der grünen Bruderschaft. Wir unterhielten uns, und ich erzählte ihnen einen schmutzigen Witz, der sie sehr amüsierte. Die Tür war nicht verschlossen. Ich ging hinein.

Es war ein schönes Haus, sehr geschmackvoll, sehr teuer, es gab viele kleine Gegenstände von großem Wert, und ich trug einen Militärmantel mit tiefen, sehr tiefen Taschen. Ich dachte gerade wieder ernsthaft über meine Zukunft nach, als diese beiden Trottel aus der Küche kamen.

»Sie hat ausdrücklich gesagt, dass sie nicht mit dir allein sein will«, sagte Artavasdus. »Und sie ist eine bekannte Schauspielerin, eine öffentliche Figur, also können wir sie nicht einfach verschwinden lassen, jedenfalls nicht ohne eine Menge Theater und Ärger.«

Ich brauchte einen Moment, um zu begreifen, worauf er hinauswollte. »Um Gottes willen«, sagte ich, »so ist das nicht.«

»Sie war sehr hartnäckig«, antwortete er und sah mich an.

Die Leute glauben gerne das Schlimmste über mich. Ich habe keine Ahnung, warum. »Gut«, sagte ich. »Wir können hier alle eine Stunde lang in peinlicher Stille verharren und dann nach Hause gehen.«

»So machen wir es«, verkündete Nikephoros und ließ sich auf den bequemsten Stuhl im Raum nieder.

Ich wünschte mir schon, ich hätte etwas zum Lesen mitgebracht, als ich draußen auf der Straße Kutschenräder hörte. Sie standen beide auf, ich auch. Während sie warteten, entwarf ich schnell die Szene, wie ich sie spielen wollte.

In der Ecke des Raumes stand ein mannshoher Spiegel. Ich zog ihn nach links, rückte einen Stuhl zurecht und setzte mich darauf, um sicherzugehen, dass ich alles im Blick hatte. Im Spiegel konnte ich die Tür sehen, durch die sie hereinkommen würde, aber alles, was sie zu sehen bekam, waren mein Hinterkopf und meine Schultern. Ich holte tief Luft, warf einen langen Blick in einen anderen Spiegel und wartete.

Auftritt Hodda links. Sie betritt die Bühne, sieht den Mann im Stuhl. Einen Moment lang erstarrt sie, als hätte sie einen Geist gesehen. Während sie immer noch reglos dasteht, drehe ich mich auf meinem Stuhl herum und schaue sie finster an.

»Du blöde Kuh«, sagte ich. »Wo ist mein Geld?«

Sie hatte sich gut erholt, das musste ich ihr lassen. »Hallo, Notker«, sagte sie und nahm ihren Hut ab.

Artavasdus war bereits auf den Beinen, nur für den Fall, dass ich mich mit irgendeiner Waffe, die ich vor ihm verbergen konnte, auf sie stürzen würde. Kalt starrte ich ihn einen Moment an.

»Ich habe dein Geld nicht«, sagte sie. »Der Laden wurde dichtgemacht. Erinnerst du dich?«

»Drei Tage lang. Und das ist Wochen her.«

»Ich hatte viel zu tun.«

Damit war zu dem Thema alles gesagt. Zeit, sie vom Haken zu lassen. »Wie läuft es überhaupt?«

»Das Stück? Oh, nicht schlecht. Der erste Abend war ein bisschen holprig, aber jetzt hat es sich eingespielt. Mitto hat deine Rolle bekommen. Die Leute sagen, er ist das Beste am ganzen Stück.«

»Er sticht nicht einmal hervor, wenn alle anderen grottenschlecht sind.«

»In billigen Melodramen ist er immer gut.«

Sie starrte die Wand an, nicht mich. Aber für den Bruchteil einer Sekunde dachte sie, sie hätte ihn tatsächlich erkannt, Lysimachus. Ich beschloss, sie darauf hinzuweisen.

»Ja«, sagte sie, »das war wirklich ziemlich beeindruckend. Schade, wirklich. Hätte ich gewusst, dass du spielen kannst, hätte ich dir einen Job gegeben.«

Artavasdus lachte laut, und Nikephoros lächelte hinter vorgehaltener Hand. Mich störte das nicht. Irgendjemand muss ja immer der Stichwortgeber sein. Es war ein bisschen wie bei einer Kampfszene. Es macht einem nichts aus, wenn der andere dich absticht und du stirbst, solange er aufpasst, was er tut, und dir nicht aus Versehen den Säbel ins Bein rammt.

»Geht ihr beide immer so miteinander um?«, fragte Artavasdus. Wir sahen ihn beide an. Er zuckte mit den Schultern. »War nur eine Frage«, meinte er. Sie ließ ihn nicht aus den Augen. »Du wolltest, dass wir hier sind«, fügte er hinzu.

»Und es ist sehr nett von Euch«, sagte Hodda süßlich. »Aber ich bin sicher, zwei so wichtige Herren wie Ihr haben Besseres zu tun.«

Das ist der Nachteil, den man hat, wenn man aus gutem Hause kommt. Bekommt man einen klaren Befehl von einer Dame oder einer als Dame verkleideten Frau, ist man verpflichtet, ihn zu befolgen. Es spielte keine Rolle, dass die Kutsche die beiden erst in einer Stunde abholen würde und sie zu Fuß durch die Gassen nach Hause gehen mussten. Mein Herz blutete für sie, und dann waren sie auch schon fort.

Wir haben uns danach noch eine Weile angeschaut. Eigentlich habe ich Hodda immer gemocht. Sie ist nicht so hübsch, wie sie aussieht. Wenn man ihr Gesicht in Ruhe betrachtet, sieht man, dass sie eigentlich ziemlich unscheinbar ist. Die Nase zu lang, das Gesicht ein bisschen schmal, die Stirn unmodisch breit, die ersten Anzeichen von Krähenfüßen um die Augen. Aber ihre Miene steht nie still. Sie lächelt oder runzelt die Stirn oder schmollt oder macht ein nachdenkliches Gesicht. Sie kann eine ganze Tragikomödie in drei Akten spielen, ohne ein einziges Wort zu sagen, allein durch ihre Mimik. Sie sagt oder tut etwas Schreckliches, und man verzeiht es ihr sofort, nur wegen dieses kleinen Zuckens in ihrem Mundwinkel, das eindeutig sagt: *Ich habe es nicht so gemeint.* Ihr eigenes Haar ist derb und drahtig und hängt irgendwie herunter, also schlingt sie es fest zu einem Dutt. Vor sechs Jahren war sie noch schlank, jetzt ist sie dünn, und die Knochen ihrer Hände beginnen sich abzuzeichnen. Sie hat eine Zunge wie ein Rasiermesser, aber sie ist klug. Tausende von Männern in dieser Stadt sind in sie verliebt, und ich kann es ihnen nicht verdenken.

»Diesmal hast du dir wirklich etwas eingebrockt, Notker«, meinte sie.

Ich nickte. »Nicht freiwillig«, antwortete ich.

»Du machst das aber gar nicht schlecht«, fuhr sie fort. »Als ich dich da eben gesehen habe ...«

»Ich will es nur wissen«, sagte ich. »Hast du ihn gevögelt, während du mit mir zusammen warst?«

Nun ist es an ihr zu nicken. »Und da endet die Ähnlichkeit auch schon«, fügte sie hinzu. »Nicht, dass es von Bedeutung wäre. Habe ich dir jemals erzählt, dass ich Sex nie wirklich mochte?«

Ich brauchte einen Moment, dann fielen mir die passenden Worte ein. »Hätte ich gewusst, dass du spielen kannst, hätte ich ein Stück für dich geschrieben.«

Sie schenkte mir ihr aufrichtiges Lächeln. Natürlich ist es nicht echt. Aber es ist viel besser als das echte. »Ich verstehe nicht, was die Leute daran finden«, fuhr sie fort. »Ich dachte immer, es ist ein bisschen so, wie ein Kaninchen auszuweiden. Wenn man dabei innehält und darüber nachdenkt, würde man es nie tun. Also halte ich nicht inne und denke nicht nach.«

»Wann hast du je ein Kaninchen ausgeweidet?«

»Wusstest du das nicht? Ich bin auf einer Farm aufgewachsen, in der Paralia. Himmel, war ich froh, da rauszukommen. Schon bei meiner Geburt bin ich dem örtlichen Gerber versprochen worden. Kannst du dir das vorstellen? Er hatte nur noch drei Zähne und roch nach Hirn.«

Toller Text, gute Rolle, aber nicht wirklich wahr. Einmal bin ich ihrem Vater begegnet. Er war der Bühnenpförtner im alten *Löwen*. Aber man kann nicht erwarten, dass sich die Leute an alles erinnern.

»Was wirst du tun?«, fragte sie.

»Das weiß der Himmel. Einfach machen wahrscheinlich.«

»Damit kommst du nicht durch.«

»Wahrscheinlich nicht.«

Sie warf mir einen säuerlichen Blick zu. »Das ist dumm«, meinte sie. »Man darf nicht etwas anfangen, wenn man schon weiß, dass es in einer Katastrophe enden wird. Du musst etwas tun.« Sie hielt inne. »Weswegen grinst du?«

»Ach, nichts. Nein, du hast recht. Ich kann das nicht lange durchhalten, und ich habe mich in meinem ganzen Leben noch nie so bemüht. Es ist verrückt.«

»Und jetzt bin ich da mit reingezogen worden«, sagte sie, »und du spielst die Hauptrolle. Na, herzlichen Dank.«

»Jetzt geh nicht auch noch auf mich los«, flehte ich. »Das ist nicht fair.«

Sie seufzte. »Es ist nur so«, meinte sie, »immer wenn mein Leben anfängt, irgendwie streng zu riechen, bist du in der Nähe. Nicht deine Schuld, vielleicht, aber es ist eine Tatsache. Und gegen Tatsachen kommt man mit Argumenten nicht an.«

Sie ging mir allmählich auf die Nerven. »Es wäre besser, wenn wir auf derselben Seite stünden, nur dieses eine Mal«, sagte ich. »Für uns beide.«

»Stimmt.« Sie lächelte. »Ich vergebe dir. Gut, fangen wir noch mal von vorn an. Was wirst du tun?«

Ein Gedanke war mir gerade in den Sinn gekommen. »Hast du diesen Idioten gesagt, wie sie mich finden können?«

»Mach dich nicht lächerlich. Ich wusste doch gar nicht, wo du warst.«

»Nein, aber du wusstest, wo sie anfangen könnten zu suchen.«

Sie schloss die Augen, dann öffnete sie sie wieder. Sie war geduldig mit einem unvernünftigen Mann. »Man hatte mein Theater geschlossen«, sagte sie. »Ich hatte Löhne zu zahlen. Und es gab nicht viel, was ich ihnen sagen konnte. Und wenn ich gewusst hätte, wer sie sind oder was sie von dir wollen ...«

»Gut«, sagte ich. »Ich mache nur reinen Tisch. Willst du mir sonst noch was sagen?«

»Nein.«

»Dann ist es ja gut.«

Es gibt Zeiten, in denen es besser ist, die moralische Über-legenheit für sich zu beanspruchen. Meiner Erfahrung nach sind sie aber selten. »Wie läuft das Geschäft in der Galerie?«

»Das Stück ist lausig, aber das scheint niemanden zu stö-ren. Und du hast mir nie das Vorspiel geliefert, das du mir schuldest.«

»Okay«, entgegnete ich. »Und was, meinst du, sollte ich tun?«

Ihre Miene veränderte sich. »Jetzt versprich mir, mich an-zuhören. Nur ich kenne dich. Du fährst manchmal so schnell aus der Haut.«

»Ich verspreche es.«

Sie hielt inne, und ich wusste, dass mir eine große Rede be-vorstand. »Frag dich einfach Folgendes«, begann sie. »Was ge-nau hat diese Stadt jemals für dich getan?«

Ich war mir nicht sicher, ob von mir eine Antwort erwartet wurde. »In welchem Sinne?«

»In jedem verdammten Sinn. Denk doch mal nach, Notker. Jeder redet von unserem Robur-Erbe und unserem Platz an der Sonne und unserem offensichtlichen Schicksal, aber was be-deutet diese Stadt für dich? Denn für mich ist es nur ein Ort, an dem ich zufällig lebe. Das ist alles. Und die Menschen hier, sie haben nichts für mich getan. Ich habe mir alles selbst zu verdanken. Ich habe gekämpft wie ein Tiger, um das wenige zu bekommen, was ich habe. Niemand hat mir je etwas ge-schenkt.«

»Mir war nicht bewusst, dass das jemand tun sollte.«

»Vielleicht nicht. Das beweist meinen Standpunkt. Sie schulden uns nichts, schön. Wir schulden ihnen nichts. Oh, und noch ein kleines Detail. Irgendwann hat das Reich bei einer Unternehmung, von der wir nichts wussten, die Wilden so verärgert, dass sie schworen, jeden einzelnen Robur vom Angesicht der Erde zu tilgen. Ich weiß nicht, ob du auf dem

Laufenden bist, aber auf der anderen Seite der Mauer gibt es eine Menge Leute, die uns töten wollen. Irgendwie macht mich das unruhig.«

Ich grinste sie an. »Was du nicht sagst.«

»Kein Scherz, Notker. Eines Tages werden sie kommen. Und wenn das passiert, will ich nicht hier sein.«

»Gut«, sagte ich. »Zufälligerweise kann ich jedem einzelnen deiner Worte nur zustimmen. Aber warum bist du dann noch hier? Besteig ein Schiff. Fahr irgendwo anders hin.«

Sie schüttelte den Kopf, und die Geste hatte was. »Das letzte Mal, als ich dich gesehen habe, habe ich dir einen Stift Schminke gegeben«, meinte sie. »Das Problem ist, ich glaube nicht, dass Schminke ausreicht, wenn die Zeit kommt. Benutz deinen Verstand, Notker. Wenn die Stadt fällt und alle sterben, werden die verbliebenen Robur auffallen wie bunte Hunde. Es ist schön und gut zu sagen, dass man weit weggehen soll, aber ich weiß nicht, wie weit dann weit genug sein wird.«

»Du könntest recht haben. Allerdings bin ich mir nicht sicher, was sich daraus ergibt.«

»Ach, sei doch nicht so dumm. Wenn die Wilden sowieso gewinnen, warum nicht auf ihrer Seite sein? Warum ihnen nicht helfen?« Sie hielt inne, aber nur für einen Moment. »Mach ein Geschäft mit ihnen. Persönliche Unversehrtheit gegen echte Hilfe. Du kannst das. Du bist er, verdammt noch mal!«

Da glaubt man, man hätte alles schon mal gehört. »Du bist doch verrückt«, erwiderte ich.

»Ich meine es ernst. Es ist der einzige Ausweg.«

Mir fiel ein, wie mich einmal ein Hund in die Enge getrieben hatte. Das verdammte Biest war offensichtlich ziemlich sauer, es hatte Schaum vor dem Maul, und es fixierte mich. Hätte ich auch nur die kleinste Bewegung gemacht, die Bestie hätte mich gepackt. Also blieb ich ganz still und geradezu tödlich ruhig, bis sein Besitzer kam und ihn von mir wegzog. »Tut mir leid, dass er Euch belästigt hat«, meinte der Mann und ließ mich erschöpft zurück, während mir die Pisse das Bein hinunterlief. Aber nichts geschieht jemals umsonst. Dank dieses Hundes wusste ich, wie ich mit der Situation umgehen musste.

»Ich glaube, du hast eine falsche Vorstellung davon, wie die Dinge stehen«, erklärte ich ihr. »Ich sehe vielleicht aus wie er, aber ich bin ich, und die drei wissen das. Ich kann mir ohne ihre Erlaubnis nicht mal den Arsch abwischen, geschweige denn die Schlüssel der Stadttore ausleihen und mit ihnen eine kleine Nachtwanderung machen.«

»Du bist er«, beharrte sie. »Alle denken das.«

»Ja und?«

Sie streckte Arme und Finger gen Boden aus, so weit, wie sie reichten. Eine sehr nette Geste, die ich vorher noch nie beobachtet hatte. »Du erscheinst auf dem Marktplatz«, sagte sie, »vollkommen blutbesudelt. Es gibt eine Verschwörung, erzählst du allen. Nikephoros, Artavasdus und Faustinus wollten dich gerade umbringen. Zehn Minuten später wird nicht mehr genug von ihnen übrig sein, um eine Pastete damit zu füllen. Danach hast du allein das Sagen. Dann kannst du tun, was immer du verdammt noch mal willst.«

Habe ich Euch nicht gesagt, dass sie klug ist? Auf jeden Fall klüger als ich, bei Weitem. »Ich könnte das nicht tun«, sagte ich. »Dafür habe ich nicht die Nerven.«

»Wir könnten es schaffen«, erklärte sie. »Wir hätten es heute Abend tun können. Es wäre einfach gewesen.«

Ich nickte langsam. »Ja«, sagte ich, »das hätten wir.«

»Also machen wir es das nächste Mal.«

»Lass mich darüber nachdenken.«

Sie war kurz davor, mich zu schlagen. »Was in Gottes Namen gibt es da zu überlegen? Lass es uns einfach tun. Sag, dass du es tun wirst.«

Als ich sie das erste Mal traf, war ich noch Schäfer und sie Schäferin, und wir hatten diese schrecklichen falschen Lämmer auf Rädern, die wir an Schnüren mitziehen mussten. Das sollte keineswegs lustig sein. Wir hatten einen kleinen Tanz. Ich könnte die Schritte heute noch, solltet Ihr mich darum bitten. Aber jetzt fiel mir nur das alte Sprichwort ein, dass man einen Stier bei den Hörnern packen soll. Ganz ähnlich ist es mit dieser Frau. Man kann sie nicht festhalten, man wagt es aber auch nicht, sie loszulassen.

»Gut«, sagte sie.

Trotzdem war mir, als wäre ich aufgewacht. Und vor mir kniete Hodda, meine älteste Freundin in der Branche, die Hände im Schoß und diesen Blick im Gesicht, der nichts anderes hieß als *Notker, du Narr*. »Denk mal drüber nach«, sagte sie. »Ich möchte weiß Gott nicht, dass du irgendwas überstürzt.«

Das muss den gewünschten Effekt bei mir ausgelöst haben, denn sofort dachte ich: Warte doch mal. Wir könnten es schaffen. Unter uns gesagt, wir könnten das hinkriegen, denn eigentlich wäre es ziemlich einfach. Zumindest nicht viel schwieriger als das, was ich bereits abzog. Und der Unterschied wäre, dass ich sie dabeihätte, um mir zu helfen. Und man kann über Hodda sagen, was man will, aber sie ist klug, wirklich klug, und eiskalt, wenn es heiß hergeht. Und wäre sie mir nicht zuvorgekommen, wäre es nur eine Frage der Zeit gewesen, bis ich dieselbe Idee gehabt hätte.

»Wir müssen allerdings vorsichtig sein«, sagte ich.

Ich war Schäfer und sie Schäferin. Ich war sechzehn, sie ein knappes Jahr älter. Sie stand zu diesem Zeitpunkt schon zehn Jahre auf der Bühne, für mich war es der erste Job. Sie haben nicht wirklich Dinge nach uns geworfen, das aber wahrscheinlich nur, weil sie ihre Munition für die Narren aufsparen wollten.

Es war ein altmodisches Ausstattungsstück. Damals war das eine Art Kreuzung zwischen einem Märchenspiel und einer Burleske. Man nahm eine Begebenheit aus einer Sage oder einem Volksmärchen, oder man konnte so gerade eben mit einer Szene von Saloninus durchkommen. Dazu brauchte man eine Schar hübscher, aber ansonsten belangloser junger Leute, die sangen und tanzten, man brauchte die Narren, die ihre Szenen spielten, mit vielen bunten Kostümen und raffinierten Bühneneffekten und immer mit einem Tanz des Ensembles am Ende. Als Genre ging es vor Jahren den Weg allen Fleisches, und das ist kein großer Verlust. Jeder hat bei solchen Spektakeln begonnen, und jeder ist so schnell wie möglich wieder ausgestiegen und hat in ein besseres Genre gewechselt.

Jedenfalls versprachen Hodda und ich uns irgendwann während der Spielzeit (ich glaube, wir haben fünfzehn Vorstellungen durchgehalten), dass wir einander treu bleiben würden, bis die Sterne verlöschen und das Firmament herunterkracht. Nun ist das schon eine Weile her, aber die Sterne leuchten immer noch, und das Firmament ist auch noch irgendwo da oben. Und ein Versprechen ist ein Versprechen, zumindest was mich betrifft. Ich erinnere mich, dass, als ich dieses Versprechen gab, mein Rücken schmerzte und meine Füße mich schier umbrachten. Ich steckte in abgetragenen Pumps, die zwei Nummern zu klein waren, der Schweiß lief mir übers Gesicht, und wir starrten beide zum Himmel. Den ersten Kuss vergisst man nie, sagt man. Meiner schmeckte nach Schweinefett und Rouge.

Natürlich hängt viel von Eurer Definition des Wörtchens »treu« ab.

12. Kapitel

Die Verschwörer waren verärgert und unzufrieden. Admiral Sisinna bestand darauf, dass wir alle vier vor ihm erschienen, und er ließ auch nicht mit sich reden.

»Er ist ein großer Mann«, meinte Nikephoros zähneknirschend. »Er hat die Flotte wieder aufgebaut. Sie ist jetzt fast wieder in dem Zustand wie vor der Belagerung. Und er hat die Sache mit den Eldat-Piraten geregelt. Außerdem ist er praktisch nie hier, was an sich schon ein Segen ist.«

»Trotzdem wollt Ihr nicht, dass ich ihn treffe.«

»Wohl kaum«, entgegnete Artavasdus. »Er hat einen scharfen Verstand.«

»Kennt er mich denn?«

»Ich denke, er ist dir vielleicht ein halbes Dutzend Mal begegnet, bei Ratssitzungen. Jedenfalls macht er keinen Hehl daraus, dass er dich nicht mag.«

»Dann haben wir ja etwas gemeinsam«, sagte ich. »Das ist schön.«

»Er benötigt deine Unterstützung«, erklärte Faustinus. »Er braucht fünftausend Mann für die Flotte, was bedeutet, dass er die Zwangsrekrutierung wieder einführen muss, und du kannst dir vorstellen, was die Bruderschaften davon halten.«

Und das zu Recht. Als ich ein Kind war, gab es mal einen Jungen bei den Grünen, die meiste Zeit ein ruhiger, angenehmer Kerl, der bei einem Geigenbauer in die Lehre ging und sich sehr gut machte. Aber er hatte ein heimliches Laster: Er trieb sich gerne in den Hafenkneipen herum. Dort saß er mucksmäuschenstill in einer Ecke und schwelgte in all dem rauen Leben und der daraus resultierenden Energie (ich war auch schon in solchen Läden, ich schenke sie Euch), und eines Tages platzten die Zwangsrekrutierer herein. Ihre altehrwürdige Methode ist es, alle mit Axtstielen niederzuschlagen, sie zu fesseln und hinten auf einen Karren zu werfen. Kurz darauf sind sie schon auf einem Schiff, stolze und furchtlose Söhne der Meere. Der Geigenbauersohn jedoch hat sich nicht wirklich mit dem maritimen Leben angefreundet, und er starb irgendwo vor den Fünf Fingern an Skorbut. Man warf seine Leiche über Bord und schickte Mantel und Socken nach Hause zu seiner Mutter.

Ich habe nicht viel Zeit für die Bruderschaften, aber eins muss ich ihnen lassen: Sie haben die Rekrutierer gestoppt, noch bevor sie ein offizielles Mitspracherecht bei der Leitung der Stadt bekamen. Es hat etwas gedauert, und es war ausschließlich gute, ehrliche Aufklärungsarbeit, keine brutalen Methoden. Sie hatten Kinder, die vor den Kasernen der Flotte lauerten, und wenn die Zwangsrekrutierer loszogen, wurden sie auf Schritt und Tritt verfolgt, mit Staffeln von Läufern, um die frohe Botschaft vorauszutragen. Wenn sie bei den Docks ankamen, war niemand mehr da außer alten Männern und ein paar Katzen. Also fingen die Rekrutierer an, weiter im Landesinneren die Bars zu überfallen, aber meistens erwischten sie nur Betrunkene, Diebe und Nichtsnutze, die der Flotte viel mehr Ärger bereiteten, als sie wert waren. Daher starben die Raubzüge allmählich aus, und irgendein Genie schlug vor, die Gehälter zu erhöhen, um die Personalkrise zu lösen, und – ratet mal – es funktionierte. Wenn Admiral Sisinna also dieses alte Spiel wieder aufnehmen wollte, war es kein Wunder, dass er jede Unterstützung brauchte, die er bekommen konnte.

»Nur einen Moment«, sagte ich. »Ist das wirklich nötig?«

Artavasdus starrte mich an. »Was meinst du?«

»Die Zwangsrekrutierung wieder einzuführen«, sagte ich. »Es ist barbarisch.«

Artavasdus rollte mit den Augen, und Faustinus wirkte peinlich berührt. Nikephoros zeigte seine typisch duldsame Miene. »Da stimme ich dir zu«, sagte er. »Aber es ist notwendig.«

»Ist es das wirklich?«

»Auf jeden Fall. Sisinna baut noch sechzig weitere Schiffe. Für die braucht er Mannschaften. Aber die Bruderschaften lassen es nicht zu, dass Handelsmatrosen anheuern, weil die Marine keine Gildebeiträge zahlt. Deshalb brauchen wir die Zwangsrekrutierer.«

»Hör zu«, sagte Artavasdus. »Das ist Politik. Während der Besprechung hältst du den Mund. Hast du das verstanden?«

Ich tat so, als hätte ich ihn nicht gehört. »Es muss einen besseren Weg geben«, sagte ich.

»Das würde mich überhaupt nicht wundern«, erwiderte Nikephoros. »Das Problem ist einfach, dass noch nie jemand darüber nachgedacht hat. Deswegen machen wir es so, wie Artavasdus gerade gesagt hat. Und du hältst dich fein zurück, verstanden?«

Zu diesem Zeitpunkt grübelte ich immer noch – was die Dinge anging, die ich mit Hodda besprochen hatte, wisst Ihr. Und zufälligerweise war ich gerade bei Admiral Sisinna angekommen.

Wenn man mal einen Schritt zurücktrat und mit klarem Kopf darüber nachdachte, waren es Sisinna und seine Schiffe, die für die Sicherheit der Stadt sorgten und dafür, dass sie funktionierte. Nicht die Soldaten auf der Mauer und schon gar nicht der Rat, der Senat oder die Bruderschaften. Wie oben schon erwähnt, verbrachte Sisinna nur sehr wenig Zeit in der Stadt, was einerseits gut und andererseits schlecht war. Gut, weil er sich nicht in die Politik einmischte, wenn er es vermeiden konnte. Schlecht, weil er nicht von einer Fraktion gegen eine andere ausgespielt werden konnte. Eigentlich war auch das wahrscheinlich gut, aber Ihr versteht sicher, was ich meine. Wenn nun Hodda und ich unseren kleinen Trick durchzogen, würde viel davon abhängen, wie Sisinna die Sache sah. Wenn Lysimachus die Kontrolle ergriff, würde Sisinna der einzige Mann sein, der ihn zu Fall bringen konnte. Aber wenn Sisinna fand, dass er Lysimachus eigentlich doch mochte, wäre er in der Lage, Lysimachus' Position absolut unangreifbar zu machen.

Die dritte Möglichkeit wäre, Sisinna in das Komplott gegen Lysimachus einzubeziehen, ihn dann zu beseitigen und durch jemanden zu ersetzen, den wir kontrollieren konnten, doch diese Variante gefiel mir überhaupt nicht. Punkt eins: Er war nie da und konnte daher nicht von einem wütenden Mob in Stücke gerissen werden. Punkt zwei: Jeder wusste, dass Sisinna sich nicht auf so etwas einlassen würde, also wäre es geradezu verdächtig, wenn wir versuchten, ihn da mit hineinzuziehen. Drittens: Er war der beste Admiral, den wir seit einer Generation hatten, und wir brauchten ihn dringend, wenn wir überleben wollten. Nicht, dass ich versucht hätte, das mit Hodda zu diskutieren. Und wenn ich es mir recht überlege, auch nicht mit mir selbst. Die Stadt und die Robur waren nicht mehr zu retten, ich dachte, da wären wir uns einig. Trotzdem waren es zwei gute Argumente.

Also gut.

Ob ihr es nun glaubt oder nicht, es ist mir nie gelungen, Sisinna erfolgreich zu imitieren, und daher habe ich den Versuch schon vor langer Zeit aufgegeben. Er ist ein winzig kleiner Mann, mit kleinen Händen und Füßen und einem Kopf, der viel zu groß für seinen Körper ist, mit schmalen, abfallenden Schultern, kleinen Augen, einer Löwenmähne aus gewelltem weißem Haar und einem dünnen Bart, der aussieht, als hätte er ihn mit Kreide aufgemalt. Ich würde ein Vermögen dafür geben, seine Stimme zu besitzen. Sie wäre perfekt für Saloninus, Theudrik, all die Klassiker eben. Es heißt, er sei in seiner Jugend Fechtmeister gewesen, obwohl er heute an einem Stock geht. Man sagt auch, dass er in seiner Freizeit theologische Kommentare schreibt und vielleicht sogar Gedichte. Er hat in eines der großen Patrizierhäuser eingeheiratet, deswegen hält er sich natürlich eine Mätresse, die er alle fünf Jahre austauscht. Die jetzige ist eine Schauspielerin, mit der ich vor etwa zwei Jahren in einer Wiederaufführung von *Nächstenliebe* auf der Bühne gestanden habe und die für Hodda gearbeitet hat, bis die sie hinauswarf.

Das Treffen verlief gut. Sisinna legte seine Sicht kurz und klar dar, die drei Verschwörer stimmten ihm zu, und dann war ich an der Reihe. Den Bruderschaften wird das nicht gefallen, erklärte ich. Nein, sagte er, wahrscheinlich nicht. Macht nichts, sagte ich, ihr könnt auf meine Unterstützung zählen.

Er sah mich seltsam an, schien kaum merklich mit den Schultern zu zucken, bedankte sich für unsere Zeit und ging. »Gut gemacht«, sagte Artavasdus zu mir, nachdem er fort war. »Beruhigend zu sehen, dass du wenigstens manchmal tust, was man dir sagt.«

Der Name der Schauspielerin war Auxentia. Ich schaffte es, Hodda eine Nachricht zukommen zu lassen, die sie weiterleitete. Das Problem bestand natürlich darin, den drei Verschwörern zu entkommen und einen Ort für ein Treffen zu finden.

»Das ist nicht nötig«, erklärte Nikephoros. »Du musst sie mindestens eine Woche lang nicht sehen.«

»Aber ich will es ja.«

Er sah mich an. »Was hat das damit zu tun?«

Ich versuchte, verlegen zu wirken. »Schaut«, sagte ich. »Ihr wisst wahrscheinlich, dass Hodda und ich mal was miteinander hatten.«

»Ja. Und?«

»Nun, wir haben es noch mal aufgewärmt.«

Er seufzte. »Hast du auch nur die geringste Ahnung, wie lästig das wäre? All die Arrangements. Dafür sorgen, dass man gesehen und auch wieder nicht gesehen wird. Dann die Dienstpläne der Wachen. Du kannst hier nicht durch die Gegend huschen ...«

»Bitte!«

Ich habe von Hodda gelernt, wie man »bitte« sagt. Sie kann es besser, aber ich bin auch ziemlich gut.

»Sorg nur dafür, dass Arta es nicht herausfindet«, meinte er schließlich. »Er findet, ich sei schon viel zu nachsichtig mit dir. Er hat gesagt, wenn du unbedingt ein Haustier mit mangelnder Intelligenz und widerlichen Angewohnheiten haben willst, dann kauf dir einen Hund.«

Es war also alles vorbereitet. Ich würde mich in dem Haus befinden, in dem Hodda und ich uns trafen, und Auxentia würde Sisinna dorthin bringen. Von Auxentia erfuhren wir, dass er schwarzen Tee und Honigkuchen mochte und wegen seines schlechten Rückens einen harten Stuhl mit gerader Rückenlehne bevorzugte.

Er sah mich an, als er hereinkam, und für einen Moment war ich starr vor Schreck. Doch es war nicht diese Art von Blick, die einem Angst machen kann. Er setzte sich, die Frauen schenkten Tee ein und zogen sich zurück. Ich setzte mich ihm gegenüber.

»Danke, dass Ihr gekommen seid«, begann ich.

»Das ist alles ein bisschen sehr geheimnisvoll, findet Ihr nicht?«, meinte er. »Ich dachte, wir hätten bei unserem Treffen alles geklärt.«

Ich nickte und sagte: »Ich habe nachgedacht.«

»Was Ihr nicht sagt?«

Jeder ist ein Komödiant. Und er hatte ein gutes Timing.

»Ich sagte, ich würde versuchen, den Bruderschaften die Idee zu verkaufen«, fuhr ich fort, »und das werde ich auch tun, wenn Ihr es wollt. Aber ich glaube nicht, dass sie zustimmen, nicht mal, wenn der Vorschlag von mir kommt.«

Er runzelte die Stirn. »Vielleicht tatsächlich nicht. Ich weiß, das ist ein sehr emotionsgeladenes Thema.«

»Da könnt Ihr sicher sein«, bestätigte ich. »Und jedes Mal, wenn ich etwas unterstütze und sich dann herausstellt, dass die Leute den Vorschlag hassen, sinkt der Respekt, den sie mir entgegenbringen, und das gefällt mir nicht.«

Er neigte den Kopf ganz leicht, um Verständnis anzudeuten. »Und nun?«

»Wir brauchen«, sagte ich, »eine bessere Idee.«

Er schenkte mir ein Lächeln, das man nur als überlegen bezeichnen konnte. »Ich persönlich hasse Zwangsrekrutierungen«, erklärte er. »Es ist eine plumpe und ineffiziente Art, Mannschaften zu beschaffen, und sie verursacht eine Menge Missstimmung. Leider müssen wir uns damit abfinden, bis jemand mit einer besseren Idee kommt.«

»Wenn die Bruderschaften es zuließen, dass Ihr in der Handelsmarine rekrutiert«, sagte ich, »wäre das nicht nötig.«

»Schon«, stimmte er zu. »Aber das werden sie nicht. Jeder Handelsmatrose muss der Zunft angehören und gibt ein Zehntel seiner Heuer an den Gildefonds. In der Kriegsflotte dagegen ist die Zugehörigkeit zur Gilde ein strafbares Vergehen, also leisten sie keinen Beitrag an den Bruderschaftsfonds.« Er seufzte. »Ich weiß mit Sicherheit, dass es eine Menge Männer gibt, die die Chance ergreifen würden, bei der Flotte anzuheuern, nur um den Fängen der Gilde zu entkommen, aber sie trauen sich nicht, denn sie haben Frauen und Kinder zu Hause.« Er schenkte mir erneut dieses gewisse Lächeln. »Glaubt mir, ich hätte viel lieber Freiwillige als gezwungene Männer. Aber wenn es eine Sache gibt, die wir beide über diese Stadt wissen, dann, dass man gegen die Bruderschaften keine Chance hat. Habe ich nicht recht?«

Ich nickte. »Aber man kann mit ihnen reden«, sagte ich. »Korrektur: Ich kann mit ihnen reden. Ihr könnt das nicht.«

Er lachte. »Keine Ahnung, ob ich das überhaupt wollte. Aber wenn Ihr sie dazu bringen könnt, Euch zuzuhören, würdet Ihr mir einen großen Gefallen tun. Habt Ihr vielleicht noch mehr von diesen Honigkuchen? Sie sind wirklich gut.«

13. Kapitel

»Jetzt bist du zu weit gegangen«, sagte sie.

»Nein«, erwiderte ich. »Hör zu.«

Sisinnas Kutsche war in die Dunkelheit davongerattert, und wir waren nun allein im Haus. Ich hatte nicht viel Zeit, und sie war nicht geneigt, mir zuzuhören. Ganz wie in alten Zeiten.

»Es ist machbar«, sagte ich. »Es ist im Grunde nur eine Frage der Ausleuchtung.«

Sie dachte kurz darüber nach und grunzte dann widerwillig ihre Zustimmung. »Nein, ist es nicht«, fügte sie allerdings hinzu. »Wir müssen sie zuerst hierherbringen. Wenn deine Gefängniswärter herausfinden, dass du geheime Gespräche mit den Bruderschaften führst, werden sie dir die Lunge aus dem Leib reißen.«

Seltsamerweise war mir dieser Gedanke auch schon gekommen. »Sie werden es nicht herausfinden«, entgegnete ich. »Und bevor du etwas dagegen sagst, ja, wir können problemlos mit den Anführern der Bruderschaften reden.«

Sie seufzte. »*Ich* kann mit ihnen reden, meinst du.«

Gott segne das Theater. Unter anderem, weil es ein Sammelbecken schöner Frauen ist. Und sobald es all diese hinreißenden Geschöpfe in seinem Bann hat, zahlt es ihnen nicht genug. Das heißt, sie müssen ihr Einkommen aus anderen Quellen aufbessern. Es ist kein ideales System, denn entgegen der landläufigen Meinung sind nicht alle Schauspielerinnen einfach gestrickt, und die, die es nicht sind, haben es manchmal ziemlich schwer. Davon abgesehen sind die Möglichkeiten, seinen Lebensunterhalt in dieser Stadt der Männer zu verdienen, wahrscheinlich überwiegend eher hässlich und unerfreulich, und solange sie nicht Saloninus' ideale Republik auf die Beine stellen, sehe ich nicht, dass sich das in absehbarer Zeit ändert. Der Punkt ist: Jeder Bruderschaftsführer mit ein wenig Selbstachtung hat eine beliebte Schauspielerin als modisches Accessoire an seiner Seite. Daher konnten wir zu jeder Zeit mit ihnen reden, wenn wir wollten. Und der Rest war, wie ich so treffend bemerkt hatte, nur eine Frage geschickt gesetzten Bühnenlichts.

»Du bist für so was noch nicht bereit«, sagte sie, als wir im schwachen Licht einer einzigen kleinen Lampe auf die Ankunft der Bruderschaftsführer warteten.

»Ich bin so bereit, wie ich es nur sein kann«, erwiderte ich. »Und sowieso ist das alles deine Idee.«

»Du meinst, dass du die Sache ausreichend durchdacht hast.«

»So weit würde ich nicht gehen. Aber wenn wir Sisinna beeindrucken können ...«

»Das wird nicht funktionieren. Diese Leute kennen dich.«

Was stimmte. Der Anführer der blauen Bruderschaft natürlich nicht. Aber Parzenio, der grüne Mann (genau genommen der Vertrauensmann für die Gilde der Handelsmatrosen), hatte mit Lysimachus in der Arena gekämpft – neben ihm, nicht wirklich mit ihm, sonst wäre er tot – und sich mit ihm eine Wohnstatt geteilt, also hatte sie ganz recht. Wenn man mal genau darüber nachdachte, war es ein erschreckendes Risiko. Aber, wie die Frau schon sagte, die Antwort besteht darin, nicht anzuhalten und nachzudenken. Außerdem hatten wir den Heimvorteil.

Wäre ich nicht ein mittelmäßiger Schauspieler gewesen, hätte ich ein großartiger Beleuchter werden können. Es hat mich schon immer interessiert, was man mit Licht, Schatten und den Millionen Graden dazwischen erreichen kann, nur mit Kerzen, Kapuzen und farbigem Pergament. Nehmen wir zum Beispiel den Schatten. Man kann ihn dehnen, biegen, schichten, einen weiteren Schatten darüberlegen. Niemand bemerkt es – warum sollte man auch etwas beachten, was im Grunde nur durch Abwesenheit glänzt –, aber es verbiegt und verdreht die Art und Weise, wie die Leute etwas wahrnehmen. Was das Licht betrifft, so will ich gar nicht erst damit anfangen. Man glaubt, ihm vertrauen zu können, aber in den richtigen Händen gibt es nichts Tückischeres, glaub mir.

Der Anführer der blauen Bruderschaft hieß Asker, und er tauchte als Erster auf. »Warum ist es hier so dunkel?«, fragte er und zögerte bereits auf der Schwelle.

»Kommt rein«, flüsterte ich mit heiserer Bühnenstimme.

Ja, es war dunkel, aber nicht so dunkel, dass ich das Messer an seinem Gürtel nicht sehen konnte. Asker hatte keine Zeit in der Arena verbracht, aber er hatte bei den Blauen als Vollstrecker gearbeitet, ganz ähnlich wie mein Vater, nur war er bekannter gewesen. Pack den Stier bei den Hörnern, dachte ich.

»Elegaika sollte es Euch erklären«, sagte ich. Elegaika war die aufstrebende junge Tragödin, die sich um etwa ein halbes Dutzend prominenter Blauer kümmerte. »Wenn jemand davon erfährt, sind wir nur noch als Hundefutter zu gebrauchen.«

Dann ein Hämmern an der Tür, das man in der Bergstraße gehört haben musste. »Könntet Ihr für mich öffnen?« Lysimachus würde selbst keinen Finger rühren, wenn er jemand anderen schicken konnte.

Asker funkelte mich an, stand auf und öffnete die Tür. Ich konnte den Ausdruck auf ihren Gesichtern nicht sehen, als der blaue Anführer dem grünen die Tür öffnete, daher verpasste ich dieses Vergnügen, aber egal.

»Schließt die Tür, verdammt noch mal, und seid leise. Hier drüben. Passt auf, da am Fenster steht ein Tisch.«

Die beiden riesigen Männer steuerten im Schummerlicht erfolgreich an dem Tisch vorbei und tasteten sich zu den Stühlen, die sie kaum sehen konnten. »Wofür soll das alles gut sein?«, wollte Parzenio wissen. »Warum konnten wir uns nicht im Palast oder sonst wo treffen?«

»Wozu das gut ist?«, fragte ich in meinem heiseren Flüsterton. »Um Euch die Ärsche zu retten. Ist es das wert? Sagt Ihr es mir.«

Ich hatte das Gefühl, es übertrieben zu haben. Reiß dich zusammen, mahnte ich mich. Vergiss den Spiegel nicht.

»Ich habe gehört, dass es was mit der Flotte zu tun hat«, meinte Parzenio. »Mehr hat man mir nicht gesagt.«

»Dann hört zu«, sagte ich. »Sisinna hat den Rat gefragt, ob er die Zwangsrekrutierung wieder einführen darf. Wir haben es ihm zugestanden.«

Die folgende Stille war bleiern. Ich wartete ein paar Sekunden. Dann sagte ich: »Anscheinend seid Ihr darüber nicht sonderlich glücklich.«

»Nein, das sind wir nicht. Die Jungs werden das nicht dulden.«

Ich war nicht sicher, wer von den beiden das gesagt hatte. Das war aber auch nicht wichtig. »Verständlich«, meinte ich. »Mir gefällt der Gedanke auch nicht besonders.«

»Aber Ihr habt gesagt ...«

»Sisinna hat darum gebeten, wir haben unser Einverständnis erklärt. Regel Nummer eins: Den Admiral der Flotte verärgert man nicht. Für meine leicht zu verführenden Kollegen war das genau der richtige Weg, denn die haben keine Ahnung von den Bruderschaften und interessieren sich auch kein Stück für sie.«

»Und Ihr habt mitgemacht.«

»In ihren Augen ja. Ich muss mit diesen Idioten zusammenarbeiten.«

Ich spürte, dass mir meine Rolle wie ein Aal aus den Fingern glitt, aber erstaunlicherweise war der Tonfall immer noch genau richtig. Es war Lysimachus, der auf einmal Dinge sagte, die er in seinem wahren Leben niemals ausgesprochen hätte, doch es war tatsächlich Lysimachus, darauf würde jeder sein Leben verwetten. »Ihr lasst also wieder Zwangsrekrutierungen zu. Das wird Ärger geben.«

»Nicht, wenn ich es verhindern kann.« Ich machte eine kurze Pause, um meine Worte wirken zu lassen. Zum Glück für mich war Lysimachus in seinen besten Momenten ein langsamer Redner. »Wir sind alle hier, um dafür zu sorgen, dass die Zwangsrekrutierungen nicht wieder eingeführt werden.«

»Wir hören«, knurrte Asker.

»Ihr müsst zulassen, dass Handelsmatrosen bei der Flotte anheuern«, sagte ich. »Wenn Ihr das tut, kann ich Sisinna dazu bringen, das mit den Zwangsrekrutierungen zu vergessen, denn er wird sie schlicht nicht mehr brauchen.«

»Das soll ein Scherz sein, oder?«, fragte Parzenio. »Habt Ihr eine Ahnung, wie viel Geld uns das kosten würde?«

Ich nannte eine Zahl. »Und?«

Pause. »Ungefähr, ja«, meinte Asker.

»Gut, dass wir uns einig sind. Und ja, das ist eine Menge Geld aus Euren Taschen, also eigentlich aus den Taschen der Witwen und Waisen in der Armenstadt, deswegen können wir das nicht zulassen.«

»Na dann.«

»Und wir können es auch nicht zulassen, dass die Zwangs-rekrutierer sich jeden armen Schlucker schnappen, den sie in die Finger bekommen. Und ebenfalls können wir es nicht ge-brauchen, dass sich Grüne und Blaue auf der Straße mit den Marinesoldaten prügeln. Aber irgendeine Lösung muss es geben.«

Die ganze Zeit über versuchte ich, Parzenio im Auge zu be-halten, ohne dass es auffiel. Er war wütend, das konnte ich se-hen, aber das war auch schon alles. Er war rasend wütend, weil sein alter Gefährte aus der Arena die Grünen in den Ruin trieb. Mein Herz schlug mir im Hals.

»Und was zum Beispiel?«, wollte Parzenio wissen. »Ent-weder gibt es Zwangsrekrutierungen oder nicht.«

»Keine Zwangsrekrutierungen«, sagte ich. »Und die Han-delsmatrosen können der Flotte beitreten, weil es patriotisch ist und jeder weiß, dass die Bruderschaften zu hundert Pro-zent bei jedem Schritt hinter den Verteidigungsanstrengun-gen stehen. Plus der Tatsache, dass es Eure Jungs reizt, der Flotte beizutreten, damit sie Euch nicht ein Zehntel ihrer Heuer geben müssen. Die Bruderschaftsfonds werden aber keinen Trachy verlieren, das gleiche ich an anderer Stelle wie-der aus.«

Irgendwann kommt der Moment, in dem man sein Blatt of-fenlegen muss, um zu sehen, ob der andere Asse hat, die die eigenen Könige schlagen. Ich bin kein Spieler, wie Ihr wahr-scheinlich schon vermutet habt.

»Irgendwo anders? Wo denn?«, fragte Parzenio misstrau-isch.

Hinter der Bühne sangen Engelschöre. »Das ist ganz sicher interessant«, meinte ich. »Aber sind wir uns prinzipiell einig oder nicht?«

Wir waren uns im Prinzip einig. Also erzählte ich ihnen von ein paar – einem halben Dutzend, nicht mehr – der klaffenden Schlupflöcher, die mir in den Buchhaltungsverfahren des Reichs aufgefallen waren, als ich das ganze Zeug in meiner Turmzelle durchgesehen und darauf gewartet hatte, weitermachen zu können. Damals war ich fassungslos gewesen, dass niemand die Hintertüren entdeckt und sie sofort versperrt hatte. Nach einer Woche mit diesen drei Schwachköpfen konnte ich es dann allerdings durchaus begreifen.

Oberstadt und Armenstadt betrachteten die Sache unterschiedlich. In der Armenstadt dreht sich bis heute alles um den kleinen gelungenen Betrug, die lukrative Nische, in die man die Spitze seines Taschenmessers setzen kann. In der Oberstadt dagegen geht es nur darum, einen Auftrag effizient und kostengünstig zu erledigen.

»Wie auch immer«, schloss ich, »ich denke, das wird Eure Verluste mehr als ausgleichen, wenn Eure Jungs es so angehen wie die Typen in der Gegend, in der ich aufgewachsen bin. Ja, ich weiß, für die Seefahrergilde ist nichts dabei, deswegen solltet Ihr Eure Interessen ein wenig breiter aufstellen, bevor jemand herausfindet, woher die neue Beute stammt. Aber ich denke, das kann ich getrost Euch überlassen.«

Ich konnte praktisch hören, wie sich die kleinen Räder in ihren Köpfen drehten. »Merkt das auch keiner? Im Schatzamt meine ich?«

»Irgendwann sicher«, erwiderte ich. »Und wahrscheinlich werden wir ein paar Schlupflöcher schließen, aber bis dahin werdet Ihr ein paar weitere entdeckt haben. Aber das ist morgen. Ich spreche von heute. Wir sind uns einig.«

Es war eine Aussage, keine Frage. Und sie bestätigten es mir. Gut, sagte ich. Oh, und noch eine Sache. Wenn jemand außerhalb dieses Raumes jemals herausfindet, dass die Idee von mir stammt, lasse ich euch beide töten. Darauf und auch auf die anderen Dinge, die wir besprochen hatten, gab ich ihnen mein Ehrenwort.

Ich hatte Hodda gesagt, sie solle verschwinden, aber natürlich tat sie das nicht. Die ganze Zeit war sie nebenan gewesen und hatte mit einer Tasse in der Hand an der Wand gelehnt. »Du bist ein Sonntagskind«, meinte sie, als ich hinüberging.

»Komisch, ist mir nie aufgefallen«, erwiderte ich.

»Anders kann es nicht sein. Dir ist klar, dass du mindestens zweimal komplett aus der Rolle gefallen bist.«

Ich nickte. »Ich weiß«, sagte ich. »Und trotzdem haben sie keinen Verdacht geschöpft. Ich glaube, die Unbesiegbare Sonne hat mir eine zweite Chance gegeben.«

Sie starrte mich an. Sie mag es nicht, wenn die Leute es wissen, aber sie ist religiös. »Offenbar hast du eine gewisse Todessehnsucht. Jedenfalls hast du deinem Affen ganz schön Zucker gegeben.«

»Ja, ich *weiß*.« Ich hatte gar nicht schreien wollen. »Ich konnte es nicht verhindern. Für eine Minute vielleicht hatte ich ihn verloren. Aber ich fand den Weg zurück, und alles war in Ordnung. Ich bin damit durchgekommen.«

»Ja, das bist du.« Ein harter Ausdruck glitt über ihr Gesicht, nur für einen Moment. »Das muss ich dir lassen. Übrigens, hast du es irgendwann mal geschafft, dich zu entscheiden?«

»Ich habe es dir ja gesagt. Wenn wir Sisinna auf unsere Seite bekommen ...«

»Wir könnten diese Stadt regieren. Wir könnten sie besitzen.«

Ich bin mal über die Bühne gelaufen, und irgendein Idiot hatte die Versenkung geöffnet. Ich stürzte hinein, während ich weiter meinen Text sagte, und dann lag ich auch schon wie ein Häuflein Elend im Keller. »Hodda. Ich dachte, du hast gesagt, die Stadt ist am Ende.«

»Oh, sei doch nicht blöd. Wir reden hier von der Stadt. Sie werden die Stadt niemals einnehmen.«

»Du hast gesagt ...«

»Vergiss, was ich gesagt habe. Du hast den Affen getäuscht, und er kennt dich seit Jahren.«

»Im Dunkeln«, gab ich zu bedenken. »Und nur für zehn Minuten.«

»Dann lassen wir ihn verschwinden. Alle deine alten Weggefährten, nach und nach, einen nach dem anderen.«

Ich glaube, ich wich einen Schritt zurück. »Ich kann nicht glauben, dass du das gerade gesagt hast.«

»Eigentlich kann ich das auch nicht.« Sie blinzelte, als hätte ich gerade eine Lampe in einem dunklen Raum angezündet. »Nein, wir können nicht Leute im großen Stil abschlachten, das ist lächerlich. Aber der Rest ... Wir könnten es tun, weißt du. Wir könnten diese Stadt führen.«

Andererseits ist sie immer meine schärfste Kritikerin gewesen. Wenn sie meinte, ich könnte es schaffen, konnte ich es vielleicht tatsächlich.

»Hodda«, sagte ich, »wollen wir das wirklich?«

»Machst du Witze?«

»Ich habe gesehen, was es heißt, eine Stadt zu regieren«, sagte ich. »Es ist nicht gerade lustig. Es endet nie, und es ist harte Arbeit. Die Leute sind sauer auf dich. Alles, was du tust, verärgert immer irgendjemand. Niemand hört auf das, was du eigentlich sagst ...«

Sie grinste mich an. »Nicht für immer, du Idiot«, meinte sie. »Nur lange genug, um einen Haufen Geld abzusahnen. Und dann gehen wir auf unsere private Jacht und kommen nicht mehr zurück.« Ihr Grinsen war reizend. Es passte zu ihrem Engelsgesicht. »Einen Moment hast du es wohl wirklich für möglich gehalten, oder?«

Kaninchen ausnehmen. So ein grausames Bild. Schwer, es aus dem Kopf zu kriegen, wenn es einmal den Weg hineingefunden hat. »Ein Schritt nach dem anderen«, sagte ich. »Schauen wir mal, was der Admiral macht.«

14. Kapitel

Die grüne Bruderschaft gab ihre Mitteilung zuerst heraus, etwas später am selben Tag folgten die Blauen. Es sei ihnen zu Ohren gekommen, dass Zunftregeln es Handelsmatrosen, die ihren Beitrag zum Kriegseinsatz leisten wollten, schwer machten, in die Flotte einzutreten. Diese Vorschriften würden mit sofortiger Wirkung aufgehoben.

Admiral Sisinna erschien bei uns, um mit den drei Verschwörern und mit mir zu sprechen. Es habe sich offensichtlich herumgesprochen, sagte er (er zwinkerte nicht; ich glaube, dass er körperlich gar nicht dazu in der Lage war), und nun brauche man keine Zwangsmaßnahmen mehr. Während des gesamten Treffens sah er mich nicht ein einziges Mal an. Später bekam ich einen Brief von ihm, weitergeleitet von Auxentia an Hodda und von Hodda an mich. Ich durfte jetzt private Briefe von ihr empfangen, weil ich meine Sache gut machte. Danke, schrieb der Admiral. Gute Arbeit, sehr gut gemacht.

Mein erster Gedanke war, dass der Brief eine Fälschung war. Sie hatte ihn gefälscht oder fälschen lassen, also schnüffelte ich in den Archiven herum, bis ich Depeschen in Sisinnas eigener Handschrift fand. Nun passte alles perfekt.

Es war an der Zeit, etwas genauer darüber nachzudenken. In unserer Branche gibt es ein Sprichwort, das so alt wie die

Berge und so aktuell wie der Tod ist: *Allen hat der Abend gefallen, nur dem Publikum nicht.* Genau. Man bekommt ein brandheißes Stück in die Hand, und durch einen unglaublichen Glücksfall sind die perfekt passenden Darsteller alle verfügbar. Sobald man mit den Proben beginnt, merkt man, dass man etwas ganz Besonderes in Händen hält – die Begeisterung, der Nervenkitzel entwickeln ein Eigenleben. Also verschickt man Einladungen an die großen Weisen, die Richter über den Geschmack. Männer, die ihr ganzes Leben lang das Theater geliebt und studiert haben und wissen, was funktioniert und was nicht, und sie alle sagen einem, man solle sich keine Sorgen machen, man habe da einen potenziellen Renner entdeckt. Am Premierenabend ist der Jubel groß, und alle werden mit Blumen überschüttet. Sechs Tage später dann setzt man das Stück endgültig ab, nachdem man zuletzt vor fünf Zuschauern gespielt hat, von denen vier die eigenen Cousins waren.

Ich habe mein ganzes Berufsleben damit verbracht, die Öffentlichkeit zu unterhalten, und vielleicht lohnt sich die Frage: Warum eigentlich? Für Geld, sicher. Aber es gibt eine Menge Möglichkeiten, Geld zu verdienen, viele davon mit viel weniger harter Arbeit und nicht annähernd so viel Ärger. Um es vorwegzunehmen: Wäre Geld die einzige Motivation in meinem Leben gewesen, wäre ich bei den Grünen geblieben und hätte es aus den Besitzern der kleinen Läden herausgeprügelt.

Nein. Das Geld ist wichtig, weil es bedeutet, dass man im Geschäft bleiben kann, und solange man im Geschäft ist, ist man im Spiel und hat die Chance, den großen Durchbruch zu schaffen. Und wenn man den Durchbruch schafft, was passiert dann? Zugegeben, man bekommt eine Menge Geld. Und was macht man damit? Setzt man sich zur Ruhe, kauft man ein paar Farmen, eine Tuchfabrik und einen halben Anteil an einem Handelsschiff und entspannt sich in einem Leben der Unbeschwertheit? Von wegen. Man bleibt weiter im Geschäft, denn jetzt zahlen die Leute, um einen zu sehen, nicht das dämliche Stück. Und mit jedem massiven Erfolg, den man einfährt, fordert man Geld und bekommt es auch, nicht weil man damit Dinge kaufen will, sondern weil es die einzige verlässliche Möglichkeit in diesem Geschäft ist, seine Position im Spiel zu halten. Wenn Ihr jede Nacht die Summe x bekommt, aber Euer bester Freund und ärgster Rivale x + 1 erhält, bricht es Euch das Herz. Also bemüht Ihr Euch mehr und mehr.

Und worum bemüht Ihr Euch genau? Ihr perfektioniert Eure ohnehin schon perfekte Kunst nur noch mehr. Und Eure Kunst ist die Unterhaltung des Publikums. Erinnert Ihr Euch?

Jeder von uns sagt es irgendwann einmal: Ich tue alles nur für mein Publikum. Wirklich? Zerlegen wir das Kollektivnomen doch mal in seine Bestandteile. Da gibt es die Stände: Leute mit Geld, die sich nicht mit Euch auf der Straße sehen lassen würden, obwohl sie sich, wenn Ihr ein hübsches Mädchen seid, vielleicht dazu herablassen würden, mit Euch ins Bett zu steigen. Dann gibt es die Galerie: Ladenbesitzer, Handwerker, Angestellte, Offiziere der Bruderschaften und Zünfte, ihre Frauen und lärmenden Kinder – ebenjene Klasse von Menschen, derentwegen Ihr den Beruf ergriffen habt, um von hier wegzukommen, weil Ihr genau dort geboren wurdet und lebtet. Könnt Ihr die Hand auf Euer Herz legen und aufrichtig sagen, dass Ihr all das auf Euch nehmt – die zermürbend harte Arbeit, die Langeweile, das Herumstehen, die Frustration, die Misserfolge, die Demütigungen, die Löcher in den Stiefeln, manchmal eine ganze Woche ohne Essen, bis Ihr den ersten Lohn bekommt, Eure letzten fünfzig Trachy für einen Schal aus Kunstseide auszugeben statt für Brot, weil Ihr stets schick aussehen müsst –, um etwas Freude in deren tristes, aber einigermaßen zufriedenes Leben zu bringen?

Ich glaube eher nicht. Also tut Ihr es, weil Ihr von ihnen geliebt werden wollt. Ihr wollt sie beeinflussen, ihnen Anweisungen geben, in ihren Herzen und in ihren Gedanken sein? Was, diese Leute? Die da? Die Öffentlichkeit?

Ich kannte mal einen Mann. Er war der Sohn eines wirklich sehr reichen Mannes, der sich für unantastbar hielt. Es gefiel ihm, in eine Hafenkneipe zu gehen, eine dramatische Haltung einzunehmen und pathetisch zu rufen: »Oh, dieses Volk!« Er wurde oft angestarrt, aber nie verprügelt, nicht einmal von mir. Schließlich gab er es auf und heiratete, was ihm recht geschah. Oh, dieses Volk. Meine Landsleute, meine Mitbürger, meine Brüder.

Wohlgemerkt, einige von ihnen sind ganz in Ordnung, wenn man sie näher kennenlernt. Aber viele von ihnen sind es nicht, und das ist eine lustige Sache, denn wenn man sie miteinander mischt, jene, die in Ordnung sind, und die, die es nicht sind, ist das Ergebnis oft weitaus schlimmer als die Summe ihrer Teile. Gieriger, feiger, dümmer. Ich weiß nicht, warum, es muss Alchemie sein oder irgendwas in der Art. Wahrscheinlich gibt es irgendwo ein Buch zu dem Thema, das alles erklärt.

Mein ganzes Berufsleben lang habe ich mir für das Publikum die Finger wund gearbeitet. Und was wollte ich erreichen? Was wollte ich von den Leuten? Ich wollte, dass sie mich unterhaltsam finden – und es ist sicher kein übertriebener Wunsch, dass sie Spaß haben, sich amüsieren. Probiert es demnächst selbst einmal aus, vielleicht gefällt es Euch sogar.

Also sollten wir uns vielleicht das andere Extrem ansehen, das, was mein Vater früher getan hat. Da draußen in den Straßen und Gassen gibt es hunderttausend Rindviecher, und die meisten von ihnen haben etwas Geld, auch wenn es nur ein paar Trachy sind. Wenn man den Trick kennt, kann man sie dazu bringen, das zu tun, was man will. Schert sie, häutet sie, verkauft sie an die Wilden auf der anderen Seite der Mauer gegen alles, was Ihr für sie bekommen könnt. Was macht das schon? Ihr schuldet ihnen nichts, und was zum Teufel haben sie denn jemals für Euch getan?

Ich sagte Hodda, ich würde darüber nachdenken, und das tue ich tatsächlich immer noch. Die Öffentlichkeit, meine Mitbürger, die Stadt. Bring sie zum Lachen, lass sie zahlen, lass sie bluten, na und? Nikephoros und Artavasdus und Faustinus hätten die Taschen ihrer Mäntel mit kleinen Gegenständen von hohem Wert füllen und damit um die halbe Welt reisen können. Stattdessen sind sie auf der Bühne geblieben und spielen sich die Seele aus dem Leib – weil sie aus adeligen Familien stammen, bei denen es zur Tradition gehört, im Staatsdienst zu arbeiten, denn nur ein hohes öffentliches Amt verschafft ihnen die Möglichkeit, an der Spitze mitzuschwimmen, wie es bei uns das Geld tut. Nicht, so wage ich zu behaupten, weil sie das dreckige, schmuddelige, undankbare Volk sonderlich mochten, sondern weil ... weil sie nie aufgehört haben, darüber nachzudenken, vermute ich. Denn wenn sie aufhören, würdet Ihr es nie tun, also haltet nicht inne und denkt nicht nach.

Ich denke, dass ich, wenn ich auf einer Bühne stehe und in dieses Meer von Gesichtern vor mir blicke, in einen Spiegel schaue, vielleicht den einzigen Spiegel in der Stadt, in dem ich einen Blick auf mich selbst erhaschen kann. Auch denke ich, dass ich von Zeit zu Zeit nicht unbedingt das schärfste Messer im Besteckkasten bin.

15. Kapitel

»Komm mir nicht so«, sagte Nikephoros. »Du hast es getan. Wir hatten dir gesagt, du sollst dich nicht einmischen, und du hast es trotzdem getan.«

»Ihr kennt die Bruderschaften nicht«, antwortete ich. »Ich dagegen schon. Sie haben Wind davon bekommen, was Sisinna plante, da haben sie rein geschäftlich Kosten und Nutzen abgewägt und eine Entscheidung getroffen. Ungeachtet dessen, was Ihr vielleicht gelesen habt, sind sie keine Wilden, und sie sind nicht dumm.«

Artavasdus grinste mich an. »Na ja, das kannst du wohl besser beurteilen als wir. Aber ich habe sie immer für verdammt stur gehalten und geradezu krankhaft besorgt, ihr Gesicht zu verlieren, wenn sie mal einen Rückzieher machen.«

»Genau deshalb haben sie beschlossen, keinen Streit mit der Flotte anzufangen«, entgegnete ich. »Steht das nicht auch in *Die Kunst des Krieges*? Der beste Weg, einen Kampf zu gewinnen, besteht darin, gar nicht erst zu kämpfen.«

Nun grinste Artavasdus nur noch mehr. Interessanter Mann, auf seine Art. Grinst Euch an, wenn er Euch verachtet, grinst Euch an, wenn er Euch mag, und es ist immer das gleiche Grinsen.

»Die Leute sagen, dass wir den Bruderschaften ständig

nachgeben«, meinte Faustinus. »Das verursacht eine Menge Verärgerung.«

»Tatsächlich?« Nikephoros sah ihn über die Schulter hinweg an. »Bei wem?«

»Beim *Haus* zum Beispiel.«

»Das wird mir kaum den Schlaf rauben.«

»Wir sollten den Laden dichtmachen.« Artavasdus gähnte. »Wir brauchen die nicht, und sie sind zu nichts nutze.«

»Technisch gesehen«, gab Faustinus zu bedenken, »müssen sie alle neuen Gesetze genehmigen.«

»Mit Ausnahme von Maßnahmen, die aufgrund des kaiserlichen Privilegs und der Notstandsbefugnisse erlassen wurden«, antwortete Artavasdus. »Also zum Teufel mit ihnen.«

»Die Leute beruhigt es zu wissen, dass es diese Instanz gibt«, erwiderte Nikephoros milde. »Ihr redet beide ständig von den *Leuten*, aber ich glaube, ihr wisst nicht, wen ihr damit meint. Welche Leute?«

Die Öffentlichkeit, dachte ich. »Die Bürger dieser Stadt«, sagte Nikephoros mit seiner immer schläfrig wirkenden Löwenstimme, die nicht annähernd so wirkungsvoll ist, wie er glaubt. »Gewöhnlich anständige, das Richtige denkende …«

»Blödsinn«, widersprach Artavasdus. »Reine Fabelwesen, wie Elfen und Greife. Nein, die Dinge haben sich geändert, und das weißt du auch. Früher haben die alten Familien das Reich regiert, dann kam die Belagerung, und jetzt ist es die provisorische Regierung, also das Militär. Wir.«

»Ich bin nicht beim Militär«, betonte Faustinus.

»Und Admiral Sisinna«, sagte Nikephoros. »Die Flotte hat mehr Männer und mehr Geld als die Armee, und Sisinna hat einen Eid geschworen, die Verfassung zu wahren, genau wie wir. Wie ernst er es damit meint, kann ich allerdings nicht sagen.«

»Er ist nie hier«, antwortete Artavasdus. »Außerdem ist er ein Realist und hat viel zu viel um die Ohren, um sich um Politik zu kümmern. Was auch immer wir entscheiden, er wird damit einverstanden sein, solange er seine neuen Schiffe bekommt.«

Faustinus wurde ungemütlich. »Du solltest wirklich zuerst denken und dann sprechen, Arta.«

»Das tue ich.«

»Das macht es nur noch schlimmer. Eine Umgehung des Repräsentantenhauses ist etwas völlig anderes, als die Verfassung außer Kraft zu setzen.«

Artavasdus gähnte erneut, und dieses Mal tat er es demonstrativ. »Du hast wahrscheinlich recht«, sagte er. »Lass sie einfach verkümmern, und niemandem wird es auffallen.« Er lächelte. »Warum führen wir überhaupt dieses Gespräch? Ich dachte, wir schimpfen über Notker, weil er seine Nase in Dinge steckt, in denen sie nichts zu suchen hat.«

Ich hob meine Hände. »Ich habe nichts getan.«

»Wir glauben dir«, sagte Nikephoros, wobei er das Wort »glauben« wie einen anderen Ausdruck für »verzeihen« klingen ließ. »Aber mach es nicht wieder.«

Ich hatte erwartet, dass sie mich danach an eine kürzere Leine legen würden, aber anscheinend meinten sie, ich hätte meine Lektion gelernt. Um ehrlich zu sein, glaube ich nicht, dass ich zu diesem Zeitpunkt in ihren Überlegungen viel Raum einnahm. Es gab schlechte Nachrichten aus dem Krieg. Sie haben mir zwar nichts davon erzählt, aber sie waren unvorsichtig mit ihren Notizen, und ich kann auch gut über Kopf lesen.

Wir bekamen die Nachricht von den Telpessienern, einem Haufen Opportunisten, mit denen wir früher viele Geschäfte gemacht hatten. Sie mochten uns. Und sie mochten auch die Ansammlung zweifelhafter Verbündeter, die auf der anderen Seite der Mauer lagerten. Sie mochten jeden. Es liegt in ihrer

Natur. Aufgrund dieser überwältigenden Fülle an Freundlichkeit und Liebe waren sie in der Lage, all die einzigartigen und unersetzlichen Dinge von uns zu kaufen, die nur wir herstellen können und die man nirgendwo anders bekommt, und sie an die hundertundeine Nation zu verkaufen, die sich mit König Ogus in dem universellen Kreuzzug verbündet hatte, um uns zu vernichten. Sie sind damit durchgekommen, denn sie waren bereit, die sprichwörtliche Meile weiter zu gehen – neunhundertsiebzig Meilen, um genau zu sein. Von der Stadt über das offene Meer bis zur Südspitze der Halbinsel von Jotrai, wo sie das Zeug den Lanquan Lijorn übergaben, die es über die Gebirgspässe nach Wamey trugen, wo Karawanen von Wüstennomaden es abholten und über die Sanddünen zu Ithbine Seauton brachten, der es dort an die Mitglieder der Anti-Robur-Liga verteilte.

König Ogus war nicht glücklich darüber, aber was konnte er tun? Die Lanquan Lijorn waren zu weit weg, um sie angreifen zu können – so weit weg, dass in ihrem Land die Sonne im Westen aufgeht, so habe ich irgendwo gelesen –, und der Versuch, die Nomaden zu bestrafen, würde dem Versuch gleichkommen, Obstfliegen mit einem Beidhänder zu erschlagen. Da er keine Flotte besaß, würde jede Art von Strafexpedition gegen Ithbine einen sehr weiten Landweg erfordern und Zehntausende von Männern für den größten Teil eines Jahres binden, und Ithbine ist offensichtlich nicht schwach auf der Brust. Er hat seine Verbündeten, die ihm erst loyal versprachen, alles zu tun, um den illegalen Handel in ihrem eigenen Hoheitsgebiet zu unterbinden, und dann nichts taten, vor allem, weil die Gewinne aus dem Handel ihnen dabei halfen, die ruinösen Kosten für die Teilnahme an Ogus' lächerlichem Krieg zu bezahlen, unter allerlei Getöse beschimpft.

Wie auch immer, das sind für uns die Telpessiener. Ich habe zwar noch keinen getroffen und werde es wahrscheinlich auch nie, aber sie sagten, Ogus hätte einen Pakt mit den Hus geschlossen. Die Hus siedeln im hohen Norden, wo es neun Monate im Jahr bitterkalt ist, und es gibt viele von ihnen, die in flachen Tälern zwischen Gebirgszügen leben. Milchgesichter natürlich. In der Vergangenheit hatten sie keinen Streit mit uns, weil sich unsere Wege nie gekreuzt haben, aber die Kleinkönige und Häuptlinge, die sie regieren, haben einen unstillbaren Appetit auf schöne, glänzende Dinge, und Ehre und Status können nur durch militärisches Können erreicht werden. Ogus hatte also ein Geschäft über siebzigtausend Hus-Söldner abgeschlossen, alle über zwei Meter groß und stark wie Bären. Aber das war noch nicht alles. Vor etwa dreihundert Jahren eroberten und versklavten die Hus die Ilser, ein Volk kleiner, dunkler Milchgesichter, die südlich von ihnen leben und mit denen sich die Robur ein wenig auskannten, weil die Ilser früher Eisenerz exportiert hatten. Ihr Land besteht vollständig aus kargen Bergen, aber unter diesen Bergen gibt es genug Eisen, um das gesamte Mittlere Meer damit zu überziehen. Deswegen haben sie schon früh die in ihrer Gegend mühsame Landwirtschaft aufgegeben und sich dem Bergbau zugewandt. Im Laufe der Zeit wurden sie dann ziemlich erfolgreich, besonders darin, Stollen durch lebendes Gestein zu treiben, etwas, das wir im sanften Süden nie wirklich hinbekommen haben. Ogus machte ein weiteres Geschäft mit den Hus-Häuptlingen und kaufte zwanzigtausend Ilser Bergleute, und dreimal dürft Ihr raten, wofür er die haben wollte.

Als ob das noch nicht genug wäre, hatte er auch mit den Aelianern gesprochen, unserem nächsten und größten Handelspartner. Die Aelianer leben auf einer großen Insel, deswegen kann ihnen nicht viel passieren, solange sie und ihre Verbündeten das Meer unter Kontrolle haben. Nur betreiben sie wie die Ilser keine eigene Landwirtschaft und kaufen stattdessen Lebensmittel bei den Milchgesichtsstämmen auf der anderen

Seite des Freundlichen Meeres, und diese Stämme, die nicht von Ogus' Legionen ausgerottet werden wollen, haben sich seiner großen Allianz angeschlossen.

Ogus war zu weit weg, um die Lanquan Lijorn zu tyrannisieren, aber die Wilden von der Freundlichen Küste, die die Aelianer mit Getreide versorgten, befanden sich direkt vor seiner Hintertür, für leichte Kavallerie nur ein paar Tagesritte entfernt. Also stellte er den Aelianern ein Ultimatum: Hört auf, mit den Robur zu handeln, oder ihr bekommt keine Getreidelieferungen mehr.

Die Aelianer sind Milchgesichter, aber von keinem anderen Schlag als Ogus und seine Leute. In der Vergangenheit haben wir versucht, sie herumzuschubsen, aber jedes Mal, wenn wir eine Armee oder eine Flotte aussandten, haben sie mit uns den Boden aufgewischt, daher hegen sie keinen Groll gegen uns. Sie sind ein aufgeblasener Haufen, sehr eingebildet, und sie neigen dazu, jedem gegenüber, der ihnen sagt, was sie zu tun haben, rotzfrech zu sein. Sie rieben uns auf, als wir es versuchten, und auch von Ogus und seinen mit Federn bekleideten Wilden waren sie nicht sonderlich beeindruckt. Gut, sagten sie, dann kaufen wir unsere Lebensmittel eben von den Harpagenern, das ist für uns kein Problem. Und ihr könnt euren neuen Verbündeten erklären, warum sie keinen lukrativen Markt mehr für ihren Agrarüberschuss haben.

Schöne Worte zwar, aber Harpagenien ist ein ganzes Stück weiter von Aelia entfernt als die Freundliche Küste, und ein großer Teil der Strecke ist offenes Meer, das niemand bei klarem Verstand gerne überquert. Ich vermute, die Aelianer haben geblufft und nicht damit gerechnet, dass man sie beim Wort nimmt. Bis jetzt waren sie Gold wert, was uns betraf, aber sie fingen an, nicht mehr ganz so reibungsfrei zu funktionieren. Wie wäre es mit niedrigeren Preisen am Hafen, niedrigen oder keinen Zollgebühren, Zöllen für ihre Konkurrenten und so weiter. Nachdem sie für uns eine Menge Kosten und Unannehmlichkeiten auf sich genommen hatten, wäre es unhöflich von uns gewesen, nicht darauf einzugehen, aber es belastete unsere Finanzen ausgerechnet in einer Zeit, in der die Dinge für uns kommerziell nicht so gut liefen, wie wir es uns gewünscht hätten.

Nichts davon war die Schuld der Verschwörer, das versteht sich von selbst. Aber sobald es sich herumsprach, drückten viele in der Stadt ihren Unmut darüber aus. Die Hus-Söldner machten niemandem Angst, denn wenn die feindlichen Lagerfeuer unter deinen Mauern zahlreicher sind als die Sterne, was sind da schon ein paar mehr hier oder dort? Aber die Ilser Bergleute waren eine andere Sache. Ich vermute, dass der Hauptgrund dafür, dass Ogus in letzter Zeit nicht versucht hatte, sich einen Weg in die Stadt zu bahnen, darin lag, dass die meisten seiner fähigen Herren Pioniere kurz nach Beginn der Belagerung bei einem verpfuschten Versuch, die Mauern zu untergraben, ausgelöscht wurden und er keine Möglichkeit hatte, sie zu ersetzen.

Politisch viel ernster war das aelianische Problem. Der größte Teil des aelianischen Handels wurde auf unserer Seite von einem harten Kern alteingesessener Familien kontrolliert, die schon lange vor dem Krieg mit Aelia Geschäfte gemacht und ihre Kontakte aufrechterhalten hatten – zum Vorteil aller, das sollten wir nicht vergessen. Aber wenn wir von Aelia abgeschnitten und gezwungen wären, mit anderen Leuten Handel zu treiben, würden sie ein Vermögen verlieren, etwas, das sie nur ungern tun wollten. Selbst wenn die Aelianer zu uns hielten, würden die niedrigeren Preise ihre Gewinne deutlich schmälern, und da ihre Steuern einen beträchtlichen Teil der Kosten für die Bewachung der Stadt und die Besatzungen der Flotte ausmachten, konnten sie nicht einfach als jammernde Parasiten abgetan werden. Daher kam, so begriff ich, Faustinus' Sorge um die Ansichten des *Hauses* und Artavasdus' plötzliches Interesse an einer Verfassungsreform.

All das war Stoff zum Grübeln für jemanden, der viel Zeit mit Grübeln verbrachte, und ich wünschte, ich würde mehr davon verstehen, als ich es tat. Was die Pioniere betraf, so wusste ich, dass wir sie einmal besiegt hatten, also konnten wir sie vermutlich wieder schlagen, es sei denn, es gab irgendeinen Faktor, der unseren Sieg nur schwer wiederholbar machte. Ich schaute in das Glas und stellte fest, dass die Pioniere nicht wirklich mein Problem darstellten. Die Aelianer dagegen waren eine ganz andere Sache. Die Stadt überlebte, weil das Leben im Moment nicht nur genauso gut war wie vorher, sondern sogar besser, und das machte es den Menschen, der Öffentlichkeit, möglich, die Augen vor dem Monster zu verschließen, das hinter der Mauer kauerte, und in der Nacht nicht schreiend aufzuwachen. Außerdem, wenn der Handel versiegte und damit der Geldfluss versiegte, würde die provisorische Regierung es sich nicht leisten können, die Bruderschaften zu befriedigen, woraufhin der vorübergehende Waffenstillstand zwischen den Bruderschaften und der Regierung wegbrechen würde. Und es gäbe dann auch keinen Bedarf an Ilsers Pionieren und an den Hus-Söldnern. Sie würden sich unter der Mauer durchgraben und unsere Straßen fluten und feststellen, dass wir uns alle gegenseitig abgeschlachtet haben.

Wenn also ein Mann darüber nachdachte, ins Ausland zu gehen, um sein Glück zu versuchen, wäre dies vielleicht ein guter Zeitpunkt. Es wird Euch nicht überraschen, dass mir der Gedanke schon ein paarmal durch den Kopf gegangen ist, bevor die Sache mit Lysimachus anfing, ähnlich wie er wohl jedem meiner Mitbürger irgendwann einmal gekommen ist. Die meisten von ihnen beschlossen zu bleiben, weil sich das Leben tatsächlich verbessert hatte, siehe oben, und die Felder an den

Hängen des Vulkans waren wunderbar fruchtbar und brachten fette Ernten an Trauben und Erdbeeren. Außerdem wussten wir (die Regierung hatte dafür gesorgt), dass Ogus und die Milchgesichter geschworen hatten, die Robur auszulöschen, was bedeutete, dass er es nicht dabei belassen würde, wenn die Stadt fiel. Zudem bot er Bargeld für jeden Robur, den man ihm brachte. Nicht jeder kann mit einem weißen Gesicht Wunder bewirken wie ich. Wie weit müssten wir in der kalten, harten Welt jenseits des Meeres ziehen, um in Sicherheit zu sein, und gab es eine realistische Aussicht, überhaupt dorthin zu gelangen? Die Chancen standen gut, dass der Feind, wenn er die Stadt einnahm, auch zumindest einen Teil der Flotte erbeutete. Doch selbst wenn das nicht gelänge, würde es ohne Sisinnas Männer, die die Wellen beherrschen, nicht lange dauern, bis Ogus eigene Kriegsschiffe baute oder erwarb, und dann würde Aelia uns nicht mehr beherbergen wollen und auch keiner unserer anderen bewährten und vertrauten Freunde diesseits des Sashan-Reiches. Hinzu kam in meiner Situation die traurige Wahrheit, dass das Theater, wie ich es kenne, ein rein roburisches Phänomen ist, sodass ich keine Fähigkeiten hatte, mit denen ich in der weiten blauen Ferne meinen Lebensunterhalt hätte verdienen können, und unterm Strich würde ich offen gesagt lieber durch das Schwert sterben, als zu verhungern.

* * *

»Weißt du, welcher Tag heute ist?«, fragte mich Artavasdus. Ich habe keine Nackenhaare, aber wenn ich welche gehabt hätte, wären sie in die Höhe geschossen wie Enten, die von einem Teich flüchten. »Klär mich auf«, sagte ich.

»Wir haben den Alten und Neuen Mond.«

»Ah.«

Jetzt begriff ich, weswegen er grinste. Alter und Neuer Mond markiert den Beginn der Feiern zum Tag der Absolution, was für neunundneunzig Prozent meiner Robur-Brüder nur eines bedeutet: den Beginn der neuen Arena-Saison.

Kurzer Exkurs über Meinung, Vorurteil und Moral: Es gibt ein paar Dinge, wenn auch sehr wenige, von denen ich nichts halte. Einige davon, wie Krieg und Cholera, sind auch bei den meisten anderen Menschen ziemlich unpopulär, sodass sich daraus kein wirkliches Problem ergibt. Ein oder zwei allerdings sind Dinge, die ich ganz persönlich missbillige, andere Leute aber nicht.

Eigentlich kann ich es genauso gut auch direkt sagen: Ich missbillige Arenakämpfe. Ich halte sie für eine barbarische und schreckliche Tradition. Sie verroht und korrumpiert die Menschen, die dabei zusehen, und es gibt absolut nichts Gutes darüber zu sagen. Zu meiner Verteidigung möchte ich anführen, dass meine Meinung genau das ist, eine *Meinung*, die mich interessiert und niemanden sonst etwas angeht. Viele Leute würden über das Theater sagen, was ich von der Arena behaupte, und vielleicht haben sie recht. Und da mich die Arena nicht direkt betrifft, habe ich kein Mitspracherecht und sollte es auch nicht haben. Die Meinung des einen ist das Vorurteil des anderen, die Bigotterie des dritten. Habt ruhig eine Meinung, aber behaltet die hässlichen Dinge für Euch.

Zudem sehe ich mir die Sandkämpfe nicht gerne an. Mein Vater liebte es, und da er so war, wie er war, hatten wir immer richtig gute Plätze. Meistens auf der Nordtribüne, zweiter Rang, wo man absolut alles sehen kann, was passiert. Ich saß immer neben ihm, und er kommentierte das Geschehen mit lauter und weittragender Stimme – ich wette, dass man ihn noch mitten auf dem Sand hören konnte. Gekümmert hat ihn das nicht. Hinterher kamen die Leute immer zu ihm und bedankten sich, was nur fair war, finde ich, denn er war sehr sachkundig und gut informiert. Erwischte er mich mal dabei, dass ich die Augen schloss, verpasste er mir eine so harte Ohrfeige, dass mir schwindelig wurde. Ich weiß nicht, vielleicht hat es mir deshalb nie gefallen, zu diesen Kämpfen zu gehen, obwohl ich ehrlich sagen muss, dass ich noch nie gern habe andere Menschen sterben sehen. Allerdings gibt es am Ende des dritten Aktes von *Scaphio und Phantis* mehr Schwertkämpfe und mehr Leichen als in der gesamten Festwoche im Hippodrom, und das halte ich wiederum für hohe Kunst. Siehe oben, unter: Was genau meine Meinung wert ist.

Wie auch immer, der Punkt ist, dass Lysimachus natürlich der Präsident der Spiele war. Er würde die Eröffnungszeremonie leiten und während der gesamten fünf Tage in der kaiserlichen Loge anwesend sein, reges Interesse zeigen, wenn auch rein beruflich, und die Preise verleihen.

»Ich kann das nicht«, sagte ich.

»Blödsinn«, sagte Artavasdus. »Natürlich kannst du das. Setz dich einfach in die Loge und amüsier dich. Ich wünschte, ich hätte Zeit dafür.«

»Sie werden dich nicht sehen können«, sagte Nikephoros. »Sie werden in den Sand starren, genau wie du. Und sie werden alle von den Kämpfen gefesselt sein.«

»Wenn ich all das Töten mit ansehen muss, werde ich mich wahrscheinlich übergeben.«

Die Verschwörer waren nur schwer zu schockieren, doch es war mir gelungen. Erst herrschte eine fassungslose Stille, dann sagte Nikephoros streng: »Das wirst du nicht tun!«

»Du warst Champion der grünen Bruderschaft«, sagte Faustinus. »Unbesiegt in sechsundvierzig Kämpfen, davon zweiundvierzig Siege und viermal unentschieden.«

Um Himmels willen, ein Fan. »Es tut mir wirklich leid«, sagte ich, »aber das ist wie mit der Seekrankheit, das kann man auch nicht ändern.«

Einen Moment schloss Nikephoros die Augen und fragte wahrscheinlich den Himmel, womit er mich verdient hatte. »Wir werden in drei Reihen Wachen vor der Loge postieren«, sagte er. »Wenn du kotzen musst, dann duck dich tief.«

»Das geht nicht«, widersprach Artavasdus entschieden. »Es würde den Anschein erwecken, dass er Angst hat, ermordet zu werden. Leibwächter sind ein Politikum. Wir würden damit mehrere sehr schlechte Botschaften aussenden.«

»Er hat recht«, sagte Faustinus. »Es würde furchtbar aussehen.«

»Nicht so schlimm wie der knallharte Mann in der Arena, der beim Anblick von Blut seine Eingeweide erbricht«, sagte Nikephoros wütend. »Es wäre ein sicherer Weg, bei den Leuten Zweifel zu säen.«

»Wenn man ganz hinten auf der Osttribüne sitzt, kann man direkt in die kaiserliche Loge hinuntersehen und bekommt alles mit«, erklärte Faustinus. »Ich weiß es, denn dort haben immer mein Vater und ich gesessen, als ich ein Junge war.«

»Gut.« Nikephoros hob abwehrend die Hände. »Vergiss die Wachen. Er muss sich einfach zusammenreißen und darf nicht ein solches Weichei sein.«

»Das«, sagte ich, mit aller Charakterstärke, die ich aufzubringen imstande war, »ist vielleicht einfach nicht möglich. Ich glaube, ich werde krank sein müssen.«

»Lysimachus müsste an der Schwelle des Todes stehen, um die Eröffnung der Festlichkeiten zu verpassen.«

»Dann werde ich dort sein«, sagte ich.

Am Ende schlossen wir einen Kompromiss. Irgendwie würde ich mich durchkämpfen durch einen Tag der Grausamkeit, danach wurde mir erlaubt, ein hohes Fieber und Krämpfe zu haben.

Oh, und da war noch eine Sache. Die Gerüchte über Lysimachus' sexuelle Neigungen wollten einfach nicht verstummen, daher würde ich eine aufregende weibliche Begleitung brauchen. Wie gut, dass wir eine im Team hatten, um es mal so zu sagen.

»Ich war noch nie in der Arena«, sagte Hodda zu mir, als wir in einer überdachten Kutsche dorthin fuhren. »Ich freue mich schon drauf.«

»Dann sei froh. Es ist ekelhaft.«

Sie liebte es. Genau wie die allerbesten Kampfszenen im Theater, flüsterte sie mir zu, als einem armen Trottel die Hand abgehackt wurde, aber mit echtem Blut. Und als der amtierende Champion einen Gegner aufspießte, dann herumwirbelte, den Mann enthauptete, der sich von hinten anschlich, und erneut herumfuhr, um einen dritten auszuweiden, war sie auf den Beinen, schrie und fuchtelte mit ihrem Schal in der Luft herum, genau wie mein Vater es zu tun pflegte. Auch ich sprang auf und schrie. Das nennt man Schauspielerei.

»Tolle Beinarbeit«, sagte sie, als wir uns wieder gesetzt hatten. »Auf der Bühne kriegen wir das nie richtig hin. Wir stehen nur da und kreuzen die Waffen. Kein Wunder, dass es nie echt aussieht. Wir sollten einen von diesen Männern anheuern, damit er das für uns choreografiert.«

»Sprich leise«, sagte ich.

»Oh, tut mir leid. Es ist nur einfach so aufregend. Wenn ich überlege, was ich all die Jahre verpasst habe.«

Natürlich weiß ich alles über Beinarbeit. Ich habe sie durch die schwere, präzise Hand meines Vaters gelernt. Beinarbeit, sagte er, ist alles. Wenn du nicht da bist, kannst du nicht getroffen werden. Und da ist viel Wahres dran. Ich hatte ihn beim Wort genommen und war lange, lange Zeit nicht in der Arena. Jetzt war ich zurück, sah zu, wie ein Mann einen anderen vernichtete, und musste so tun, als wäre das etwas Großartiges. Die Kindheit, sagen sie, ist die beste Zeit Eures Lebens. Das mag ja deren Meinung sein.

Auf den Plätzen vor uns waren meine drei Mitverschwörer völlig in die Geschehnisse vertieft. Ich glaube, Faustinus gefielen die Kämpfe am besten, was ich auch von jemandem erwarten würde, der seit seinem siebten Lebensjahr nicht mehr in einen Kampf verwickelt gewesen ist. Nikephoros verfolgte die Taktik der einzelnen Kämpfer, um noch etwas zu lernen – ein ernsthafter Mann mit einem ausgeprägten Gefühl für die eigene Unzulänglichkeit, was er in der Öffentlichkeit leugnete. Artavasdus badete in all dem Blut. Wie Saloninus sagt, ist ein Mann, der des Tötens müde ist, des Lebens müde, und zumindest machte er daraus keinen Hehl. Was Hodda anging, glaube ich, dass sie sich einfach für alles interessierte. Sie ist übrigens eine verdammt gute Fechterin, in Hosenrollen. Einmal hat sie einem Mann ein Auge ausgestochen, und obwohl sie schwört, dass es ein Unfall war, glaube ich, dass sie sich dazu hat hinreißen lassen.

Mir machte das alles keinen Spaß, daher beschloss ich, dass es Zeit für den Ausbruch einer ernsthaften Krankheit war. Ungefähr das einzig Angemessene, das ich je selbst erlebt hatte, war das Bergfieber – kein Witz, glaubt mir –, also entschied ich mich dafür, es zu bekommen.

Lysimachus, so wie ich es sah, litt schon den ganzen Tag unter den ersten Symptomen, aber da er ein Mann aus Eisen war, hatte er sie abgetan und mit der Verachtung behandelt, die sie verdienten. Ideal für meine Zwecke. Ich schloss die Augen und erinnerte mich an den Schmerz, was mir nicht schwerfiel. Dann erinnerte ich mich an das Zittern, das in den Knien beginnt und sich nach oben ausbreitet. Dann an die Muskelkrämpfe, und ich merkte, ich weiß nicht, warum, dass ich tatsächlich anfing zu schwitzen, und das ersparte mir, heimlich Spucke in meinem Gesicht zu verteilen. Schließlich stand ich auf, kämpfte darum, mein Gleichgewicht zu halten, verlor den Kampf und kippte wie ein gefällter Baum langsam nach vorn.

Wenn man überzeugend fallen will, besteht der Trick darin, auf etwas Weichem zu landen. Ich wählte Artavasdus. Er war völlig in den Schwertkampf vertieft, sodass er keine Ahnung hatte, was auf ihn zukam, bis ich schwer auf ihn stürzte, ihn nach vorn aus seinem Sitz hob und er fast mit dem Schädel auf die Brüstung der Loge schlug. Er stieß einen Schrei aus, den man unten im Sand gehört haben muss, und ich schätze, dass sich ein paar Leute umgeschaut haben. Dann blickten immer mehr herüber, und vielleicht eine Sekunde später war es im Stadion ganz still. Alles, was ich hören konnte, war das Klirren von Schwertern unten im Sand, wo diese armen Narren immer noch wütend um ihr Leben kämpften, ohne dass jemand zusah.

Jemand packte mich, und ich wurde in die Luft gehoben, dann brach die Hölle los.

Ich sollte vielleicht erklären, dass ich mich nicht ganz an die Vereinbarung mit meinen Mitverschwörern gehalten hatte. Gemäß der Abmachung sollte ich erst morgen ohnmächtig werden, nicht heute. Später erklärte ich ihnen, dass sie, wenn wir es so gemacht hätten, wie wir vereinbart hatten, gewusst hätten, was auf sie zukommt, und dass sie dann nicht so überzeugend gewesen wären. So aber trug die Spontaneität eines echten Schocks uns alle durch die Ereignisse. Zuerst beschimpften sie mich, räumten dann aber schließlich ein, dass es sehr gut angekommen war und ich somit im Grunde genommen recht hatte.

Zu diesem Zeitpunkt hatten wir natürlich schon Probleme, noch einen klaren Gedanken zu fassen. Unter dem Fenster hatte sich ein Mob versammelt, der für meine Genesung Hymnen zu Ehren der Unbesiegbaren Sonne sang. Artavasdus sagte, er schätze ihre Zahl auf etwa vierzigtausend, obwohl ich glaube, dass er übertrieben hat. Nikephoros schätzte etwas glaubwürdiger, dass der Platz der Morgenröte dicht gedrängt voller

Menschen war. Falls das stimmte, waren es eine Menge Leute, die die Unbesiegbare anflehten, mein Leben zu verschonen. Und das ist wahrscheinlich die seltsamste Erfahrung, die ich in meinem etwas unorthodoxen Leben je gemacht habe.

Artavasdus meinte, ich hätte ihm fast das Schlüsselbein gebrochen. Ich erwiderte, er solle nicht so ein Mädchen sein.

16. Kapitel

Ich sagte, es wäre besser, einen Arzt zu rufen. Es würde wirklich seltsam aussehen, wenn ich es nicht täte, und irgendjemandem würde es bestimmt auffallen. Führende Mediziner würden wissen wollen, wieso sie nicht konsultiert wurden, wenn der Vater des Landes gefährlich erkrankt sei. Nikephoros meinte, ich würde langsam größenwahnsinnig werden und solle nicht so dumm sein.

»Siehst du?« Hodda saß neben meinem Bett. Ich traute mich nicht aufzustehen, falls ein Diener hereinkam. »Sie lieben dich. Es ist erbärmlich, aber sie lieben dich wirklich.«

Anscheinend waren die Menschen die ganze Nacht dort gewesen und hatten gebetet und gesungen. Wie der dadurch entstehende Mangel an Schlaf meiner Genesung förderlich sein sollte, war mir nicht ganz klar, aber so sind die Leute nun mal.

»Warum habe ich das Gefühl, dass du mich dazu bringen willst, etwas Dummes zu tun?«

»Ich weiß noch, als Mostellaria im Sterben lag«, erwiderte sie, »und zehntausend Menschen standen die ganze Nacht mit brennenden Kerzen unter ihrem Fenster. Irgendwann ist sie auf den Balkon getaumelt und hat sich zum letzten Mal verbeugt.«

»Warst du dabei?«

»Ganz sicher nicht. Ich habe sie nie gemocht. Aber sie war schön.«

»Dir ist schon klar«, sagte ich, »dass wir kurz davorstehen, dass man uns den Hals umdreht. Und ich scheine der Einzige von uns beiden zu sein, der den Ernst der Lage erkennt.«

Sie blickte mich an. »Du machst das gut«, sagte sie. »Entspann dich. Die Sache läuft. Folg einfach deinem Instinkt, und alles wird gut.«

Wirklich brillant, aber nicht beständig. »Ich habe nachgedacht«, sagte ich. »Die Stadt an Ogus verkaufen, von mir aus, aber wie? Wir können ihm nicht einfach einen Brief schreiben und einem Kind fünf Trachy geben, damit es ihn überbringt.«

Sie runzelte die Stirn. »Du musst ein privates Treffen mit ihm vereinbaren«, sagte sie. »Nur du und er.«

»Du bist nicht sonderlich hilfreich.«

»Sei still und lass mich nachdenken. Die Einladung müsste von ihm kommen.«

Ich wollte etwas Kluges sagen, tat es aber nicht. »Sprich weiter.«

»Er müsste verlauten lassen, dass er bereit ist, über einen Frieden zu reden, aber er wird nur mit dir sprechen, unter vier Augen.«

»Zugegeben, dass würde mir die drei Idioten vom Hals schaffen.«

»Irgendjemand muss doch jemanden kennen«, sagte sie und schaute mit verträumtem Gesicht an mir vorbei. »In dieser Stadt wimmelt es von Spionen, wenn man nur die Hälfte von dem glaubt, was man hört.«

Was mich betraf, etwa ein Zehntel. Und das bedeutete, ich war der Meinung, dass es in der Stadt von Spionen wimmelte. Was offensichtlich war, denn jeden Tag in der Woche kamen

Ausländer auf Handelsschiffen herein und fuhren wieder hinaus. Allmählich begann ich, nervös zu werden.

»Überlass das mir«, sagte sie. »Ich werde was arrangieren.«

»Nein, um Himmels willen, tu das nicht.« Ich wollte schon aus dem Bett springen, aber mir fiel gerade noch ein, dass ich ja krank war. »Du wirst da blindlings reinstolpern und verrätst am Ende noch die ganze Chose.«

»Traust du mir ein wenig gesunden Menschenverstand zu?«, fragte sie, kühl wie ein Bergbach. »Ich werde mich umhören, diskrete Erkundigungen einholen. Niemand wird wissen, dass ich dahinterstecke. Offensichtlich hältst du mich für ziemlich blöd.«

Sobald die Spiele endgültig vorbei waren, erholte ich mich auf wundersame Weise, wofür mit einer aufwendigen Segnung des Sakraments und der Verklärung der Hostie unter freiem Himmel im Hippodrom gedankt wurde, wobei alle Hohepriester ihr Ding durchzogen. Ich saß wieder in der kaiserlichen Loge, aber das machte mir nichts aus, da niemand getötet wurde. Nicht so scharf war ich auf die dreifach überlebensgroße Statue von mir, die sie in der Mitte der Arena aufstellten, wo der Bronzestab gestanden hatte, bevor er vom Blitz getroffen worden war. Bezahlt worden war sie offenbar durch eine öffentliche Kollekte, bei der die Leute alle eine Handvoll Trachy in Hüte warfen, die man an Straßenecken aufgestellt hatte. Entweder freiwillig oder auf Anweisung der Bruderschaftsführer, und in beiden Fällen weiß ich nicht, was schlimmer ist. Ich habe nicht gefragt, und es hat mir auch niemand gesagt. Es war eine schreckliche Statue. Sie zeigte mich – ich bitte um Verzeihung –, sie zeigte Lysimachus in seinen glorreichen Tagen als Sandkämpfer, der einen zu Boden gestreckten Gegner mit einem riesigen Speer erledigte.

»Es ist alles vorbereitet«, sagte Hodda. »Ich habe es arrangiert.«

Was in dem einen Zusammenhang als Tugend gilt, ist in einem anderen nicht unbedingt eine gute Sache. Am Theater ist es ein enormer Vorteil, wenn die eigene Stimme bis in den hintersten Teil der Galerie trägt, auch wenn man eigentlich flüstert. »Um Himmels willen, Hodda«, zischte ich sie an. »Sprich leiser.«

»Du brauchst die Details nicht zu kennen«, fuhr sie munter fort, »aber es wird eine Einladung ausgesprochen werden. Nur du und er, von Angesicht zu Angesicht. Zeit und Ort werden noch vereinbart. Endlich kommen wir weiter.«

»Was hast du getan?«

»Was wir vereinbart haben. Oder hast du das schon vergessen?«

Ich wollte nicht mehr mit ihr reden, doch sie sprühte vor Begeisterung und war nicht zu bändigen. »Natürlich müssen wir uns genau überlegen, wie wir es machen wollen«, fuhr sie fort, »aber dafür ist noch viel Zeit. Du musst deine Augen und Ohren offen halten. Ich habe nachgedacht. Die Tore zu öffnen wird wahrscheinlich zu schwierig sein, aber wie wäre es, wenn du die gesamte Garnison auf einen nächtlichen Vorstoß mitnimmst und sie direkt in eine Falle führst?«

Gerade wenn man denkt, dass man begreift, passiert immer irgendwas, das beweist, man tut es nicht. Vierzigtausend Menschen hatten für mich unter meinem Fenster gebetet, und dann versuchte jemand, mich zu töten.

Ich war auf dem Rückweg von diesem unfassbar nervtötenden Gespräch mit Hodda. Wir fuhren immer auf dieselbe Weise hin und zurück: eine geschlossene Kutsche, immer derselbe Fahrer, immer dieselben zwei Palastwächter, einer mit mir in der Kutsche, der andere oben drauf. In einer geschlossenen Kutsche kann man nicht sehen, wohin man fährt, aber ich vermute, dass wir uns irgendwo in der Nähe vom Kupfertor befanden, denn wir waren schon ein ganzes Stück bergab gefahren, und gerade ging es wieder bergauf. Ich erinnere mich, dass ich dachte: »Hallo, warum halten wir an?«, und der Wächter, der mir immer gegenübersaß und aussah, als wäre er ausgestopft, beugte sich ein wenig vor. Und dann gab es diesen fürchterlichen dumpfen Schlag auf dem Dach, und etwas krachte durch die Wagentür.

Die Wache hatte sich nicht bewegt. »Was ist los?« Ich schrie ihn an, dann sah ich, dass das Ding, das die Tür durchschlagen hatte, ein großer hölzerner Zaunpfahl war, der nicht nur die Tür, sondern auch den Wachmann durchstoßen hatte.

Zuerst dachte ich, es müsse sich um eine Art bizarren Unfall handeln. Ich stand auf und klopfte gegen das Dach, um die Aufmerksamkeit des Fahrers zu erregen. Da wurde die andere Tür aufgerissen. Ich sah den Rahmen splittern, und jemand kletterte zu mir herein. Ich nahm an, dass es der Fahrer oder der andere Wachmann war. »Er ist verletzt«, begann ich zu sagen. Ich konnte das Gesicht des Mannes nicht sehen, weil es dunkel war. »Mir geht's gut, aber er ist …«

Er hatte ein Messer. Der Groschen fiel.

Da war eine Stimme in meinem Kopf, schwach, aber ganz klar: *Ein Messer nimmt man jemandem auf folgende Weise ab.* Mein Vater, als ich elf oder zwölf war. Wir haben es immer und immer wieder geübt. *Eines Tages wirst du froh sein, dass ich dir das beigebracht habe,* meinte er.

Also habe ich ihm das Messer weggenommen. Er versuchte, es zurückzubekommen. Ich rammte es ihm ins Auge, so weit es ging.

Das war das erste Mal, dass ich so etwas gemacht habe. Lasst mich gar nicht erst davon anfangen.

Es waren Ausländer, erzählte mir Faustinus später: vier Jazygiten. Sie hatten keine Papiere bei sich, aber der jazygitische Vertreter hat eine Liste mit allen Schiffen angefertigt, mit denen sie hätten ankommen können. Wir machen viele Geschäfte mit den Jazygiten. Es sind nette Leute, freundlich, auf unserer Seite. Wir vermuten, sagte Faustinus, dass jemand sie beauftragt und gut dafür gezahlt hat.

»Allerdings wissen wir nicht«, meinte Nikephoros, »ob der Feind sie angeheuert hat oder jemand in der Stadt. Beides wäre möglich, aber wir können es nicht sagen.«

Einen hatte ich getötet, die Wache auf dem Dach erwischte zwei weitere, und der vierte rannte weg, wurde durch die Hälfte der Gassen im Alten Treppenviertel gejagt und fiel schließlich tot um. Man glaubt es kaum, er starb an Herzversagen. Und falls es Euch interessiert: Die Attentäter blockierten die Straße mit einem Eselskarren und rammten dann die Seite der Kutsche mit dem Zaunpfahl, in der Hoffnung, alle im Inneren mit einem Schlag auszuschalten. »Amateure«, sagte Artavasdus, und ich stimmte ihm zu. Nicht die Art, wie mein Vater es angegangen wäre. »Daher ist es wahrscheinlich«, fuhr er fort, »dass jemand zu den Docks gegangen ist und sich nach ein paar Auswärtigen umgesehen hat, die an schnellem Geld interessiert waren. Anstatt die Crème de la Crème der Branche aus der alten Heimat kommen zu lassen. Was uns aber nicht dabei hilft herauszufinden, wer hinter dem Anschlag steckt.«

Ich wies darauf hin, dass, wer auch immer es war, gewusst hatte, dass ich in dieser bestimmten Kutsche in dieser bestimmten Straße zu dieser bestimmten Zeit unterwegs sein würde. Artavasdus meinte, dass dies auch nicht viel helfen würde. In der Stadt wimmle es von feindlichen Spionen, die wahrscheinlich mehr wüssten als wir. »Obwohl, wenn ich du wäre«, fügte er hinzu, »würde ich mir das mit deiner Freundin gut überlegen. Sie kennt alle deine Pläne.«

»Sie würde niemals …«, begann ich und erinnerte mich dann daran, warum ich mich jederzeit absolut für sie verbürgen würde und warum ich ihnen nichts davon erzählen konnte.

»Wir halten die Sache unter Verschluss«, erklärte Nikephoros. »Wir wollen keine Unruhen oder dass alle Jazygiten in der Stadt in Stücke gerissen werden. Wenn es sich herumspricht, dass jemand versucht hat, dich zu töten, könnte es in der Tat sehr unangenehm werden.«

Es unter Verschluss halten, sicher. Gott segne seine naive Seele. Und, ja, es gab Unruhen, zwanzig Tote und ganze Ladenzeilen, die niedergebrannt und geplündert wurden. Zudem wurden ungefähr vierzig völlig unschuldige jazygitische Seeleute und Händler in einer Nacht getötet, und wir mussten den Rest von ihnen zu ihrer eigenen Sicherheit in die Kasernen der Garde sperren. Schön zu wissen, dass die Leute sich sorgen, aber ich hätte es vorgezogen, wenn sie Blumen geschickt hätten.

2. Akt

1. Kapitel

Als ich aufwachte, beugten sich sechs Männer über mich: fünf Soldaten und ein dicker Mann. »Aufstehen«, befahl der dicke Mann.

Die Soldaten hatten ihre Schwerter gezogen. Ich kletterte aus dem Bett und suchte nach meinen Pantoffeln. Sie waren unter das Bett getreten worden, vermutlich von den Soldaten. Ich machte mir nicht die Mühe, sie hervorzufischen.

Der dicke Mann führte uns die schmale, lange Wendeltreppe hinunter zu dem Raum, in dem ich die meiste Zeit verbrachte, wo ich mit den Verschwörern sprach oder las oder einfach nur auf einer Couch lag. Dort warteten vier weitere dicke Männer auf uns. Vier Stühle, reiner Zufall, befanden sich in diesem Raum, dazu die Couch. Ich stand.

»Ist er das?«, fragte einer der vier. Mein Begleiter nickte.

»Komisch«, sagte ein anderer. »Er ist nicht so groß, wie ich dachte.«

»Oh, das ist er auf jeden Fall«, sagte ein dritter. »Ich habe ihn immer in der Arena beobachtet. Ich würde ihn überall wiedererkennen.«

»Was soll das alles?«, fragte ich.

Einer der dicken Männer hatte noch nicht gesprochen. Er war weder der Dickste noch der Größte, noch der Bestgeklei-

153

dete, obwohl sie alle verdammt schick aussahen, wenn auch auf eine strenge Art. Aber er war eindeutig der Oberste. »Kennt Ihr mich?«, fragte er.

Nein, wollte ich gerade antworten, aber dann machte es in meinem Kopf klick. Ja, ich hatte ihn schon gesehen, hatte sogar ein paarmal versucht, ihn zu imitieren, mit Kissen, die ich mir unter die Kleidung schob. Aber niemand im Publikum begriff, wer er sein sollte, also nahmen wir ihn wieder aus dem Programm. »Ihr seid Gelimer«, sagte ich.

Er lächelte. »Senator Gelimer für Euch«, entgegnete er. »Vorsitzender des Hauses. Im Gegensatz zu Euch habe ich einen richtigen Job in dieser Stadt.« Dann war alles vorbei. Ich war aufgeflogen. Na gut.

Bevor ich etwas erwidern konnte, fuhr Gelimer fort: »Diese Herren sind Vertreter der vier großen Parteien in diesem *Haus*. Sie haben eine Koalition gebildet, um eine Regierung der nationalen Einheit zu bilden.«

Er hielt inne. Das ist schön, sagte ich nicht. Ich konnte nicht wirklich erkennen, was mich das noch anging, wenn ich ohnehin entdeckt worden war.

»Es hat einen Wechsel in der Führung gegeben«, fuhr er fort. »Die Militärjunta ist raus, und das *Haus* hat wieder das Sagen.« Er grinste. »Übrigens dank Euch. Wahrscheinlich der wertvollste Beitrag, den Ihr je zum Wohlergehen dieser Stadt geleistet habt, und Ihr habt eigentlich gar nichts getan.«

»Immer langsam«, sagte einer der anderen dicken Männer. Gelimer sah ihn kurz an, nickte und wandte sich dann wieder mir zu. »Der Anschlag auf Euer Leben«, sagte er, »hat uns den Vorwand geliefert, den wir brauchten. Offensichtlich gab es eine Verschwörung, um den Staat zu stürzen und die Stadt an Ogus und seine barbarischen Horden zu übergeben. Aber es besteht kein Grund zur Panik. Die Verschwörer wurden gefasst und sind in Gewahrsam. Der Senat hat die Kontrolle und sorgt dafür, dass alles reibungslos läuft.«

Mir wurde klar, dass ich vielleicht doch nicht aufgeflogen war. »Die anderen«, sagte ich. »Nikephoros und Artavasdus und Faustinus. Geht es ihnen gut?«

Gelimer strahlte mich an. »Wollt Ihr sie sehen?«

»Ja.«

Er nickte, stand auf, ging zum Fenster, öffnete es und zeigte hinaus. Ich folgte seinem Blick. An der Tür des Innenhofs, in die jemand zwei große Eisenklammern eingeschlagen hatte, hingen an ihren Haaren zwei Köpfe.

»Faustinus war nicht zu Hause, als wir vorbeikamen«, fuhr Gelimer fort, »aber er wird nicht weit kommen. Wir haben Männer unten an den Docks. Er wird wahrscheinlich versuchen, auf ein Schiff zu gelangen. Er ist nicht sehr schlau. Übrigens mein Cousin dritten Grades, wie es der Zufall will.«

Ich verließ das Fenster. Im Theater sind abgeschlagene Köpfe einfach nur schrecklich. Egal, wie sehr man sich anstrengt, sie sehen immer komisch aus, und irgendjemand in der letzten Reihe wird bestimmt kichern. Das Seltsame ist, dass die echten genauso grotesk und unwirklich aussehen wie die falschen.

»Ihr habt die Wahl«, fuhr Gelimer fort. »Schließt Euch uns an, oder wir kommen unglücklicherweise zu spät, um Euch zu retten, und Ihr werdet von den Verrätern grausam ermordet, bevor wir eine Möglichkeit hatten, zu Euch vorzudringen. Uns sind beide Varianten recht.«

»Ich bin nicht Lysimachus«, sagte ich.

Einen Moment herrschte Totenstille. »Ihr seid was nicht?«

»Ich bin nicht Lysimachus«, wiederholte ich mit meiner eigenen Stimme. »Ich bin ein Schauspieler namens Notker. Lysimachus wurde durch einen Trebuchet-Schuss getötet, schon vor Wochen. Nikephoros und seine Leute zwangen mich, so zu

155

tun, als wäre ich er. Sie sagten, wenn ich es nicht tue, bringen sie meine Mutter um. Das ist die Wahrheit. Jeder am Theater, der mich kennt, wird es bestätigen.«

Völlige Stille. Dann lachte Gelimer.

»Wisst Ihr«, sagte er, »einen Moment lang hätte ich Euch fast geglaubt. Das Problem ist, dass Ihr offenbar in Geschichte nicht so bewandert seid.«

»Es ist wahr«, schrie ich ihn an. »Ich bin Schauspieler, ich ahme bekannte Leute nach. Ich habe auch mal versucht, Euch zu spielen, in einer Burleske in der *Rose*.«

Ich glaube nicht, dass er mir überhaupt zugehört hat. »Nach dem Fall von Mistragon im Jahr 447 nach der Stadtgründung«, erzählte er, »entkam König Pausanias seinen Verfolgern, indem er behauptete, er sei das Double des Königs, und man glaubte ihm. Dann stellte er eine Armee auf, versuchte, die Stadt zurückzuerobern, und wurde getötet. Macht mir nichts vor, mein Sohn, Ihr seid sehr wohl Lysimachus. Meinst du nicht auch, Totila?«

Der dicke Mann, der sich gern an den Sandkämpfen erfreute, nickte. »Ich werde es dir beweisen«, sagte er und stand auf. »Die da«, sagte er und stupste gegen eine der Narben, die Nikephoros mir im Gesicht beigebracht hatte. »Ich war dabei, als er sie sich vor zehn Jahren im Kampf gegen Atucca zugezogen hat. Und die hat er ein Jahr später von Pleusius bekommen. Der Kampf wurde zwar als unentschieden gewertet, aber das muss ein abgekartetes Spiel gewesen sein, denn er hat ihn klar und deutlich gewonnen. Zieht Euer Hemd aus.«

Ich tat es. Was blieb mir übrig?

»Da«, fuhr der dicke Mann fort, »da haben ihm Ogus' Schläger in den Rücken gestochen, als er den milchgesichtigen Ingenieur gerettet hat.«

Gelimer trat nah an mich heran und zupfte mit seinem Fingernagel an einer der Narben in meinem Gesicht. »Das ist kein

Wachs und keine Schminke«, stellte er fest. »Ihr seid Lysimachus.«

»Nikephoros hat das mit einem Rasiermesser gemacht«, entgegnete ich.

Totila schüttelte den Kopf. »Das ist eine alte Narbe«, sagte er.

»Wir haben sie älter gemacht, mit Salpeter.«

»Das geht nicht. Das weiß doch jeder. Man kann eine frische Narbe nicht alt aussehen lassen.«

»Um Himmels willen«, flehte ich. »Klinge ich etwa wie Lysimachus?«

»Keine Ahnung, ich habe Euch noch nie persönlich getroffen. Ich vermute, dass Ihr wie Lysimachus klingt, denn der seid Ihr verdammt noch mal ja auch.«

»Nun denn«, sagte Gelimer, »es reicht jetzt. Es war ein netter Versuch, das muss man Euch lassen, aber es hat nicht geklappt. Also lasst uns wieder vernünftig miteinander reden, ja?«

Meine Mutter hat immer gesagt: Zieh keine Grimassen, sonst bleibt dein Gesicht eines Tages so stehen. Und habe ich darauf gehört? »Gut«, sagte ich. »Was wollt Ihr?«

Gelimer lehnte sich in seinem Stuhl zurück. »Ich habe Euch ja gerade eben vor die Wahl gestellt«, sagte er. »Kooperiert mit der rechtmäßigen Regierung dieser Stadt, oder wir töten Euch und begraben Euch in einem Misthaufen. Wir wissen, dass Ihr immer nur ein Aushängeschild wart, und während der Anfänge der Belagerung habt Ihr absolut nichts getan. Ihr wart lediglich ein Leibwächter, der zufällig die Fantasie der Öffentlichkeit angeregt hat. Gut, damit haben wir kein Problem. Ihr könnt auch unser Aushängeschild sein. Das macht uns das Leben leichter. Andernfalls sagen wir, dass Ihr von Nikephoros ermordet wurdet, und die Leute werden sehr wütend und furchtbar traurig sein, aber früher oder später kommen sie darüber hinweg. Und falls Ihr ins Grübeln kommt, lasst Euch sagen«, fuhr er fort, »die Armee steht hinter uns, und Sisinna ist einer von uns, also erwartet keine Hilfe von ihm. Wir wollen von Euch nur, dass Ihr gut ausseht und winkt und ansonsten absolut nichts tut, außer wir sagen es Euch. Ich kann mir vorstellen, dass Ihr das hinbekommt, oder? Die letzten sieben Jahre habt Ihr ja auch nichts anderes getan.«

Plötzlich musste ich es unbedingt wissen. »Wart Ihr es, die versucht haben, mich zu töten?«

Fassungsloses Schweigen, aber nur einen Moment lang. »Guter Gott, nein«, erwiderte Gelimer. »Warum sollten wir das tun? Wie ich Euch gerade erklärt habe«, fuhr er fort, »kam es für uns sehr passend, aber wir haben damit nichts zu tun.«

»Wir sind davon ausgegangen, dass es Nikephoros und die Junta waren«, warf einer der dicken Männer ein, dessen Namen ich nicht kannte. »So kam uns die Idee. Diesmal sind sie zu weit gegangen, dachten wir. Dafür greifen wir sie uns.«

»Er hat uns noch nicht gesagt, was er tun wird«, bemerkte Totila. »Ich denke, wir brauchen eine Entscheidung, meinst du nicht?«

Ich konnte mir ein Lachen nicht verkneifen. »Entweder zu tun, was Ihr mir sagt, oder getötet zu werden?«

»Ja.«

Ich grinste breit, wenn auch etwas geknickt. »Ich bin dabei«, sagte ich, »mit Leib und Seele. Lang lebe die Revolution.«

Totila warf mir einen müden Blick zu. »Nennt es nicht so«, sagte er. »Aber die Entscheidung ist sehr brav.«

Am Theater gibt es eine Legende oder eine Gruselgeschichte, die jeder von uns kennt. Man nennt sie das verwunschene Stück. Es ist eins der besten Stücke, die je geschrieben wurden. Es hat alles: großartige Dialoge, fantastische Hauptdarsteller, die komischsten Situationen aller Zeiten, aber es wird nie wieder aufgeführt werden, und wisst Ihr, warum? Weil es in diesem Stück spukt. Es gibt darin die allergrößte, stärkste weibliche Hauptrolle aller Zeiten, und niemand wird sie je wieder spielen.

Es heißt, dass die Schauspielerin, die die Rolle bei der Uraufführung spielte, am Premierenabend von ihrer Zweitbesetzung vergiftet wurde, und mit ihren letzten Atemzügen belegte sie das Stück mit einem Fluch. Jeder, der nach ihr die Rolle spielen würde, sollte von ihr in Besitz genommen werden, sich in sie verwandeln, mit ihren Augen sehen, ihre Erinnerungen teilen, die Rolle genauso spielen, wie sie sie gespielt hätte, wenn man sie nur gelassen hätte, und so sterben, wie sie gestorben war, just in dem Moment, wenn der Vorhang fällt. Eine tolle Geschichte. Seit Jahren schlage ich sie als Idee für ein Theaterstück vor, aber aus irgendeinem Grund will niemand anbeißen.

Glaubt Ihr, man könnte in einer Rolle gefangen sein, die einen nie wieder loslässt? Es gab einen alten Kollegen, der sein ganzes Leben lang nichts anderes getan hatte, als den Herold in der *Tragödie des Hahnrei* zu spielen. Es ist keine große Rolle, aber sie hat den besten Monolog in diesem Klassiker. Und er machte es so gut, als er in seinen Dreißigern war, dass man jedes Mal, wenn das Stück danach aufgeführt wurde, sagte, besetzt ihn wieder für den Herold, bis irgendwann auch das Publikum keinen anderen mehr in der Rolle sehen wollte. Also sprach er vierzig Jahre lang jeden Abend dieselben achtundsechzig gereimten Zeilen. Schlag es nicht aus, wenigstens hast du Arbeit. Man sagt, dass er gegen Ende seinen eigenen Namen vergaß und nur noch auf Vesanio antwortete, wie der Herold im Stück genannt wurde. Wie traurig, finden die Leute, was für eine Verschwendung eines Lebens. Ich habe nur einmal mit seinem Bruder gesprochen, und anscheinend war er im wirklichen Leben das langweiligste, anstößigste, widerwärtigste

Stück Mist, das jemals einen Raum geleert hat, indem es ihn betrat – und er wusste es, aber er war so geboren worden und konnte nicht anders. Aber wenn er der Herold war, mochte ihn jeder, ließ die großen Monologe über sich ergehen und wartete darauf, dass er auftrat, zahlte Geld, um ihn zu sehen. Wenn er da oben stand, sagte mir sein Bruder, war er jemand. Außerhalb des Kostüms war er nur ein weiteres Stück Scheiße.

2. Kapitel

Der Senat, besser bekannt als das *Haus*, reicht bis in die frühesten Jahre des Robur-Reiches zurück oder des Commonwealth, wie es damals genannt wurde, und bis heute haben dieselben einhundertsechzehn Familien das Monopol darauf besessen. So weit eine tolle Geschichte. Als Andronikus der Große zum ersten Kaiser gekrönt wurde, ließ er die Senatoren in Ketten vorführen, wie man das eben so macht, und einer von ihnen, Oberhaupt der ältesten und stolzesten der Hundertsechzehn, sagte ihm, er sei ein Niemand, menschlicher Abfall, und er wisse nicht einmal, wer sein eigener Vater sei. Ganz richtig, erwiderte Andronikus. Aber meine Familie beginnt mit mir. Deine endet mit dir. Dann, um seinen Großmut zu zeigen, verschonte er ihrer aller Leben, und fünfzehn Jahre später ließen sie ihn in seinem Bad erdolchen. Die Moral: Verzichte nicht um eines pointierten Spruches willen auf die Gelegenheit, einen Feind loszuwerden.

Der Name des vorlauten Senators ist nicht überliefert, aber ich wette mit Euch, dass er ein Vorfahre von Gelimer war. Eigentlich eine ziemlich sichere Wette, denn die Familien des Hauses sind so hoffnungslos und unentwirrbar miteinander verflochten wie Unkraut, das durch eine Heckenkirsche wächst. Wer auch immer dieser Senator war, er und Gelimer hatten auf jeden Fall eine Menge gemeinsam: Stolz, genug Arroganz, um das Mittlere Meer zu vergiften, und eine fette Scheibe unverbrüchlichen Mutes.

Doch Gelimer hatte noch mehr auf dem Kasten, wie ich ziemlich schnell herausfand. Er schickte nach mir. Ich hatte ein paar unruhige Stunden oben in meinem Turm verbracht, mit Wachen an der von außen verschlossenen Tür, und ich war zu dem Schluss gekommen, dass meine einzige Chance, am Leben zu bleiben, darin bestand, mich möglichst nützlich zu machen. Nur wusste ich absolut nicht, wie ich das anstellen sollte.

Gelimer hatte sich in der Kapelle des Cis niedergelassen. Der Name lag darin begründet, dass wenn man dort länger als ein paar Sekunden ein Cis hält, die Wände so stark zu beben beginnen, dass Putzstücke abplatzen, so erzählt man es sich. Da die Hälfte der Lieder aus der alten Liturgie in der Tonart Cis notiert sind, ist es vielleicht nicht verwunderlich, dass der Ort in den letzten sechs Jahrhunderten von all den Meistern der Talare, die aufeinander folgten, jenen Männern, die unter dem Kaiser das Reich verwalteten, als eine Art Büro genutzt wurde. Der letzte Meister hatte sich auf dem ersten Schiff befunden, das die Stadt verließ, als die Nachricht von der Belagerung die Runde machte, und niemand vermisste ihn. Während der seither vergangenen sieben Jahre war, glaube ich, niemand in dem Raum gewesen, außer vielleicht, um die ziemlich filigranen Buntglasfenster zu reinigen und die wenigen prächtigen Möbel abzustauben.

Gelimer saß auf einem schmalen, hochlehnigen, sehr unbequem wirkenden Stuhl aus Walross-Elfenbein. Man sagte mir, es sei das wertvollste Material der Welt, das nicht aus Metall oder Stein besteht. Der einzige andere Stuhl an diesem Ort war, das erkannte ich sofort, ein Spinnerstuhl – niedrig, wackelig und immer bereit, nach hinten umzufallen, sobald man versucht aufzustehen. Ich jedenfalls bin in einem Haus aufgewachsen, in dem beide vorhandenen Stühle diese Eigenschaften besaßen. Doch dieser schien anders, denn er war aus Walknochen geschnitzt, und das im Stil einer gefangenen Kugel. Ihr wisst schon, wenn in einer Kugel eine weitere ist und noch eine in der weiteren, und irgendein armer Teufel hat Jahre seines Lebens damit zugebracht, das Elfenbein mit einem winzigen Haken an einem Holzgriff durch winzige Lücken herauszuschälen, um ganze Szenen entstehen zu lassen. In den Beinen dieses Stuhls gab es einen Berghang mit weidenden Schafen und Hirten und Hirtinnen, die zur Musik einer Doppelflöte tanzten. Meine Vermutung war, dass er früher einer Kaiserin gehört hatte, die gerne spann, zweifellos auf der Suche nach dem einfachen Leben.

Er sah zu mir auf. »Setzt Euch«, sagte er.

Ich musterte den Stuhl. »Er wird mein Gewicht nicht tragen.«

Er grinste. »Ihr werdet Euch wundern. Dieser Stuhl wurde für die Kaiserin Carbonopsina angefertigt. Die Hälfte der Türen im Palast musste verbreitert werden, damit sie hindurchpasste.«

Ich setzte mich. Der Stuhl war stabil wie ein Fels. »Ihr wolltet mich sehen.«

Er betrachtete mich einen Moment, als wäre ich eine mathematische Aufgabe, vielleicht das letzte Theorem eines sterbenden Genies, das niemand jemals würde lösen können. »Meine Kollegen und ich haben uns über Euch unterhalten«, sagte er. »Am Ende haben wir abgestimmt. Das Ergebnis war drei zu zwei.«

Ich wusste nicht, ob mir das gefiel. »Was sollte geklärt werden?«

»Ist dieser Mann Lysimachus oder ein Schauspieler namens Notker?«

»Okay«, sagte ich. »Wer hat gewonnen?«

»Drei sagen, du bist Lysimachus.«

»Wie habt Ihr gestimmt?«

»Aber das ist weitgehend theoretischer Natur«, fuhr Gelimer fort, der mich offensichtlich nicht gehört hatte. »Jeder außerhalb dieses Flügels des Palastes glaubt, dass Ihr Lysimachus seid. Und wäret Ihr tatsächlich ein Hochstapler, wäre das letztlich auch egal, denn unabhängig davon, wer Ihr seid, werdet Ihr genau das tun, was wir Euch sagen, oder wir töten Eure Freundin.«

Er hielt inne, um die Drohung wirken zu lassen. Ich sollte offenbar warten, bis er fortfuhr. »Die Wahrheit ist«, sagte ich stattdessen, »ich bin Lysimachus, und ich kann es beweisen, wenn Ihr es wollt. Und was Hodda angeht, so gibt es da, wo sie herkommt, noch mehr von ihrer Art. Aber auch das ist theoretischer Natur, denn ich bin mehr als glücklich, mich auf alles einzulassen, was die Herren vorhaben.«

»Sohn«, sagte er, »ich traue Euch nicht weiter, als ich ein Schwein niesen könnte.«

»Gleichfalls.«

Das brachte ihn zum Lächeln. »Natürlich«, sagte er. »Und zwischen Euch und mir und den Türpfosten gesagt, vertraue ich meinen geschätzten Kollegen noch weniger. Wir sind erst seit einem Monat Verbündete. Davor haben wir uns zu Tode gehasst. Wisst Ihr, es wird viel Blödsinn über Vertrauen geredet. Eigentlich braucht man es gar nicht, man kommt ohne viel besser zurecht.«

»Es ist eigentlich ein bisschen wie mit der Wahrheit.«

Stirnrunzelnd sah er mich an. »Im Moment«, sagte er schließlich, »brauchen wir einander, das ist alles, was zählt. Deshalb mache ich Euch zum Kaiser.«

Mein Vater hatte einen speziellen Schlag, den er gerne vorführte. Er traf dann jemanden auf den Punkt, und der arme

Kerl stand da, völlig außer Atem und ganz betäubt, bis mein Vater ihm einen sanften Stups mit einer Fingerspitze gab, woraufhin er lang hinschlug wie ein gefällter Baum.

»Haben wir nicht schon einen?«

Gelimer schüttelte den Kopf. »Er ist vor etwa achtzehn Monaten gestorben. Gnädige Erlösung, er lag in einem Dings, einem Koma, vier Jahre lang. Lag einfach auf dem Rücken mit offenem Mund, konnte nicht mal eine Wimper bewegen. Ich vermute, dass es irgendwo in der Nähe von Olbia einen entfernten Cousin geben könnte. Wisst Ihr, wo Olbia ist?«

»Nein.«

»Ich auch nicht. Im Grunde genommen gibt es keinen Kaiser. Nicht, dass das eine Rolle spielen würde, eigentlich ist es uns sogar lieber so, aber wir müssen an die Meinung des Volkes denken.«

»Das Volk liebt den Kaiser.«

Er nickte. »Da sieht man mal wieder, wie dumm die Leute sind«, sagte er. »Aber, ja, sie tun es. Und sie lieben Euch. Doch im Moment besitzt Ihr nicht das, was man als offiziellen Status bezeichnen könnte. Ihr seid kein Minister oder Ratsmitglied oder General oder irgendetwas in der Art, daher können wir Euch nicht dazu benutzen, irgendetwas zu bewegen.« Er hielt inne, um Luft zu holen. »Deswegen geht die offizielle Erzählung so, dass der Kaiser auf seinem Sterbebett nach Euch rief, Euch das Große Siegel in die Hand drückte, Eure Stirn mit dem heiligen Öl salbte und mit seinem letzten ersterbenden Atem murmelte: »Lang lebe Lysimachus I.« Und deswegen seid Ihr jetzt Kaiser. Ist das in Ordnung für dich?«

»Lysimachus II.«

»Wie?«

»Es hat schon einen Lysimachus I. gegeben«, erklärte ich. »Vor etwa dreihundert Jahren. Ich wurde nach ihm benannt, wie es der Zufall will.«

Er runzelte die Stirn. »Wisst Ihr was«, sagte er, »ich glaube, Ihr habt recht. Ich habe mal in der Schule von ihm gehört. Hat er nicht irgendwelche Brücken gebaut?«

»Aquädukte.«

»Das ist doch dasselbe. Also wäre das in Ordnung für Euch oder nicht?«

Es gibt ein sehr altes Sprichwort: Wenn du von einer Klippe fällst, lerne zu fliegen. Ich bin selbst noch nie geflogen, aber ich habe es schon haufenweise gesehen, und jeder, der schon einmal im Theater war, auch. Wenn man genau hinsieht, erkennt man ein Seil, das an einer Art Gurtzeug unter der Kleidung befestigt ist. Na und, sie schweben immer noch da oben in der Luft herum, man kann also tatsächlich von Fliegen sprechen. »Das ist Verrat«, sagte ich. »Und ein Sakrileg.«

Er strahlte mich an. »Schwachsinn«, meinte er. »Schließlich hat niemand den alten Narren ermordet. Auf mein Wort, er starb eines natürlichen Todes, und in seiner Blutlinie gibt es keinen Nachfolger. In diesen Fällen, die bisher nie eingetreten, aber in den Statutenbüchern für jeden nachzulesen sind, liegt die Wahl des Kaisers beim *Haus*. Und wir wählen Euch.«

So hatte ich das noch gar nicht gesehen. »Aber all diese Lügen«, sagte ich. »Das heilige Öl und sein ersterbender Atem.«

»Ach das. Nur ein bekräftigendes Detail, wie der Dichter sagt. Wenn wir behaupten, Ihr seid der Kaiser, dann seid Ihr der Kaiser. So ist das Gesetz.«

»Ich.«

»Ihr.«

Es war einmal eine Raupe, die wollte ein Engel sein und mit hauchdünnen Flügeln durch den Himmel schweben. Eines Tages wachte sie auf und stellte fest, dass sie tatsächlich hauchdünne Flügel hatte und fliegen konnte, und sie war immer noch sie selbst, ohne Lügen, ohne Schminke, ohne Betrügereien. Zudem gibt es die persönliche Meinung, und dann gibt es die unbestreitbare Wahrheit. Ein ordnungsgemäß konstituiertes Komitee des Hauses hatte soeben erklärt, dass ich Lysimachus sei, und hatte mich infolgedessen rechtmäßig zum Kaiser ernannt, wie es die Verfassung vorsieht. Dem entgegen steht das Wort eines halbseidenen Schauspielers. Und wem glaubt Ihr?

»Ich habe ja keine große Wahl«, sagte ich.

»Habt Ihr nicht.«

»Wenn es nun mal so ist, akzeptiere ich.«

»Lang lebe der Kaiser.« Er gähnte. »Und als Erstes nach Eurer Krönung werdet Ihr die Bruderschaften abschaffen.«

Ein weiterer Trick meines Vaters war die linke Finte zum Kiefer, die den Gegner dazu veranlasste, sich zurückzulehnen und so seinen Solarplexus für einen verheerenden rechten Cross zu öffnen. »Wen soll ich abschaffen?«

»Die Bruderschaften«, wiederholte er. »Sie ersticken das Leben in dieser Stadt, sie müssen verschwinden. Es war schon früher schlimm, aber sie zu legalisieren, hat zu einem wirklichen Desaster geführt. Sie müssen delegalisiert werden, und dafür brauchen wir Euch.«

»Ihr seid ja verrückt. Sie werden die Stadt in Stücke reißen.«

»Das ist möglich«, erwiderte Gelimer sanft. »Aber es muss trotzdem getan werden. Und ich sage Euch was, Ihr habt eine weitaus bessere Chance, die Leute dazu zu bringen, diesen Schritt zu unterstützen, als wir, das ist mal sicher.«

Der Boden rauschte auf mich zu, flach und hart und so weit das Auge reichte, und ich dachte: Wenn Vögel das können, kann es nicht so schwer sein. »Ich werde tun, was immer Ihr wollt«, sagte ich.

Vor ein paar Jahren habe ich an der Universität vor der Fakultät für Geschichte einen kleinen Auftritt gehabt. Es lief gut. Ich habe den Kanzler und ein paar der leitenden Dozenten imitiert, von denen einer hinterher zu mir kam und sich tatsächlich bei mir bedankte und sagte, dass ihn mein Auftritt bei den jüngeren Kollegen ohne Frage sehr beliebt machen würde. Wie auch immer, danach blieb ich zum Essen und hörte einem Haufen großer Gelehrter zu, die alles wussten, was es zu wissen gibt, und über irgendein abstruses Thema diskutierten. Es ging in etwa darum, ob das Amt des Stallgrafen von Kleomenes II. oder Strabo IV. eingeführt worden war. Die einen sagten, es gäbe Belege (die sie im Detail vortrugen) dafür, dass es Kleomenes war. Die andere Gruppe führte ebenso gute Belege dafür an, dass es Strabo war. Dann reichte jemand eine Flasche von dem wirklich guten Zeug herum, und als alles ausgetrunken war, schlug jemand vor: Passt auf, lasst uns darüber abstimmen. Und das taten sie dann auch. Neun Stimmen für Kleomenes, sieben für Strabo, und daher wissen wir nun, vollkommen kühl und wissenschaftlich belegt, welcher Kaiser den Posten des Stallgrafen geschaffen hat. Und falls Ihr mir nicht glaubt, seht in den Geschichtsbüchern nach – natürlich in den neuesten Ausgaben, die auch die aktuellen Erkenntnisse menschlichen Wissens enthalten –, und Ihr werdet sehen, dass ich recht habe.

Was ist schließlich Glaube anderes, als etwas genau zu wissen, ohne es tatsächlich beweisen zu können? Millionen von Menschen glauben an die Unbesiegbare Sonne. Und alles, was von so vielen geglaubt wird, muss wahr sein. Solltet Ihr anderer Meinung sein, kann es nur daran liegen, dass Ihr die Feinheiten der wahren Definition von Wahrheit nicht ganz versteht. Wenn es vorher nicht der Wahrheit entsprochen hat, pflegte mein Vater zu sagen, als fünfzehn respektable Hausbesitzer unter Eid schworen, dass er in der Nacht, in der ein Unglücklicher in einer Gasse am anderen Ende der Stadt erstochen wurde, mit ihnen Karten gespielt hatte, dann entspricht es ihr jetzt.

Und nur, was jetzt der Wahrheit entspricht, zählt. Das ist so sicher, wie ein Ei dem anderen gleicht. Denkt mal logisch darüber nach. Wenn Ihr nicht gerade ein bisschen neben der Spur lauft, könnt Ihr Euch an das, was vor einer Minute passiert ist, genau erinnern. Aber man wird Euch verzeihen, wenn Ihr Euch an die Details von etwas, das Ihr vor zwanzig Jahren getan oder gesagt habt, etwas verschwommen erinnert. Wenn es also irgendwo eine Diskrepanz gibt, ist die minutenalte Wahrheit viel wahrscheinlicher als eine inkonsistente Version, die zwanzig Jahre zurückliegt.

Vor zwanzig Jahren – und schon länger als das – war ich Notker. Jetzt bin ich Lysimachus, und morgen um diese Zeit werde ich Lysimachus II. sein. Und ich habe die Narben, um es zu beweisen.

»Ich hasse dich«, flüsterte sie mir ins Ohr.

Was eine Braut ihrem Mann zum Hochzeitstag so alles Wunderbares sagen kann, findet Ihr nicht? Auf der anderen Seite stimmte es wahrscheinlich, zumindest in diesem Moment.

Der fragliche Moment ereignete sich, kurz bevor ich sie den Gang entlangführte, zwischen den Reihen der noblen Gäste hindurch, zu den Zwillingsthronen, die man im Lager ausgegraben und in der Langhalle im Erdgeschoss des Neuen Palastes aufgestellt hatte. Es versteht sich von selbst, dass der Neue Palast der älteste Teil des Palastkomplexes und fast tausend Jahre alt ist und dass der Langsaal sehr, sehr lang ist. Gelimer hatte ihn ausgewählt, weil er der größte verfügbare Raum war. Ich habe vergessen, wie viele Menschen dort zusammengepfercht waren, um das Spektakel zu erleben. Es waren weit über tausend, alle in ihren schönsten Kleidern, sie waren gekommen, um mit eigenen Augen zu sehen, wie der mächtige Lysimachus am selben Tag sowohl gekrönt als auch verheiratet wurde.

(Das übrigens war meine glänzende Idee gewesen. Wir müssen mich, hatte ich vorgeschlagen, so beliebt wie möglich machen.

Warum sollten wir das tun wollen?

Wenn ich die Bruderschaften abschaffe, zögern sie vielleicht einen Moment länger, bevor sie die Stadt in Brand setzen.

Gutes Argument, stimmten sie zu. Und?

Krönungen sind beliebt, sagte ich. Royale Hochzeiten auch. Machen wir doch beides.

Schlagartig herrschte Totenstille. Dann sagte jemand, ich glaube, es war Senator Nasica, das sei gar keine so schlechte Idee. In Ordnung, meinte Gelimer, machen wir es. Aber wir brauchen natürlich eine Braut.

Man hätte einen Ameisenfurz hören können, während die etwa ein Dutzend anwesenden Senatoren alle an ihre unverheirateten Töchter, Nichten und ähnliches Geschmeiß dachten. Klar, es ist immer nett, eine Kaiserin in der Familie zu haben, aber auf der anderen Seite ...

»Der Volkskaiser«, fuhr ich fort, »sollte eine Volkskaiserin haben.«

Gelimer sah mich an. »Das klingt gut«, sagte er. »Und was bedeutet das genau?«

Ich wies darauf hin, dass der Kaiser als einziges Mitglied des Robur-Adels theoretisch heiraten kann, wen immer er will. Er braucht sich weder um Geld noch um Rang zu kümmern oder darauf achten, ob seine Braut aus einer alten und angesehenen Familie stammt. Verglichen mit der strahlenden Herrlichkeit des Kaisers waren alle Bürgerlichen so weit unter seinem Stand, dass sie praktisch austauschbar waren – Herzöge, Grafen, Knechte, der Mann, der mit dem Karren herumfährt und die Pisspötte leert, wo sollte da, so aus der Ferne betrachtet, noch ein Unterschied sein? Candaules der Große hatte eine Milchmagd geheiratet. Eudora, die Frau von Marcian dem Weisen, war eine Prostituierte gewesen. Die beiden populärsten Kaiser in unserer Geschichte hatten diesen Status erworben, indem sie Frauen heirateten, die nicht nur Bürgerliche waren, sondern unter ihnen auch noch zu den gewöhnlichsten ...

»Ja, habe ich verstanden«, sagte Gelimer. »Und worauf läuft das jetzt hinaus?«

Auf der anderen Seite, fuhr ich fort, braucht man jemanden, der zumindest vorzeigbar ist. Jemand, der weiß, wie man in der Öffentlichkeit gut aussieht. Jemand, der ganz klar aus dem Volk kommt, aber trotzdem einen Hauch von Klasse hat.)

Also schritten wir den Gang entlang. Das ist übrigens eine der wirklich wichtigen Sachen, die man auf der Bühne lernt: wie man geht. Ein Gang kann so vieles aussagen, ob man stolziert oder schreitet, ob man watschelt oder tänzelt. Wir können all das und noch tausend Varianten mehr. Wir können zeigen, wer wir sind (Held, Bösewicht, Genie, Witzbold, Prinz, Bauer, Soldat, temperamentvolles Weib, alte Frau), ohne ein einziges Wort zu sagen, nur durch die Art, wie wir einen Fuß vor den anderen setzen. Für einige von uns ist das ganz natürlich. Andere wiederum müssen darüber nachdenken und stundenlang vor dem Spiegel üben. Ein großer Schauspieler, den ich kannte, als ich anfing, war einmal den Tränen nahe, weil er den Gang seiner Figur nicht hinbekam. Dann hatte er die Idee, sich eine Vierteltalermünze zwischen die Pobacken zu klemmen und fest zuzupacken, damit sie nicht herunterfiel, und dadurch gelang ihm der Gang der Figur, und aus dem Gang entwickelte sich die ganze Rolle. Ich weiß nicht, wie Hodda ihren Gang als Kaiserbraut hinbekommen hat, aber wie auch immer sie es gemacht hat, sie hat es absolut perfekt hingekriegt. Ich habe mich wie immer auf meinen inneren Spiegel verlassen, und ich denke, dadurch hat es geklappt.

Es war meine Idee gewesen, die Anführer der Bruderschaften als Kronenträger einzusetzen. Natürlich haben sie sich vorher fast darum geprügelt, wer von ihnen nun die Kaiserkrone und wer die der Kaiserin tragen durfte. Ich sagte ihnen, sie sollten eine Münze werfen. Die Grünen gewannen. Der Anführer der Blauen erklärte daraufhin, dies sei nicht akzeptabel, und prophezeite, dass noch vor Einbruch der Dunkelheit die Rinnsteine von Blut überlaufen würden, wenn seine Bruderschaft auf diese Weise beleidigt würde. Gut, sagte ich und schlug Folgendes vor: Grün sollte die Kaiserkrone zu den Stufen des Throns tragen, wo er sie an Blau übergeben würde, der sie an den Prälaten des Tempels weiterreichte. Dann würde Blau die Krone der Kaiserin holen und sie Grün überreichen, und so weiter. Der grüne Anführer sagte, dass er fünftausend bewaffnete Männer auf die Straße schicken könnte und würde, wenn er gezwungen wäre, die Krone an einen Blauen zu übergeben. Wir schlossen einen Kompromiss. Die Kronen wurden nun auf einem kleinen Wagen hereingebracht, den ich irgendwo in einem Vorraum gesehen hatte, Seite an Seite geschoben von Blau und Grün.

Es war aber nicht nur die Krone. Bei Weitem nicht. Das kaiserliche Ornat besteht einschließlich der Insignien aus sieben verschiedenen Teilen – Lorus, Divitsion, Dalmatik, Krone, Reichsapfel, Sandalen und Zepter. Zusammen wiegen sie über zweiunddreißig Kilo, was fast doppelt so viel ist wie das, was ein schwerer Infanterist in die Schlacht trägt. Das Gewicht ist dabei ziemlich gleichmäßig verteilt. Zuerst kommt die Dalmatik, man streift sie über Kopf und Schultern, gefolgt vom Divitsion, einer Art üppig mit Gold besticktem Morgenmantel. Dann folgt der Lorus, ein mehr als zwei Meter langer, mit Juwelen besetzter Schal, der sich um einen herumschlängelt wie eine dieser Schlangen in Blemya, die ihre Beute zu Tode quetschen. Die Sandalen sind lila und reichen hinauf bis zu den Knien. Ich vermute, dass Generationen von Robur-Kaisern sehr schlanke Waden hatten, denn ich konnte mein Bein nur vielleicht zwei Drittel des Weges in die verdammten Dinger hineinbekommen, bevor ich stecken blieb. Meine Krone hockte oben auf meinem Kopf wie ein Vogel auf einer Statue. Die Krone der Kaiserin rutschte ihr bis über die Augen.

Egal. Der Priester murmelte die magischen Worte, und es war getan. Dann kam der nächste Teil: Willst du, Lysimachus, diese Frau, Hodda ...? Und schon war auch das erledigt. Ich muss sagen, sie hat ihre Rolle wirklich gut gespielt: genau die richtige leise Atemlosigkeit, aber dennoch perfekt hörbar bis in den hintersten Teil des Saals. Aber das hatte ich auch erwartet, denn vor weniger als einem Jahr hatte sie an siebenundvierzig aufeinanderfolgenden Abenden im dritten Akt von *Nur ein Leben* einen Kaiser geheiratet. Für mich dagegen war es das erste Mal überhaupt, aber ich schmeichle mir gern damit, dass ich die Sache ziemlich gut gemeistert habe.

Bei Krönungen oder royalen Hochzeiten wird nicht gejubelt oder geklatscht. Alle verharren nur in steinerner Stille. Ich finde das auch sehr schade.

3. Kapitel

»Drei Gründe«, erklärte ich ihr.

Sie tat so, als würde sie nicht zuhören. Wir befanden uns ganz allein im kaiserlichen Schlafgemach, und irgendein Trottel hatte das Bett sieben Zentimeter hoch mit Rosenblättern bedeckt.

»Erstens«, sagte ich, »haben Gelimer und seine fröhliche Bande von Halsabschneidern mir gesagt, dass sie dich umbringen würden, wenn ich nicht genau das tue, was man mir sagt.«

Dafür musste ich weiter auf ihren Hinterkopf schauen. Egal.

»Ich denke, es fällt ihnen schwerer, ihre Drohung wahr zu machen, wenn du die Kaiserin bist. Zweitens: Ich dachte, wir wären uns einig, dass wir das gemeinsam durchziehen. In diesem Fall müssten wir es allerdings schaffen, miteinander zu reden, ohne ein halbes Dutzend Leute, die uns nicht mögen, und einen Trupp der königlichen Garde mit einzubeziehen.«

Sie trug immer noch die Dalmatik und eine Sandale. Die andere hatte sie quer durch den Raum gepfeffert. Die Sandalen der Kaiserin sind vierhundert Jahre alt, und jede ist mit so vielen Perlen bestickt, dass man damit alle großen Häuser auf der schicken Seite der Bergstraße kaufen könnte, auf der linken, wenn man bergauf geht.

»Drittens«, sagte ich.

»Ach, halt die Klappe!« Sie drehte sich um und funkelte mich an. »Weißt du was? Ich kann den Klang deiner Stimme nicht mehr hören.«

»Eigentlich ist es nicht meine Stimme, es ist die von Lysimachus.«

Sie blinzelte. »Von mir aus«, erwiderte sie. »Anscheinend habe ich mich daran gewöhnt. Ich merke keinen Unterschied«, fuhr sie fort. »Ich musste sie den ganzen Tag hören, und ich kann sie nicht mehr ertragen, wenn du also bitte einfach die Klappe halten würdest. Ich wäre dir sehr dankbar.«

Seltsam, dachte ich, dass eine Frau, die zu Recht für ihre Fähigkeit berühmt ist, das ganze Spektrum von ekstatischer Freude bis hin zu hoffnungslosem Elend auszudrücken, ihren wahren Emotionen dadurch Ausdruck verleihen will, dass sie schmollt. Aber man arbeitet ja auch nicht an seinem freien Tag, und wenn niemand fürs Zuschauen bezahlt, warum sich die Mühe machen? »Gut«, sagte ich.

»Du schläfst auf dem Stuhl.«

Ich hätte darauf hinweisen können, dass ich der Kaiser der Robur bin und Kaiser nicht auf Stühlen schlafen, aber ich entschied mich dagegen. Ich bot ihr auch nicht an, ihr dabei zu helfen, die Rosenblätter zur Seite zu schieben.

Es war ein äußerst bequemer Stuhl und ein Vergnügen, sich darin zurückzulehnen, und ein paar Minuten nachdem ich die Augen geschlossen hatte, schlief ich bereits fest. Wie lange ich so dagelegen habe, kann ich nicht sagen, aber ich vermute, dass es nicht sehr lange war.

»Da du mich in diesen Schlamassel mit hineingezogen hast«, sagte sie, »liegt es wohl an mir, uns wieder herauszuholen.«

»Es ist kein Schlamassel«, gähnte ich. »Ich bin der Kaiser, und du bist die Kaiserin. Wirklich.«

»Klar, und wenn wir etwas tun, was diesen schrecklichen Männern nicht gefällt, werden sie uns umbringen.«

»Darüber habe ich auch schon nachgedacht«, meinte ich. »Und ja, wahrscheinlich würden sie es tun, obwohl sie es vielleicht nicht so einfach finden werden, wie sie denken.«

»Schwachsinn.«

»Vielleicht«, entgegnete ich, »vielleicht auch nicht. In der Stadt haben sie das Sagen, aber innerhalb des Palastes könnte es anders sein. Dir sind sicher die Wachen aufgefallen?«

»Die sind kaum zu übersehen«, meinte sie. »Milchgesichter.«

»Irgendwie schon«, antwortete ich milde. »Eigentlich sind es aber Lystragoner.«

»Na und, verdammt?«

»Die Kaiser haben seit über drei Jahrhunderten lystragonische Wachen in ihren Diensten«, erklärte ich weiter. »Sie sind bekannt dafür, absolut loyal zu sein. Wir sagen ihnen, was sie tun sollen, und sie tun es.«

Ich bekam keine Antwort. In diesem Zusammenhang war das ermutigend.

»Solange wir am Leben sind«, fuhr ich fort, »werden sie bis zum letzten Blutstropfen für uns kämpfen. Sobald wir tot sind, geht ihre Loyalität natürlich auf den nächsten Kaiser über, selbst wenn er derjenige ist, der uns gerade die Kehle durchgeschnitten hat. Aber soweit ich weiß, nehmen sie ihre Aufgabe sehr ernst. Wer uns töten will, muss erst an ihnen vorbei.«

Kurze Pause. »Ich hätte nicht gedacht, dass dein Freund Gelimer dir eine persönliche Armee überlässt.«

»Ach«, winkte ich ab. »Wohl kaum eine Armee. Es sind sechsundvierzig Mann. Eigentlich sollten es fünfzig sein, aber vier sind krank geworden und nach Hause gegangen. Ersatz ist anscheinend unterwegs. Ich habe mit ihrem Hauptmann gesprochen«, erklärte ich. »Netter Mann. Er hat dich in *Die Piratenbraut* gesehen. Nach dem, was er gesagt hat, denke ich, dass man sich auf ihn verlassen kann, egal, was passiert.«

»Du musst ihn mir mal zeigen«, sagte sie. »Aber wie du gerade schon gesagt hast, es sind nur sechsundvierzig. Und wenn sie bis auf den letzten Mann heldenhaft gestorben sind ...«

»Natürlich«, stimmte ich zu. »Aber es macht die Sache ein wenig schwieriger, mehr will ich nicht sagen. Das ist ein Fortschritt gegenüber der Möglichkeit, dass sie nur mit den Fingern schnippen müssen, und wir sind tot. Vielmehr wird uns nichts passieren, solange wir genau das tun, was man uns sagt. Hast du ein Problem damit?«

Sie wollte gerade etwas erwidern, dann zögerte sie. »Kommt darauf an, wenn du verstehst, was ich meine?«

»Nein, verstehe ich nicht«, entgegnete ich. »Ich unterschreibe irgendwelche Dinge und winke von Balkonen, und der Rest besteht hauptsächlich aus Essen und Trinken. Es gibt Schlimmeres.«

»Notker.« Sie nannte mich fast nie bei meinem Namen. »Erinnerst du dich, als wir *Einmal Fegefeuer und zurück* geprobt haben?«

»Was hat das damit zu tun?«

»Und alle sagten, das wäre ein todsicherer Renner und würde mindestens ein Jahr lang laufen, und ich meinte, ich glaube nicht, dass die Leute es mögen werden? Und es wurde nach einer Woche abgesetzt?«

»Du meinst immer, dass alles in einer Katastrophe endet. Von Zeit zu Zeit hast du ja auch recht. Aber das beweist gar nichts. Entweder du sagst jetzt etwas Positives, oder du lässt mich weiterschlafen.«

»Hatte ich erwähnt, dass ich bereits verheiratet bin?«

Nein, das hatte sie nie erwähnt. »Ist doch egal«, hörte ich mich sagen. »Hast du's denn immer noch nicht verstanden? Wir tun nicht mehr nur so. Jetzt ist alles echt. Wir sind wirklich der Kaiser und die Kaiserin. Hast du dir das nicht immer erträumt?«

»Nicht *so*.«

»Wie denn anders? Wir haben so viel Geld und Zeug, wie wir nur wollen. Das Reich regieren wir nicht, und wenn jemandem unsere Gesichter nicht passen, werden wir wahrscheinlich getötet. Beschäftige dich mal mit Geschichte, verdammt! So läuft es, wenn man ein echter Kaiser ist. So geht es da wirklich zu, im echten Leben.«

»Willst du nicht wissen, wer mein richtiger Mann ist?«

Um Himmels willen! »Nein«, entgegnete ich. »Halt die Klappe, und lass mich ein bisschen schlafen.«

Das war natürlich nicht mehr möglich. Ich lehnte mich in dem Stuhl zurück, der nicht mehr so bequem war wie noch vor ein paar Minuten, und versuchte mir zu überlegen, was ich als Nächstes tun würde.

* * *

Die Hochzeitsnacht des Kaisers symbolisiert, zumindest auf eine bestimmte Art und Weise, die ich lieber nicht näher erläutern möchte, die Ehe zwischen dem obersten Herrscher, dem Stellvertreter des Himmels und Bruder der Unbesiegbaren Sonne, und seinem liebenden und gehorsamen Volk. Also war es vielleicht absolut passend, dass ich sie hellwach und zusammengesunken in einem Stuhl verbrachte, während meine reizende Braut schnarchte wie ein Walross.

Am nächsten Morgen standen wir in aller Frühe auf, um an der Investiturfeier teilzunehmen. Diese bestand darin, dass wir beide noch einmal all diese dämlichen Klamotten anzogen, aber diesmal in der Blauen Kapelle des Tempels der Träne. Sich in absurde Kostüme zu hüllen und wichtig vor einem Publikum herumzustolzieren und herumzusitzen, während andere Leute das Reden übernehmen, das ist nicht einmal Schauspielerei. Das macht man, wenn man die Schauspielkunst erlernt oder wenn man nicht gut genug ist, um mit ein paar Zeilen betraut zu werden. Nach der Zeremonie sollte ich von den Stufen des Tempels aus meine Antrittsrede halten, in der ich die Grundzüge meiner Politik als Kaiser umreißen sollte.

Ich sagte ihr, was das sein würde, während wir durch den Kreuzgang gingen, der von der Blauen Kapelle bis zum prächtig verzierten Haupttor um drei Seiten eines Platzes führt. Sie haben mir befohlen, die Bruderschaften abzuschaffen, sagte ich.

Abrupt blieb sie stehen und verursachte dadurch fast einen Massensturz von Pferden und Hofdamen. »Das kannst du nicht tun. Sie werden uns in Stücke reißen.«

Ich schenkte ihr mein liebevollstes Lächeln. »Wenn ich es *nicht* tue, reißen sie uns in Stücke«, entgegnete ich. »Aber keine Sorge, es wird alles gut. Mir ist etwas eingefallen.«

Glücklicherweise wurden wir an diesem Punkt von Erzdiakon, Dekan und Kapitel des Tempels abgefangen, was mir die Chance verwehrte, zu erfahren, was sie darüber dachte.

Es war Zeit für meine große Rede.

(Gelimer hatte mir den Text am Morgen gegeben. »In dieser kurzen Zeit kann ich das nicht alles lernen«, sagte ich ihm.

Er sah mich an, und ich fragte mich, wie er wohl gestimmt sei und ob er es sich inzwischen vielleicht anders überlegt hatte. »Natürlich könnt Ihr das nicht«, erwiderte er. »Lest sie ab.«

»Ich lese nie ab«, antwortete ich und schnappte zurück in

meine Rolle wie ein wieder eingekugelter Arm ins Schultergelenk. »Die Hälfte der Leute in den Bruderschaften wären entsetzt, wenn sie wüssten, dass ich lesen kann. Sie würden denken, ich hätte mich verkauft.«

Er zuckte die Schultern. »Das ist Eure Entscheidung«, sagte er. »Wenn Ihr es lieber in eigene Worte fassen wollt, auch gut. Hauptsache, es gelingt Euch, den Inhalt zu vermitteln.«

Im Hinterkopf hörte ich Trompeten. »Überlasst es mir«, sagte ich. »Ich bekomme das schon hin.«)

Die Stufen des Tempels der Träne. Schon oft habe ich gedacht, was für ein wunderbarer Veranstaltungsort das wäre für die richtige Inszenierung. Wegen der hohen Gebäude auf drei Seiten herrscht eine fabelhafte Akustik. Man kann von überall aus gut sehen, und will man Klassiker aufführen, ist nicht einmal ein Bühnenbild nötig. Man kann als Hintergrund einfach einen Prospekt zwischen den Säulen befestigen. Das Tor selbst kann für die Auftritte in der Bühnenmitte dienen, die Enden der Säulengänge für die von links und rechts, und die Galerie, die entlang des Epistylion der Tempelfassade verläuft, für Balkonszenen und Ähnliches. Falls ihr mich für etwas pathetisch haltet, weil ich die Dinge immer durch die Brille meiner Profession sehe, dann verzeiht mir. Ich vermute, es handelt sich dabei um einen grundlegenden Überlebensinstinkt. Wenn Ihr jeden Ort, an dem Ihr Euch gerade befindet, sozusagen in die Gassen Eurer Heimatstadt verwandeln könnt, werdet Ihr Euch nie verirren. Und es wird dadurch einfacher, Überfälle zu planen.

Also meine große Rede.

Während wir in der Halle standen und auf unseren Auftritt warteten, drehte ich mich um und flüsterte meinem neuen besten Freund, dem Kapitän der Lystragoner, ins Ohr …

(Siehe oben: Hoddas treuer Fan. Sein Name war *Die Pure Essenz*. Ich hatte ihn gefragt, ob es in Ordnung wäre, wenn ich ihn einfach Pur nenne. Nennt mich, wie Ihr wollt, hatte er geantwortet. Die Pure Essenz von was, fragte ich ihn. Von allem, erwiderte er. Na gut.)

Mit dem Ergebnis, dass ich, als ich auf die Bühne ging, von dreißig der sechsundvierzig Wachen begleitet wurde, die sich geschlossen um mich herum formierten, während die anderen sechzehn hinter der Bühne blieben und einen Ring um Hodda bildeten. Meine Dreißig ließ ich in zwei Reihen hintereinander vor dem Tor Aufstellung nehmen, in meinem Rücken. Einer meiner Vorgänger hatte sich für die Lystragoner entschieden, weil sie sehr groß und breit sind und unter anderem den Ruf haben, Kannibalen zu sein. Gute Leute, die man gern zwischen sich und seinen potenziell schlimmsten Feinden sieht. Vor mir jedoch sah ich nichts als die imposanten rosa Marmorstufen des Tempels und die dicht gedrängten Reihen meiner Mitbürger. Wenn sie die Plattform stürmen und mich ausweiden wollten, würden sich keine lästigen Wachen einmischen. Daher vertraute ich ihnen ganz offensichtlich bedingungslos. Eine schöne Erkenntnis, die sich daraus ergab: Tyrannen haben Leibwächter, aber der Landesvater braucht sie nicht (und es liegt auf der Hand, dass selbst sechsundvierzig Lystragoner einen wütenden Mob nicht einmal für einen einzigen Herzschlag aufhalten könnten).

Aber trotzdem. Ich hatte Hauptmann Pur gefragt, wie weit man einen Ziegelstein werfen kann, wenn man jemanden töten will. Maximal fünfunddreißig Meter, sagte er mir. Vom unteren Absatz der Treppe bis zur Menge sind es vierzig Meter und mehr. Das Glück ist mit den Tapferen, aber fordert es lieber nicht heraus.

Geht zur Bühnenmitte. Stopp. Seht beeindruckend aus. Fangt an. So stand es in meinem Redemanuskript.

»Bürger«, sagte ich, »Ihr kennt mich, ich halte keine Reden. Aber ich gebe Versprechen. Und das werde ich jetzt tun. Sollte ich es nicht halten – nun ja, Ihr wisst ja, wo Ihr mich findet, und ...« *(Wickelt Lorus ab, um Hals und obere Brust freizulegen.)* »Seht, keine Rüstung. Ich brauche keine. Ihr seid die einzige Rüstung, die ich für meinen Schutz benötige.

Vor sieben Jahren habe ich die Bruderschaften legalisiert. Ich will Euch sagen, warum. Ich wurde in einer Bruderschaft geboren, wuchs in einer Bruderschaft auf. Ich war stolz darauf, für meine Bruderschaft in der Arena zu kämpfen. Das habe ich weiterhin getan und werde es immer tun, solange mein Körper noch atmet. Diese Stadt besteht nicht aus Mauern, Häusern und Tempeln, sondern aus Menschen, und wer hat sich immer um die Menschen gekümmert, sie mit Essen versorgt und eingekleidet, ist für ihre Sicherheit eingestanden? Die Bruderschaften. Ich verspreche euch, solange ich Kaiser bin, werden die Bruderschaften ihre wichtige Rolle in dieser Stadt weiterhin spielen. Sie werden sich um die einfachen, anständigen Menschen kümmern, sie ernähren, kleiden und beschützen. Darauf habt Ihr mein Wort.

Es gibt nur eine Sache, die bei den Bruderschaften nicht ideal ist, und sobald wir die behoben haben, wird alles in Ordnung sein. Es gibt zwei von ihnen. Blau und Grün, Grün und Blau. Und es liegt in der Natur der Sache: Hat man zwei Rivalen, werden sie gegeneinander kämpfen. Und genau da liegt die Krux. Blau gegen Grün und Grün gegen Blau ist der Fluch dieser Stadt. Gibt es hier irgendjemanden, der deswegen noch nicht einen Freund oder einen geliebten Menschen verloren hat? Und das spaltet uns. Und spielt unseren Feinden in die Hände, die so leicht behaupten können: Wir brauchen die Bruderschaften nicht wirklich, sie machen mehr Ärger, als sie wert sind. Sie sind nur ein Haufen Verbrecher und Geschäftemacher. Wir müssen sie loswerden. Ich möchte, dass ihr darüber sehr ernsthaft nachdenkt. Jedes Mal, wenn ein Blauer einen Grünen verprügelt oder ein Grüner ein blaues Haus anzündet, schaufelt ihr euch euer eigenes Grab. Das muss aufhören.

Von nun an wird es also keine Blauen und Grünen mehr geben. Stattdessen gibt es nur noch eine Bruderschaft. Und ihre Farbe ist Purpur. Ja, das ist richtig. Seit vierhundert Jahren ist es Verrat, wenn jemand außer dem Kaiser in der Öffentlichkeit Purpur trägt. Von heute an werdet ihr alle Purpur tragen. Meine Farbe, meine Bruderschaftsfarbe, eure Farbe. Eine Bruderschaft, Purpur, mit dem Kaiser als Bruderschaftsführer. Meine Bruderschaft, eure Bruderschaft. Meine Stadt, eure Stadt. Unsere Bruderschaft. Unsere Stadt.

Und um Euch zu beweisen, dass ich meine, was ich sage, werden zu gegebener Zeit alle Offiziere der Purpurbruderschaft gewählt werden, von euch, dem Volk. Keine Günstlingswirtschaft mehr, keine Bestechung, keine Arbeitsstellen für den eigenen Nachwuchs. Ihr werdet wählen können, wer den Sozialfonds verwaltet, wer für die Wohlfahrt und die Schlichtung zuständig ist, wer für die Nachtwachen und die Sicherheit eurer Straßen und Häuser die Verantwortung trägt. Ihr könnt die Männer wählen, die diese Aufgaben übernehmen, falls ihr denkt, dass sie es gut machen werden, oder ihr könnt euch für jemand anders entscheiden. Es liegt allein in eurer Hand. Und ihr seid es, dem sie Rechenschaft ablegen müssen, und wenn sie euch nicht gefallen, könnt ihr sie abwählen. Keine Vorgesetzten mehr, und das ist ein Versprechen. Eure Diener, nicht eure Herren.

Das ist alles, was ich zu sagen habe. Wenn es euch nicht gefällt, hier bin ich. Mein ganzes Leben habe ich für euch gelebt, und wenn ihr wollt, dass ich für euch sterbe, ist das in Ordnung für mich. Irgendjemand interessiert?« *(Pause: lang genug, aber nicht zu lang.)* »Dann wäre das geklärt. Lang leben die Purpurnen. Lang lebe das Kaiserreich.«

Die Stille war ohrenbetäubend. Dann brach Jubel aus.

Jubel auf allen Seiten. Purpur, Purpur, Purpur. Ich wünschte, mir wäre eine passende kaiserliche Farbe mit nur einer Silbe eingefallen. Ich drehte mich um und marschierte flott davon, und meine Lystragoner umschlossen mich wie eine lebende Rüstung.

4. Kapitel

»Ich habe genau das getan, was Ihr mir aufgetragen habt«, sagte ich. »Ich habe die Bruderschaften abgeschafft.«

In meinem ganzen Leben hatte ich noch nie jemanden so wütend gesehen. Aber Hauptmann Pur und zehn Wachen standen zwischen ihm und mir, und sie beobachteten ihn in etwa so, wie ein guter Hund einen Fremden beobachtet. Ihr Blick bedeutete: Eine falsche Bewegung, und ich beiße zu.

»Einen Teufel habt Ihr getan«, entgegnete Gelimer.

»Verdammt noch mal«, sagte ich. »Habt Ihr überhaupt zugehört? Ich habe gerade die Blauen und die Grünen abgeschafft, und niemand hat einen Finger gerührt, um mich aufzuhalten. Hätten wir es auf Eure Art gemacht, würden wir hier drin kauern, während der Mob da draußen die Tore mit Sparren aufbricht.«

»Gewählte Beamte …«

»Zu gegebener Zeit«, sagte ich. »Das hieß irgendwann, also wahrscheinlich nie. Ihr solltet wirklich zuhören, wisst Ihr. Ihr werdet etwas lernen.«

Wenn Blicke töten könnten. Aber das können sie nicht, oder?

»Wenn es Wahlen gibt«, fuhr ich fort, »haben die Menschen eine Chance, ihre Meinung zu äußern. Sie können für

Euch und die Optimaten stimmen oder für Popilius und seine Staatenbündler, und alles wird genau so sein wie jetzt, nur dass Ihr, anstatt im Krieg mit den Bruderschaften zu liegen, sie beherrschen werdet.«

Es gibt die alte Redewendung: »Der Groschen fällt.« Und wenn man einen Groschen von der Spitze des Feuerturms in der Altstadt fallen lässt und er landet auf dem Kopf von jemandem, dann zerschlägt er ihm den Schädel wie ein Ei. Der Groschen fiel und landete. Gelimer sah mich an. Er sagte kein Wort, er starrte mich nur an.

»In der Zwischenzeit«, fuhr ich fort, »sortieren wir ein wenig aus. Die unteren Bruderschaftsführer bleiben an ihrem Platz, denn sie kennen ihr Revier und wissen, wie man Dinge erledigt. Die oberen Ränge müssen natürlich gehen. Man kann sie wegen Verrats verhaften, oder sie können tragisch verunglücken, das ist eigentlich egal, solange es diskret und sehr schnell geht. Dann geben wir die neue provisorische Hierarchie der Purpurbruderschaft bekannt. Ich, dann Ihr, und für alles darunter könnt Ihr Euch aussuchen, wen Ihr haben wollt. Das wird die Verwaltungsstruktur bis zu den Wahlen sein, die leider erst stattfinden können, wenn der Ausnahmezustand vorbei ist. Ihr werdet einen Notstand inszenieren müssen, aber das sollte kein Problem sein.« Ich hielt inne, wie es die Höflichkeit verlangte. Selbst in der Arena gibt man dem anderen eine Chance, wieder aufzustehen, bevor man ihn fertigmacht. »Das habe ich doch gerade draußen gesagt, glasklar, nur habt Ihr nicht zugehört.«

Ich warf einen Seitenblick zu Hauptmann Pur. Reglos stand er da. Mir kam der Gedanke, dass ich Gelimer nur zu einem Wort oder einer Geste provozieren musste, die Hauptmann Pur als Bedrohung auffassen konnte, und ich wäre Gelimer los, und wahrscheinlich auch alle Senatoren, die hinter ihm kauerten. Meine Hände wären natürlich sauber gewesen. Vielleicht ein übereifriger Offizier, aber man kann einen Mann nicht wirklich dafür verurteilen, dass er seine Arbeit macht, besonders dann nicht, wenn es darum geht, das Leben des Kaisers zu schützen. Also alles Gelimers Schuld, sicher nicht meine. Ich überlegte, was ich sagen müsste, um die gewünschte Reaktion auszulösen. Nur ein paar gut gewählte Worte, das war alles. Mit den Gefühlen der Leute zu spielen, dafür werde ich bezahlt, und es ist nicht so schwierig, wie man denkt. Sollte ich also? Wenn Gelimer an meiner Stelle wäre, würde er es sofort tun. Und wahrscheinlich würde es auch Artavasdus tun, Gott hab ihn selig, vielleicht auch Nikephoros, ebenfalls seligen Andenkens. Mein Vater, fast sicher, wenn er daran gedacht hätte. Und Hodda? Darauf könnt Ihr wetten. Man erkennt einen Mann an der Gesellschaft, die er für sich wählt. Letztlich habe ich beschlossen, es nicht zu tun.

Es war einmal ein König in einem fernen Land, der sagte: »Hast du sie erst an den Eiern, werden Herz und Verstand bald folgen.«

»Also?«, fragte ich.

»Das war ziemlich schlau«, meinte Gelimer.

»Vielen Dank.«

»Ich habe mich in Euch getäuscht«, sagte er. »Ich dachte, Ihr wärt ein kleiner Schauspieler, der vorgibt, ein hirnloser Sandkämpfer zu sein.«

»Man kann leicht mal einen Fehler machen.«

»Stattdessen seid Ihr ein echtes Stück Arbeit.« Ich sah, wie Hauptmann Purs Hand zuckte, aber das war alles. Ich glaube nicht, dass Gelimer es bemerkte. Er war viel zu sehr mit sich selbst beschäftigt. »Sehr schlau. Ich begreife allmählich, wie Ihr es ganz nach oben geschafft habt. Nicht schlecht für ein kleines Bruderschaftsmitglied.«

»Wir müssen alle mal irgendwo anfangen«, sagte ich so milde, wie ich konnte. »Die Hälfte aller Kaiser hat als Gefreiter bei der Infanterie angefangen, sich hochgearbeitet und schließlich einen Putsch inszeniert. Das ist das Wunderbare an diesem Reich, jeder kann Kaiser werden. Nicht Senator oder Kommissar oder Priester, nicht einmal Arzt oder Abteilungsleiter im Staatsdienst. Aber Kaiser, zum Teufel, ja, warum nicht? Das ist eines der Dinge, die ich an unserem großartigen Land so liebe.«

Gelimer holte tief Luft. »Ihr habt das wirklich gut gemacht«, sagte er. »Nur vielleicht weiht Ihr uns das nächste Mal ein und erzählt uns, was Ihr vorhabt, bevor Ihr Eure Pläne umsetzt.«

Ich nickte. »Das nächste Mal hört Ihr mir zu«, sagte ich.

5. Kapitel

Zurück zum Palast entlang der Königsroute, in der Staatskutsche, mit jubelnden Menschenmassen auf Schritt und Tritt. Ich fragte mich, ob sie vor dem Tempel gestanden hatten, als ich die große Rede hielt, oder ob sie wussten, was ich verkündet hatte.

Vor lauter lärmendem Jubel konnte man sich selbst nicht denken hören, und so hatte Hodda keine Gelegenheit, sich zu äußern, bis wir uns wieder in den kaiserlichen Gemächern befanden, die Tür verriegelt war und zehn Lystragoner vor der Tür Aufstellung genommen hatten.

»Was um alles in der Welt ist in dich gefahren?«, begann sie.

»Verzweiflung.« Eigentlich wollte ich gar nicht schreien. »Die Aussicht, vor all diesen Leuten zu stehen und mir die Arme ausreißen zu lassen. Hast du je gesehen, wie ein Mann von einer Menge zu Tode getreten wird? Ich schon. Das ist weder erbaulich noch ästhetisch, und ich will verdammt sein, sollte mir das passieren. Also ging ich das Risiko ein.«

Sie nickte. Bei ihr entsprach das einer Goldmedaille, geschmückt mit Blumengirlanden. »Aber du hättest Gelimer nicht so verspotten dürfen. Du hast dich hinreißen lassen. Du wolltest angeben.«

Ich legte mich auf das mächtige Bett und schloss die Augen. In meinem ganzen Leben war ich noch nie so müde gewesen. »Ja, das wollte ich wohl«, sagte ich. »Ich habe mich ein bisschen zu sehr reingesteigert und konnte mich kaum beherrschen. Ich wollte unbedingt ein paar kluge Dinge sagen.«

»Ganz schlechte Idee. Du willst ihn doch nicht verärgern.«

»Ich weiß.« Ich seufzte. »Warum ist niemand bereit zuzugeben, dass meine Idee mit der Purpurbruderschaft ein Geniestreich ist? Das ist sie nämlich, weißt du.«

»Ich persönlich hätte Gold genommen. Purpur klingt albern.«

»Purpur ist die Farbe des Kaisers.«

»Ich weiß, und du hast es ja auch erklärt. Aber Purpur klingt trotzdem albern.«

»Ich habe uns gerade das Leben gerettet und ein großes soziales Problem gelöst, und mehr hast du nicht zu sagen? Purpur klingt albern?«

»Klingt es aber.«

»Außerdem kann man einen billigen gefälschten Farbstoff für Purpur herstellen, indem man Blau und Rot mischt. Hätte ich Gold gesagt, hätten sich das wieder nur die reichen Bastarde leisten können.«

»Oder Weiß. Weiß wäre gut gewesen.«

»Da campiert eine Viertelmillion Milchgesichter vor der Stadt und du willst, dass wir uns alle als Weiße bezeichnen.«

»Purpur.« Sie sagte es mit einer Narrenstimme. »Purpur, Purpur, Purpur. Man kann das Wort nicht einmal aussprechen, ohne auf die ersten drei Reihen seinen Speichel regnen zu lassen.«

Ich mag das Gefühl wirklich nicht, ins Bett (oder in diesem Fall in den Sessel) zu gehen und nicht zu wissen, ob die Welt am Morgen noch da sein wird. Es macht mir nicht besonders viel aus, im Voraus zu wissen, dass etwas Schlimmes passieren wird. Das ist schon so lange der Fall, dass ich mich daran gewöhnt habe. Natürlich gefällt es mir besser, wenn ich mich auf etwas Schönes freuen kann. Aber Ungewissheit, wenn die Dinge sich in beide Richtungen entwickeln können, wunderbar gut oder katastrophal schlecht, und man keine Ahnung hat, was passieren wird, und es gibt nichts, was man tun kann, um das Ergebnis zu beeinflussen – ich hasse das.

Wie viel Aufmerksamkeit würde ich bekommen, wenn die Welt untergehen würde? Während ich mich in meinem Stuhl zurücklehnte, der sich zu einem Folterinstrument gewandelt hatte, und ich weiß nicht warum, rechnete ich mir aus, dass es im schlimmsten Fall zwischen fünfzehn Sekunden und einer Minute dauern würde, um die zehn Lystragoner, die vor unserer Tür Wache standen, abzuschlachten, und eine oder zwei Minuten, um die Tür einzuschlagen. Sie war ziemlich solide, aus Eichenholz, drei Zentimeter dick, mit drei Bolzen so dick wie Euer Daumen. Also etwa zwischen einer und drei Minuten. Es gibt durchaus Zusammenhänge, in denen drei Minuten eine Ewigkeit sein können, aber in diesem nicht.

Als ich darüber nachdachte, wie wenig ich in drei Minuten erreichen konnte, schlief ich ein und wurde durch ein sanftes, diskretes Klopfen an der Tür geweckt. Kein Rammbock, nur die Knöchel von jemandem. Natürlich ist der beste Weg, durch eine drei Zoll dicke Eichentür zu kommen, wenn man jemanden hat, der sie von innen für einen öffnet. »Wer ist da?«, flüsterte ich, um Hodda nicht zu wecken.

»Hauptmann Qobolwayo, Majestät.«

Wer?

Dann erinnerte ich mich. Qobolwayo heißt auf Lystragonisch *Die Pure Essenz*. Mit Hauptmann Pur hatte ich genau für diese Art von Situationen ein Signal vereinbart. Wenn er reinkommen wollte und keine Gefahr bestand, war er Hauptmann Qobolwayo. Wenn er mit einem Haufen Attentäter an die Tür klopfte, die ihm ein Messer unter das Kinn hielten, war er Hauptmann der Garde. »Wartet«, antwortete ich. »Ich komme.«

Hodda hob den Kopf. »Was ist los?«

»Schlaf weiter.« Ich zog die Bolzen zurück, hob den Riegel an und öffnete die Tür eine Handbreit, gerade genug, um mir einen freien Blick auf Hauptmann Purs unbedarftes Gesicht zu verschaffen.

»Der Senat lässt grüßen«, bestellte er, »und fragt, ob es Euch genehm wäre, Euch mit den Herren zu treffen?«

Darüber musste ich nachdenken. »Kommt rein«, sagte ich und hielt die Tür auf.

Ich glaube nicht, dass ich jemals jemanden mehr schockiert habe. Der Gedanke, das kaiserliche Schlafgemach tatsächlich zu betreten, außer um den Kaiser bis zum letzten Tropfen seines Blutes zu verteidigen, war etwas, das er offensichtlich nie in Betracht gezogen hatte. Und obendrein das kaiserliche Schlafgemach zu betreten, während die Kaiserin darin war, möglicherweise im Nachthemd oder sogar in gar nichts …

»Kommt schon«, schnauzte ich. »Ihr lasst kalte Luft herein.«

Ich denke, wenn er die Wahl gehabt hätte, wäre es ihm lieber gewesen, bis zum letzten Mann massakriert zu werden, doch da diese Option nicht zur Verfügung stand, tat er, was ihm befohlen wurde. Hodda, gähnend, mit dem Laken unter den Achseln, sagte: »Wer zum Teufel ist das?«

Ich antwortete: »Hauptmann Pur.«

»Ach, richtig«, meinte sie und ließ sich zurück in die Kissen fallen.

»Jetzt sagt das noch mal«, befahl ich dem Hauptmann.

»Majestät?«

»Wiederholt die Nachricht.«

Was er auch tat, Wort für Wort. »Wie denn, jetzt?«, fragte ich.

Hauptmann Pur starrte auf einen Punkt an der Wand direkt hinter meinem Kopf. »Das haben sie nicht gesagt, Majestät. Nur: »Wäre es Ihnen recht?«

Es ist schwer, jemanden nicht zu mögen, der wirklich bereit ist, sich in Stücke zu schneiden, um einen vor allem denkbaren Unheil zu bewahren, selbst wenn er lächerlich groß und geradezu schmerzhaft schüchtern ist. Außerdem war er bei den Gelegenheiten, bei denen ich den ganzen Quatsch mit dem Vize-Himmelsherrn oder Bruder der Unbesiegbaren Sonne, die ich als gottgleicher Kaiser sein sollte, übergehen und vernünftig mit ihm reden konnte, aufgeweckt, bodenständig und generell ein guter Typ. »Was meint Ihr?«, fragte ich ihn.

Er überlegte einen Moment, bevor er antwortete. »Letzte Nacht ist irgendetwas passiert«, sagte er, »aber ich weiß nicht, was. Ich habe versucht, es herauszufinden, aber niemand redet mit mir.«

»Das hört sich nicht gut an.«

»Nein, Majestät.«

Ich schaute über meine Schulter. Hodda hatte sich wieder schlafen gelegt. Sie ist wie eine Schnecke, die am frühen Morgen aus ihrem Schneckenhaus kommt. »Ihr kennt Euch hier besser aus als ich«, sagte ich. »Ich will einen Raum, in dem Ihr alle Eure Männer an den Wänden aufstellen könnt, ohne dass es zu offensichtlich ist, und von wo wir uns den Weg hinaus auf die Straße freikämpfen können, falls es sein muss.«

Er brauchte vielleicht anderthalb Sekunden. »Der Pfauenkreuzgang, Majestät.«

»Ist das der mit dem kleinen Rasenplatz in der Mitte und dem Springbrunnen?«

»Ja, Majestät.«

»Ausgänge?«

»Einer in die Elfenbeinkammer, einer hinaus in den Rosengarten. Oder wir stellen uns auf den Rasen und bilden dort einen Kreis.«

»Das wird reichen«, meinte ich. »Meldet dem Senat, ich treffe ihn in zwanzig Minuten im Pfauenkreuzgang. Dann holt Ihr Eure Männer und kommt sofort hierher zurück.«

Zwanzig Minuten, um das ganze Gebamsel anzuziehen. Wie gut, dass ich viel Übung darin habe, in kürzester Zeit in alberne Kostüme zu schlüpfen. »Was machst du da?«, fragte Hodda und stützte sich auf einen Ellbogen.

»Ich gehe nur kurz weg«, sagte ich.

»So angezogen?«

»Ich muss ein paar Leute treffen. Nur Routinekram.«

»Ich komme mit.«

»Nicht erlaubt. Das Protokoll.«

»Fick doch das Protokoll.«

»Ich glaube nicht, dass es die fickbare Sorte ist.«

Sie blickte mich an. »Nach dem Auftritt gestern komme ich mit. Du bist nicht in der Lage, allein unterwegs zu sein.«

Also warum eigentlich nicht, dachte ich. Außerdem war sie bei Hauptmann Pur und unseren Schutzengeln wahrscheinlich sicherer, als wenn sie allein wäre und jeder wüsste, wo sie zu finden ist. »Dann zieh dich an. Beeil dich.«

Sie beschimpfte mich, was meiner Meinung nach unangebracht war, und tauchte in ihre Verkleidung. Alle Achtung, ich hatte fünf Minuten Vorsprung, aber sie war schon fertig und sah definitiv königlich aus, als der Hauptmann zurückkam, um uns zu holen.

In der Nachricht hatte es »der Senat« geheißen, aber das bedeutete nichts. Es konnten alle sein, oder eine Delegation von zwanzig Männern oder ein Unterausschuss von fünf oder nur Gelimer, der den akademischen Plural verwendet. Am Ende waren es zwischen fünfzehn und achtzehn, schätze ich –

Hauptmagistrate, Parteivorsitzende, eine Zusammenstellung in der Art. Ein Gesicht allerdings fehlte. Als ich hereinkam, standen sie auf, und die Wachen verteilten sich strategisch.

»Wo ist Gelimer?«, fragte ich.

Da war dieser große, dünne Mann mit einer Art Triumphbogen als Nase. Ich hatte ihn schon mal gesehen, mir aber seinen Namen nicht gemerkt. »Gelimer spricht nicht mehr für den Senat«, sagte er.

»Seit wann?«

»In einer Dringlichkeitssitzung im *Haus* gestern Abend wurde beschlossen ...«

»Wer zum Teufel seid Ihr eigentlich?«

Er sah mich an, und ich glaube, er bemerkte im selben Moment Hauptmann Pur, der direkt hinter mir stand. Ich bin groß. Pur ist einen Kopf größer als ich. Dann schaute er sich um. Ich bin mir nicht sicher, wonach, aber wohin er auch geblickt hätte, er hätte nur Wachen gesehen. »Mein Name ist Materkulus«, sagte er. »Ich führe die Patriotische Allianz an, und das *Haus* hat mich gewählt ...«

»Lebt er?«

Ich hatte den Eindruck, dass ich da einen wunden Punkt berührt hatte. »Ja, natürlich«, antwortete Materkulus in einem Ton, der andeutete, dass dies keine Selbstverständlichkeit war.

»Wo ist er?«

»Es wurde als notwendig erachtet, ihn in Schutzhaft zu nehmen. Zu seiner eigenen Sicherheit selbstverständlich ...«

»Ich weiß, was Schutz bedeutet, danke. Holt ihn! Sofort.«

Hinter mir hörte ich ein Zischen. Es hätte auch ein scharfes Einatmen sein können, aber ich ignorierte Hodda. Materkulus sah mich vielleicht eine ganze Sekunde lang an, was absolut die längste Zeit war, die ich als Ungehorsam zulassen konnte, wenn ich diese idiotische Strategie durchziehen wollte. Dann nickte er. »Majestät«, sagte er, drehte sich um und sah einen der Senatoren an, der aufstand, um zu gehen. Ich wandte mich halb Hauptmann Pur zu, doch der war mir schon weit voraus. Er schnippte mit den Fingern, zeigte auf den Senator, und fünf seiner Männer holten den Mann ein und begleiteten ihn hinaus, worüber er nicht sehr glücklich schien, ganz wie es sich gehört.

»Im Namen des Hauses ...«, begann Materkulus, aber ich unterbrach ihn.

»Kein Wort von Euch«, sagte ich, »bis Gelimer hier ist. Und das gilt auch für den Rest von Euch.«

Uns bescherte das eine ziemlich unruhige Viertelstunde schweigenden Herumsitzens, in der sich Hodda zu mir herüberbeugte und mir ins Ohr flüsterte: »Hast du deinen kleinen Verstand verloren?«

»Sei still«, flüsterte ich zurück.

»So kann man mit diesen Leuten nicht reden.«

»Ich kann nicht nicht so mit ihnen reden«, bemerkte ich. »Das würde aus der Rolle fallen.«

Ein verwunderter Blick. »Welche Rolle?«

»Meine.«

An diesem Punkt gab sie auf und fing an, an einem losen Faden am Saum ihres Kleides herumzuzupfen, und nicht lange danach kamen die Soldaten zurück, mit dem traurig aussehenden Senator und mit Gelimer, der einen geschwollenen Kiefer hatte, ein geschlossenes Auge und den linken Arm in einer Schlinge. Er wirkte völlig verängstigt, und im Schritt seines schneeweißen Senatorengewandes waren deutliche Flecken zu erkennen.

»So stellt Ihr Euch also Schutz vor?«, fragte ich. »Dafür habt Ihr aber kein besonderes Händchen.«

Es war einer dieser Momente – man erlebt sie gelegentlich im Theater, und sie sind immer erschreckend –, wenn niemand weiß, was als Nächstes passieren wird.

»Versucht nicht, mir das zu erklären«, sagte ich (als ob ich jeden Tag mit so etwas zu tun hätte). »Ich kann mir denken, was hier passiert ist. Hauptmann, wenn Eure Männer so freundlich wären, diese Herren in die Elfenbeinkammer zu eskortieren und sie dort zu behalten. Ich werde ein paar Worte mit Senator Gelimer wechseln.«

Lämmer zur Schlachtbank – tatsächlich habe ich viele Lämmer gesehen, die zur Schlachtbank geführt wurden, als wir in einem Mietshaus im sechsten Stock mit Blick auf die Viehhöfe wohnten, und die dummen Kreaturen hatten offensichtlich keine Ahnung, wohin sie gingen oder was mit ihnen passieren würde, wenn sie dort ankamen. Hauptmann Pur sandte etwa die Hälfte seiner Männer mit den Senatoren. Der Rest blieb, wo er war. Ich zupfte an seinem Ärmel und nahm ihn für einen Moment zur Seite.

»Wenn diese Witzbolde der Armee befehlen, mich abzuholen, was denkt Ihr, wird dann passieren?«

Einen Moment lang schien er intensiv nachzudenken. Oder vielleicht grübelte er auch gar nicht, sondern überlegte nur, wie er das, was er sagen wollte, in Robur ausdrücken könnte. Wie auch immer, die kurze Stille war immer sehr beeindruckend. »Schwer zu sagen«, meinte er schließlich.

»Das hilft mir nicht.«

»Tut mir leid. Ich glaube, würden sie das versuchen, würde nur vielleicht ein Viertel der Kompaniechefs gehorchen. Schließlich seid Ihr nicht nur der Kaiser, sondern auch Lysimachus. Ich denke, zwischen einem Viertel und einem Drittel der Armee würde Euch aktiv unterstützen, bis hin zur offenen Front gegen ihre Mitstreiter. Wenn das geschähe, würde das Viertel, das die Senatoren unterstützt, mit Sicherheit einen Rückzieher machen. Einen Befehl zu befolgen, der technisch gesehen innerhalb der etablierten Befehlskette liegt, ist die eine Sache. Eine ganz andere, sich auf der Straße gegen die eigene Seite zu stellen, mit einer reellen Chance, zu verlieren und getötet oder später gehängt zu werden. So habe ich es jedenfalls verstanden«, fügte er hinzu. »Natürlich kann ich auch falschliegen.«

Ich hatte es ja wissen wollen. »Danke«, sagte ich. »Gibt es eine Möglichkeit, dass diese Bastarde da drinnen eine Nachricht aus dem Palast rausbekommen?«

Diesmal dachte er nicht lange nach. »Nein, Majestät.«

»Dann droht von da kein Ungemach.«

Ich ging zu Gelimer und setzte mich neben ihn. Hätte ich ihn in letzter Zeit nicht so gut kennengelernt, ich bin mir nicht sicher, ob ich ihn erkannt hätte. Ich weiß nicht, was sie ihm angetan hatten – ein paar leichte Schläge, nach den Maßstäben meines Vaters, aber für einen Mann wie ihn mehr als genug, um ihn völlig fertigzumachen.

»Was ist passiert?«, fragte ich.

Er drehte sich um und sah mich an. »Sie sagten mir, Ihr wärt außer Kontrolle geraten, und ich sei nicht mehr in der Lage, Euch zu führen«, erwiderte er. »Ich habe versucht, sie zur Vernunft zu bringen, aber sie ...«

»Ja, das sehe ich.«

»Popilius wollte mich töten«, sagte er, und der Schmerz in seiner Stimme hätte einen Ziegelstein zum Weinen gebracht. »Ennius und Laeso wollten das nicht zulassen. Sie sagten, ich sei als Geisel nützlicher. Sie steckten mich in einen Keller, in absolute Dunkelheit. Sie sagten, wenn ich auch nur einen Laut von mir gebe, würden sie mir Arme und Beine brechen.«

»Denkt nicht darüber nach«, beruhigte ich ihn sanft. »Für den Moment habe ich sie sicher weggesperrt. Sie können mit niemandem sprechen.«

Er starrte mich an, dann ergriff er meine Hand und drückte sie.

»So gern ich das auch tun würde«, fuhr ich fort, »ich kann sie nicht einfach alle abschlachten, also habe ich mir Folgendes überlegt. Wir bringen die Rädelsführer wegen Verrats vor Gericht, öffentlich, wo jeder sie sehen kann. Wir stellen sie als Feinde des Volkes dar, die die Bruderschaften stürzen wollen, und stellen ihre Köpfe irgendwo aus. Dann begnadige ich den Rest, auf ihren flehentlichen Wunsch hin. Damit werden wir auch alle Kompaniechefs los, die auf ihrer Seite sein könnten, und setzen stattdessen unsere Leute ein. Wie hört sich das an?«

Er nickte. Ich glaube, ihm waren die Worte ausgegangen. Ich hatte Mitleid mit ihm. Seine Welt war gerade zusammengebrochen, und nichts würde je wieder so sein wie vorher. Und das ist es, was wir in meiner Branche eine Tragödie nennen.

6. Kapitel

Wir wussten immer noch nicht, ob wir mit der Neuordnung der Bruderschaften durchkommen würden. Ich wusste auch nicht, mit wem ich darüber reden sollte. Im Palast kannte ich ja kaum jemanden, abgesehen von Hauptmann Pur. Irgendwo da draußen, auf der anderen Seite meiner massiven Eichentür, wimmelten ein paar Tausend Angestellte, die das Reich leiteten und angeblich alles wussten, aber ich hatte keine Ahnung, wie ich mit ihnen in Kontakt treten konnte. Im Palast ist es immer still. Niemand schreit oder rennt in den Korridoren. Alle sprechen leise, stecken die Köpfe dicht zusammen und tragen Schuhe mit Filzsohlen. Draußen könnte alles Mögliche passieren (Unruhen, der Feind bricht durch die Mauer, das Ende der Welt), und man würde nichts davon mitbekommen. Jeden Tag war es das Gleiche, und die einzigen neuen Gesichter waren Botschafter.

Es gibt auch eine sehr spezifische Art, Dinge zu tun, um zu verhindern, dass Dinge getan werden. Daran ist nichts auszusetzen, denn zweiundneunzig von hundert Dingen, die eine Regierung tut, erweisen sich als kontraproduktiv und schlichtweg dumm, aber man kann es mit der Kontrolle und dem Gleichgewicht auch übertreiben. Ich hätte gern erfahren, ob ich ein Held war oder ob ich einen Bürgerkrieg ausgelöst hatte, und ich wusste nicht, bei wem ich mich erkundigen sollte.

Also habe ich Hauptmann Pur gefragt. »Ich brauche einen Schreiber«, sagte ich.

Er sah mich ernst an. »Sie haben Angst, mit Euch zu reden«, sagte er.

»Angst in welchem Sinne?«

Er blickte hinunter auf seine Hände, was bedeutete, dass er mir etwas sagen musste, was ich nicht hören wollte. »Sie wissen nicht, ob Ihr morgen um diese Zeit noch Kaiser seid«, erklärte er. »Also wollen sie nicht mit Euch in Verbindung gebracht werden, wenn sie es verhindern können.«

Ich konnte den Standpunkt verstehen. »Bringt mir den ranghöchsten Angestellten, den Ihr zu fassen bekommt«, befahl ich. »So schnell, wie Ihr könnt.«

Hodda räkelte sich auf dem Bett und sah mich an. »Lass es einfach«, kam ich ihr zuvor.

»Dieser Charme. Ich wollte gerade sagen, dass das ziemlich clever war.«

»Irgendwie bezweifle ich das.«

»Wie du meinst.« Sie stützte sich auf einen Ellbogen. Niemand kann so lässig wirken wie sie. »Aber ich hätte genau das Gleiche getan. Das ist ein Kompliment.«

Ich setzte mich. »Und was würdest du als Nächstes tun?«

»Wir müssen natürlich herausfinden, was hier eigentlich los ist. Solange wir das nicht wissen, können wir auch keine Entscheidungen treffen.«

»Einverstanden.« Ich legte meine Füße auf einen unbezahlbaren Beistelltisch aus Elfenbein. Eines der Beine brach. Sie lachte. »Was können wir tun, bis er zurückkommt?«, fragte sie.

»Keine Ahnung. Uns eine Art Notfallplan ausdenken vielleicht?«

»Lass uns stattdessen Vorsprechen spielen.«

Ich konnte nicht anders, ich musste lachen. Was hatte sie vor? Doch bevor wir das wirklich klären konnten, kam Hauptmann Pur zurück, mit einem seiner Sergeants und einem Schreiber.

Ich habe schon oft Eunuchen gespielt, aber ich bin noch nie einem begegnet. Die meisten der hohen Beamten in der Palastverwaltung sind Eunuchen. Es ist das einzige bekannte Mittel gegen Vetternwirtschaft, und es funktioniert nicht wirklich. Schlüsselpositionen werden an dämliche Neffen statt an dämliche Söhne vergeben. Es scheint mir ein ziemlich drastischer Weg zu sein, um im öffentlichen Dienst voranzukommen, aber in den meisten aristokratischen Familien wird bei jedem vierten Sohn in jeder Generation die Männlichkeit gekappt, und sie denken sich nichts dabei. Ich hatte den Eindruck, dass dieses spezielle Exemplar nicht freiwillig gekommen war.

»Name und Beruf«, befahl ich.

Er war ein kleiner Mann, dünn, mit einem runden Gesicht und kurzem, lockigem Haar. »Mein Name ist Spado«, sagte er mit einer hohen, sehr feinen Stimme. »Ich bin der ständige stellvertretende Sekretär des Stallgrafen.«

Ich warf Hauptmann Pur einen Blick zu, der nickte. Es handelte sich um ein hohes Tier. »Ihr werdet genügen«, sagte ich. »Wisst Ihr, wer ich bin?«

»Ja, Majestät.«

»Fabelhaft. Ich bin neu in alldem hier und brauche jemanden, der sich um mich kümmert. Der mir sagt, was los ist, wie ich was machen soll und so weiter. Könnt Ihr das?«

»Natürlich.«

»Wunderbar. Ihr fangt sofort an. Geht und findet heraus, ob die Bruderschaften bereits zu Plünderungen aufgebrochen sind, und wenn ja, was man dagegen unternimmt. Und ich will wissen, was die Armee von alldem hält, von den Bruderschaften und dem Ärger, den wir mit dem Senat hatten.« Ich hielt inne. »Ihr wisst darüber Bescheid?«

»Ja, Majestät.«

»Gut«, stellte ich fest. »Und sobald Ihr das getan habt, will ich eine Liste, wer wer ist und wer was im öffentlichen Dienst macht und mit wem ich über was reden muss. Dann noch mal das Gleiche für die Armee und die Marine. Und sucht mir ein Dutzend Angestellte, denen ich vertrauen kann und die sich um Briefe und Berichte und all das kümmern.«

Er zuckte mit keiner Wimper. »Ja, Majestät.«

»Gut. Oh, und falls Ihr Euch das schon gefragt habt, der Hauptmann hier wird an Eurer Seite bleiben, wohin Ihr auch geht, und wenn er denkt, dass Ihr etwas im Schilde führt, wird er Euch töten. Zumindest vorläufig machen wir es so. Ihr seid sozusagen in der Probezeit.«

Vielleicht öffneten sich seine Augen ein wenig weiter, vielleicht auch nicht. Na und? Die Fähigkeit, ruhig zu bleiben, ist ein Vorteil bei der Verwaltungsarbeit. »Verstanden«, sagte er. »Gibt es sonst noch etwas, was ich für Euch tun kann?«

»Ja. Sucht mir einen Raum, den ich als Büro nutzen kann. Er sollte nicht allzu groß sein, und der Hauptmann muss kontrollieren können, wer hineinkommt und hinausgeht. Er kann Euch bei der Suche beraten.«

Als sie gegangen waren, fragte Hodda: »Du übernimmst also das Kommando?«

Ich nickte. »Ich glaube, das muss ich. Sonst ...« Ich ließ sie eine oder zwei Sekunden darüber nachdenken. »Du hast gesehen, was mit dem Senat passiert ist. Wir stehen knapp davor, dass man uns die Kehle durchschneidet, deswegen müssen wir absolut *alles* unter Kontrolle bekommen.«

Sie betrachtete mich, als ob sie ein Stück in die nähere Wahl für die *Galerie* ziehen würde. »Na gut«, meinte sie schließlich. »Wenn du so vorgehen willst.«

»Von wollen kann keine Rede sein. Aber wie ich schon sagte, uns bleibt keine Wahl.«

»Zumindest nicht, wenn wir hierbleiben.«

Das überraschte mich, aber irgendwelche Ablenkungen konnte ich nicht brauchen.

»Ich glaube nicht, dass wir auch nur den Hauch einer Chance haben, uns leise durch ein Fenster im Erdgeschoss davonzumachen, falls du das denkst.«

Sie lächelte. »Außerdem«, fügte sie hinzu, »willst du doch bleiben. Natürlich willst du das. Du bist schließlich der verdammte Kaiser.«

Ich fand, dass ich das nicht verdient hatte. »Und du die Kaiserin«, erwiderte ich. »Ist das nicht der Traum eines jeden Mädchens?«

»Nicht meiner. Nicht so.«

»Meiner auch nicht«, stimmte ich ihr zu. »Erst jetzt, da ich diese Position habe, wird mir klar, wie undankbar ich all die Jahre gewesen bin. Es ist wahr, man bekommt es gar nicht mit, wenn man eigentlich ziemlich gut dran ist.«

7. Kapitel

Als ich noch ein Kind war – Ihr habt es satt, von meiner belanglosen und unerquicklichen Kindheit zu hören? Bitte habt noch einmal Geduld mit mir –, gab es einen Bruderschaftsführer bei den Grünen, einen Kollegen und Freund meines Vaters, der ein halbes Dutzend Bezirke leitete, die an Vaters Revier angrenzten. Die beiden waren sich in vielerlei Hinsicht sehr ähnlich. Deswegen oder trotzdem waren sie gute Freunde. Onkel Luto nannte ich ihn, und jedes Mal, wenn er zu uns nach Hause kam, schenkte er mir einen Honigkuchen oder fünfzig Trachy und Blumen oder ein paar Meter Seide für meine Mutter. Für sich selbst und Vater brachte er eine Flasche von dem guten Zeug mit. Ich habe ihn als einen großen, rundlichen Mann mit buschigem weißem Haar in Erinnerung. Es quoll vorne aus seinem Hemd, kletterte wie Efeu sein Gesicht hinauf und explodierte in einem üppigen Gestrüpp auf seinem Kopf. Ich habe nie einen Gedanken an ihn verschwendet, außer als Lieferant von Leckereien und als netter Mann im Allgemeinen.

Dann war ich eines Tages im Haus und hörte draußen einen schrecklichen Aufruhr, hauptsächlich wütende Stimmen, männliche und weibliche. Ich wollte aus dem Fenster sehen, aber meine Mutter hielt mich zurück. Das wollte ich mir nicht gefallen lassen. Ich war zwölf Jahre alt und ging, typisch für dieses Alter, davon aus, dass ich ein erwachsener Mann war. Ich duckte mich unter ihrem Arm durch und steuerte auf unsere Haustür zu, die offen stand.

Draußen stand mein Vater auf der Straße, und auf dem Boden vor ihm lag Onkel Luto, die Arme um Papas Knie geschlungen, und schluchzte. Hinter ihm hatte sich eine große Menschenmenge versammelt, mit Axtstielen und Ziegelsteinen und Gott weiß was noch alles in den Händen. Ich sah, dass Onkel Luto blutete.

»Also hast du oder hast du nicht?«, fragte mein Vater.

»Um Gottes willen«, flehte Onkel Luto, »was macht das schon? Ich bin dein Freund.«

Ich konnte das Gesicht meines Vaters nicht sehen, er stand mit dem Rücken zu mir. Aber er muss gewusst haben, dass ich da war, denn er sagte: »Komm her, mein Sohn.«

Ich war mir nicht sicher, ob mir der Anblick der Menge gefiel, aber wenn mein Vater dort war, brauchte ich mich vor nichts zu fürchten. Ich ging hinaus und trat neben ihn.

»Siehst du diesen Mann hier?«, fragte Vater laut genug, damit jeder in der Menge es verstand. »Er hat Gelder der Bruderschaft gestohlen.« Onkel Luto schüttelte den Kopf und murmelte etwas, aber ich wagte nicht, ihn anzuschauen. »Was sagst du dazu, mein Sohn?«

»Das ist schlimm«, sagte ich.

»Sprich lauter, Sohn, ich kann dich nicht hören.«

»Das ist sehr schlimm«, wiederholte ich.

»Das habe ich mir gedacht«, sagte Dad. »Wenn ein Mann so etwas tut, kann man ihn doch nicht einfach davonkommen lassen, oder?«

»Nein, Vater«, stimmte ich zu.

»Was denkst du, was wir mit ihm machen sollten, Sohn?«

Erst schaute ich in die Menge, dann zu meinem Vater.

Schließlich habe ich Onkel Luto, so fest ich nur konnte, in den Mund getreten.

Dad lächelte und schob mich ein ganzes Stück zur Seite. Dann trat er mit dem Absatz seines Stiefels hart auf das Ohr seines Freundes und machte einen langen Schritt zurück. Die Menge übernahm den Rest. Es dauerte etwa drei Minuten, zwei Minuten davon traten sie den leblosen Mann einfach zusammen. Dann klatschte Vater dreimal in die Hände, und die Leute hörten auf. Mit dem Daumen machte er eine Geste, und gehorsam löste sich die Menge auf. Er blickte hinunter auf den blutbesudelten Haufen Mensch, dann packte er mich am Ellbogen, führte mich ins Haus und schloss die Tür.

Ein Jahr später erzählte er mir, dass er Luto mit dem Stiefeltritt getötet hatte. Es war das Mindeste, was er für einen alten Kumpel hatte tun können, auch wenn der die Bruderschaft verraten hatte. Ich sagte nicht, dass ich gesehen hatte, wie Luto sich danach noch mehrmals bewegte, weil ich wusste, dass Vater es auch gesehen hatte. Danach erwähnte er die Sache nie wieder.

Meine Tat hatte keinerlei Einfluss auf das Ergebnis gehabt, also war es egal. Damals glaubte ich, ich sei dazu bestimmt, ein guter kleiner grüner Soldat zu sein. Hätte man mich damals gefragt, was ich aus Onkel Lutos Tod gelernt hätte, wäre meine Antwort gewesen: Niemals Bruderschaftsgelder veruntreuen.

Stellt Ihr mir heute die gleiche Frage noch einmal, wäre meine Antwort eine andere. Die ursprüngliche Antwort ist zwar immer noch wahr, und die Fakten haben sich nicht geändert, aber ich glaube, die Antwort, die ich Euch heute geben würde, ist genauso wahr, obwohl ich sie damals absolut verneint hätte.

Die Wahrheit ist also nicht unveränderlich. Sie kann sich ändern. Ich gehe noch weiter: Sie ändert sich zwangsläufig, wenn wir uns ändern, so wie der Zwölfjährige, der dem besten Freund seines Vaters die Zähne eingetreten hat, nicht der Mann ist, der gerade zum Kaiser gekrönt wurde – eine unbestreitbare Tatsache, die sich objektiv beweisen lässt. Vermesst die beiden: Sie sind von unterschiedlicher Größe. Wiegt die beiden: Sie sind von unterschiedlichem Gewicht. Fragt sie nach ihren Werten: Ihr erhaltet zwei diametral entgegengesetzte Aussagen. Zwei völlig unterschiedliche Menschen: der Junge, der einen Bruderschaftsverräter getreten hat, und der Kaiser, der die Bruderschaften durch einen cleveren Trick abschaffte.

In der Tat ist die Wahrheit so flexibel, dass sie praktisch alles enthalten kann. Das Kind, das Notker war, der Mann, der früher Notker hieß, wurde zu Lysimachus, wurde zu Seine Majestät Lysimachus II. Ihr werdet einwenden, dass Lysimachus nicht mein Name ist. Na und. Kleophon IV., der den Spitznamen *Der Unbesiegbare* trug, hieß, als er zwölf Jahre alt war, auch nicht Kleophon. Er hatte einen anderen Namen, acht Silben lang, der auf Euxinisch *Blaues Pferd* bedeutet. Er änderte seinen Namen in Kleophon, als er als Hauptmann der Palastwache Lerus II. ermordete und den Thron bestieg. Er wählte Kleophon, weil Kleophon III. fünfzig Jahre zuvor der Letzte der glorreichen Dynastie der Manethriter gewesen war und die Menschen diesen Namen liebten und ihm vertrauten. Eine vollkommen legitime, staatsmännische Handlung, und Kleophon IV. rettete das Reich vor den Aram no Vei, und wenn es eine Sache gibt, die niemand in diesem Leben leugnen kann, dann ist es zweifellos, dass der Zweck die Mittel heiligt.

Wenn die Wahrheit wirklich absolut und unveränderlich wäre, wie könnte man dann von jemandem wie mir erwarten, dass er es ertragen kann, mit sich selbst zu leben?

Versteht mich nicht falsch. Ich hasse meinen Vater nicht. Ich habe so viel von ihm gelernt. Ich habe gelernt, wie ich mich selbst verteidigen kann, wie man Leute herumschubst, entweder durch Mobbing oder durch Schmeicheleien, wie die Bruderschaften funktionieren, wie Menschen hauptsächlich denken und reagieren, wie man andere Menschen benutzt, um zu bekommen, was man will, und wie man all das tut und trotzdem geliebt wird. Wäre er nicht gewesen, ich wäre nie Kaiser geworden – und denkt nur daran, wie zutiefst und aufrichtig stolz er auf mich, seinen kleinen Jungen, auf dem Kaiserthron gewesen wäre. Ich habe nie einen Moment lang daran gezweifelt, dass er mich geliebt hat. Und wahrhaftig, was kann man mehr verlangen als das?

Die Neuigkeiten waren, sagte Schriftführer Spado, dass es keine Neuigkeiten gab. Keine Unruhen, keine Plünderungen, kein wütender Mob, überhaupt kein Mob jeglicher Art. Das mag daran liegen, dass der Senat entweder vor oder kurz nach seinem Putsch gegen Gelimer die mit ihm sympathisierenden ranghohen Offiziere des Militärs angewiesen hatte, die Führungskader beider Bruderschaften bis hinunter auf Divisionsebene zu verhaften und wegzusperren. Ein kluger Schachzug, schlauer, als ich es ihnen zugetraut hätte (oder vielleicht haben sie tatsächlich zugehört, was ich gesagt habe). Keine Unruhen, weil niemand hoch genug im Rang stand, um einen Aufstand zu organisieren. Die Nachwuchsoffiziere beider Armeen würden nichts auf eigene Faust unternehmen, weil man ihnen von klein auf beigebracht hatte, dass man einen Divisionsvertreter oder einen Ranghöheren braucht, um irgendeine Art von militanter Aktion zu autorisieren, und dass eine nicht autorisierte Aktion dem Anstifter zumindest eine Tracht Prügel einbringen würde. In der Vergangenheit, zu Zeiten meines Vaters, war es nie möglich gewesen, die Bruderschaften auf diese Weise zu lähmen, weil die Behörden nie wussten, wer alles zur Führungsriege der Bruderschaften gehörte. Ein oder zwei in jedem Viertel vielleicht, aber nicht alle. Nur weil die Bruderschaften ihren langen, erbitterten Kampf um Anerkennung gewonnen und sich eine Beteiligung an der Regierung erkämpft hatten, war es nun möglich, sie auszuschalten.

Unbeirrbar senatstreue Offiziere der Armee waren in Liste B aufgeführt, und der Schreiber hatte hilfsbereit neben jedem Eintrag den Namen eines geeigneten Ersatzes vermerkt, sodass ich nur jede einzelne Seite unten mit meinen Initialen abzeichnen musste. Getreue Beamte waren in Liste C aufgeführt, und ich würde mich auf Spado verlassen müssen, um Ersatz zu finden, aber das war nicht ganz so dringend, und außerdem gab es nur ein paar Dutzend von ihnen, und sie hatten relativ niedrige Positionen.

»Wartet mal«, sagte ich. »Was ist mit all den jüngsten Söhnen der Senatorenfamilien? Es muss Hunderte geben.«

Spado warf mir einen Blick zu, halb höhnisch, halb mitleidig, angemessen für jemanden, der versucht, mit etwas umzugehen, das er hoffentlich nie verstehen wird. »Der öffentliche Dienst ist institutionell loyal gegenüber dem Kaiser«, erklärte er. »Der Senat ist ein irrelevantes Relikt.«

»Aber es sind ihre eigenen Väter und Brüder.«

»So laufen die Dinge nun mal. Der öffentliche Dienst leitet das Reich. Der Kaiser erlaubt ihm, das zu tun. Der Senat steht dann nur im Weg.« Er warf mir einen Blick zu, der bedeuten sollte: Das verstehst du nicht. Ich würde ihn noch öfter zu sehen bekommen. »Sicherlich, wir empfinden eine gewisse Loyalität gegenüber unseren Familien und unserer Klasse, das ist nur natürlich. Aber es herrscht eine übergeordnete Loyalität gegenüber dem öffentlichen Dienst.«

Ihr meint das Reich, hätte ich fast eingeworfen, tat es aber glücklicherweise nicht.

»Es ist ein bisschen damit zu vergleichen, wenn eine Frau heiratet«, fuhr er fort. »Sie verlässt ihren Vater für ihren Mann. Wenn man dem öffentlichen Dienst beitritt, wird man Teil der größten Institution der Welt.«

Oh, verdammt, dachte ich. Genauso hatte mein Vater über die grüne Bruderschaft gedacht. »Was ist mit der Politik?«, fragte ich. »Ich dachte, da dürfe man sich nicht einmischen.«

»Wir beschäftigen uns nicht mit abstrakten Fragen, wenn Ihr das meint«, erwiderte er. »Der Senat dagegen denkt natürlich an nichts anderes. Das erklärt, warum er in den letzten dreihundert Jahren allmählich geschrumpft ist. Und der Kaiser beschäftigt sich hauptsächlich mit Zeremonien und dem Protokoll, außer wenn es eine Krise gibt natürlich.«

»Und dann?«

»Wir beraten ihn über seine Möglichkeiten und führen seine Anweisungen aus.«

Ich nickte. »Die Belagerung ist eine Krise«, sagte ich.

»Natürlich.«

»Ihr werdet also tun, was ich Euch auftrage.«

»Natürlich«, bestätigte er mit steinerner Miene, »in allen Angelegenheiten, die mit der Krise zu tun haben. Was die gewöhnliche, alltägliche Verwaltung betrifft, würden wir nicht im Traum daran denken, Euch mit Kleinigkeiten zu belästigen.«

Wie zum Beispiel Geld aufzutreiben oder Arbeitskräfte zu organisieren oder wichtige Materialien zu beschaffen und zu verteilen. Ich fragte mich, ob Nikephoros und Artavasdus und Faustinus sich jemals die Mühe gemacht hatten, mit diesem Mann zu sprechen, und ob sie noch am Leben wären, wenn sie es getan hätten. Und die Bruderschaften. Jetzt begriff ich, warum die Blauen und die Grünen gehen mussten. Denn es gab noch eine dritte Bruderschaft, von der wir nichts gewusst haben, als ich ein Kind war und die Stadt nicht groß genug für alle drei.

Schon mein ganzes Leben lang habe ich es als sehr nützlich empfunden, so zu tun, als wäre ich etwas dümmer, als ich bin.

»Danke«, sagte ich. »Das klingt nach einem sehr vernünftigen Arrangement.«

»Es hat tausend Jahre lang ziemlich gut funktioniert.«

»Besorgt mir die Namen für die Liste C so schnell wie möglich. Oh, und ich hätte gern einen Sekretär. Nicht jemanden wie Euch, sondern jemanden, der Briefe schreibt. Einen Sekretär.«

»Das hattet Ihr bereits erwähnt«, erwiderte Spado. »Und ich habe da jemanden im Sinn. Wann würde es Euch passen, ihn zu sehen?«

8. Kapitel

Auftritt Usuthus.

Vor etwa dreihundertsechzig Jahren gründeten die Robur eine Kolonie, eine von vielen, an den trostlosen Ufern des Freundlichen Meeres. Aus irgendeinem Grund geriet sie in Vergessenheit – wahrscheinlich ein Schreibfehler, vielleicht auf einer Liste vergessen, mit einem anderen Ort mit ähnlichem Namen verwechselt –, und so war sie eineinhalb Jahrhunderte lang sich selbst überlassen. Etwa zwei Drittel der Kolonisten starben in den ersten fünf Jahren. Diejenigen, die überlebten, taten dies, weil sie sich der Gnade der einheimischen Wilden unterwarfen, die ihnen geduldig erklärten, wie man Nahrung anbaut, Hütten aus Flechtwerk und Lehm errichtet, wie man Tierhäute trocknet, Kupfer schmilzt und Feuerstein behaut, solche nützlichen Dinge. Als die Heimat sich schließlich an sie erinnerte und einen Gouverneur entsandte, um hundertfünfzig Jahre Steuerrückstände einzutreiben, fand er einen Stamm von Barbaren vor, der sich von seinen Nachbarn nur durch die Farbe seiner Haut unterschied. Die Coriband, wie sie sich selbst nannten, wurden schnell wieder in die Robur-Nation aufgenommen, und man brachte ihnen bei, zivilisiert zu leben und sich zu schämen. Das ging so weit, dass besonders begabte Coriband sich in der Stadt niederlassen durften, um jene Arbeiten zu übernehmen, zu denen der reinblütige Robur keine Lust hatte.

Usuthus war einer von ihnen. Sein Vater, so erzählte er mir, war ein Revierhäuptling gewesen – *uSutu* ist der Name des Coriband-Königshauses –, mit sechzehn Frauen und viertausend Schafen. Er schlief in einer Hütte, in der man keine Schweine halten würde, und sein wertvollster Besitz war ein Paar Militärstiefel gewesen.

Beachtet die Vergangenheitsform. Die Coriband wurden von Ogus ausgerottet. Die etwa hundert, die heute in der Stadt leben, sind der Rest, der übrig ist.

Sobald ich Usuthus sah, erkannte ich – und dies mit Freude, mit großer Freude –, dass Spado einen Fehler gemacht hatte. Er hatte mich, wie von mir gehofft, unterschätzt. Ich hatte um einen persönlichen Sekretär gebeten: kein Problem. Spado hatte sich einen klugen jungen Mann ausgesucht, dem der Zufall der Geburt jede Hoffnung auf eine Karriere genommen hatte, jemanden, der dem öffentlichen Dienst alles verdankte, bei dem man sich darauf verlassen konnte, dass er mich nach den Anweisungen seiner wahren Vorgesetzten führen und leiten würde, und der jedes relevante Wort treu melden würde, das ich irgendwann sagte. Er hatte mich übers Ohr gehauen und gebändigt, und alles würde ganz großartig werden.

Usuthus war ein kleiner, untersetzter Bursche mit einem übergroßen Kopf und Händen so groß wie Bratpfannen, hellhäutig (ein Hauch von Kalk, wie sie es beim öffentlichen Dienst charmant ausdrückten), mit einer wunderbar extravaganten Tätowierung von stilisierten, kämpfenden Pfauen, die sich über sein ganzes Gesicht und die sichtbaren Teile seines Halses erstreckte. Die Pfauenhähne, so erzählte er mir, bedeuteten adelige Geburt. Ich wusste das alles, denn ich hatte vor mehr Jahren, als mir lieb war, einen überzähligen Speer in *Auronia oder Die Prinzessin von Coriband* getragen. Eudoxia (erinnert Ihr

Euch? Die beste Lady Fleta aller Zeiten) trat im zweiten Akt mit einem umwerfenden Pfau auf, der auf ihren Rücken gemalt war. Sie wurde darauf hingewiesen, dass die Coriband eigentlich nur das Gesicht tätowieren. Schon, aber wenn wir das auch machen würden, könnte das Publikum es in der *Galerie* nicht sehen. Wie auch immer, Usuthus' Pfauen waren nicht annähernd so schön, aber trotzdem ziemlich beeindruckend, und er musste nicht jeden Abend eine Stunde früher kommen, um sie aufzumalen. Er trug sie permanent auf der Haut.

»Die stören Euch nicht?«, fragte er leicht verblüfft.

»Was sollte mich stören?«, lautete meine Gegenfrage.

»Alle sagen, ich sollte besser einen Schleier tragen«, sagte er. »Meister«, fügte er schnell hinzu, da er vergessen hatte, mit wem er sprach. »Aber ich glaube, ein Schleier würde noch schlimmer aussehen.«

»Da kann ich dir nur recht geben. Du würdest wie ein Idiot aussehen. Denk dir einfach, in zehn Jahren werden sich alle tätowieren lassen, nur um so auszusehen wie ich.«

Er lachte. Dann wurde ihm bewusst, dass der Bruder der Unbesiegbaren Sonne sich einfach Mühe gab, nett zu ihm zu sein. Woraufhin er zuklappte wie eine Tür. Wie ich schon sagte, schlau eben.

»Setz dich«, sagte ich. »Nein, hierher, wo ich dich hören kann. Ich möchte dich etwas fragen.«

»Meister?«

Ich schenkte mir etwas zu trinken ein und hätte ihm fast auch etwas angeboten, aber das wäre selbst für Lysimachus seltsam gewesen. »Wie gut kennst du den öffentlichen Dienst?«

»Wie meine Westentasche. Meister.«

»Das kann ich mir vorstellen«, sagte ich. »Deine Familie ist tot, deine Leute wurden ausgerottet, da ist der öffentliche Dienst alles, was man noch hat.«

Die typische steinerne Miene war ihm noch nicht in Fleisch und Blut übergegangen, obwohl er auf dem besten Weg war. »Ja, Meister.«

»Was denkst du darüber? Darüber, was zu Hause passiert ist, meine ich.«

Er hatte seine vertraute Umgebung so weit hinter sich gelassen, dass sogar die Sterne anders aussahen. »Wie ich mich fühle?«

Ich nickte. »Komm schon, es ist eine einfache Frage. Bist du traurig? Wütend? Selbstmordgefährdet? Oder ist es kein großer Verlust?«

»Traurig. Und wütend.«

»Hast du Angst?«

»Ja, Meister.«

»Ich auch«, erklärte ich. »Und ich sage dir auch, warum. Während wir alle hier mit der Regierung der Stadt Abklatschen spielen, bereiten sich Ogus und eine halbe Million Wilde darauf vor, meinen Leuten das anzutun, was sie schon deinen angetan haben. Beunruhigt dich das?«

»Ja, Meister.«

»Ich wünschte, du würdest mich nicht so nennen. Entschuldigung, wo war ich? Mich beunruhigt es auch. In dieser Stadt scheint man das vergessen zu haben. Alle haben das Gefühl, dass wir irgendwie gewonnen haben, weil wir noch am Leben sind und das Leben fast normal weitergeht. So ist es aber nicht. Eher im Gegenteil.«

»Majestät?«

»Im Grund ist alles noch schlimmer. Vergiss, was ich gesagt habe.« Ich lehnte mich im Stuhl zurück und ergriff einen Stapel Papiere. Ich hatte sie auf Gelimers Schreibtisch gefunden, den er jetzt kaum noch benutzte. »Siehst du die?«

»Meister.«

»Berichte«, sagte ich. »Vom außenpolitischen Ausschuss

des Hauses, etwa neun Monate alt. Sehr, sehr langweilig. Aber wenn man es schafft, sich durch den ganzen diplomatischen Scheiß zu wühlen, sind sie gruseliger als ein ganzes Rudel Werwölfe.« Ich reichte sie ihm. »Lies sie«, sagte ich. »Mal sehen, wie schlau du bist.«

Als ich ihn das nächste Mal sah, gab er sie zurück. »Und?«, fragte ich.

»Ich verstehe, was Ihr meint«, sagte er.

»Was hältst du davon?«

»Ogus zieht die Schlinge zu«, sagte er. »Militärisch hat er sich verausgabt, deswegen nutzt er die Diplomatie, um uns von unserer Lebensmittelversorgung abzuschneiden.«

Ich nickte. »Nur Diplomatie?«

»Nein, Meister. Er ist schlau. Er hat angefangen, Fabriken zu bauen.«

Betont langsam klatschte ich in die Hände. »Ich hatte recht«, sagte ich, »du bist klug.«

»Er macht es nicht selbst«, fuhr Usuthus fort, »aber er steckt dahinter. All das Geld, das in die Errichtung von Fabriken fließt und in die Löhne für erfahrene Handwerker quer durch den Osten und den Norden, kann nur aus einer Quelle stammen. Niemand sonst hat so viel Geld, nicht einmal die Sashan oder die Echmen.«

»Die sich zudem im Krieg befinden und deshalb kein Geld übrig haben. Sprich weiter. Warum tut er das?«

»Im Moment sind wir unverzichtbar. Wir stellen Dinge her, die im Ausland begehrt sind und die man sonst nirgendwo bekommt. Außerdem haben die Waren aus der Stadt ein unglaubliches Prestige. Wenn man irgendwo Häuptling eines wilden Stammes ist und eine Lampe oder einen Weinkühler besitzt, der hier in der Stadt hergestellt wurde, selbst wenn man keinen Wein trinkt ...«

»Wie dein Vater und seine Armeestiefel«, warf ich ein.

Er lächelte. »Vor etwa einem Jahr kaufte Ogus den Sashan hunderttausend Gefangene ab. Es waren Echmen, aus einer Stadt weit im Osten, wo sie feines Porzellan, Textilien und ausgefallene Metallarbeiten anfertigten, bevor die Sashan die Stadt eroberten und niederbrannten. Auch wir stellen feines Porzellan, Textilien und Metallarbeiten her.«

»In einem völlig anderen Stil.«

»Menschen sind lernfähig. Aber was will Ogus sonst mit einer Stadt voller Handwerker? Seine Leute sind an solchen Sachen nicht interessiert. Nun ja, einige vielleicht, aber es ist nicht ratsam, das kundzutun, wenn man weiß, was gut für einen ist. Ogus plant, uns aus dem Geschäft zu drängen. Und dann verhungern wir.«

Ich nickte.

»Oder besser gesagt«, fuhr Usuthus fort, »wir schaufeln uns zuerst unser eigenes Grab. Wenn die Leute im Ausland unsere Waren nicht mehr kaufen, entsenden wir die Flotte und versuchen, ihre Städte zu erobern, um unseren Handel zu schützen. Wir müssen das tun. Wir haben keine andere Wahl. Das wird den Ausländern nicht gefallen, nicht im Geringsten. Also werden sie sich an ihre mächtigen Nachbarn wenden, an die Sashan und die Echmen, und dort um Schutz bitten.«

»Die sich im Krieg befinden, also haben sie zu viel zu tun.«

»Das ist ein Landkrieg«, entgegnete Usuthus. »Beide Reiche besitzen große Flotten, die zurzeit untätig herumliegen. In einem langen, hässlichen Krieg ist man immer auf der Suche nach neuen Verbündeten. Es wird nicht lange dauern, bis unsere Flotte auf ihre trifft. Zumindest auf die eine oder die andere, sehr wahrscheinlich aber auf beide. Die Robur-Flotte ist die beste der Welt, aber sie stammt noch aus einer Zeit, als wir ein Reich hatten, das fast so groß war wie das der Sashan oder der Echmen. Wenn wir sechzig ihrer Schiffe versenken, können sie sie in einem Monat ersetzen. Wenn sie zwanzig unserer Schiffe versenken, können wir froh sein, wenn es uns gelingt, in sechs Monaten neue zu bauen. Wahrscheinlich würde es eher ein Jahr dauern, vorausgesetzt, wir bekommen das Material. All das Holz und der andere Kram müssten aus dem Ausland über das Meer herangeschafft werden. Wenn wir mit den Sashan einen Krieg beginnen ...«

Ich hob die Hand. Daran hatte ich nicht gedacht. Nicht über den Punkt hinaus, dass sie uns aus dem Geschäft drängen wollen. »Das reicht«, erklärte ich. »Woher hast du das alles? Über die Sashan und so weiter?«

»Es liegt auf der Hand«, antwortete er. »Wenn man sich die Situation vor Augen führt.«

»Absolut«, stimmte ich zu, nachdem ich ebenfalls darüber nachgedacht hatte und es mir keineswegs so offensichtlich erschien. »Vermutlich hat der öffentliche Dienst also eine Reihe von Notfallplänen erstellt.«

»Das glaube ich nicht.« Er wirkte verwirrt. »Erstens wüsste ich nicht, welche Abteilung dafür zuständig wäre.«

Allmächtiger Gott! »Also gibt es in der ganzen Stadt nur zwei Männer, die klug genug sind, etwas so Offensichtliches zu erkennen: dich und mich.«

»Das habe ich nicht gesagt«, erwiderte Usuthus. »Wahrscheinlich ist es schon vielen Leuten aufgefallen, vor allem in den höheren Rängen. Aber eben nicht offiziell.«

»Ah.«

»Offiziell gibt es überhaupt kein Problem. Und wilde Spekulationen sind nicht erwünscht.«

»Darauf wette ich«, meinte ich. »Aber das wird sich bald ändern. Was denkst du, was wir unternehmen sollten?«

Er sah mich an. »Gegen Ogus und die Fabriken?«

»Ja.«

»Ich weiß es nicht. Das ist ein Problem. Eine einfache Antwort sehe ich nicht.«

»Ah.«

Er blickte hinunter auf seine Hände. »Genau das ist der Grund, warum sich die höheren Ränge gar nicht erst damit beschäftigen wollen«, sagte er. »Sie haben darüber nachgedacht, im Stillen, so wie wir jetzt, und entschieden, dass man nichts tun kann.«

»Es ist also ein bisschen wie mit dem Tod«, sagte ich.

»Wie meint Ihr das?«

»Wir alle sterben«, erklärte ich. »Da würde man doch eigentlich denken, dass eine intelligente Spezies wie wir, die mit so etwas konfrontiert ist, all ihre Energie und ihre Klugheit und all ihr Geld und ihre freie Zeit darauf verwenden würde, ein Heilmittel gegen den Tod zu finden. Aber das tun wir nicht. Wir akzeptieren ihn. Wir denken einfach nicht weiter darüber nach und wenden unsere Aufmerksamkeit anderen Dingen zu. Täten wir das nicht, wären wir nicht in der Lage zu funktionieren. Und das ist es, was der Senat und der öffentliche Dienst bisher getan haben.«

»Wahrscheinlich ja«, sagte Usuthus. Er schien darüber nicht sehr glücklich zu sein. »Aber so ist es nun mal. Manche Probleme lassen sich nicht lösen.«

Ich stand auf. »In Wahrheit«, sagte ich, »stimmt das nicht.«

»Majestät?«

»Ach, sieh mich nicht so an. Ich weiß, ich höre mich an wie ein Idiot. Aber du würdest staunen, was man alles machen kann, wenn man absolut keine Wahl hat. Zum Beispiel kann eine Gossenratte von den Bruderschaften tatsächlich Kaiser werden. Wie wahrscheinlich ist das denn?«

Er lachte. Es war ja auch ein guter Spruch, und ich hatte ihn an genau passender Stelle eingesetzt. »Stimmt«, sagte er.

»Die Hälfte davon«, sagte ich, »war einfach Glück, und die andere Hälfte entstand aus dem Gedanken, was mit mir passieren würde, wenn ich dieses Glück nicht ausnutze. Genau deshalb hat uns die Unbesiegbare Sonne das Gefühl der Angst geschenkt. Es macht uns klug. Zeig mir jemanden, der vor nichts Angst hat, weil er nichts hat, wovor er Angst haben muss. Der Mensch ist immer dann am besten, wenn er eine Scheißangst hat.«

Das war mein Schlusssatz, mit dem ich eigentlich die Bühne verlassen würde, nur konnte ich nirgendwohin, also setzte ich mich wieder. Usuthus sah mich an. Dann sagte er: »Ihr habt etwas im Sinn?«

»Nein«, widersprach ich. »Im Moment starre ich in den Himmel und warte darauf, dass mir das Glück vor die Füße fällt. Aber wenn es das tut, will ich bereit sein, es anzunehmen. Und genau an der Stelle kommst du ins Spiel.«

9. Kapitel

»Was hast du vor?«, fragte sie mich.

Ich hatte sie seit ein paar Tagen nicht mehr gesehen, und sie langweilte sich offensichtlich zu Tode. Schon klar. Keine Stellung auf der Welt ist so langweilig wie Kaiserin zu sein, wenn man nichts dagegen tut. Man soll sich lediglich in opulenter Pracht räkeln, umgeben von hundert Hofdamen, alle von adliger Geburt, also ohne viel Konversation. Eine Frau, die es gewohnt war, ein Theater zu leiten, musste nach ein paar Stunden natürlich verrückt werden, daher hatte sie die adligen Damen verjagt und ein ruhiges Zimmer oben auf einem Turm gefunden, wo sie die Füße hochlegen und Gedichte lesen konnte, was sie sehr mag. Aber nach zwei Tagen reichte ihr es dann auch. Jetzt war sie drauf und dran, irgendwas kaputt zu schlagen.

»Ich stehle den Beamtenstand«, sagte ich.

Sie nickte zustimmend. »Diesen ungewöhnlich kleinen Mann mit den Hühnern im Gesicht?«

»Es sind Pfaue«.

»Ich nehme alles zurück und behaupte das Gegenteil. Er gehört dazu, nehme ich an.«

»Er ist der Schlüssel«, verriet ich ihr. »Im Moment hebeln wir sämtliche offiziellen Kanäle aus, sodass alles nur noch über ihn laufen kann.«

»So eine Art Hauptabwasserkanal.«

»Gute Analogie. Damit das klappt, muss jeder Befehl in dieser Stadt mit dem kaiserlichen Siegel versehen werden. Nicht mit dem Großen Siegel, davon gibt es nur eins. Es ist sozusagen das nächste Siegel darunter. Im Moment gibt es vielleicht dreißig davon, eins für jedes größere Ministerium, und alle sind identisch.«

»Einschließlich deinem«, gähnte sie.

»Morgen um diese Zeit«, sagte ich, »werden es mit etwas Glück fünf sein, und sie werden sich alle in einem Raum befinden.«

Ihre Augen weiteten sich ein wenig vor Bewunderung. »Clever.«

»Das dachte ich mir auch. Es gibt sechs Coriband, die im öffentlichen Dienst arbeiten. Mein Verbündeter Usuthus ist einer von ihnen. Die anderen fünf sitzen irgendwo in einem kleinen Raum und warten darauf, dass die Siegel eintreffen. Usuthus hat veranlasst, dass alle Abteilungssiegel zur Überprüfung angefordert wurden. Fünfundzwanzig werden dabei auf mysteriöse Weise verschwinden, und die Coriband übernehmen die restlichen fünf. Sobald sie das getan haben, werden sie sehr, sehr beschäftigt sein.«

»Und so übernimmt man den öffentlichen Dienst.« Sie grinste mich an. »Alles muss über dieses Büro laufen, und deine Leute kontrollieren die Bearbeitungsgeschwindigkeit. Damit kommst du nie durch.«

Ich zuckte die Achseln. »Vorderik und der Riese«, meinte ich. »Der Riese sperrt Vorderik in seine Höhle und sagt, dass er ihn bei Sonnenaufgang fressen wird. In der Nacht blendet Vorderik den Riesen. Der Riese ist sehr groß und stark, aber er bekommt Vorderik nicht zu fassen, weil er ihn nicht sehen kann. Wenn du einen Riesen zähmen willst, dann nimm ihm seine Augen.«

»Eigentlich ist das ziemlich clever. Wahrscheinlich hat dein Verbündeter sich das ausgedacht.«

»Ja, er ist schlau. Und ich bin schlau, weil ich das erkannt habe.«

»Natürlich bist du das, Schatz. Aber nur mal so aus Interesse: Warum machst du dir die ganze Mühe?«

»Entschuldige?«

»Du hast gerade den Staatsdienst unter deine Kontrolle gebracht. Wozu? Was willst du damit?«

Das Problem ist, dass so viele Menschen klug sind, aber nicht immer unbedingt die, bei denen man es sich wünscht. »In einem Raum sind zwei Leute und ein Messer. Wäre es dir lieber, dass du es bekommst oder der andere?«

»Wirf es aus dem Fenster.«

»Es gibt kein Fenster.« Glaubt mir, es gibt nie ein Fenster. »Entweder haben wir den öffentlichen Dienst unter Kontrolle, oder er ist eine Bedrohung für uns. Deshalb sammle ich die verschiedenen Dinge zusammen: den Thron, den Senat, die Armee und jetzt den öffentlichen Dienst.«

»Und die Bruderschaften.«

»Ja, die auch.«

»Aber die sind alle irrelevant«, sagte sie. »Das weißt du. Solange *er* da draußen rumläuft.«

»Gut.« Ich stand auf, ging zum Fenster und schaute hinaus. Von unserem Turm aus konnte man das Meer sehen. »Es gibt noch eine andere Idee. Wir besorgen uns ein paar dicke Wintermäntel und füllen die Taschen mit ...«

»Kleinen Dingen von großem Wert.«

»Genau. Wenn niemand hinsieht, schleichen wir uns als Musiker verkleidet aus dem Palast. Wir schlendern zu den Docks und besteigen das erste Schiff, das uns von hier wegbringen kann. Danach wird unser Leben nur noch aus Vergnügen bestehen.« Ich hielt inne. »Warum haben wir das nicht getan?«

Sie sah mich an. »Wir würden nie aus dem Palast herauskommen.« »So ist es. Die zwei augenfälligsten Menschen in der Stadt können nicht einfach irgendwohin verschwinden.«

»Mitten in der Nacht ...«

»Vorbei an all den Wachen. Und sag nicht, ich soll ihnen den Abend freigeben. So funktioniert das nicht. Es ist der Preis, den wir dafür zahlen, dass man uns nicht im Schlaf die Kehle durchschneidet.«

Sie hob den Kopf und warf mir ihren lieblichsten Blick zu. »Lass es uns versuchen.«

»Wie bitte?«

»Jetzt sofort. Als Probelauf. Mal sehen, wie weit wir kommen. Wetten, dass wir es bis auf die Straße schaffen?«

»Es ist helllichter Tag.«

»Na und? Wenn es uns gelingen sollte, wissen wir jedenfalls, dass mitten am Tag ein guter Zeitpunkt wäre.« Sie hielt inne und sah mich wieder an. »Du möchtest doch raus, oder nicht?«

»Bist du verrückt? Natürlich.« Pause. »Eigentlich wollte ich dir den gleichen Vorschlag machen.«

»Mir?«

»Dir.«

»Ach, *komm*.«

»Kaiserin sein«, sagte ich. »Es ist einfach die beste Beschäftigung auf der Welt.«

»Quatsch.« Sie lächelte mich an. »Ich bin ja dabei gewesen. Wie lange? Zwei Monate ...?«

»Weniger.«

»Ich weiß es wirklich nicht mehr, die Zeit vergeht hier einfach nicht. Es fühlt sich wie zwei Monate an. Oder wie zwanzig Jahre. In meinem ganzen Leben habe ich mich noch nicht so gelangweilt.«

»Ja, aber selbst das ...«

»Wenn ich noch länger hierbleiben muss, bringe ich irgendjemanden um. Weißt du, was ich den ganzen Tag mache?«

Das hatte ich mich auch schon gefragt. »Nichts?«

»Genau.« Ihr Blick loderte. Und wenn er das tut, könnt Ihr es in der *Galerie* noch von ganz hinten sehen. »Ich verstehe nicht, warum jemand mit einem halben Hirn diese Position unbedingt haben will. Das ergibt doch keinen Sinn. Was versprechen sich die Leute davon? Sich mit opulenten Kostümen zu verkleiden? Still zu sitzen und königlich auszusehen? Das kann man auch in der *Galerie der Illustrationen* machen und wird noch dafür *bezahlt*. Lieber Gott.« Sie griff nach einer Teeschale aus blauem und weißem Porzellan, sehr alt und selten, und ließ sie fallen. Mit dem Absatz zermahlte sie sie zu Staub. »Wollte ich eine Kaiserin sein, würde ich einen Schriftsteller anheuern, der mir ein Stück schreibt, in dem es um eine Kaiserin geht. Da würde ich wenigstens im Mittelpunkt stehen. Ich hätte etwas zu tun, und die Leute würden mir zuhören. Eine echte Kaiserin zu sein ...« Ihr fehlten die Worte, was bei ihr nie ein gutes Zeichen war. »Du kannst dir das sonst wohin stecken.«

»Sehr schön«, sagte ich. »Mir geht es nicht anders.«

»Ach du«, entgegnete sie gereizt, »du hast es leicht im Vergleich zu mir. Du darfst die kaiserlichen Gemächer verlassen. Du musst dich nicht den ganzen Tag mit einem Haufen dummer reicher Frauen herumschlagen.«

»Nein«, sagte ich, »ich verbringe meine Tage damit, ein paar Längen voraus zu sein, wie das Reh bei einer Hirschjagd. Ich sage dir was, diese Position bringt das Beste in einem Menschen zum Vorschein. Mir war nie klar, wie klug, fantasievoll und einfallsreich ich tatsächlich bin. Und wenn ich für zwei Minuten aufhören würde, alles drei zu sein, würde man meinen Kopf irgendwo an ein Tor nageln. Ob ich gelangweilt bin? Himmel, wie sehr wünschte ich, ich könnte mich langweilen. Das muss die reinste Wonne sein.«

Wir sahen uns an.

»Wir werden eine Verkleidung brauchen«, sagte sie.

Es folgte ein nachdenklicher Moment. Wie eine Ewigkeit kam es mir vor, seit ich das letzte Mal eigene Kleidung besessen hatte. So wie die Dinge standen, wusste ich nicht einmal, wo meine Kleider aufbewahrt wurden. Sie wurden mir mehrmals am Tag gebracht und wieder weggezaubert, sobald ich aus ihnen herausgestiegen war. Selbst wenn ich es wüsste, würde mir das nichts nützen. Abgesehen von durchsichtiger Seidenunterwäsche und Leinenhemden, die so fein waren, dass man sie kaum spürte, bestand meine Garderobe aus Dalmatiken und Divitisia, etwa ein Dutzend von jedem, alle identisch, dazu die Sandalen und der Lorus, beide ein Unikat, der mit ziemlicher Sicherheit seit dreihundert Jahren nicht mehr gewaschen worden war und deshalb stank. Hodda war besser dran. Sie durfte unter ihrer Verkleidung als Kaiserin hübsche Sachen tragen, die auch allein als Kleid durchgegangen wären und in denen sie auf die Straße gehen könnte, ohne angestarrt zu werden. Aber unauffällig, nein. Selbst in der Umgebung des Palastes fällt man mit goldfarbenem, perlenbesticktem Stoff auf.

»Wir könnten uns welche machen«, schlug ich vor, »aus Laken.«

Sie warf mir einen ungeduldigen Blick zu. »Meinst du das ernst?«

Ein guter Einwand. Unsere Bettwäsche war nur unwesentlich weniger prunkvoll als die kaiserliche Tracht. »Verlange nicht von mir, dass ich ein paar Wachen ausschalte, damit wir ihnen ihre Sachen klauen können«, sagte ich. »Ich stecke schon so ausreichend in Schwierigkeiten.«

»In diesem Palast muss es doch Diener geben«, sagte sie. »Ich meine richtige Diener. Leute, die für ihren Lebensunterhalt arbeiten.«

»Die gibt es«, antwortete ich. »Ich habe sie gesehen.«

»Dann«, meinte sie, »schleichen wir uns hinaus und stehlen ihnen die Kleidung, die sie zum Wechseln haben.«

Sie hatte es nicht mit echter Überzeugung gesagt, also machte ich mir nicht die Mühe, etwas zu erwidern. Stattdessen zog ich an dem roten Glockenseil. Ich hatte sechs Klingelseile, alle farblich codiert. Das rote brachte mir Usuthus.

»Für unsere Zwecke«, sagte ich zu ihm, als er erschreckend schnell aufgetaucht war, »brauchen Ihre Majestät und ich zwei abgewetzte alte Kittel, wie Stallknechte sie tragen.«

»Meister?«

»Ich will, dass du sie selbst holst. Schick niemand anderen. Und sag keinem, für wen du sie haben willst.«

»Meister.«

»So schnell es geht. Und danke.«

Er verneigte sich und zog sich zurück.

»Das gefällt mir nicht«, sagte Hodda.

»Mir auch nicht«, gestand ich. »Er weiß jetzt, dass wir irgendwas im Schilde führen. Aber ich glaube, ich kann ihm vertrauen. Ebenso hatte Gelimer gedacht, er könne seinen Jugendfreunden im Senat vertrauen, und Nikephoros dachte, er könne Gelimer vertrauen. Wahrscheinlich aus viel besseren Gründen.«

Müde setzte sich Hodda auf eine Chaiselongue und legte die Beine hoch. »Das war's dann wohl.«

»Für heute zumindest«, gab ich ihr recht. »Aber wenn wir uns für den Rest des Tages normal verhalten, vergisst er es vielleicht wieder.«

»Ist das wahrscheinlich?«

»Nein.«

Als Usuthus mit den Kitteln zurückkam, sagte ich ihm, er solle sie auf dem Bett liegen lassen und sich zurückziehen. Dann untersuchten wir sie. Sie zu verstecken war an sich schon ein Problem gewesen, denn das königliche Schlafgemach war schmerzhaft knapp an Stauraum. Wir versuchten, die Matratze anzuheben, aber sie war viel zu schwer, und das Bett war mit Brettern (mit exquisit geschnitzten Reliefs von Szenen aus der Heiligen Schrift darauf) bis zum Boden verkleidet. Schließlich gelang es mir, während ich auf Zehenspitzen auf einem Stuhl stand, sie oben auf dem Baldachin über dem Bett zu verstauen.

»Wir ziehen sie unter dem Übermantel an«, sagte sie, »und bringen sie irgendwohin, wo es einen Schrank gibt.«

»Tolle Idee. Und wo soll das sein?«

Sie dachte nach, dann verzog sie das Gesicht. »Wir schleichen uns raus und werden schon irgendeinen Schrank finden.«

In dem Moment rutschten die Kittel vom Baldachin herunter und landeten in einem stinkenden Haufen auf dem Boden. Ich hob sie auf und warf sie in eine Ecke des Zimmers. Hodda starrte sie mit äußerstem Abscheu an. »Saloninus sagt«, meinte sie, »dass ein unbeobachtetes Leben nicht lebenswert ist. Unser Leben ist derart beobachtet, dass wir nicht einmal einen Kittel verstecken können. Wir müssen von hier verschwinden.«

Ich setzte mich neben sie und nahm ihre Hand. Sie zog sie weg. »Ich stimme dir zu«, meinte ich. »Aber ich muss darüber nachdenken.«

»Dann denk schnell.«

Das tue ich immer. Schnell wie der Blitz bin ich. Ich kann mir in der Zeit, die Ihr zum Naseputzen braucht, etwas richtig Dummes ausdenken.

10. Kapitel

Da lebt Ihr nun also (um auf ein Bild zurückzukommen, das ich schon früher benutzt habe) ein Leben voller Luxus und Leichtigkeit in Eurer Villa auf dem Berggipfel, mit einem herrlichen Ausblick über das Tal und allem heißen Wasser, das Ihr Euch nur wünschen könnt ...

Manche Leute leben tatsächlich so. Tatsache ist aber auch, dass ich in meinem ganzen Leben noch nie außerhalb der Stadt war, doch man hat mir erzählt, dass es irgendwo im Sashan-Gebiet eine große Ansiedlung gibt, die rund um den Fuß eines riesigen Vulkans entstanden ist. Sie liegt auf einer Insel mit einem umwerfenden Naturhafen, und der Plan ist, dass in dem Moment, in dem der Vulkan anfängt zu brodeln, alle zu den Schiffen eilen und sich in Sicherheit bringen. Einmal im Jahr gibt es eine Durchlaufprobe, und jedem Bewohner wird von Geburt an eingebläut, worauf er zu achten, wohin er zu laufen und was er zu tun hat. Allein wegen ihres Hafens lebt diese Stadt so gut vom Handel, dass jeder ein halbes Prozent Steuern zahlt, und mit diesem Geld haben die Stadtväter große Ländereien auf dem Festland gekauft, damit die Inselbewohner einen Zufluchtsort haben, wenn der große Tag kommt. Es geht dabei nicht um das Ob, sondern nur um das Wann. Der Untergang ist so unvermeidlich wie der Tod, das wissen alle genau. Aber bis es so weit ist, wollen sie die Vorteile der Lage ihrer Siedlung noch weidlich nutzen.

Für mich ist es durchaus vorstellbar, so zu leben, wenn man weiß, was auf einen zukommt, worauf man achten, wohin man gehen und was man tun muss. Auch so leben könnte man dann, wenn man lediglich glaubt, all diese nützlichen Dinge zu wissen, selbst wenn sich im Nachhinein herausstellen sollte, dass man sich gewaltig geirrt hat.

Ich denke, bei uns war es ein bisschen wie auf dieser Insel, nur umgekehrt. Wir waren der Berggipfel, und der Vulkan umgab uns von drei Seiten. Aber auch wir haben einen herrlichen Naturhafen und leben vom Handel, und an den Docks liegen jede Menge Schiffe. Aber keiner von uns weiß, wohin er laufen oder was er tun soll, wenn der Vulkan ausbricht. Es gibt dafür absolut keinen Plan. Die Situation wäre sicher eine andere, wenn der Vulkan auf der Insel mal versucht hätte auszubrechen, nur einmal, vor Jahren, und alle Einwohner hätten mit Menschenketten und Eimern Hand in Hand gearbeitet und das schreckliche Ding einfach gelöscht.

Leider werden die Menschen schnell übermütig. Ich glaube, ich habe vergessen zu erwähnen, dass Ogus zu Ehren meiner Krönung sein bisher größtes Trebuchet aufstellte und einen riesigen Felsen auf den Garnmarkt schleuderte. Er verfehlte ihn nicht nur, sondern der mächtige Wurfarm brach auch noch, sodass das Trebuchet aus dem Gleichgewicht geriet, umstürzte und seine Besatzung zerquetschte. Die Wachen sahen das Ganze von ihrem Turm aus, und die Feierlichkeiten in der Stadt wurden nun noch ein wenig heiterer begangen.

»Wir sind schon seit einiger Zeit der Meinung, dass Ogus' Artilleristen bei der Konstruktion von Trebuchets so weit gegangen sind, wie es möglich ist«, sagte mir der Oberst der Ingenieure, als ich ihn holen ließ. »Man kann die Dinger nur so lange immer größer machen, bis sie sich selbst in Stücke reißen. Es gibt eine Grenze für die Belastung, der man das Holz, die Seile und Nägel aussetzen kann, und wir glauben, dass sie diese Grenze erreicht haben.« Er lächelte fröhlich. »Ich kann Euch Diagramme und Berechnungen zeigen, falls es Euch interessiert.«

»Ich verlasse mich auf Euer Wort«, entgegnete ich. »Aber sie können immer noch Maschinen bauen, die die Mauer überwinden.«

»Ja«, räumte er ein, »aber nur knapp.«

»Knapp ist leider gut genug«, erwiderte ich. »Ich bin…« Ich konnte mich gerade noch rechtzeitig zurückhalten, um nicht zu verkünden, dass mich eigentlich ein Trebuchet-Schuss getötet hatte. »Ich wurde von einem Schuss fast erwischt, gerade erst vor einem Monat. Ich wollte zu einem Abendessen in ein Haus an der Mauer gehen. Aber ich hatte zu viel zu tun und habe es verpasst. In der Nacht haben sie das Haus dem Erdboden gleichgemacht.«

»Ein Glück für uns alle, dass Ihr verhindert wart«, sagte der Oberst. »Aber die Lösung ist ziemlich offensichtlich. Evakuiert die Häuser direkt unterhalb der Mauer, und Ihr werdet in dieser Hinsicht keine Probleme mehr haben.«

Ich warf ihm einen durchdringenden Blick zu. »Gütiger Himmel«, sagte ich. »Warum ist mir das nicht eingefallen?«

Später habe ich mich erkundigt, aber die Stabschefs sagten Usuthus, es gäbe keinen geeigneten Alternativkandidaten für den Posten des Oberst und sie hätten volles Vertrauen in den derzeitigen Amtsinhaber, also blieben wir bei ihm.

Ein paar Tage danach schaute ich zufällig aus dem Fenster meines Turms. Ich erinnere mich doch, dass ich dachte: was für ein schöner Sonnenuntergang. Dann ging mir auf, dass es dafür schon viel zu spät war, und außerdem geht die Sonne im Westen unter.

Hastig griff ich nach dem roten Seil und riss es fast aus der Wand, was völlig unnötig war. Eine Sekunde später wurde heftig gegen die Tür gehämmert. Ich fragte, wer da sei, und hörte die Meldung, die mir Entwarnung signalisieren sollte: Hauptmann Qobolwayo.

Usuthus war bei ihm. Ich zeigte auf das Fenster. Usuthus nickte.

»Feuer«, sagte er. »Im Gerberviertel. Die Bastarde schießen mit Feuertöpfen.«

In diesem Zusammenhang musste man nicht fragen, wer die Bastarde waren. Im Gerberviertel hat seit siebzig Jahren niemand mehr etwas gegerbt. Jetzt ist es einer der Stadtteile, in dem sich die Leute vom Alten Blumenmarkt niedergelassen haben. Inzwischen standen dort Hunderte von kleinen Hütten mit Holzwänden und Stroh- oder Schindeldächern, und zwar nicht sehr dicht an der Mauer. Natürlich ist ein Feuertopf wesentlich leichter als ein gewaltiger Stein, er fliegt also weiter.

»Ich wusste nicht, ob Ihr ungestört bleiben wolltet«, entschuldigte sich Hauptmann Pur. »Aber er hat darauf bestanden.«

Dazu etwas zu sagen, war die Mühe nicht wert. Ich sah mich um, was ich über mein kaiserliches Seidennachthemd streifen konnte. Mein Blick fiel auf den muffigen Stallkittel in der Ecke. »Du bleibst hier«, schnauzte ich Hodda an, die gerade begann, aus dem Tiefschlaf aufzuwachen.

»Was ist los?«, murmelte sie.

»Feuer im Gerberviertel«.

»Okay«, sagte sie und kuschelte sich wieder in die Kissen.

Ich hatte den Kittel vorher nicht anprobiert. Er war zu kurz und an den Schultern zu eng. »Lasst uns gehen«, sagte ich.

Auf dem Weg dorthin erzählten sie mir, dass der Hauptmann der städtischen Feuerwehr Diokles heiße, aber er stehe unter Arrest, weil er senatstreu sei. Außerdem sei die Feuerwehr nie östlich des Buttermarktes unterwegs, weil sie im Bruderschaftsgebiet nicht willkommen sei. Ich weiß, sagte ich.

Und das entsprach der Wahrheit. Als ich ein Kind war, hatte es mal ein Feuer in der Nachbarschaft von Vaters Revier gegeben. Eigentlich hätte sich der örtliche Bruderschaftsvertreter darum kümmern müssen, aber der hatte ein kleines Problem mit dem Alkohol und war nach Einbruch der Dunkelheit absolut nicht mehr zu gebrauchen. Also wurde Vater aus dem Bett geholt und musste sich der Sache annehmen. Was er auch tat, und zwar sehr effektiv. Brände zu bekämpfen gehörte zu den Dingen, in denen die Bruderschaften ausgesprochen stark waren. Natürlich war ich mit ihm mitgegangen und hatte als sein Adjutant fungiert, daher kannte ich die Abläufe. Unter normalen Umständen hätte ich mich darauf verlassen können, dass der örtliche Bruderschaftsführer das Kommando übernimmt und dafür sorgt, dass sich um alles gekümmert wird. Aber die Umstände waren alles andere als normal, denn irgendein Idiot hatte den zuständigen Anführer der Gerbereien gerichtlich ermorden lassen.

»Entschuldigt«, meldete sich Hauptmann Pur zu Wort, während wir durch die Straßen eilten. »Was genau tun wir hier?«

»Wir werden ein Feuer löschen«, erwiderte ich.

»Ihr meint, Ihr *persönlich*?«

Ich blieb stehen, weil ich außer Atem war. Schande über mich: das süße Leben. »Ja«, keuchte ich. »Und wenn wir schon mal dabei sind, Ihr …« Ich deutete auf seinen Feldwebel, der mitgekommen war. »Geht zurück und holt den Rest der Wache, alle. Wir treffen uns an der Gerbertreppe. Nein, sieh nicht ihn fragend an, tu es einfach!«

Hauptmann Pur nickte, und der Sergeant lief los. »Meinen Respekt«, sagte Usuthus.

»Halt die Klappe!«

Denn wenn nicht ich, wer dann, zum Teufel? Ich wusste, was zu tun war. Vermutlich gab es noch andere Leute, die es auch wussten, aber ich hatte keine Ahnung, wer sie waren oder wie man sie finden könnte, und ein Feuer im Gerberviertel würde sich weiter durch die Stadt fressen. Sollte von Süden Wind aufkommen, konnte die ganze Stadt in Flammen aufgehen – ich erinnere mich, dass ich stehen blieb, die Augen schloss und versuchte, mir meinen Vater und mich vorzustellen.

Man braucht natürlich Eimer und Haken an langen Stangen, um das Stroh von den Dächern zu ziehen – sie lagen im Bruderschaftshaus bereit –, und Spitzhacken und Schaufeln und Vorschlaghammer und Äxte, um Häuser einzureißen und eine Feuerschneise zu schlagen. Als wir dort eintrafen – der Rauch war inzwischen so dick wie Erbsensuppe, und ich spürte, wie die Hitze mir das Gesicht verbrannte –, erkannten wir, dass die Wachen uns zuvorgekommen waren. »Wo sind die denn alle?«, brüllte ich gegen das laute Knistern des Feuers an.

Dann wurde mir plötzlich klar, was ich nicht hörte, und der Groschen fiel. »Lauft rüber zum Bruderschaftshaus und läutet die Glocke«, befahl ich. »Und holt die langen Haken, sie liegen oben in den Dachsparren. Fangt an, die Häuserreihe dort einzureißen.« Ich deutete hinüber. Die Wachen sahen mich an, und mir kam der Gedanke, dass sie vielleicht nicht wussten, wie man eine Barackensiedlung schnell abreißt. Tatsächlich Fachwissen, obwohl es in den Bruderschaften zum Allgemeingut gehört. »Dann vergesst es und sammelt Eimer zusammen. Der nächste Brunnen ist da drüben, gleich hinter dem *Stolz & Ausdauer*.«

Usuthus und der Hauptmann starrten mich an. Woher zum Teufel wusste ich das? »Wenn wir die Baracken hier niederreißen«, sagte ich und zeigte darauf, »verhindern wir, dass sich das Feuer nach Süden ausbreitet und die Holz- und Teerlager am Prinzentor erreicht. Wenn sie hochgehen, sind wir erledigt.«

Ich hörte ein komisches Geräusch, eine Art Zischen, und irgendwas flog über unsere Köpfe hinweg. Zuerst dachte ich, es sei ein Vogel. »Sie schießen immer noch«, meinte der Hauptmann, und etwa fünfzehn Meter von der Stelle entfernt, an der wir standen, platzte eine fette orangefarbene Blüte aus dem Boden. Ich erschrak mich zu Tode.

»Daran können wir nichts ändern«, hörte ich mich sagen, und dann hörte ich die Glocke der Bruderschaft.

Wenn die Glocke ertönt, weiß jeder, was zu tun ist. Man lässt alles stehen und liegen und rennt zum Bruderschaftshaus, wo einem der örtliche Vertreter sagt, wo es langgeht. Allerdings war mir klar, dass es keinen Vertreter gab. Die Leute würden ins Haus stürmen, aber niemanden vorfinden. Idiot.

Als wir dort ankamen, war der kleine Platz schon völlig überfüllt. Die Leute sahen die Wachen und machten Platz, um uns durchzulassen. Ich sprang hinauf bis zur obersten Stufe der Zugangstreppe und holte tief Luft. An meinen Text konnte ich mich nicht erinnern – es ist schon lange her, verdammt, und ich habe ihn nur einmal gehört. Aber ich habe den Mund aufgemacht, und Gott sei Dank ist mir dann alles wieder eingefallen.

»Ihr da ...«, (hindeutend), »... Einreißhaken. Zwei Häuserreihen müssen sofort weg. Die Soldaten zeigen euch, wo. Frauen zum Brunnen. Wir brauchen eine Eimerkette, um die Brandschneise nass zu machen. Ihr nehmt die Feuerhaken und zieht das Stroh von den Dächern, vier Häuserreihen breit rund ums Feuer. Von da aus arbeiten wir dann rückwärts. Die Soldaten werden euch sagen, was zu tun ist, während wir weitermachen. Das ist alles. Fangen wir an.«

Erst als sie alle losgelaufen waren, um zu tun, was ich ihnen gesagt hatte, wurde mir klar, dass ich meinen Vater imitiert hatte: Stimme, Gesten, Körpersprache. Es hat aber funktioniert.

Die Nacht wurde lang, und ich habe eigentlich nichts getan, sondern bin nur herumgehetzt, habe Befehle gerufen und den Leuten Beine gemacht. Damals kam es mir nicht lang vor, weil ich zu viel im Kopf hatte, um es zu bemerken. Aber so muss man handeln, wenn man in einer solchen Situation das Sagen hat. Man muss ein klares Bild vor Augen haben und alle Teile des Puzzles sehen, auch wenn sie noch nicht an ihrem Platz sind, um eingreifen zu können, wenn irgendetwas aus dem Ruder läuft – natürlich alles zur gleichen Zeit und aus allen Blickwinkeln. Ich kam damit zurecht, weil ich gesehen hatte, wie mein Vater es machte, und weil ich echten Profis – Hodda und Momas und Olethria – bei der Inszenierung eines Stücks zugesehen habe. Von Olethria hatte ich mal wissen wollen, wie genau sie es gemacht hat, und sie sagte, man muss alles fertig im Kopf haben. Oh, und zu Hause hatte sie ein kleines Spielzeugtheater und Holzklötze, sieben Zentimeter hoch für die Männer, sechs für die Frauen, und sie hat jeden Gang am Vorabend auf den Zentimeter genau ausgearbeitet. Diesen Luxus hatte ich während des Feuers nicht, aber ich konnte mir das Gerberviertel durchaus als Bühne vorstellen, mit Inspizient, Seitenbühnen und Aufzügen. Nicht wirklich deckungsgleich, aber fast. Die ganze Welt ist eine Bühne, hat Saloninus gesagt. Eigentlich stimmt das nicht, aber wenn man so tut, als wäre es so, hilft es einem, wenn man ein Feuer bekämpft.

Was den Ausgang betrifft, gehen die Meinungen auseinander. Ich denke, ich habe es vermasselt, denn sechsundvierzig Menschen starben, siebzehn davon, weil der Wind drehte, während wir uns wie die Ameisen in der Straße des Ruhms abmühten, und das Feuer wie in einem Ofen in das grüne Viertel schickte, das ich nicht rechtzeitig evakuieren konnte. Außerdem gab es einen schrecklichen Stau bei den Eimerketten, weil ich drei Teams hatte, die aus demselben Brunnen schöpften, obwohl es nur fünfzig Meter die Straße hinauf ein perfektes Rohr gab, in das wir ein Loch hätten schlagen können. Und es gab auch noch andere Dinge, die ich mich schäme, überhaupt zu erwähnen. Ich erinnere mich deutlich daran, wie ich auf den Stufen des *Armut & Stille* stand, ohne jede Hoffnung einer vorrückenden Flammenwand entgegenstarrte und hilflos zusehen musste, wie ganze Bündel von Stroh, die wir von den Dächern heruntergezogen hatten, durch die pure Hitze am Boden in Flammen aufgingen, obwohl das Feuer noch fünfzehn Meter entfernt war. In diesem Augenblick kam Hauptmann Pur die Stufen hinaufgesprungen und meldete mir, es sei alles vorbei.

»Nein, das ist es nicht«, entgegnete ich. »Wenn wir nur mehr Eimer hier hochbekommen könnten ...«

»Nein, es ist *vorbei*«, erklärte er. »Der Brand ist unter Kontrolle. Wir haben es geschafft.«

Ich zeigte auf das Feuer. »Das nennt Ihr ...«, und dann fiel mir ein, dass sich vor dieser lodernden Wand eine offene, weite Fläche befand. Dort gab es lediglich Schutt und Dreck und schlammige Wasserlachen. Der Hauptmann konnte also möglicherweise recht haben.

Er war bis auf die Haut durchnässt, weil er sich alle paar Minuten einen Eimer Wasser über den Kopf geschüttet hatte, bevor er wieder zurück zum Ort des Geschehens geeilt war. Hätte er das nicht getan, wäre er zu Tode geröstet worden. So aber waren zwar seine Haare und Augenbrauen versengt, und die Haut an seinen Wangen und Händen war völlig verbrannt. Nur sein Lächeln war es nicht und strahlte frisch wie immer.

Wie ich schon sagte, gingen die Meinungen auseinander. Kurz vor der Morgendämmerung wurde mir klar, dass ich zu müde war, um noch klar denken zu können, und dass ich mehr Schaden als Nutzen anrichtete, also übergab ich das Kommando an irgendwelche Leute von der Bruderschaft, die die wahren Helden der Stunde gewesen waren, und humpelte mit Hauptmann Pur, Usuthus und zwei Gardisten zurück zum Palast. Wir alle fünf befanden uns in einem ziemlich desolaten Zustand, und ich fragte mich laut, wie zum Teufel wir wohl den Wachen beweisen sollten, wer wir waren.

»Macht Euch darüber keine Sorgen«, erwiderte der Hauptmann leise. »Ich kenne einen Hintereingang.«

Ich war fast zu müde, um die tiefere Bedeutung zu erkennen. »Wie kommt Ihr auf diesen Blödsinn«, fragte ich. »Es gibt keinen Hintereingang in den Palast, das weiß jeder.«

»Ach.« Er schenkte mir ein breites Grinsen. »Dann wartet mal ab.«

Das versprach, interessant zu werden. Unterdessen plapperte Usuthus in mein anderes Ohr. Irgendwas von einem Triumph, und wie er zu keinem besseren Zeitpunkt hätte kommen können. »Der Kaiser«, sagte er, »leitet die Brandbekämpfung selbst. Er hat buchstäblich höchstpersönlich die Stadt gerettet. Kein anderer Kaiser seit Menschengedenken wäre dazu in der Lage gewesen. Er hätte gar nicht gewusst, wie das geht. Morgen um diese Zeit werdet Ihr ein Gott sein. Wir werden tun können, was wir wollen, und niemand wird uns aufhalten.«

»Dagegen wäre nichts einzuwenden«, stellte ich fest.

»Und auch das Thema der Bruderschaften ist damit ein für alle Mal geklärt«, fuhr er fort. »Wer ist dafür zuständig, Brände zu bekämpfen? Der örtliche Bruderschaftsbeauftragte. Und wer hat das Feuer tatsächlich bekämpft? Der Anführer der Purpurbruderschaft. Perfekt. Es hätte nicht besser laufen können, wenn wir es selbst arrangiert hätten – nur werden sie jetzt nicht in der Lage sein, uns vorzuwerfen, das Feuer absichtlich gelegt haben, weil jeder die Feuertöpfe durch die Luft hat pfeifen sehen. Ich kann mir nichts vorstellen, was unseren Griff nach der Macht besser gefestigt hätte als das. Das ist der Stoff, aus dem Legenden sind. Lysimachus und das große Feuer. Wir werden uns natürlich um eine Statue kümmern müssen.«

Hätte ich Usuthus nicht eine Stunde zuvor dabei beobachtet, wie er eine alte Frau aus einem brennenden Haus gezogen hat, hätte ich ihm die Zähne eingeschlagen.

»Und der Mantel«, fuhr er fort, »der Mantel war einfach perfekt. Wärt Ihr in Dalmatik und Lorus aufgetaucht, wäre es ein Desaster geworden, darauf könnt Ihr wetten. Aber der Kaiser im alten Kittel eines Schauermanns, der die Rettungsaktionen leitet ...« Er hielt kurz inne. »Dafür wolltet Ihr den also haben. Wie seid ihr darauf gekommen?«

»Ach, halt die Klappe«, erwiderte ich. »Bei deinem Gerede kriege ich Kopfschmerzen.«

»Wir müssen ihn sorgfältig reinigen und ausbessern lassen«, fuhr er unbeirrt fort, »damit Ihr ihn tragen könnt, wenn Ihr Euch an das Volk wendet. Er könnte zu Eurem Erkennungszeichen werden. So wird Euch bald jeder sehen, der alte Kittel über dem Seidenkleid. Das ist eine tolle Metapher.«

»Hauptmann, bringt ihn zum Schweigen. Auf mich hört er nicht.«

Doch der Hauptmann grinste mich an. »Es wird Euch ganz sicher nicht geschadet haben«, meinte er. »Ihr wart schon früher beliebt, aber jetzt ...«

»Es ist das Beste, was uns passieren konnte«, beharrte Usuthus.

Ich schaffte es gerade so, ihm diese Behauptung zu verzeihen. Inzwischen waren wir vor einem langen grauen Steingebäude mit massiven Doppeltüren aus Eiche angekommen. »Ich weiß, wo wir hier sind«, sagte ich. »Das ist die Ostseite der Kavalleriekaserne.«

Hauptmann Pur nickte. »Folgt mir«, sagte er. »Lasst uns möglichst leise sein. Eigentlich haben wir hier gar nichts zu suchen.«

Er zählte sieben Türen ab und stieß die achte auf. Dahinter ging es im Stockdunkeln eine schmale Steintreppe hinauf und oben linker Hand durch eine Tür. »Wir sind im Dachraum über den Hauptställen«, flüsterte er, während wir behutsam über unebene Holzbohlen schlichen, die trotzdem bei jedem Schritt fürchterlich knarrten. »Passt auf die Dachsparren auf, sie hängen hier ziemlich tief.«

Ich versuchte, mir den Grundriss im Kopf vorzustellen. Die Kavalleriekaserne auf der Rückseite des Palastes. Aber wo und genau neben was? Es fühlte sich an, als ob man eine Stunde brauchte, um von einem Ende des Daches zum anderen zu gelangen, aber schließlich blieb der Hauptmann stehen und tastete suchend nach dem Riegel einer Tür, die ich nicht sehen konnte, bis er sie öffnete und ein Streifen blassgelben Lichts herausfiel.

Wir folgten dem Hauptmann und betraten einen weiten Dachboden, der durch einen mit Pergament überzogenen Spalt im Dach erhellt wurde. »Und das«, sagte der Hauptmann, »ist das Dach direkt über der Waschküche im Ostflügel des Palastes. Deshalb ist es hier drin so heiß.«

Da hatte er recht. Der Aufenthalt in der Nähe der Flammen hatte meine Haut wund gemacht, und die Hitze dort oben ließ sie nun höllisch kribbeln. »Ihr wollt mir damit sagen«, stellte ich fest, »dass jeder, der in den Stallhof gelangen kann wie wir gerade, auch in den Palast kommt.«

Hauptmann Pur wurde ganz ernst. »Das ist ein Skandal«, sagte er. »Ich kümmere mich sofort darum.«

»Nein«, sagte ich, »tut das nicht. Schließlich weiß außer uns niemand davon.«

»Das ist so nicht ganz richtig.« Er wirkte leicht verlegen. »Eigentlich ist es bei uns, den Lystragonern, allgemein bekannt. Wir waren es nämlich, die diese Möglichkeit vor rund vierzig Jahren eröffnet haben.«

»Tatsächlich?«

»Ich fürchte ja. Zwar kenne ich die genauen Details nicht, aber der Kaiser war damals nicht gerade beliebt, und er wollte einen Fluchtweg, von dem nur er und wir wussten. Und seither gibt es den.«

»Wir könnten das für uns behalten«, schlug ich vor.

»Ja, aber jeder könnte den Weg finden.«

»Das glaube ich nicht«, erklärte ich entschieden. »Lassen wir es so, wie es ist. Man weiß ja nie, wann so was mal nützlich werden könnte.«

Wäre er ein Hund gewesen, hätte er jetzt den Kopf schief gelegt. Stattdessen nickte er. »Verstanden«, sagte er. »Zu den Regierungswohnungen geht es hier entlang.«

Ich versuchte, mir nicht anmerken zu lassen, dass ich bemüht war, mir jede Abzweigung und jede Entfernung einzuprägen. Als wir eine große, hufeisenförmige Tür erreichten, schickte er die beiden Wachmänner voraus, um sicherzustellen, dass die Luft dahinter rein war. Es dauerte eine Weile, bis sie zurückkamen. Wir gingen einen breiten Korridor entlang, wie in einem Kloster, mit etwa fünfzig Türen auf jeder Seite.

»Das Schatzamt«, erklärte Usuthus. »Um diese Tageszeit sind immer viele Leute hier.«

Notiert, dachte ich. Danach ging es eine Menge enger Wendeltreppen hinauf und in viele enge Gänge hinein und wieder hinaus, und ich merkte, dass mein Orientierungssinn, der noch nie meine größte Stärke gewesen war, inzwischen völlig aufgegeben hatte. Immerhin hatte ich einen festen Punkt – die Schatzkammer –, von dem aus ich mir ziemlich sicher war, dass ich den Weg zur Waschküche finden würde. Oder ich könnte einfach eines der Dienstmädchen fragen.

»Jetzt haben wir den obersten Treppenabsatz erreicht«, verkündete Hauptmann Pur und öffnete eine Tür. »Jetzt müssen wir nur noch durch die Tür der Bediensteten dort, und von da verläuft ein Gang direkt in den unteren Teil des Turms.«

Ich war erschöpft. All diese Treppen nach einer ohnehin schon langen Nacht. Meine Waden brachten mich um. »Ich brauche ein Bad«, sagte ich. »Ich stinke nach Rauch.«

»Ich kümmere mich darum«, gähnte Usuthus.

Das hatte ich ganz vergessen: Es braucht sechzehn Leute, damit der Kaiser ein Bad nehmen kann. »Kümmere dich nicht darum«, sagte ich. »Schick jemanden mit einer Schüssel Wasser und einem Handtuch hoch. Und dann geh verdammt noch mal schlafen.«

Ich ging ins Schlafzimmer und setzte mich auf einen Stuhl.

»Was zum Teufel hast du dir dabei gedacht?«, fragte Hodda.

Ich wandte mich ihr zu. »Was habe ich denn jetzt schon wieder getan?«

»Unbedingt den Helden spielen wollen. Ich bitte dich.«

»Wir haben ein Feuer gelöscht. Was ist daran so schlimm?«

»Du bist kein Held.« Sie zischte wie eine Schlange. »Du bist nur ein Schauspieler, der einen spielt. Wenn du es vermasselt hättest …«

»Habe ich aber nicht.«

»Hätte dir aber leicht passieren können. Und es war doch auch überhaupt nicht nötig. Du hättest den Soldaten befehlen können, sich darum zu kümmern. Nicht unseren Soldaten, den richtigen Soldaten, der Armee. Aber nein, du musstest ja losstürmen …«

»Sie hätten nicht gewusst, was sie tun sollen.«

»Willst du mich verarschen? Das ist die Armee. Natürlich wissen die da, wie man ein Feuer löscht.«

Und wie immer hatte sie recht. Genau das war es, was der Kaiser getan hätte. Sogar Lysimachus. Wir zahlen ihre Löhne, dafür sind sie da. Aber selbst da rauszugehen, das Kommando zu übernehmen, einen Bruderschaftsführer zu spielen, wie mein Vater es sich immer für mich gewünscht hatte, das hätte *ich* getan. Habe ich. Stellt Euch das vor.

»Gott, du stinkst. Geh und nimm ein Bad.«

Ich wollte ihr alles über den geheimen Weg in den Palast erzählen, der so leicht als Ausgang dienen könnte. Aber Ihr wisst ja, wie es ist, wenn man nicht zu Wort kommt.

* * *

Usuthus hatte recht. Am späten Nachmittag hatte sich eine riesige Menschenmenge vor dem Palast versammelt, und die Leute machten deutlich, dass sie dort auch bleiben würden, bis ich herauskam und ihnen mindestens zuwinken würde. Also tat ich das, und der Lärm ...

Alte Schauspieler, mit denen ich gesprochen habe, sagen mir, dass der Applaus das ist, was sie vermissen. Man denkt, man kann ohne ihn leben, sagen sie, wenn man die Bühne verlässt, aber das kann man nicht. Denn genau das ist es, worum es in diesem Beruf geht. Jeden Abend sagen dir Hunderte von Menschen, dass du deine Sache gut gemacht hast oder zumindest nicht schlecht, deswegen musst du dir diese Frage nicht selbst stellen. In keinem anderen Lebensbereich bekommt man diese sofortige Bestätigung und Rückversicherung, sagen sie mir, und im Ernst, wie kann man von einem Menschen erwarten, dass er ohne sie lebt? Woher soll man denn wissen, ob es einem gut geht oder nicht?

Ich neige dazu, darauf zu antworten: Habt ihr euch jemals die Leute angesehen, die ins Theater gehen? Die faulen Reichen, die fetten, bequemen Geschäftsleute, der Abschaum der Welt? Schätzt ihr deren Meinung wirklich so sehr? Worauf sie dann antworten: Das Publikum ist das Volk, die Gemeinschaft, die Menschheit. Welche andere Meinung soll denn sonst zählen?

Ich weiß genau, was sie damit meinen. Da ist dieser Moment, wenn man sich am Ende der Vorstellung verbeugt. Das geschieht natürlich in streng umgekehrter hierarchischer Reihenfolge, beginnend mit den Statisten, dann die kleinen Rollen, dann die Soubrette, der Komiker, die Stars. Man steht da und grinst, während derjenige, der in der Hierarchie genau unter einem steht, sich verbeugt, und dann ist man selbst dran. Wie man angekommen ist, lässt sich am Lärmpegel der klatschenden Hände erkennen. Wird er leiser oder lauter, oder bleibt er gleich? Wird er lauter, wenn man vortritt, gibt es kein besseres Gefühl. In der Heiligen Schrift dürfen ein oder zwei der Propheten gelegentlich von Angesicht zu Angesicht mit der Unbesiegbaren Sonne sprechen und herausfinden, was sie von ihnen hält. Im Theater dürfen wir das jeden Abend erkunden.

Natürlich besteht immer die Möglichkeit, dass dem Stück applaudiert wird und nicht einem selbst, aber das ist wirklich ein bedeutungsloser Unterschied, so als würde man sagen, ich habe das Geld nicht gestohlen, es war die böse Seite von mir. Besonders bedeutungslos sogar, wenn man das Stück selbst geschrieben hat – obwohl ich, wie ich schon gesagt zu haben glaube (siehe oben), kein Schriftsteller bin.

Jedenfalls jubelten sie, weswegen auch immer, meine Mitbürger, meine Landsleute, meine Brüder. Sie jubelten, sie schwenkten purpurne Stofffetzen, sie riefen meinen Namen und Purpur, Purpur, Purpur (Hodda hatte recht, es klang wirklich sehr albern). Ich stand da mit ausgebreiteten Armen, sonnte mich darin wie ein Salamander. Und da schoss jemand auf mich.

11. Kapitel

An vieles erinnere ich mich nicht mehr. Ich weiß noch, dass ich nach unten sah und dachte, hallo, da scheint ja ein kleiner Baum aus meinem Oberschenkel zu wachsen. Und dann bemerkte ich das Blut, das durch den Divitsion sickerte (auf Purpur war Blut schwer zu erkennen, aber es glänzte etwas im Licht). Hauptmann Pur bemerkte es auch und zerrte mich aus der Schusslinie, dann wurde ich ins Haus gedrängt. So verpasste ich den Aufstand und das Blutbad, das folgte. Die wirklich aufregenden Sachen verpasse ich immer.

Obst und das gelegentliche Ei lernt man, mit Fassung zu tragen. Pfeile sind etwas anderes. In meinem Beruf wird nicht auf einen geschossen, außer vielleicht in der *Rose*, in einer sehr schlechten Nacht. Ich erinnere mich vage, dass ich von vier Lystragonern auf einen Stuhl gezwungen und festgehalten wurde. Ich ging davon aus, dass ich ermordet werden sollte und sie in die Verschwörung eingeweiht waren, und soweit ich mich erinnern kann, hat mich das nicht sonderlich aufgeregt. Na gut, dachte ich, wahrscheinlich habe ich es nicht anders gewollt. Na und? Aber anstatt mir die Kehle durchzuschneiden, kniete Hauptmann Pur neben mir nieder und sah sich den Pfeil genau an – sicher hat er schon mal einen Pfeil gesehen, dachte ich, in seinem Beruf –, dann blickte er zu den vier Wachen auf, die mich festhielten, und nickte, und dann kam da dieser Moment der schieren Qual, als er das böse Ding herauszog. Er roch an der Pfeilspitze, und dann – es war alles ein bisschen surreal, aber das hatte ich wirklich nicht erwartet – brüllte er: »Holt mir ein Huhn, sofort!« Ich nahm an, dass er den Verstand verloren hatte, aber die anderen Wachen schienen überzeugt zu sein, dass es eine vollkommen vernünftige Anweisung war. Woher sie so kurzfristig ein Huhn bekamen, weiß ich nicht, aber es gelang ihnen. Es war lebendig, hing über Kopf, gackerte und schien mir nicht sonderlich glücklich. Dann stach Hauptmann Pur die Pfeilspitze in den Fuß des armen Geflügels und begann laut zu zählen: eins, zwei, drei. Niemand schaute mich an, nur das Huhn. Der Hauptmann kam bis zehn, da drehte das Huhn den Kopf herum und gackerte (anstatt an dem Gift zu sterben, das es nicht gab, wie ich später herausfand), und alle entspannten sich. Wo ist der verdammte Arzt, schrie jemand, und allmählich driftete ich ab in den Schlaf.

3. Akt

1. Kapitel

Als ich aufwachte, saß sie neben mir. »Hallo«, sagte ich.

»Du bist ein Glückspilz«, meinte sie. »Einen halben Zentimeter weiter links, und der Pfeil hätte die Arterie durchtrennt. Dann wärst du jetzt tot.«

»Was ist passiert?«

Sie kratzte sich an der Nase. »Wir wissen es nicht. Der Stadtpräfekt glaubt, dass es ein verärgertes Bruderschaftsmitglied war, also hat er den Rest, der von der alten blauen und grünen Führungsriege noch übrig ist, zusammengetrommelt. Das war nicht schwierig, da der Mob offensichtlich seine Ansicht teilt und alle alten Anführer, die er aufspüren konnte, in Stücke gerissen hat.«

»Wollte mich jemand umbringen?«

Sie blickte mich finster an. »Ja«, sagte sie. »Die Armee meint, dass es ein angeheuerter Attentäter im Sold des Feindes gewesen sein muss, und anscheinend gibt es eine Menge technisches Zeug über den Pfeil und die Armbrust, um das zu untermauern. Im Moment verhaften sie alle Ausländer, die in letzter Zeit in die Stadt gekommen sind und den Aufstand überlebt haben, auch wenn nicht viele übrig sind. Aber sie sagen, wenn es wirklich ein Profi war, wird er seine Flucht sorgfältig geplant haben und ist wahrscheinlich entkommen.«

»Seit wann gibt es bei uns einen Stadtpräfekten? Wurde der nicht von den Senatoren umgebracht?«

»Das ist ewig her. Jetzt gibt es einen neuen Mann, den hat dein Schreiberling ausgesucht. Ehrlich gesagt finde ich den Mann bedenklich. Ich glaube, er überschätzt sich ein bisschen.«

»Der Präfekt?«

»Dein Schreiber, wie auch immer er heißt.« Bei ihr ist es Ehrensache, sich die Namen von Leuten, die sie nicht mag, nicht zu merken. »Zu groß für seine Stiefel, wenn du mich fragst.«

»Lass ihn in Ruhe.«

»Keine Sorge, ich werde ihm nichts tun. Ich persönlich glaube«, fuhr sie dann fort, »dass die Senatoren dahinterstecken. Von allen Leuten, die dich verabscheuen, glaube ich, dass sie dich am meisten hassen.«

»Die Leute hassen mich nicht. Du hast sie doch gehört. Ich bin wirklich beliebt.«

Wieder bedachte sie mich mit ihrem Blick, der nichts anderes hieß als *Du bist so ein Trottel*. »Ich habe den Leuten von der Armee gesagt, dass ich die Senatoren im Verdacht habe, und sie meinten, sie würden das überprüfen. Aber ich gehe nicht davon aus, dass sie tatsächlich etwas unternehmen. Was sehr schade ist. Wir könnten den ganzen Haufen loswerden, nach so einem Ding.«

»Ich bin sehr müde«, sagte ich. »Bitte geh jetzt weg.«

»Das kann ich nicht«, erwiderte sie. »Ich bin deine ergebene Kaiserin. Ich muss hierbleiben. Und dieser Stuhl ist mörderisch unbequem, und ich habe einen Krampf im Bein.«

2. Kapitel

Während ich so dalag und immer wieder einschlief, hatten Hauptmann Pur und Usuthus eine Meinungsverschiedenheit, die man noch im Flur hören konnte. Der Hauptmann sagte, dass ich von keinem Balkon mehr winken würde, Punkt. Usuthus erwiderte, ich müsse das tun, denn wenn ich anfinge, mich nur immer hinter einem Haufen Wachen herumzudrücken, würden die Leute denken, ich hätte Angst. Das sollte er auch, gab der Hauptmann zurück, man versucht ihn zu töten. Wie wäre es mit einem Kettenhemd, schlug Usuthus vor, oder einem dieser metallgefütterten Mäntel, einer Brigantine? Eine Brigantine ist ein Schiff, entgegnete der Hauptmann. Ihr wisst genau, was ich meine, sagte Usuthus.

Also sollte ich zusätzlich zu all dem schrecklichen, heißen, schweren Zeug auch noch eine verdeckte Rüstung tragen, die eine Tonne wog und mich wie ein Schwein würde schwitzen lassen. Doch war das die geringste meiner Sorgen.

Sobald ich wieder auf den Beinen war, habe ich das Militär angefordert. Ich bekam eine repräsentative Auswahl: General Aineas, den Oberbefehlshaber, General Pertinax, den Offizier, der die Stadtgarnison befehligte, und den Idioten, der für die Ingenieure zuständig war und den ich bereits kennengelernt hatte. Sie sagten mir, der Feind würde uns weiter mit

Feuertöpfen bombardieren, aber keine Sorge, denn jetzt, da die Bruderschaften mit der Stadtfeuerwehr zusammenarbeiteten, war alles unter Kontrolle. Es gab zwar praktisch jeden Tag Brände in verschiedenen Teilen der Armenstadt, aber die Ingenieure hatten einen Plan für den umfangreichen Abriss der Barackenviertel erstellt, die die bei Weitem brennbarsten Teile der Stadt waren, und sobald diese weggeräumt waren, sollte es wirklich kein Problem mehr geben. Natürlich wirkte sich die Bombardierung auf die allgemeine Moral aus, aber da die am schlimmsten betroffenen Gebiete meist Slumviertel waren ...

An der Stelle unterbrach ich sie. Wie kommt es, fragte ich, dass der Feind jetzt Feuertöpfe über die Mauer schießen kann? Ach, sagte der Ingenieur, das liegt daran, dass sie das Problem mit dem Masse-Geschwindigkeits-Verhältnis, der Grund, warum man einen Stein weiter werfen kann als eine Feder, mit ihrer neuesten Generation von Trebuchets gelöst haben, zumindest teilweise. Entweder war der Wurfarm modifiziert worden, oder sie nutzten eine neue Art von Ton für die Töpfe. Da war man sich nicht ganz sicher.

»Und das heißt, sie können einen Topf über die Mauer werfen?«

»So ist es.«

»Wie hoch über die Mauer?«

Er wusste es nicht. »Ziemlich hoch, nehme ich an«, sagte er, »sonst würden sie nicht so weit fliegen.«

»Ich möchte, dass Ihr«, sagte ich so leise und ruhig, wie ich konnte, »eine Ladung sehr hoher Stangen und eine Ladung Netze besorgt. Wisst Ihr, worauf ich hinauswill?«

»Mit Verlaub«, entgegnete der Ingenieur, »man bräuchte eine ganze Menge Netze und Stangen, um die gesamte Mauer damit auszurüsten.«

»Dann brauchen wir eben eine ganze Menge.«

»Aber woher wollen wir wissen, ob wir die Netze hoch genug aufgespannt haben?«

Der Oberst der Ingenieure. Per Definition einer der klügsten Männer des Reiches. »Ich hätte gedacht, Ihr könntet das an dem Winkel ablesen, in dem die Töpfe herüberkommen. Ihr wisst doch, wo die Trebuchets stehen, grob geschätzt zumindest. Und man weiß, wo die Töpfe landen. Wenn sich dann herausstellt, dass die Netze nicht hoch genug sind, nehmt einfach längere Stangen.«

(Die Welt ist voller Idioten, das war schon immer so. Aber manchmal frage ich mich, warum eine so unverhältnismäßig große Anzahl von ihnen am Ende über das Leben anderer Menschen bestimmt).

Die Netze funktionierten eine Zeit lang. Dann taten sie es nicht mehr. Die Töpfe segelten über sie hinweg. Also stellten wir längere Stangen auf, und der Beschuss hörte auf.

»Das ist alles schön und gut«, sagte General Aineas, als er mir davon berichtete. Ich hatte darauf bestanden, ihn mindestens einmal pro Woche zu treffen, und er gewöhnte sich langsam an mich. »Aber wir können nicht immer nur reagieren. Wenn wir am Ende das Rennen machen wollen, müssen wir sie angreifen und hart treffen.«

Ich nickte. »Und wie zum Beispiel?«

»Mit einem Großangriff auf ihre Artillerie.«

»Ich verstehe«, sagte ich. »Wenn Ihr also von einer Biene gestochen werdet, haltet Ihr es für eine gute Idee, loszuziehen und den Bienenstock umzutreten.«

»Verzeiht mir, Eure Majestät, ich weiß nicht recht ...«

»Kein Großangriff«, sagte ich. »Wenn wir scheitern, verlieren wir Hunderte von Männern, die wir nicht ersetzen können. Wenn wir Erfolg haben, lassen wir Ogus dumm dastehen, und er wird einen anderen Weg finden, uns zu schaden, um sein Gesicht zu wahren. Ich dachte, es wäre längst entschieden, dass wir nichts erreichen können, wenn wir sie bekämpfen, zumindest nicht an Land. Auf dem Wasser vielleicht, aber sie haben keine Schiffe.«

Der General sah mich an, als würde ich Unsinn plappern. Vielleicht tat ich das auch.

»Wir haben Schiffe«, sagte ich. »Wenn Ihr wirklich der Meinung seid, dass wir Ogus eine blutige Nase verpassen sollten, warum schickt Ihr dann nicht einige Eurer Männer an Bord und segelt irgendwohin, wo Ogus' Leute sich in Sicherheit wähnen, und macht ihnen dort das Leben schwer? Moral: Wenn ihr uns angreift, schlagen wir zurück, nur können wir viel mehr Schaden anrichten.«

Ich vermutete, dass ich etwas irgendwie Obszönes vorgeschlagen hatte. »Das müsste ich mit Admiral Sisinna besprechen.«

»Gut«, sagte ich. »Tut das. Schreibt ihm einen Brief. Ich will eine Liste mit möglichen Zielen. Es müssen Orte sein, die wir mit minimalem Risiko erreichen und wieder verlassen können, an denen eine Menge Schaden möglich ist und die weit weg von hier liegen, damit Ogus Schwierigkeiten hat, seine Soldaten dorthin zu verlegen. In die Auswahl gehören auch Orte, wo Dinge hergestellt werden, die er für die Kriegsführung braucht. Nicht nur Nahrung, sondern auch andere Sachen: Kleidung, Seile, Werkzeuge, Fässer. Fässer sind ziemlich gut. Man kann keinen Krieg ohne Fässer führen. Woher bekommt Ogus seine Fässer?«

Pause. »Das müsste ich mal nachsehen.«

»Wenn wir es richtig machen«, fuhr ich fort, »können wir ihm das Leben richtig zur Hölle machen, und es gibt nichts, was er dagegen tun könnte. Es sei denn, er zieht einen Haufen Soldaten von der Belagerung ab, um jede Stadt und jeden Ort in seinem Reich zu verteidigen, der an der Küste liegt. Und da gibt es eine Menge, falls Euch das noch nicht aufgefallen ist.«

Allmählich ging ich ihm auf die Nerven. »Es würde bedeuten, unsere Reserve der Marine einzusetzen«, sagte er, »möglicherweise in einem gefährlichen Ausmaß.«

»Nicht wirklich. Im Moment ist unsere ganze Flotte eine Reserve. Der Feind hat ja keine Schiffe.«

»Außerdem«, fuhr er fort, »müssten wir einen beträchtlichen Teil unserer kämpfenden Infanterie aus der Stadt abziehen und würden die Garnison damit ernsthaft schwächen.«

»Ihr vergesst«, entgegnete ich scharf, »ich war dabei, als Nikephoros und Artavasdus diese Stadt mit ein paar Hundert Ingenieuren und einem Haufen bewaffneter Gärtner verteidigt haben. Es tut mir leid«, fügte ich dann freundlicher hinzu, »ich wollte nicht laut werden. Eigentlich stimme ich Euch zu. Ihr habt gesagt, wir müssen sie hart treffen. Damit habt Ihr absolut recht. Und dies ist ein sehr guter Weg, genau das zu tun.«

Der Ausdruck auf seinem Gesicht, als ihm dämmerte, dass es ein ernsthaftes Risiko gab, dass es sich als seine Idee herausstellte, war unbeschreiblich. Wäre er nicht ein Idiot gewesen, er hätte mir tatsächlich leidgetan.

Usuthus brachte mir die Liste. Sie hatten gute Arbeit geleistet. Orte (siehe Karte), zusammen mit geschätzten Segelzeiten hin und zurück (nicht notwendigerweise die gleichen, unter anderem wegen der Gezeiten), bekannte Verteidigungsanlagen und geschätztes Niveau des Widerstands und auch der Wert als militärisches und wirtschaftliches Ziel. Ich rief Hauptmann Pur hinzu, und wir drei gingen alles durch. Hauptmann Pur wollte eine Pfeilfabrik hundert Meilen die Freundliche Küste hinauf angreifen. Keine schlechte Idee, außer dass der Feind zu diesem Zeitpunkt nicht viele Pfeile auf uns abschoss, weil sie uns nicht erreichen konnten. Usuthus wies darauf hin, dass die Zerstörung von ein paar kleinen Städten an der Küste den Nachschub für das feindliche Lager, was die Nahrungsmittelversorgung anging, unterbrechen würde. Schlauer Einfall, sagte ich, aber sie können alles, was sie brauchen, genauso gut über den Landweg heranschaffen, also würden sie innerhalb einer Woche wieder normal funktionieren. Aber was ist mit denen hier, schlug ich vor und zeigte auf die Karte. Dörfer und kleine Städte, praktisch unverteidigt, in denen Ogus seine Fabriken errichtet hatte, um uns aus dem Geschäft zu drängen, indem er Kopien von allem herstellte, was wir zu bieten hatten.

»Eigentlich«, sagte Hodda über meine Schulter hinweg, »ist das keine schlechte Idee.«

Ich hatte sie nicht hereinkommen hören. »Das müsste einen Versuch wert sein«, meinte ich. »Sie sind jetzt seit sieben Jahren hier, und in der ganzen Zeit haben wir nichts getan, was ihnen wirklich geschadet hätte. Wir haben es nur geschafft, ihre Geduld auf die Probe zu stellen. Wenn wir zeigen können, dass dieser Krieg nicht notwendigerweise einseitig geführt wird, denkt der eine oder andere vielleicht noch mal nach. Er natürlich nicht, er ist besessen. Aber er muss ja Leute haben, auf die er sich verlässt, Unterstützer, Verbündete. Wenn die zu der Erkenntnis kommen, dass die Gewinne die Verluste vielleicht nicht wert sind, könnten wir etwas erreichen. Zumindest hätten die Generäle etwas zu tun. Ich befürchte, dass sie anfangen könnten, sich zu langweilen, und dann etwas Dummes tun.«

Also griffen wir Lokaria an.

Lokaria ist, oder war, eine kleine Stadt an der südwestlichen Küste des Freundlichen Meeres. Bis vor etwa sieben Jahren war es ein loyales Mitglied des Reiches gewesen, hatte seine Steuern bezahlt, Männer geschickt, um in den Hilfstruppen zu dienen, und war an der neuesten Mode der Stadt in Sachen Kleidung, Essen und populärer Musik interessiert. Ich erinnere mich vage daran, dass jemand vor Jahren in der Nebensaison eine Wandertruppe dorthin brachte, die irgendein abgeliebtes altes Melodrama spielte. Sie waren immer gute Metallarbeiter gewesen, wegen der reichen Erzvorkommen in den nahe gelegenen Hügeln, und als Ogus ihnen sagte, sie seien nun frei und würden für ihn arbeiten, bedeutete das eine Weile harte Zeiten, da wir ihre besten Kunden gewesen waren. Aber dann gründete Ogus eine große Fabrik in Lokaria, die Kochtöpfe, Untersetzer, Türscharniere, Nägel, Feuerböcke und all die Dinge herstellte, die wir so gut können, und das Leben begann gerade wieder, in normaleren Bahnen zu laufen, als wir auftauchten.

Ich las die Berichte, die kurz und bündig waren: Mission erfüllt – im Grunde. Vierzig Schiffe mit dreitausend Mann schwerer Infanterie tauchten eines frühen Morgens plötzlich vor der Küste auf. Ich kann mir vorstellen, dass die Lokarianer kaiserliche Kriegsschiffe schon von Weitem erkennen konnten. Noch vor sieben Jahren machte jeder Geld, wenn die Flotte da war. Wahrscheinlich nahmen sie an, dass die Schiffe gekommen waren, um sie vom Unterdrücker zu befreien, was erklären würde, warum die Lokarianer in ihrer Stadt blieben und Blumengirlanden flochten, anstatt die Flucht zu ergreifen.

Ich habe den Soldaten nicht befohlen, unbewaffnete Zivilisten abzuschlachten. Andererseits habe ich ihnen auch nicht befohlen, es nicht zu tun, und wisst Ihr was, Soldaten lassen sich so leicht zu etwas hinreißen wie ein Fuchs im Hühnerstall. Im Krieg passieren solche Dinge, sagte man mir. Woher sollte ich das wissen. Sie sagten mir auch, dass es notwendig sei, um den Feind in Angst und Schrecken zu versetzen, was ja schließlich meine Idee gewesen sei. Definiere »Feind«. Vor sieben Jahren sind sie unsere Freunde gewesen, sie waren wie wir. Aber Menschen ändern sich, und auch wir sind nicht notwendigerweise dieselben, die wir vor sieben Jahren waren oder selbst vor sieben Wochen. Vor etwa sieben Wochen (ich habe das Zeitgefühl verloren, seit ich einen Fuß in diesen verdammten Palast gesetzt habe) war ich jemand völlig anderes. Wir entwickeln uns (ich glaube, das ist das richtige Wort) wie Raupen, die sich in Schmetterlinge verwandeln, und die Wahrheit entwickelt sich mit uns. Und wie das gute alte Sprichwort sagt: Man kann sich nicht waschen, ohne sich nass zu machen.

3. Kapitel

Applaus kann verschiedene Formen annehmen, je nach Kontext. Im Theater lachen die Leute, klatschen, jubeln, werfen Blumen. Im Krieg drückt Euer Feind seine Wertschätzung für einen besonders cleveren Schachzug Eurerseits eher dadurch aus, dass er sein Bestes gibt, um Euch die Kehle herauszureißen. Seine Art, Zuneigung zu zeigen, vermute ich.

Ogus' Version eines Rosenstraußes und einer Umarmung war ein heftiger Angriff auf die Mauer. Es war das erste Mal, dass er dies seit den frühen Tagen der Belagerung tat. Mitten in der Nacht begann er mit wütendem Artilleriebeschuss, der die Netze zerriss und die Mauern erzittern ließ, aber nichts wirklich Brauchbares bewirkte. Bei Tagesanbruch eröffnete unsere Artillerie das Feuer und machte aus den Trebuchets und den Mangonel, die er in der Nacht näher an die Mauer gebracht hatte, Kleinholz. Runde eins ging an uns.

Das wusste ich allerdings nicht. Ich wurde von Usuthus und dem Stadtpräfekten geweckt, in meine fürchterliche Rüstung und diesen verdammten Mantel gesteckt und aus dem Palast in eine überdachte Kutsche gedrängt. »Wohin fahren wir?«, erinnere ich mich, gefragt zu haben, aber niemand gab mir eine befriedigende Antwort.

Es dauerte nicht lange, bis der Lärm mir alles sagte, was

ich wissen musste. Ich werde die ersten Tage der Belagerung nie vergessen, in denen man das Gefühl hatte, es gäbe jeden zweiten Tag ein schweres Bombardement. Der Boden bebt wirklich, man spürt und hört den Lärm gleichzeitig, und nach einer Weile wird es so schlimm, dass man es eigentlich nicht mehr aushält, aber es geht weiter und weiter, und man kann absolut nichts dagegen tun. Ich erinnere mich, dass wir in der *Krone* gerade *Akis und Philostratus* vor gut besuchtem Haus spielten, als das Bombardement begann. Die Leute wussten inzwischen, wie man ein Gebäude räumt, ohne sich gegenseitig zu Tode zu trampeln. Olethria war Akis und hielt zu dem Zeitpunkt ihren großen Monolog, und als sie zum Ende kam, war das Gebäude leer, nur ein Dutzend von uns stand wie Idioten auf einer leeren Bühne herum, die jedes Mal unter unseren Füßen wippte, wenn ein Stein in der Nähe aufschlug.

In Vierweg stiegen wir von der geschlossenen in eine offene Kutsche um. »Die Leute müssen Euch sehen«, erklärte Usuthus.

Die Straßen waren natürlich menschenleer. »Welche Leute?«, fragte ich.

»Die Soldaten, auf der Mauer.«

»Ich gehe da nicht rauf, du Verrückter. Die Luft ist voller Steinbrocken.«

»In der Nähe der Mauer«, ergänzte der Präfekt. »Dort spielt im Moment die Musik. Wir haben Artilleristen, die sich aufstellen, Fuhrleute, die Munition bringen, Maurer, Zimmerleute. Wenn die Euch erst einmal gesehen haben, spricht es sich herum. Das ist gut für die Moral.«

Na gut, dachte ich. Um gesehen zu werden, bin ich ja da. »Kann ich danach nach Hause fahren?«

»Im Kriegsministerium findet ein Treffen der Stabschefs statt«, sagte Usuthus. »Danach müsst Ihr mit den Bruderschaftsführern sprechen. Wir brauchen Freiwillige, und zwar viele.«

»Und dann?«

»Ich denke, das hängt davon ab, was als Nächstes passiert«, sagte der Präfekt.

Was als Nächstes geschah, war, dass Ogus mehr Artillerie einsetzte – im Grunde alles, was er hatte, und so schnell, wie unsere Männer eine Reihe seiner Maschinen zerstörten, brachte er zwei weitere Reihen nach vorn. Sobald er ein paar komplette Batterien in Stellung hatte, eröffnete er das Feuer auf unsere Artillerie. Jede Maschine, die er ausschaltete, kostete ihn ein Dutzend seiner eigenen, aber das machte nichts. Wenn die Dinge so liefen, wie er es sich vorstellte, würde er sie morgen nicht mehr brauchen, also egal. Wir hatten natürlich Ersatzteile, Dutzende sogar, alle bereit, im Handumdrehen hochgezogen, montiert und installiert zu werden. Aber die hat er auch zertrümmert.

Im Endeffekt ging ihm vor uns die Artillerie aus, aber es war ein knappes Ding, und was wir übrig hatten, reichte nicht aus, um den offenen Raum vor den Mauern unter Dauerfeuer zu nehmen, um Ogus davon abzuhalten, seine Sturmleitern und Belagerungstürme aufzustellen. Er hatte darauf gesetzt, unsere Artillerie auszuschalten, daher kamen seine Türme nicht sehr weit. Wir zerstörten sie alle, lange bevor sie in Reichweite kamen. Ebenso drei seiner fünf durch ein Dach geschützten Rammböcke; die beiden anderen konnten wir mithilfe von Wurfankern umreißen. Doch Mitleid war nicht angebracht. Ogus hatte eine halbe Million Männer unter Waffen, im Gegensatz zu unseren zwanzigtausend.

Von diesen zwanzigtausend waren neuntausend Bogenschützen. Ich glaube, es war Nikephoros, der die Preise im Bogenschießen einführte: Goldmedaillen und große Geldsummen für die besten Schützen der Armee, die in Ligen organisiert waren und vier Wettkämpfe pro Jahr austrugen. Wenn er es war, dann war er ein Genie. Die Soldaten verbrachten Stunden ihrer Freizeit mit dem Üben, und auch viele Zivilisten taten dies, sodass wir zusätzliche dreitausend ausgebildete Bogenschützen auf der Mauer hatten, als wir sie am meisten brauchten. Natürlich rückten Ogus' Männer hinter großen Schilden und von Pferden gezogenen Pavesen vor, aber zu diesem Zeitpunkt war der flache Boden vor der Mauer mit den Überresten von Artilleriegeschossen übersät – große Felsbrocken für Euch und mich –, und es gab keine Soldaten, die darin geübt waren, diese Art von Terrain zu durchqueren und dabei im Gleichschritt zu bleiben. Also entstanden allmählich Lücken, und sobald das geschah, ribbelten sich die eben noch geschlossenen Verbände wie eine löchrige Socke auf. Natürlich schossen sie zurück, aber meistens zu kurz oder über das Ziel hinaus, und die aufgehende Sonne blendete sie, was auch nicht unbedingt zu ihrer Zielgenauigkeit beitrug. Für jeden von uns, den sie trafen, töteten wir etwa fünfzig von ihnen, und die Haufen ihrer eigenen Toten und Sterbenden machten es zusätzlich schwierig, in gerader Linie voranzumarschieren, und trotzdem kamen sie näher. Die ganze Zeit über wurden sie natürlich von unseren Mangonel und Skorpionen mit runden Steinkugeln beschossen, mit einer niedrigen Flugbahn und teilweise entspannten Federn, sodass die Kugeln vom Boden abprallten und weiterrollten, anstatt sich selbst im Erdreich zu versenken. Sie konnten die Front, die Bogenschützen, nicht erreichen, aber sie lösten bei den nachrückenden Truppen ein schreckliches Durcheinander aus. Wir hatten Artilleristen, die eine Kugel so präzise schleudern konnten, dass sie an der Front einer Kolonne von Männern einschlug und weiterrollte, bis sie den letzten Mann erreicht hatte, wobei sie ungefähr ein Drittel der armen Bastarde mit sich riss. Das nenne ich mal handwerkliches Geschick.

»Er beweist unsere Sicht der Dinge«, sagte ein hochrangiger Armeeführer, während wir dem Spektakel von einem relativ sicheren Turm aus zusahen. »Das ist genau der Grund, warum er so etwas seit Jahren nicht mehr versucht hat. Wir wischen mit ihm den Boden auf.«

»Ich vermute, er hat die Zahl der Männer, die wir nach Lokaria geschickt haben, überschätzt«, meinte ein anderer. »Er dachte, es wäre niemand mehr zu Hause, der das Haus hütet.«

Komisch, dass er das sagte, denn ursprünglich hatten wir geplant, zehntausend Mann auf den Feldzug zu schicken, bis Hauptmann Pur mir mitteilte, dass dreitausend ausreichen würden. Daraufhin wies ich die Stabschefs an, die Anzahl entsprechend zu reduzieren. Ogus hatte sich also in zwei Dingen geirrt: Er hatte erwartet, dass er unsere Artillerie ausschalten und seine Belagerungstürme einsetzen könnte, und er hatte mit weniger Bogenschützen gerechnet. Auf dieser Grundlage hätte er durchaus eine Chance gehabt. So aber ...

»Warum tut er das?«, fragte ich. »Er muss doch wissen, dass es nicht funktionieren wird.«

»Ich glaube, er ist ungemein wütend«, sagte der Präfekt. »Und bei der militärischen Stärke, die ihm zur Verfügung steht, kann er sich einen solchen Wutanfall wohl gelegentlich leisten.«

Und er machte den Rest des Tages weiter. Dann, als die Nacht hereinbrach, hörten die fruchtlosen Attacken schlagartig auf, und er zog seine Truppen auf ihre ursprüngliche Position zurück, wobei er nichts als Chaos hinterließ. Wir dagegen verbrachten eine schlaflose Nacht auf den Mauern. Ich konnte nichts anderes tun, als auf und ab zu laufen, mir irgendwelche Dinge zeigen zu lassen und in gönnerhaftem Tonfall die Männer und Frauen zu loben, die uns durch ihren Mut und manchmal an Dummheit grenzende Waghalsigkeit gerettet hatten. Dafür wurde ich überall, wo ich hinkam, geradezu hysterisch bejubelt, was sich irgendwie seltsam anfühlte. Kurz vor Mitternacht gesellte sich Hodda zu mir, in voller Kaiserinnenmontur, eskortiert von neun Hofdamen. Erinnert Ihr Euch, was ich Euch über Verbeugungen und die zunehmende Lautstärke erzählt habe? Natürlich kannten viele Leute sie aus dem Theater. Sie beherrschte das gönnerhafte Lächeln und Nicken viel besser als ich, also hatte sie den Applaus vielleicht verdient. Zum ersten Mal in meinem Leben nahm ich es ihr nicht übel. Auf jeden Fall war mehr als genug für alle da.

Kurz bevor die Sonne aufging, hörten wir eine Art Knarren. Jetzt geht es wieder los, riefen die Soldaten, und alle humpelten und krochen zu ihren Stellungen, bereit, wieder von vorn zu beginnen. Aber das Knarren war kein neuer Angriff. Es war das ferne Krächzen von etwa einer Million Krähen, die sich niederließen, um diese einmalige Gelegenheit zu nutzen, bevor irgendein grausamer Bastard sie verscheuchte.

4. Kapitel

Sie zeigten mir eine Liste mit den Verlusten. Siebenunddrei-ßig Artilleristen, dreihundertsechzehn Infanteristen, vierzehn Milizionäre und dreiundsechzig Zivilisten, die meisten von verirrten Pfeilen getroffen oder von Munitionswagen über-fahren. Wir hatten siebenhunderttausend Pfeile abgeschossen (aber wir hatten immer noch über eine Million auf Lager, also war das in Ordnung) und etwas mehr als die Hälfte unserer Ar-tilleriemunition. Zwei Drittel unserer Artillerie waren außer Gefecht gesetzt, aber es würde nicht lange dauern, versicherte man mir, um hier wieder aufzustocken. Höchstens eine Wo-che. Ogus hingegen besaß praktisch keine Artillerie mehr, und seine Toten und Verwundeten …

Zwei Tage lang war der Himmel voller schwarzer flattern-der Wolken, als die Krähen verzweifelt und frustriert ihre Kreise zogen, vertrieben wurden und immer wieder auseinan-derstoben, bevor sie die Möglichkeit bekamen, mal mehr als nur ein oder zwei Picks zu ergattern. Mein Herz blutete für sie.

Um die Mittagszeit schickte Ogus Männer und Wagen aus, um seine Toten einzusammeln. Ich befahl den Soldaten, auf sie zu schießen, was sie auch taten, und das ziemlich effektiv. Der Begräbnistrupp zog sich zurück.

»Das ist jetzt ein bisschen hart, findet Ihr nicht?«, wandte General Pertinax ein. »Es gehört zu den Konventionen eines Krieges …«

»Scheiß auf die Konventionen«, erwiderte ich. »Die haben angefangen. Sollen sie doch bis Sonnenuntergang warten und im Dunkeln herumtappen.«

Am nächsten Tag kehrten die Schiffe aus Lokaria zurück, nachdem sie (wie ihr Kommodore es ausdrückte) den ganzen Spaß verpasst hatten. Kein Problem, sagte ich und schickte sie erneut los. Diesmal sollten sie nach Menaroa fahren, eine hübsche Küstenstadt, in der Ogus eine Porzellanfabrik aufgebaut hatte. Und danach die Ostküste hinauf nach Norden segeln und die Töpfereien in Onnaco und die Seidenweber in Deusambor zerlegen. Wenn sie Lust hatten, konnten sie auf dem Heimweg noch in Trysa haltmachen, wo die Handwerker in Ogus' neuer Glashütte angeblich erstaunliche neue Techniken entwickelt hatten, mit denen sie Glas blasen und formen konnten. Sollte es ihnen gelingen, ein paar Gefangene mitzubringen, umso besser, aber entscheidend war das nicht.

»Was ist in dich gefahren?«, fragte Hodda. »Du bist doch verrückt. Du hast die Kontrolle verloren.«

»Weit gefehlt«, erwiderte ich und ließ die fürchterliche Rüstung mit einem dumpfen Schlag auf den Boden fallen. Der einzige Weg, aus diesem Ding herauszukommen, bestand darin, es über den Kopf zu heben, sich dann nach vorn zu bücken und es zu Boden rutschen zu lassen. Das Ding scheuerte im Nacken und zwickte in der Taille, und ich bekam davon chronische Rückenschmerzen. »Ich führe den Krieg auf eine logische und effiziente Weise. Das sagen die Generäle auch. Usuthus hat sie bei der letzten Stabsbesprechung belauscht, bevor ich dazukam.«

»Es interessiert dich, was die Generäle denken?«

»Nun, sie sollten es jedenfalls wissen.«

»Du bist wahnsinnig, ist dir das klar? Was glaubst du eigentlich, was du da tust, Notker? Nein, sieh mich an, wenn ich mit dir rede. Das ist alles deine Schuld.«

»Definiere das.«

»*Das*.« Sie holte tief Luft, um sich zu beruhigen. »*Das*. Der Angriff auf die Stadt. Die Überfälle auf die kleinen Ansiedlungen. All die Menschen, die getötet wurden. Das warst du. Diese Leute könnten noch am Leben sein, wenn du dich nicht eingemischt hättest. Denk mal darüber nach, ja?«

»Merkwürdigerweise habe ich darüber nachgedacht.«

»Warum in Gottes Namen tust du es dann? Das hilft doch niemandem. Du machst die Dinge für alle nur noch viel, viel schlimmer.«

Ich brauchte einen Moment, um zu antworten. »So denkst du also, ja?«

»Verdammt richtig, so denke ich. Alles lief doch wie am Schnürchen, bis du aufgetaucht bist und beschlossen hast, richtig Ärger zu machen. Was ist in dich gefahren, Notker? Warum tust du das?«

»Ich weiß es nicht«, sagte ich. »Ich schätze, das gehört zur Rolle.«

Ich konnte sehen, dass sie sich einen Moment lang nicht traute, etwas zu sagen. Sie hatte sich tatsächlich die Hand auf den Mund gepresst. »Schwachsinn«, schimpfte sie schließlich.

»Nein, nicht wirklich. Es ist genau das, was Lysimachus tun würde. Nein, hör mir zu, nur eine Sekunde. Ich habe die Berichte und Depeschen gelesen, aus den ersten Tagen der Belagerung.«

»Du fängst an zu glauben, dass du tatsächlich er bist. Du hast Wahnvorstellungen.«

»Wir haben neulich nur gewonnen«, fuhr ich fort, »weil

wir vorbereitet waren, organisiert. Jeder wusste, was zu tun war. Und warum war das so? Weil jemand eine Übung entwickelt und dafür gesorgt hat, dass jeder mit ihr vertraut ist und sie regelmäßig durchgeführt wird. Ich wollte wissen, wer das war. Ich nahm an, dass es Nikephoros gewesen sein muss, aber nein, eigentlich war es Lysimachus. Er hat uns dadurch neulich gerettet. Er hat verhindert, dass die Stadt eingenommen wurde.«

Langsam klatschte Hodda dreimal in die Hände. »Bravo«, sagte sie. »Gut gemacht. Nur hätten sie gar nicht erst angegriffen, wenn du nicht die Schiffe geschickt hättest, um diese blöde Ansiedlung niederzubrennen. Lysimachus hat das nicht getan. Das warst du. Und du lässt nicht einmal zu, dass sie ihre Toten holen. Das ist krank. Was soll das, verdammt noch mal? Geht es darum, dass sie Milchgesichter sind?«

»Es hat nichts damit zu tun ...«

»Denn sollte es so sein, lass mich dir etwas sagen. Sie haben diese Hautfarbe nicht mehr. Hast du jemals eine Leiche gesehen, die in der Sonne gelegen hat? Sie ändert ihre Farbe. Die Haut wird erst lila, dann schwarz. Es sind also keine Milchgesichter mehr, Notker, sie sind so schwarz wie du und ich.«

»Es geht darum, ein Exempel zu statuieren«, erwiderte ich.

»Tatsächlich? Und was wäre das für ein Exempel?«

Ich konnte es nicht in Worte fassen. Vielleicht war es mir selbst nicht klar, ich weiß es nicht. »Sie sind hierhergekommen«, sagte ich. »Sie sind hierhergekommen, um uns auszulöschen wie ein Ameisenvolk oder ein Wespennest im Dachgebälk. Und wir haben bisher nichts anderes geschafft, als am Leben zu bleiben, während sie uns bedrängen und nur auf eine Gelegenheit warten, uns alle zu ermorden. Und weil sie es bisher nicht geschafft haben, zucken wir nur mit den Schultern und machen weiter, als wäre nichts passiert, als wären es starke Winde oder ein Erdbeben, irgendetwas rein Zufälliges, ohne jede Boshaftigkeit dahinter. Aber Bosheit ist hier die treibende Kraft.«

Sie nickte. »Was war das für ein sehr kluges Bild, das du neulich verwendet hast? Ein Mann wird von einer Biene gestochen, also tritt er den ganzen Bienenstock um. Sehr intelligent. Oder vielleicht verwechsle ich das mit dem, was du gerade gesagt hast, über das Ausrotten von Menschen wie ein Wespennest. Sind sie die Wespen, Notker? Ist es das, was du willst? Sie alle töten, bis kein einziges Milchgesicht mehr übrig ist?«

»Zufall wäre etwas Feines. Nein, so habe ich das nicht gemeint. Ich meinte, das wird nie passieren, also ist es nicht wert, darüber nachzudenken.«

»Aber durch den Kopf gegangen ist es dir schon. Oder?«

»Nein.« Ich hatte nicht schreien wollen. Sie hatte ihre Stimme nicht erhoben, also wen hatte ich da niedergeschrien? »Seit wann kümmerst du dich um den Feind? Du weißt doch, was das Wort bedeutet, oder? Oder wäre es hilfreich, das mal nachzuschlagen?«

»Ich weiß, was es bedeutet«, erwiderte sie. »Es bedeutet, was du willst, dass es bedeutet. Es bedeutet, dass sie tun können, was sie verdammt noch mal wollen. Gefällt es dir, Menschen umbringen zu lassen, Notker? Fühlst du dich dann groß und stark?«

»Der Feind ist jemand, der einem schaden will«, erklärte ich. »Sie oder wir, so einfach ist das.«

»Einfach?« Sie warf mir einen Blick zu, den ich so schnell nicht vergessen werde. »Ich glaube, es hat keinen Sinn, mit dir zu reden. Erinnerst du dich an Andronika in *Die goldene Maske*? Das bist du, nur falsch herum.«

Habt Ihr die Aufführung gesehen? Wenn nicht, habt Ihr einen echten Leckerbissen verpasst. Andronika war diese Prinzessin, die potthässlich geboren wurde, daher trug sie eine wunderschöne goldene Maske. Hinter der Maske war sie so glücklich, dass sie anfing, nett zu den Leuten zu sein, und die liebten sie, woraufhin sie noch netter zu ihnen war, und so weiter und so fort. Dann, eines Tages, nahm sie die Maske ab, und siehe da, sie war ohne sie genauso schön. Nur andersherum.

»Wir wollten doch hier raus«, sagte sie, jetzt leise. »Weißt du noch? Wir wollten uns die Taschen mit Schätzen füllen und von hier verschwinden und all diese Idioten hinter uns lassen.«

»Ja«, sagte ich.

»Offensichtlich hast du deine Meinung dazu geändert.«

»Nein«, sagte ich. »Nur kommen wir aus dem Palast nicht raus, erinnerst du dich?« Doch, kommen wir schon, dachte ich. »Aber solange wir hier festsitzen, kann ich nicht einfach zusehen und nichts tun ...«

»Wir können den Palast nicht verlassen? Wieso nicht? Alle anderen tun das doch auch.«

»Nicht, wenn man der Kaiser ist.«

»Ah.«

»Es würde nicht gut aussehen«, sagte ich. »Es passt nicht zur Rolle. Zu ihm.«

»Weißt du was, Notker? Ich bin erstaunt, dass du noch atmen kannst. Du bist so voll von deiner eigenen Scheiße, da kann gar kein Platz mehr sein für ein Paar Lungen.«

Hodda schlägt sehr selten Leute. Warum die Hand verletzen, vielleicht einen Knöchel aufschürfen, wenn man mit einem Wort und einem Blick so viel mehr Schaden anrichten kann? Außerdem müsst Ihr bedenken, dass die eigentlichen Worte nur die Pfeilspitze sind. Der Pfeil ist die Art, wie sie es sagt.

»Ich meine es ernst«, sagte ich. »Ich will hier raus, lebendig, in einem Stück, am besten mit einer Menge Geld. Sobald das möglich ist ...«

»Du kennst einen Weg hier raus. Aber du verrätst ihn mir nicht.«

»Sei nicht albern.«

»In der Nacht, als es gebrannt hat«, sagte sie. »Da bist du durch einen Hintereingang zurückgekommen.«

Versucht gar nicht erst herauszufinden, woher sie Dinge weiß. Sie weiß sie einfach. »Ja«, sagte ich. »Aber da sind Wachen. Wir sind auf dem Weg hereingekommen, weil Hauptmann Pur bei uns war. Du glaubst doch nicht ernsthaft, dass es einen unbewachten Weg hier rein oder raus gibt, oder?«

Sie hat mir geglaubt. Da sieht man es mal wieder. Ich bin kein schlechter Schauspieler, wenn ich mich wirklich anstrenge.

5. Kapitel

Es war ein alter Witz. Was ist der Unterschied zwischen einem Anwalt und einer Ratte? Antwort: Unter den richtigen Umständen kann man eine Ratte durchaus lieb gewinnen. Ersetzt Anwalt durch Krieg, und ihr kennt meine Meinung zu diesem Thema, mal kurz und einprägsam formuliert.

Gleichwohl.

Die Dinge ändern sich, wisst Ihr. Alles ändert sich, wir alle ändern uns, genau wie die Wahrheit, siehe oben. Fünf Minuten nach Beginn des ersten Akts sitzen die Zuschauer mit grimmiger Miene da, als wärt Ihr persönlich für alles verantwortlich, was in ihrem Leben nicht stimmt, und Ihr versucht Euch ins Gedächtnis zu rufen, wer gerade welches Stück besetzt, da Ihr morgen auf der Suche nach einem neuen Engagement sein werdet. Doch manchmal kommt es anders. Ich erinnere mich, in der alten *Harmonie*, da waren die Zuschauer die ersten zwei Akte eiskalt, aber am Ende standen sie alle und jubelten. Wir verbeugten uns so oft, dass wir uns fast die Rückenmuskeln zerrten. Dinge ändern sich.

Im Krieg, so scheint es, und auch bei allem anderen. Und im Krieg, so die Bücher, die ich zu lesen begonnen hatte, kann die Veränderung plötzlich, unerwartet, katastrophal (im wörtlichen Sinne, dass sie die Dinge auf den Kopf stellt) eintreten.

In Schlachten kann der erste Akt ganz im Sinne einer Seite ver-
laufen, bis zu dem Punkt, an dem der gegnerische König oder
General um sein Leben rennt, mit seinen begleitenden Herr-
schaften und Luxusmöbeln, die in einer Reihe von Karren hinter ihm herfahren. Aber im zweiten Akt machen die Sieger
dann einen dummen Fehler, und der dritte Akt führt entweder
zu einem grässlichen, blutigen Unentschieden, oder die bisherigen Sieger werden abgeschlachtet. Moral: Niemals den Ball
aus den Augen lassen und nie annehmen, dass es vorbei ist,
bevor man nicht verbindlich tot ist.

Natürlich kann und sollte man, wenn es sich um ein Melodrama und nicht um eine Tragödie handelt, mehr Wendungen
als bei einem Korkenzieher erwarten, und viele Kriege scheinen mir Melodramen der schlimmstmöglichen Art gewesen
zu sein. Dieser Krieg jedenfalls hat für uns wirklich schlecht
angefangen. Wir verloren das Reich praktisch über Nacht und
waren kurz davor, auch die Stadt zu verlieren. Zweiter Akt:
Heldenhafte Verteidigung durch Nikephoros und Lysimachus,
die Stadt bleibt bestehen. Im dritten Akt dann sollte Lysimachus eigentlich seine Truppen sammeln und die Barbaren ins
Meer treiben.

Das war allerdings nicht wirklich eine Option, da das Meer
auf der falschen Seite der Stadt liegt, aber Ihr wisst, was ich
meine. Die Dramaturgie fordert nun einen glorreichen und
endgültigen Sieg. Den zumindest erwartet das Publikum, und
es liegt am Autor, ihn zu liefern. Daher macht es mich froh,
wie ich schon erwähnte, dass ich kein Schriftsteller bin.

Gleichwohl. Ich hatte etwas ausprobiert, und es schien (für
den Anfang wenigstens) zu funktionieren. Nun wart Ihr ja sozusagen bei mir, als ich die Idee dazu hatte, deswegen könnt
Ihr bezeugen, dass sie nicht Teil einer großen Strategie für den
Sieg war. General Aineas wollte Männer ausschicken, um die
feindlichen Stellungen anzugreifen und sich umbringen zu

lassen. Ich grübelte, womit ich ihn spontan ablenken könnte, doch dann mussten wir diesen leichtfertigen Vorschlag in die Tat umsetzen. Rein zufällig erinnerte ich mich da an Ogus' Masterplan und dass er gedachte, uns zu erledigen, indem er uns aus den ausländischen Märkten vertrieb, und ich dachte: Das sind doch zwei Fliegen mit einer Klappe. Wahrscheinlich wäre ich gar nicht auf die Idee gekommen, meine beiden brillanten Einfälle in einen koordinierten Aktionsplan zu verwandeln, wenn Ogus mir nicht das Kompliment gemacht hätte, sechstausend seiner Männer in einem Anfall von unbändiger Wut in den Tod zu schicken (das ist übrigens die Zahl, auf die man gekommen ist; eine konservative Schätzung, hieß es dazu). Wenn es ihn derart wütend gemacht hat, dachte ich mir, dann muss da was dran sein.

Aber ich hatte alles kurzfristig erfunden, nicht vorher sorgfältig geplant. Und darum ändern sich Dinge. Denn egal, wie gut der Entwurf auf dem Papier aussieht, wenn man ihn einem Theaterleiter anbietet, setzt man sich dann hin und schreibt das Stück tatsächlich, fällt es immer anders aus als geplant. Große Ereignisse, auf die man sich verlassen hat, stellen sich als nicht zur Rolle passend heraus. Man bekommt Andronika oder Messanus für die Hauptrollen, aber Andronika kann oder will diese und jene Szene nicht spielen, und Messanus ist am besten, wenn es um Mord und Totschlag geht, also muss man etwas Qual und Grauen einbauen, was wiederum das Gleichgewicht verschiebt. Ich habe festgestellt, dass jedes Stück, das am Ende auch das ist, was der Theaterleiter ursprünglich kaufen wollte, immer Müll ist, und nur die Mutter des Autors wird es sehen wollen.

Dinge ändern sich, alles ändert sich, wir ändern uns. Ich kann mich innerhalb von zwei Minuten von einem glatt rasierten König in einen lustigen, bärtigen Bauern verwandeln. In der *Galerie* würde man nie bemerken, dass ich beide verkörpere, aber so ist es. Auch wenn ich eben noch in der Rolle eines Königs gesteckt habe, spiele ich jetzt die Rolle eines Narren. Und wenn ich das kann, kann das auch ein Krieg.

Das schreckliche Ding tatsächlich zu gewinnen – das war mal ein Gedanke. Ich bin mir sicher, dass es Nikephoros und Artavasdus, Gott hab sie selig, nie in den Sinn gekommen ist. Um ehrlich zu sein, bin ich mir nicht sicher, ob Gelimer und seine ehrenwerten Freunde im Parlament jemals darüber nachgedacht haben – denn Krieg ist die Aufgabe der Armee, und Senatoren werden von Kindesbeinen an mit der Doktrin der Gewaltenteilung erzogen. Krieg geht sie nichts an, also interessieren sie sich nicht wirklich dafür. Ihre ganze Aufmerksamkeit gilt dem glorreichen Spiel der Politik. Was Lysimachus betrifft, so bin ich bereit zu wetten, dass er, als eine einfache Seele, die er war, wirklich glaubte, dass das Volk der Robur triumphieren und der Feind eines Tages völlig vernichtet werden würde. Aber nicht unbedingt in naher Zukunft oder zu seinen Lebzeiten. Ich wette mit Euch, dass Lysimachus eine Schwäche für Melodramen im alten Stil hatte. Sie müssen für ihn einen Sinn ergeben haben, denn das wäre seine Vorstellung davon gewesen, wie die Welt funktioniert.

Und natürlich war da Hodda, der wahrscheinlich klügste Mensch, den ich je gekannt habe. Sie war sich sehr sicher. Die Stadt war aus ihrer Sicht tot. Es gibt keine schlauere Führungskraft als sie, weil sie weiß, was die Leute wollen und was nicht, was sie tun werden und wozu sie nicht zu bewegen sind, selbst mit Bestechung oder schrecklichen Drohungen. Sie landet nicht viele Volltreffer, aber praktisch auch nie einen echten Flop. Sie setzt sich nicht hin und rechnet alles mit Zahlen und einem Abakus aus. Sie weiß es einfach.

Und um das schreckliche Ding zu gewinnen, muss man definieren, was ein Sieg ist.

6. Kapitel

Sie machten gute Geschäfte (wie wir in der Branche sagen) in Menaroa, Onnaco, Deusambor und Trysa – klingt wie eine Tournee durch die Provinz, und ich nehme an, in gewisser Weise war es das auch, indem man den großen Plan auf der kleinen Bühne ausprobierte und dabei ein beruhigendes Maß an Erfolg einheimst. Die Sache ist die, dass eine Menge Leute am Meer leben und man wirklich nicht möchte, dass die kaiserliche Marine aus heiterem Himmel (buchstäblich) auftaucht und einem das Haus niederbrennt. In Menaroa und Deusambor waren sie wenigstens so vernünftig, sich aus dem Staub zu machen, als unsere Segel am Horizont auftauchten.

Keine Ruhe den Gottlosen, sage ich immer. Also schickte ich die Gottlosen nach Picron Oistun und Timaressa, wo Ogus kürzlich viel Geld für Webstühle und eine Seilerbahn ausgegeben hatte. Picron und Timaressa liegen beide im Süden, am Blemyscher Golf, viele Hundert Meilen vom Freundlichen Meer entfernt. Moral: Wir sind überall, wo das Meer ist, und sie haben keine Ahnung, wo wir als Nächstes zuschlagen werden.

Mindestens zehntausend Mann Verstärkung tauchten in Ogus' Lager auf, und die Zimmerleute hatten viel damit zu tun, Hütten zu errichten, in denen sie alle untergebracht werden konnten. Wir dagegen hatten eine kleine Überraschung für sie. Ihr werdet Euch daran erinnern, dass unser wunderbarer Oberst der Ingenieure die Ansicht vertrat, dass Ogus bei der Verfeinerung und Verbesserung des Trebuchets die Grenzen des Machbaren erreicht hatte. Ich verstand das so, dass, wenn sie dazu in der Lage waren, ihre Versionen dieses abscheulichen Geräts zu verbessern, wir das auch konnten, bis zu der nicht mehr überwindbaren Schwelle, die Ogus nun offenbar erreicht hatte. Kümmert euch darum, sagte ich großspurig, und das taten sie. Zu wissen, dass etwas möglich ist, kann ein großer Anreiz sein, es auch zu probieren. Jedenfalls hatten wir Prototypen der neuen verbesserten Version fertig, bevor man »plötzlicher gewaltsamer Tod« sagen konnte, und sobald Ogus' Zimmerleute den neuen Flügel des Lagers fertiggestellt hatten, zerlegten wir ihn in weniger als einer Stunde in seine Bestandteile. Das bedeutete natürlich, dass die mehr oder weniger permanente Siedlung, die Ogus in den letzten sieben Jahren aufgebaut hatte, nicht mehr sicher war und um hundert Meter zurückversetzt werden musste. Dies wiederum bedeutete viel Ärger, hohe Kosten und Zehntausende von Soldaten, die im strömenden Regen kampieren mussten, bis alles fertig war. Es sind immer die kleinen Dinge, finde ich, wie zum Beispiel im Schlamm zu schlafen, bis auf die Haut durchnässt, die einen wirklich fertigmachen.

Ich hatte eine ziemlich genaue Vorstellung davon, was als Nächstes passieren würde, da ich mir die Mühe gemacht hatte, über die frühen Tage der Belagerung nachzulesen, und ich wusste, dass wir, wenn ich recht hatte, vor einem ernsten Problem standen. Tatsächlich begannen die Zimmerleute, sobald sie mit dem Umzug des Lagers fertig waren, mit dem Bau eines neuen Barackendorfes, das gerade rechtzeitig fertig wurde, um die Bewohner einziehen zu lassen. Etwa achttausend von ihnen, keine Soldaten, sondern Zivilisten, und man brauchte kein Genie zu sein, um ihren Beruf zu erraten. Bergleute, aus dem ganzen ehemaligen Reich, die hier waren, um sich unter unsere Mauern zu graben und sie zum Einsturz zu bringen.

Natürlich hatte Ogus das schon versucht, und es hatte nicht funktioniert. Aber in der Stimmung, in der er sich gerade befand, war es nur eine Frage der Zeit, bis er es wieder versuchen würde. Ich schätze, die Sache mit dem Trebuchet hat ihn so sehr gereizt, dass es ihm egal war, dumm dazustehen, falls er versagte. Wie gut, dass Nikephoros so etwas hatte kommen sehen und einen Vertrag mit den Tanagenen geschlossen hatte.

Falls Ihr es nicht wisst, Tanaga ist eine Halbinsel an der lerosianischen Küste, nominell innerhalb des sashanischen Territoriums, aber was das Auge nicht sieht, darüber trauert das Herz nicht. Einst exportierten die Tanagener Kupfer und Zinn in die ganze Welt, aber die Flöze sind inzwischen fast vollständig ausgebeutet, sodass Tanaga für Tausende ausgebildete Bergleute keine Arbeit mehr hat. Nikephoros hatte den Herzog von Tanaga bestochen, zu horrenden Kosten, und im Gegenzug konnten wir bis zu sechstausend tanagenische Bergleute jederzeit abrufen, vorausgesetzt, wir zahlten ihnen einen unfassbaren Lohn. Ich persönlich denke ja immer, dass Überleben zu jedem Preis billig ist, und es ist mir ein Rätsel, dass so viele Männer in Machtpositionen das nicht so zu sehen scheinen.

Dennoch betrugen die Kosten für die Anmietung der Tanagener etwas mehr, als wir in der Staatskasse zur Verfügung hatten. Die Finanzminister schlugen eine Zwangsanleihe für alle registrierten Bürger vor, plus erhöhte Zölle an den Docks. Ich dachte mir, da Ogus uns all diese Kosten aufgebürdet hatte, sollte er auch dafür aufkommen. Als die Flotte aus Timaressa zurückkam, schickte ich sie sofort wieder los, um die Städte im Osmala-Delta zu plündern.

Vielleicht seid Ihr alt genug, um noch dort gewesen zu sein. Vor dem Krieg war es ein beliebtes Reiseziel für wohlhabende Stadtbewohner – wunderschöne Landschaften, vorzügliches Essen in luxuriösen Villen am Meer, kultivierte Damen, die im Gastgewerbe und im Freizeitsektor beschäftigt waren, alles, was ein Mann sich nur wünschen konnte. Keine Seedeiche, keine Verteidigungsanlagen irgendeiner Art, und wir waren in weniger als einem Tag in jede der fünf Hauptstädte eingefallen und wieder abgerückt, wobei wir ein Vermögen in Luxusgütern aus zweiter Hand abtransportierten und jeweils nur einen Haufen Schutt und Asche hinterließen. Ein Geschwader iasolitischer Händler traf sich vor der Landzunge Rauer Bogen mit der Flotte und bot uns einen vernünftigen Preis für die gesamte Ladung, ohne auch nur ein Stück begutachtet zu haben. Es sei wirklich ein Vergnügen, mit uns Geschäfte zu machen, sagten sie, lasst uns das bald wieder tun.

»Dir ist klar«, sagte Hodda bei einer der seltenen Gelegenheiten, bei denen sie mit mir sprach, »genau das gehört zu den Dingen, die Ogus dazu veranlasst haben, die Robur für immer zu beseitigen.«

»Ich habe nicht damit angefangen«, entgegnete ich.

»Zivile Ziele«, sagte sie. »Menschen, die uns nichts getan haben, die nicht einmal versuchen, Vasen billiger herzustellen als wir. Ihr seid nicht besser als Piraten. Das ist abstoßend.«

»Eine ganze Stadt auslöschen zu wollen auch.«

»Du solltest es besser wissen.«

Ich bin stolz darauf, manchmal ihre besten Seiten aus ihr herauszulocken.

7. Kapitel

»Es funktioniert wirklich gut, laut unseren Quellen«, meldete General Aineas. »Seine Verbündeten fangen an, sich zu beschweren, dass sie nirgendwo mehr sicher sind, und natürlich können sie sich nicht wirklich auf einen Angriff vorbereiten, da sie keine Ahnung haben, wo wir als Nächstes auftauchen werden.«

»Das ist bezeichnend«, sagte ein Beamter aus dem Kriegsministerium, dessen Namen ich nicht verstanden hatte. »Vor nicht allzu langer Zeit hätte es keiner der Verbündeten gewagt, sich über etwas zu beschweren, was Ogus getan hat. Jetzt jammern sie wie verrückt, und er hat ihnen noch nicht den Kopf abgeschlagen. Was zeigt, dass er sich Sorgen macht.«

»Die Alliierten haben alle auf das Versprechen hin unterschrieben, dass er uns ein für alle Mal fertigmachen würde«, fuhr Aineas fort. »Jetzt, sieben Jahre später, ist ihm das eindeutig nicht gelungen, und jetzt schlagen wir auch noch zurück. Es ist kein Geheimnis, dass er ein harter Brocken ist, viel schlimmer, als wir es früher waren, als alles zum Kaiserreich gehörte. Wir müssen nur lange genug so weitermachen, und es werden sich Risse zeigen. So wie Ogus' Regime aufgebaut ist, wird alles zusammenbrechen, sobald es ins Schwanken kommt. Merkt Euch meine Worte.«

»Wenn er Truppen von der Belagerung abzieht, um die Provinzen zu verteidigen«, sagte ein anderer, den ich nicht kannte, »was er übrigens geschworen hat, niemals zu tun, können seine Gegner sagen, dass er sein ursprüngliches Versprechen offenbar zurücknimmt. Bleibt er an Ort und Stelle und tut nichts für die Provinzen, ist er ein herzloses Monster, und es wird höchste Zeit, ihn loszuwerden. Wie man es auch dreht, er kann nicht gewinnen.«

»Apropos Umsturz«, sagte ich, »was wissen wir über die Bergbauarbeiten?«

Zu diesem Zeitpunkt waren die Tanagener bereits eingetroffen, hatten sich in den Bars der Stadt niedergelassen und vergnügten sich dort. Ogus' Männer hatten mit der Arbeit begonnen, waren aber vermutlich auf die lästige Granitschicht gestoßen, die vom Blauhorn quer durch den Vorgarten der Stadt bis zur Süder Straße verläuft. Beim letzten Mal hatte sich Ogus nicht darum kümmern müssen, weil er wesentlich näher an den Mauern gewesen war, als er angefangen hatte zu graben.

»Meine Späher haben die Menge an Abraum im Auge, der am Stolleneingang ankommt«, berichtete General Aineas. »Der Fortschritt scheint sich in den letzten Tagen deutlich verlangsamt zu haben, was darauf hindeutet, dass sie noch nicht durch den Granit gekommen sind. Es wäre also ein guter Zeitpunkt für einen Präventivschlag. Im Schutz der Dunkelheit könnte ich zwei Regimenter aussenden. Wir würden ihr Haupttor durchbrechen, und dann könnte ein Regiment den Förderturm sichern und zerstören, während das andere einen Ablenkungsangriff auf das Hauptlager startet. Mit etwas Glück würden wir ihre Operationen um einen Monat zurückwerfen, mit Verlusten, die sich in akzeptablen Grenzen halten.«

Oh Gott, dachte ich. »Das sollten wir nicht tun«, sagte ich. »Es ist noch nie etwas Gutes dabei herausgekommen, im Dunkeln herumzuspielen, und ich brauche eine ganze Brigade für die Städte in der Bucht von Mahec. Hin und zurück dauert das eine Woche, daher brauchen wir jeden, den wir haben, auf der Mauer, für den Fall, dass er wieder angreifen will.«

Es war Pech für die drei Siedlungen, die sich an das warme Wasser der Mahec-Mündung schmiegen. Sie waren die ersten Orte, die mir in den Sinn kamen, und ich musste schnell denken, bevor die anderen noch anfingen, ihm zuzustimmen. So kommt es eben manchmal zu schlimmen Dingen, vermute ich, nur dass wir das normalerweise nie erfahren.

Wie dem auch sei. Aineas war mit meiner Argumentation vollkommen zufrieden und stimmte zu, den Präventivschlag aufzuschieben. Auf diese Weise konnte ich für jeweils fünfzig Zivilisten aus der Mahec-Bucht, denen ich durch meine spontane und willkürliche Entscheidung das Leben genommen habe, einen Soldaten der Robur retten. Ich weiß, normalerweise ist es genau andersherum, aber ich stand unter Zeitdruck.

»Die Mahec-Mündung«, erklärte ich Hodda, nachdem sie eine Pause gemacht hatte, um Luft zu holen, »ist der Ort, an dem Ogus in letzter Zeit rekrutiert hat. Das heißt, alle Männer ziehen in den Krieg in ein fernes Land, über das sie wenig wissen, und während sie fort sind, stürzt sich der Feind auf ihre wehrlose Heimat und macht sie dem Erdboden gleich. Plötzlich scheint Ogus' große Allianz keine so gute Idee mehr zu sein.«

Natürlich sagte sie mir, was sie davon hielt. Und sie hatte ein Argument, das sie nicht zögerte, mir bis zum Anschlag zwischen die Rippen zu jagen. Ich begann mich zu fragen, ob ich mich schuldiger fühlen würde, wenn sie mir nicht alles, was ich tat, vorwerfen würde. Je tiefer sie das Messer in die Wunde stach, desto mehr nahm ich es ihr übel, desto weniger dachte ich über das nach, was sie sagte. Das setzt natürlich voraus, dass aus ihrer Sicht das Ziel der Übung darin besteht, meine Meinung über das, was ich tue, zu ändern, und nicht darin, mich zu Hackfleisch zu verarbeiten.

Lysimachus hätte vermutlich gar nicht zugehört. Wahrscheinlicher ist, dass er ihr eine Ohrfeige verpasst hätte. Komisch, wirklich. Ich konnte in der Bucht von Mahec Gewalt und Tod über Frauen und Kinder bringen, aber eine Frau zu schlagen, war mir genauso unmöglich, wie auf den nächsten Baum zu fliegen. Schätzungsweise, weil ich zivilisiert bin. Ich denke, der Unterschied liegt zwischen dem, was hinter der Bühne, und dem, was auf der Bühne passiert. Ein Theaterleiter hat mir mal gesagt: Du kannst deinen Helden durch die Worte eines Boten ganze Völker abschlachten lassen, aber um Gottes willen lass ihn auf der Bühne keine Frau oder ein Kind schlagen. Er würde sämtliche Sympathien verspielen.

8. Kapitel

Granit, was für ein seltsames altes Material. Weit im Osten, im Land der Sashan, gibt es Berge davon, buchstäblich. Riesige Türme mit aufragenden Spitzen, wie eine Burg oder die Kulisse in einem alten Melodram. Man findet sie auf importiertem Porzellan – die Leute sagen, das sei der beste Weg, um zu erkennen, ob es echtes Sashan ist oder nicht, denn Künstler, die diese Berge nie gesehen haben, können sie unmöglich der Wirklichkeit entsprechend malen, weil sie so völlig anders sind als alles, was es sonst gibt auf der Welt.

Unser Granit ist das rosa Zeug. Vor Jahren haben wir einen regen Handel damit betrieben, vor allem mit dem königlichen Hof von Echmen. Dort baute man große Tempel und Paläste aus unserem rosafarbenen Granit, während wir die gleiche Menge ihres blaugrauen Granits (den man westlich des Freundlichen Meeres nicht bekommt) importierten, um unsere Tempel und Paläste zu errichten. Stellt Euch das mal vor. Die Lastkähne, die sie gebaut haben, um den Stein über tausend Meilen tückischer See hin und her zu transportieren, waren die größten Schiffe, die es je gegeben hat, und zu jener Zeit waren es Hunderte. In den letzten Jahren dann wurden die Steinbrüche in der Nähe der Stadt alle geschlossen, denn die oberflächennahen Vorkommen sind ausgebeutet, und übrig ist nur noch das breite unterirdische Band, das die Ebene durchquert, mehr oder weniger genau unter der Stelle, wo Ogus seine Belagerungslinie gezogen hatte, bevor unsere verbesserten Trebuchets ihn zwangen, sie nach hinten zu verlegen.

Massives Gestein zu durchtrennen ist eine Qual, sagt man mir. Man muss unterirdisch mächtige Feuer entfachen, die das Gestein erhitzen, bis es weißglüht. Dann schüttet man eimerweise Essig darauf, was den Granit so weit aufbricht und spaltet, dass die Bergleute ihn mit Keilen und Spitzhacken abbauen können. Wir sahen den Rauch und den Dampf und eine endlose Kolonne von Wagen, die Holzscheite und Holzkohle zum Grubenkopf transportierten. All das ging tagelang so, und dann hörte es auf.

»Wir haben sie schon einmal geschlagen, und wir können es wieder tun«, sagte der idiotische Ingenieur fröhlich. »Mein Vorgänger hat es geschafft, und er war ein Milchgesicht, also kann es nicht so schwer sein.«

Ein Narr. Obwohl ich im Laufe der Jahre einige sehr gewitzte Narren kennengelernt habe. Er gehörte jedenfalls nicht dazu. Außerdem war er nicht im Entferntesten lustig. »Hat er nicht Eure Tunnel geflutet?«, fragte General Aineas.

»Es wurde ein unterirdischer Fluss umgeleitet«, erklärte der Stadtpräfekt. »Das hat die feindlichen Bergleute ausradiert und gleichzeitig verhindert, dass es in der Armenstadt jemals wieder zu schlimmen Überschwemmungen kommt. Alles in einem Rutsch. Schade, dass wir das nicht noch mal machen können.«

»Können wir nicht?«, hakte ich nach.

Der Präfekt schüttelte den Kopf. »Ogus hat seinerseits den Fluss umgeleitet, von dem unser unterirdischer Fluss abzweigt«, sagte er. »Er hat es getan, um ein Reservoir zu füllen, damit sein Lager immer genug Trinkwasser hat, aber das bedeutet, dass wir denselben Trick nicht zweimal anwenden können. Trotzdem, das macht nichts. Wir sind bereit für sie. Wir haben die Tanagenen.«

»Ach, die«, meinte einer von General Aineas' Jasagern. »Mit denen hat man mehr Ärger, als sie es wert sind, wenn Ihr mich fragt. Und habt Ihr schon das Neueste gehört? Sie verlangen mehr Geld.«

»Dann gebt es ihnen«, entgegnete ich.

»Keiner von ihnen hat bisher einen Handschlag getan, und sie bekommen schon das Doppelte von dem, was ein Kavallerist erhält. Ich sage, schickt sie nach Hause.«

»Bei einer Belagerung braucht man keine Kavallerie«, wandte ich ein. »Aber wir brauchen Bergleute. Gebt ihnen, was sie verlangen.«

Kaum war das Treffen vorbei, schickte ich nach Usuthus.

»Sieh die Akten durch«, befahl ich, »und finde heraus, ob jemand schon mal Notfallpläne für die Evakuierung der Stadt erstellt hat.«

Er warf mir einen traurigen Blick zu. »Ist es so schlimm?«

»Nein«, erwiderte ich, »noch nicht. Aber es ist eine Möglichkeit, die wir in Betracht ziehen müssen.«

»Ich brauche nicht in den Akten nachzusehen«, sagte Usuthus. »Ich weiß es auch so. Die Antwort ist Nein. Einen solchen Plan hat es nie gegeben, weil es nicht machbar ist.«

»Aha.« Ich wartete, aber Usuthus schien zu glauben, dass die Sache damit erledigt war. »Und warum nicht?«, wollte ich wissen.

»Da gibt es viele Gründe«, sagte er. »Selbst wenn man hundertfünfzigtausend Menschen auf Schiffen unterbringen könnte, wo würden die hinfahren? Ogus kontrolliert ein Drittel der bekannten Welt. Außerdem sind Handelsschiffe keine Kriegsschiffe. Schiffe, die groß genug sind, um viele Passagiere zu transportieren, müssen in Küstennähe bleiben, und alle Küsten hier befinden sich unter Ogus' Kontrolle. Nirgends wäre Frischwasser zu bekommen, geschweige denn Nahrung. Vergesst nicht, dass Ihr täglich dreihunderttausend Rationen Essen und Wasser bereitstellen müsstet. Es ist schon schwierig genug, die Stadt zu versorgen. Man bräuchte alle sechzig Meilen bis zum Zielort Versorgungsdepots. Diese Depots müssten vorher auf feindlichem Boden errichtet, befestigt, bewacht und gehalten werden, bis sie ihre Aufgabe erfüllt haben. Dafür haben wir einfach nicht die Leute.«

»Wir kontrollieren das Meer«, sagte ich. »Zählt das denn überhaupt nichts?«

»Nicht wirklich, nein. Höchstens, wenn wir uns alle Flossen wachsen lassen und lernen, von Seegras zu leben. Die Erfolgsformel ist die Kontrolle über das Meer *plus* eine uneinnehmbare Stadtmauer. Das eine funktioniert einfach nicht ohne das andere. Glaubt mir, wenn es möglich wäre, alle hier rauszuholen, hätten wir es schon vor Jahren getan.«

Kunst ist so eine subjektive Sache, meint Ihr nicht auch? Ich persönlich finde all diese neoprimitiven und manieristischen Ikonen hässlich und unbeschreiblich vulgär, besonders jene, die mit all dem Gold und den Juwelen beklebt sind. Aber sie sind extrem beliebt, besonders im Ausland, wo die Leute ein verrücktes Geld dafür bezahlen. Zum Beispiel ein echter Kallikrates. Von dessen Wert könntet Ihr ein ganzes Leben bestreiten, selbst wenn Euer liebstes Hobby die Zucht von Rasse-Elefanten wäre. Lächerlich, wenn Ihr mich fragt. Und dann sind sie auch noch so klein. Man könnte fünf davon in einer Manteltasche unterbringen.

An einer Wand im Palast hingen zweiundsiebzig Kallikrates-Ikonen, zwölf Sequenzen der Sechs Stationen der Passion. Ich vermute, dass komplette Sequenzen etwa das Doppelte von dem wert sind, was man für sechs Einzelstücke bekommen würde. Narren und ihr Geld, wie das Sprichwort sagt.

»Ich bin des Anblicks dieser schrecklichen Dinge überdrüssig«, sagte ich zum Kämmerer, als ich den Korridor entlangging, in dem die Kallikraten hingen. »Ich muss diesen Gang dreimal am Tag in beiden Richtungen durchqueren, und jedes Mal, wenn ich sie ansehe, machen sie mich depressiv. Nimm sie um Himmels willen ab und hängt was Fröhliches auf.«

Als ich das nächste Mal in diese Richtung ging, waren die Ikonen verschwunden, und an ihrer Stelle befand sich eine Auswahl von Apsimar IV. monumentaler Sammlung erotischer Elfenbeinschnitzereien. Natürlich zahlen die Leute auch für so etwas eine Menge Geld.

Ich ließ den Kämmerer rufen. »Guter Scherz«, sagte ich. »Gratuliere dir selbst, dass du einen Punkt gegen mich gewonnen hast. Jetzt entferne das schreckliche Zeug, und häng was Schönes auf.«

»Majestät.«

»Eigentlich«, hielt ich ihn zurück, als er sich zum Gehen wandte, »sind wir hier vielleicht über etwas ganz Nützliches gestolpert. Haben wir im Palast viele Kunstwerke auf Lager?«

»Ja, Majestät.«

»Sicher weggeschlossen?«

»Die Tresore sind der sicherste Ort in der ganzen Stadt, Majestät. Ein Einbruch dort ist nicht vorstellbar.«

»Gut zu wissen. Aber noch wichtiger ist, dass der ganze Kram eine Menge wert sein muss.«

Ich hatte seine kunstaffine Seele beleidigt. Nun ja. »Ich denke schon, Majestät. Obwohl eine beträchtliche Menge der besten Stücke seit Beginn der Belagerung verkauft worden ist.«

Ich nickte. »Und das ist auch gut so. Ich meine, wenn alles da unten weggesperrt ist, was bringt es uns dann, es zu behalten? Ich will eine vollständige Inventarliste, mit Wertangaben. In Zeiten wie diesen sollten wir eine genaue Vorstellung dessen haben, was wir besitzen.«

An diesem Nachmittag, auf dem Rückweg von einem Treffen mit den Schatzkämmerern, fiel mein Blick auf eine Reihe der grässlichsten Landschaften, Öl auf Holzbrett, die ich je zu Gesicht bekommen habe. Ich fragte nach, und mir wurde gesagt, dass sie das Werk der Mutter seiner verstorbenen Majestät seien.

Die Tanagenen machten sich an die Arbeit. Sie begannen damit, parallel zur Mauer eine Reihe von Tunneln zu graben, einen über dem anderen.

Die Idee war folgende: Sobald der Feind in die Nähe der Wand kam, wären sie in der Lage, die Vibrationen, die dabei entstehen, zu erkennen – dazu stellen sie viele Schalen mit Wasser auf den Tunnelboden und warten, bis die Oberfläche in einer von ihnen anfängt zu zittern – und ziemlich genau zu lokalisieren, aus welcher Richtung der Feind sich nähert. Dann wären sie in der Lage, ihre eigenen Stollen zu graben und die entsprechenden Maßnahmen zu ergreifen.

Davon gibt es eine ganze Menge. Die von den Tanagenen bevorzugte war Schwefel und ein großer Blasebalg. Man bohrt ein Loch in die Wand des gegnerischen Tunnels, zündet den Schwefel an und bläst mit dem Blasebalg die Schwefeldämpfe hinein, die dort garantiert so ziemlich alles töten. Daran könnt Ihr erkennen, dass es nicht in der Natur der Tanagenen lag, irgendwelche halbherzigen Dinge zu tun.

Wird es funktionieren, fragte ich. Natürlich wird es das, sagten mir alle. Es ist eine altbewährte Methode, um mit feindlichen Pionieren umzugehen, so steht es in allen Standardwerken zu diesem Thema. Es funktioniert jedes Mal hervorragend.

Bei Büchern besteht jedoch immer die Gefahr, dass jemand auf der gegnerischen Seite sie auch gelesen hat. Als der erste feindliche Stollen geortet wurde, waren die Tanagenen einsatzfähig: Schwefel angezündet, Blasebälge bereit, Vorschlaghämmer und Bohrer parat, um ein Loch durch die Wand zu schlagen. In diesem Moment hörten sie Hammerschläge, etwa fünfzehn Meter hinter ihnen im Tunnel. Es war der Feind, der ein Loch durch den Fels stemmte.

Die Wirkung der Schwefeldämpfe war durchschlagend wie immer. Siebzehn Pioniere der Tanagenen wurden getötet, durch die Wand geschossen von Ogus' eigenem Blasebalg. Die restlichen Tanagenen zogen sich rasend schnell zurück und rissen die Stützen ihres eigenen Tunnels ein, um den Feind daran zu hindern, in die Straßen der Stadt zu strömen. Sobald sie sicher über der Erde waren, verlangten sie ihren Sold und erklärten, sie würden nach Hause fahren.

Ich denke, sie meinten es wahrscheinlich ernst, und etwa ein Drittel von ihnen ging tatsächlich. Diejenigen, die blieben, stimmten widerwillig dem doppelten Sold zu plus einer beträchtlichen Zuwendung im Todesfall. In der Zwischenzeit gab es einen feindlichen Stollen etwa fünfzig Meter von der Mauer entfernt. Es lag auf der Hand, sagte mir der Oberst der Ingenieure, was passiert war. Ogus' Männer hatten ihre eigenen Schüsseln mit Wasser auf dem Boden stehen und erraten, wie unsere Gegenmaßnahme aussehen würde.

»Wenn wir also versuchen, in ihre Stollen einzubrechen, werden sie uns ausräuchern.« Er zuckte mit den Schultern. »Das würde ich an ihrer Stelle auch tun«, sagte er.

»Wie lange werden sie brauchen, um die Mauer zu untergraben?«

»Schwer zu sagen«, erwiderte er. »Ein bis drei Tage, schätze ich.«

Ich wartete darauf, dass er etwas vorschlagen würde. Er tat es nicht.

Glücklicherweise unterhielt sich Usuthus, während ich mit dem Oberst sprach, im Vorraum mit ein paar jungen Hauptleuten, die die Unterlagen des Obersts getragen hatten. Wir können versuchen, meinte einer der Hauptleute, ein großer, dünner Jüngling mit einer geradezu lächerlich gepflegten Stimme und dem denkbar zartesten Flaum auf der Oberlippe, sieben oder acht Gegenstollen in angemessenen Abständen zu dem feindlichen Stollen zu graben und dann gleichzeitig an allen Stellen durchzubrechen. Die Chancen stünden gut, erklärte er, dass der Feind nur einen Blasebalg hatte, höchstens zwei oder drei. Selbst wenn sie alle acht Gegenstollen genau lokalisierten, würden sie nur ein paar davon ausräuchern können. Dann könnten unsere Männer diejenigen benutzen, die nicht mit tödlichen Dämpfen geflutet wären, und es würde am Ende zu einem guten alten Messerkampf im Dunkeln kommen. Keine unbedingt einladende Aussicht, das musste er zugeben, aber wahrscheinlich besser als die Alternative.

Usuthus packte ihn am Arm, steckte ihn in ein kleines Zimmer und verschloss die Tür. Als ich den Oberst losgeworden war, brachte er mich zu ihm.

»Es tut mir leid, Majestät«, sagte er, als er noch einmal alles stockend vorgetragen hatte. »Es sollte nur ein Vorschlag sein.«

»Wie ist Euer Name?«

»Apsimar, Majestät.«

Ich kannte ihn natürlich, obwohl ich ihn noch nie gesehen hatte. Zumindest kannte ich seinen Typ sehr gut. Er gehörte zu jenen, die sich am Bühneneingang des Theaters rumdrücken und darauf warten, dass die Chormädchen rauskommen.

»Bringt das«, befahl ich und gab ihm das Stück Papier, das Usuthus gerade für mich beschriftet hatte, »zum Oberst. Es ist ein … Wie heißt das, Usuthus?«

»Mandat«.

»Mandat«, wiederholte ich. »Es enthebt den Oberst des Kommandos und überträgt stattdessen Euch die Verantwortung. Sorgt dafür, dass diese Tunnel so schnell wie möglich gegraben werden.«

Oberst Apsimar – laut seiner Akte einundzwanzig Jahre alt, obwohl er vier Jahre jünger aussah und auch so klang – führte den Kommandotrupp selbst an. In den Stollen war es natürlich stockdunkel, und niemand konnte dort aufrecht stehen, geschweige denn ein Schwert schwingen oder einen Speer einsetzen. Da Rüstungen klirren, wenn man sich bewegt, trugen die Männer keine. Es lief, wie Apsimar gesagt hatte, auf einen Messerkampf im Dunkeln hinaus, mit einer Schwefeldampfbeilage, um einen Hauch von Pikanterie hinzuzufügen. Nachdem sie sechsundvierzig von Ogus' besten Pionieren getötet hatten, schleppten Apsimars Männer den Reisighaufen, den sie mitgebracht hatten, etwa sechzig Meter tief in den feindlichen Tunnel und steckten ihn in Brand. Die Tunnelstützen gingen in Flammen auf, und die Decke stürzte ein, woraufhin sich die Tanagenen daranmachten, den Stollen mit Steinen und körbeweise Schutt zuzuschütten. Wir hatten achtundzwanzig Männer verloren, alle von der Infanterie.

»Das Problem ist«, sagte Apsimar, als er aufgehört hatte zu zittern und man ihn ansprechen konnte, »dass sie jeden schlauen Einfall, den wir haben, beim nächsten Mal gegen uns verwenden werden. Ich denke, den Schwefel haben wir wahrscheinlich zum letzten Mal gesehen, denn wenn man ihn einmal freigesetzt hat, ist nicht mehr zu kontrollieren, wer ihn einatmet, falls Ihr versteht, was ich meine. Von jetzt an wird es wohl einfach nur Stollen und Gegenstollen geben. So was eben.«

Er hatte einen Verband um seinen linken Arm, und Blut sickerte hindurch. »Können wir so weitermachen?«, fragte ich.

»Wenn sie es können, können wir es auch«, antwortete er, »aber es ist ein verdammt harter Weg, seinen Lebensunterhalt zu verdienen.« Er blickte mich an, plötzlich erschrocken darüber, dass er gegen das Protokoll verstoßen und ein Schimpfwort benutzt hatte. Ich grinste ihn an. Er grinste zurück.

»Und«, fügte er hinzu, »man kann im Dunkeln die Guten nicht von den Bösen unterscheiden.«

Daran hatte ich nicht gedacht, und es ließ mich erschaudern.

»Vor Jahren«, fuhr er fort, »hat man sich mit Parfüm eingerieben, um sich am Geruch zu erkennen. Aber das funktioniert nur bis zu einem gewissen Punkt. Wenn unsere Leute nach Rosen stinken, fangen die anderen an, sich auch damit zu duschen, und schon ist man wieder da, wo man angefangen hat. Theoretisch sollte man einen Lageplan der Tunnel im Kopf haben und genau wissen, wo die eigenen Leute sind, aber das funktioniert nicht zuverlässig, wenn man da unten ist. Es passiert so leicht, dass man sich umdreht, besonders nach einem kleinen Gerangel, und im nächsten Moment …«

Er wollte den Satz nicht beenden. »Gebt euer Bestes«, sagte ich und schickte ihn mit dem Gefühl fort, gerade auf seinem Gesicht herumgetrampelt zu haben.

9. Kapitel

Falls Ihr Euch schon gewundert habt, ich schlief nicht mehr in dem Stuhl. Mir tat davon der Nacken weh. Stattdessen hatte ich mir auf dem Boden ein Lager aus Kissen bereitet, was völlig in Ordnung war. Glaubt mir, ich habe schon schlimmer geschlafen.

Und was das Schnarchen anging, es hat mich noch nie gestört und tat es jetzt auch nicht.

»Hat Lysimachus geschnarcht?«, fragte ich Hodda.

»Wie ein Sägewerk. Fast so schlimm wie du.«

»Ich schnarche nicht.«

»Himmel! Es ist ein Wunder, dass das Dach nicht einstürzt.«

»Du willst nur gemein sein. Ich schnarche nicht.«

»Woher willst du das wissen? Du schläfst ja immer, wenn du es tust.«

»Ich weiß es aus zuverlässiger Quelle«, erwiderte ich.

Sie schenkte mir ein mitleidiges Lächeln. »Es ist so süß, dass du ihr geglaubt hast.«

»Eigentlich war es der Männerchor in *Staunen durch Freude* im *Zepter*. Die Belagerung begann gerade, und wir schliefen wegen der Bombardierung im Theater. Hätte ich da geschnarcht, hätte man es mir garantiert gesagt.«

»Du schnarchst«, erwiderte sie. »Finde dich damit ab.«

Und das aus dem Mund einer Frau, die in der Lage war, Saatkrähen von der Gerste zu verscheuchen. Trotzdem (falls Ihr Euch wundert) sprachen wir wieder miteinander, nachdem ich ihr von den Symbolbildern des Kallikrates erzählt hatte.

»Die Abteilung des Kämmerers ist ungemein effizient«, erzählte ich. »Usuthus sagt das, und er sollte es wissen. Die haben alles in eine Akte oder eine Inventarliste eingetragen und dazu, wo es ist, und sie finden jedes Stück in kürzester Zeit.«

»Die Sachen werden im Tresor sein«, wandte sie ein. »Sie sind ein Vermögen wert.«

»Für den Moment, ja«, sagte ich. »Und dann, wenn wir bereit sind zu verschwinden, verkünde ich, Seine Majestät möchte, dass sie in ihrem privaten Ankleidezimmer aufgehängt werden. Eine Stunde später sind sie dann dort.«

Ihre Augen glühten vor grimmiger Sehnsucht. »Bist du dir da sicher?«

»Natürlich. Es sind unsere verdammten Bilder.«

Sie runzelte die Stirn. »Ich schätze, das sind sie. Ja, das sind sie«, entschied sie. »Wir sollten sie sofort holen lassen.«

Ich schüttelte den Kopf. »Wir wissen immer noch nicht, wie wir hier rauskommen«, sagte ich.

Da grinste sie mich an. »Das werden wir ja sehen«, sagte sie. Und dann kam Hauptmann Pur und begleitete mich zu meiner nächsten Besprechung.

»Wir haben sie mindestens hundert Meter zurückgedrängt«, berichtete General Aineas. »Wenn wir in diesem Tempo weitermachen, stehen sie bald mit dem Rücken am Granit, und dann können wir sie richtig fertigmachen.«

Oberst Apsimar nahm nicht an der Stabssitzung teil. Er führte einen Einsatz an, dort unten im Dunkeln. Bisher hatten wir etwa fünfhundert Mann verloren und in der gleichen Zeit etwa achthundert von Ogus' Toten aus den Stollen geborgen, die wir erobert hatten – wir warfen die Leichen jeden Morgen über die Mauer und ließen sie abholen. Das war Apsimars Idee gewesen, um seine Kollegen zum Nachdenken anzuregen – und es gab noch viele mehr, die wir nicht eingesammelt hatten. Natürlich wurden auf beiden Seiten keine Gefangenen gemacht, das wäre unter den gegebenen Umständen viel zu aufwendig gewesen.

»Ich verstehe das nicht«, sagte ich. »Warum treiben sie uns nicht durch ihre schiere zahlenmäßige Übermacht einfach zurück?«

»So funktioniert das nicht«, erklärte Aineas munter, als wäre er es gewesen, der da unten Männer praktisch blind getötet hatte. »Sie würden Krach machen, und wir könnten sie hören, aber sie uns nicht. Es ist kein Problem, den Stollen über ihnen einstürzen zu lassen, bevor sie überhaupt merken, dass wir da sind. Nein, es zeigt sich nur, was ich die ganze Zeit gesagt habe: Wenn es eng wird, haben Milchgesichter einfach nicht den notwendigen Mumm.«

Nach dem Treffen, das eine völlige Zeitverschwendung war, tauchte aus dem Nichts ein junger untergebener Ingenieur auf und versuchte, mich abzufangen. Glücklicherweise konnte ich Hauptmann Pur davon abhalten, ihn zu töten. »Was ist los?«, fragte ich.

Der junge Offizier erklärte, dass er ein Freund des Oberst sei. Tatsächlich waren sie zusammen zur Schule und auf die Militärakademie gegangen, und ihre Familien haben sich schon immer nahegestanden. Die Sache sei die, fuhr er fort, so verlegen, dass er kaum atmen konnte, der Oberst gehe oft ins Theater, und er habe immer die größte Bewunderung gehegt für, nun, damals war sie natürlich nur Hodda … in der Tat habe er ihr haufenweise Nachrichten geschickt und sie gebeten, nach der Vorstellung mit ihm zu Abend zu essen, sie habe ihm natürlich nicht geantwortet, weil sie so eine nicht sei. Eigentlich aber wollte er darauf hinaus, dass der Oberst in letzter Zeit etwas bedrückt gewesen war, weil er ständig in die Minen musste, und das sei wirklich kein Spaß da unten, und es würde ihn sehr aufmuntern, wenn Eure Majestät ihm einen Brief oder etwas Ähnliches schicken würde, nur wenige Worte auf einem Stück Papier, in etwa: *Gute Arbeit, bleibt dran.* Es würde ihm sehr viel bedeuten, wenn es irgendwie möglich wäre, und wenn es nicht möglich wäre, würde er es natürlich verstehen, und er hoffe, dass seine Bitte nicht beleidigend gewesen sei.

Hodda lachte sich halb tot, als ich es ihr erzählte. Aber ich schimpfte, und schließlich schrieb sie »Für einen wahren Helden« auf ein Stück Pergament, unterschrieb es und schickte es ihm zusammen mit einem Taschentuch. »Er wird es neben seinem Herzen tragen, Gott segne ihn«, sagte sie. »Das tun sie immer.«

Es gibt auf dem Markt einen Stand, wo die Schauspielerinnen Taschentücher kaufen. Zehn Trachy das Dutzend oder ein Gros für einen Vierteltaler. Mit Rosen- oder Lavendelduft zwei Trachy extra. Aber Hodda ließ sich ihre auf einem Karren liefern, in Ballen. Trotzdem, es ist das, was es dem Empfänger bedeutet, was zählt.

10. Kapitel

An den Docks kommen und gehen viele Schiffe, aber lasst mich Eure Aufmerksamkeit im Besonderen auf zwei lenken.

Das erste schaffte es schon nicht bis in den Hafen. Es ankerte etwa eine halbe Meile außerhalb und hisste eine ganz bestimmte, sehr auffällige Flagge. Jeder weiß, was diese Flagge bedeutet. Die Pest.

»Wir sollten ein Kriegsschiff hinschicken und es versenken«, meinte der Stadtpräfekt.

»Das wäre kontraproduktiv«, erwiderte Konteradmiral Gainas, der bei Stabssitzungen die Marine vertrat, wenn Sisinna nicht in der Stadt war. »Um es zu versenken, müsste unser Schiff in physischen Kontakt mit ihm kommen. Das ist das Letzte, was wir in dieser Situation wollen. Nein, wir kümmern uns einfach nicht darum und lassen der Natur ihren Lauf.«

»Das ist völlig unverantwortlich«, widersprach der Präfekt, der nie die Stimme erhob oder sich aufregte, niemals. »Was ist, wenn ein Sturm aufkommt und es in den Hafen gedrückt wird? Oder wenn irgendein Dummkopf Mitleid mit der Besatzung hat und ihr etwas zu essen oder Wasser bringt? Es lässt sich kaum erahnen, was dann passieren könnte. Ihr müsst es versenken, sofort.«

»Es ist ein synäisches Schiff«, erklärte Gainas ruhig, »die

sind Verbündete der Sashan. Wenn wir eines ihrer Schiffe versenken, ist das eine kriegerische Handlung.«

»Unter diesen Umständen glaube ich kaum ...«

»Wir sagen dem sashanischen Botschafter, dass die Pest an Bord war«, meinte Gainas. »Aber was ist, wenn er uns nicht glauben will?«

»Es hat die grüne Flagge gehisst, verdammt!«

»Das weiß der Botschafter der Sashan aber nicht. Er hat nichts als unser Wort. Und wie ich schon sagte, wenn er uns nicht glauben will ...«

»Habt Ihr eine Ahnung, wie schnell sich die Pest in einer Stadt dieser Größe ausbreiten kann?«

»Kommt drauf an«, warf ein anderer ein, den ich nicht kannte. »Es gibt drei oder vier verschiedene Arten von Pest, und sie verbreiten sich auf unterschiedliche Weise. Wir wissen natürlich nicht, welche Art sie auf dem Schiff haben.«

»Meine Herren!«, mahnte ich, und alle verstummten und sahen mich an. Dann wandte ich mich an Usuthus zu meiner Linken. »Such jemanden, der sich mit den verschiedenen Arten von Pest auskennt, und bring ihn auf der Stelle her.« Usuthus nickte und stand auf. »Unsere erste und einzige Priorität ist, dafür zu sorgen, dass die Seuche nicht in die Stadt kommt. Das Argument des Präfekten, dass das Schiff in unseren Hafen getrieben werden könnte, ist berechtigt, genauso wie deins, dass wir sehr nah heranfahren müssten, wollten wir es rammen. Beides ist zwar unwahrscheinlich, aber durchaus plausibel, also zur Hölle damit. Wie wäre es, die armen Teufel mit einem Katapult zu versenken?«

Gainas runzelte die Stirn. »Das könnten wir tun«, sagte er. »Aber das Schiff einfach irgendwie zu versenken, ist gefährlich. Ich denke an die Gezeiten. Wenn wir es dort versenken, wo es gerade auf Reede liegt, besteht die Gefahr, dass die Leichen an Land gespült werden.«

»Gut. Schleppt es aufs Meer hinaus und erledigt es da.«

»Was noch mehr Kontakt bedeuten würde.«

Der Präfekt gab ein leises Stöhnen von sich. »Wir können es nicht einfach da draußen liegen lassen. Habt Ihr Ansers Bericht über die Pest in Antezyra gelesen? Man mag es sich kaum vorstellen.«

Irgendein Kerl von der Marine, der rechts von Gainas saß, murmelte etwas davon, das Schiff dreißig Meilen die Küste hinunterzuschleppen, wo Ogus ein großes Versorgungsdepot hatte. »Auf keinen Fall«, rief der Präfekt. »Was ist, wenn die Pest in der Luft hängt? Es ist genau diese rücksichtslose Einstellung ...«

»Ich glaube nicht, dass das ein ernsthafter Vorschlag war«, erklärte ich. »Meine Herren, wir versuchen hier, eine Entscheidung zu treffen, ohne uns auf wirkliche Fakten stützen zu können. Lasst uns hören, was der Experte zu sagen hat, und dann entscheiden.«

Auftritt des Experten: ein echmenischer Arzt mit dreißig Jahren Erfahrung mit Pestepidemien, die außerhalb der Stadt zum Alltag gehören. Es kommt ganz darauf an, sagte er. Bei einigen Arten der Pest kann wenig passieren, wenn man den Patienten berührt, solange man sich danach die Hände wäscht. Andere Arten werden durch eine Art Hauch von vergifteter Luft übertragen und können einen auf fünfzig Meter Entfernung niederstrecken. Wenn er wüsste, meinte er, mit welcher Art wir es zu tun haben, könnte er uns entsprechend beraten. Aber die grüne Flagge bedeutete einfach nur Pest. Und nach allem, was wir wussten, konnte es genauso gut sein, dass der Kapitän des Schiffes ein wenig hysterisch war und eine heftige Erkältung falsch einschätzte.

Nun änderte der Stadtpräfekt seine Meinung. Das Versenken des Schiffes kam eindeutig nicht infrage. Wenn die Pest auf fünfzig Meter ansteckend sein konnte, durften wir das Risiko nicht eingehen. Auch Gainas überlegte es sich anders. Das Schiff dort zu lassen wäre reiner Wahnsinn, denn was würde passieren, wenn ein anderes Schiff vom Kurs abkäme und nachts, im Dunkeln, mit ihm zusammenstieße? Wie wäre es, schlug ich vor, wenn wir ein Kriegsschiff schicken, um es zu versenken, und dieses Kriegsschiff dann einen Monat lang mitten im Freundlichen Meer unter Quarantäne stellen? Gainas erklärte, dass kein Kriegsschiff lange genug auf See bleiben könne, um die maximale Inkubationszeit auszusitzen. Die Besatzung müsse an Land gehen, um Nahrung und Wasser zu bunkern, und die einzigen Orte, an denen sie das tun konnten, wurden regelmäßig von der Marine genutzt. Wenn etwas schiefging, könnte sich die Seuche wie ein Lauffeuer in der Flotte verbreiten.

»Wir brauchen eine Entscheidung«, stellte der Präfekt fest. »Je länger das Schiff da draußen liegt, desto mehr steigt die Gefahr, in der wir uns befinden.«

Ich sah Gainas an. »Kann die Artillerie Eurer Schiffe etwas treffen, das hundert Meter entfernt ist, und zwar garantiert?«

Er dachte einen Moment lang nach. »Ich muss Nein sagen«, antwortete er dann. »Aber Ihr habt hier Artilleristen an der Mauer, die das schaffen könnten.«

»Findet sie«, befahl ich. »Nehmt mindestens ein Dutzend Feuertöpfe und brennt das verdammte Ding bis zur Wasserlinie nieder.«

Das andere Schiff war eine Fremmer Kogge. Es kommen etwa drei Dutzend pro Tag zu uns in den Hafen. Kurzstreckenhändler, die sich den Blemyscher Golf hinaufarbeiten, Datteln gegen Rosinen tauschen, Rosinen gegen Oliven, Oliven gegen Roggenmehl und so weiter und so fort, mit einem kleinen Gewinn bei jedem Geschäft. Wenn sie bei uns ankommen, haben sie den Laderaum voll Weizen oder Holz, überall sonst spottbillig, aber für uns sehr wertvoll. Die Fremmer leben auf einem

Archipel vor der Küste Blemyas und sind mit jedem so gut befreundet, dass man sie, wie Stare, kaum bemerkt.

Sehr gelegentlich befördern sie Passagiere. Man muss schon entschlossen oder verzweifelt sein, um auf einer ihrer Koggen mitzufahren, es sei denn, man schläft gern auf einem aufgeschossenen Tau und mag es, wie ein Würfel herumgeworfen zu werden. Dem Passagier auf dieser Kogge gefiel wahrscheinlich beides.

Er stieg vom Schiff auf den Kai und fragte den ersten Mann, den er sah, wo er den Hafenmeister fände. Dort drüben, der Mann zeigte auf ihn. Also ging er zum Hafenmeister. Ich bin ein Gesandter, sagte er, von Kaiser Ogus. Bringt mich zu Eurem Anführer.

Vernünftigerweise hielt ihn der Hafenmeister für einen Verrückten und ließ ihn verhaften. Im Wachhaus legte der Abgesandte seine Legitimation vor. Eindrucksvoll mit Rot und Gold verziert auf schneeweißem Pergament, ein wahres Kunstwerk, mit einem faustgroßen Siegel versehen. Der Hauptmann der Wache entschied, dass die meisten Verrückten keinen Zugang zu solch teuren Utensilien haben, also eskortierte er ihn zum Palast und machte ihn zum Problem des diensthabenden Offiziers. Sechsunddreißig Stunden später – für Palastverhältnisse ist das wie der Blitz – war er mein Problem. Ich Glückspilz.

»Brauche ich einen Dolmetscher?«, fragte ich.

Er sah mich an. Er war ein kleiner Mann, mit kantigen Schultern, leichtem Kugelbauch, dünnem Schnurrbart, einem Bärtchen am Kinn und hellbraunen Augen, eher sechzig als fünfzig. Er war schlicht gekleidet und wirkte nicht im Entferntesten ängstlich. »Nein, Majestät«, sagte er. »Ich spreche ganz passabel Robur.«

»Also doch«, sagte ich und griff nach der kunstvoll gestalteten Legitimation. »Hier steht, Ihr kommt von Ogus, um ein Treffen auszuhandeln.«

»Das ist richtig.«

»Ogus hat noch nie einem Treffen zugestimmt.«

»Mit Verlaub, das ist nicht wahr. Er hat sich mehrmals mit Oberst Orhan getroffen.«

»Der Mann, der zu Beginn der Belagerung den Job von Apsimar gemacht hat«, flüsterte Usuthus mir ins Ohr. »Ihr wisst schon, das Milchgesicht.«

Ich nickte. »War er nicht ein Verräter?«, erwiderte ich laut, damit der Abgesandte es hören konnte.

»Das wurde nie bewiesen.«

»Ihr seht also«, fuhr der Abgesandte fort, »es gibt einen Präzedenzfall. Ich kann Euch versichern, der Kaiser ist sehr daran interessiert, mit Euch zu sprechen.«

»Worüber?«

»Das kann ich Euch nicht sagen.«

Ich musterte ihn. Er war gut. Ich hatte absolut keine Ahnung, was in seinem Kopf vorging. »Ihr seid nur hier, um alles zu arrangieren.«

»Ja, Majestät.«

Ich wandte mich an Hauptmann Pur. »Ich traue diesem Trottel nicht weiter, als ich ihn spucken könnte«, flüsterte ich. »Was meint Ihr?«

Der Hauptmann schürzte die Lippen. »Auf der anderen Seite ...« Den Rest des Satzes ließ er im Raum stehen.

Ich nickte und wandte mich wieder um. »Gerne garantieren wir Ogus sicheres Geleit in die Stadt«, erklärte ich.

»Das wäre nicht akzeptabel, fürchte ich.«

»Ich komme nicht zu ihm, nicht für alle Reisvorräte in Blemya.«

»Verständlich«, erwiderte der Abgesandte. »Was wir im Sinn hatten, ist Folgendes.«

Zuerst dachte ich, er wolle einen Witz machen, obwohl Diplomaten völlig seltsame Dinge verhandeln. Da Ogus uns zur

See nicht traute und wir ihm an Land nicht trauen würden, bestand der Vorschlag darin, dass seine Männer einen Steg bauen würden, der eine halbe Meile lang und drei Meter breit war. Ich würde in einem kleinen Boot hinausrudern und Ogus am anderen Ende des Stegs treffen. Er konnte jemanden mitbringen, ich auch. Ich würde im Boot bleiben, er auf dem Steg. Wir könnten miteinander reden und dann wieder getrennter Wege gehen.

Wir holten die Karten heraus. Ich wollte eine Stelle, an der die Strömung mich nicht an Land trieb. Sie brauchten einen Ort, an dem sie einen Steg bauen konnten, der nicht weggespült wurde. Unglaublicherweise gab es an der Nordküste eine Stelle, die alle oben genannten Punkte erfüllte, aber sie lag zwei Meilen über offenes Wasser von der Hafenmündung entfernt. Ich wies darauf hin, dass ich auf keinen Fall zwei Meilen rudern könnte, selbst wenn das Rudern in einem Ruderboot nicht unter meiner kaiserlichen Würde wäre, was natürlich der Fall war.

Also ein Kompromiss. Ich könnte zwei Ruderer bekommen, wenn Ogus zwei Männer mitbringen durfte. Mir gefiel der Gedanke nicht. Sie müssten nackt sein, sagte ich, damit sie keine Waffen verbergen konnten. Der Abgesandte sagte, wenn es um verdeckte Waffen ginge, könnte ich leicht eine gespannte Armbrust im Boden des Bootes verstecken, aber Ogus sei großmütig bereit, das Risiko auf sich zu nehmen. Das Mindeste war dann aber, dass ich ihm zwei Begleiter zugestand. Denn niemand kann seine Arbeit vernünftig machen, wenn er bis auf die Knochen durchgefroren ist.

Gut, sagte ich. Ich würde mit einem Kriegsschiff kommen und sechzig Bogenschützen an Bord. Er könne sechzig Bogenschützen auf dem Steg postieren. Wenn wir uns schon dämlich verhalten, dann wenigstens mit Stil.

Das Gespräch dauerte sehr lange, und immer mal wieder kochten die Gemüter ein wenig hoch. Aber schließlich kamen wir zu einer Einigung. Ich in einem Boot, mit einem Adjutanten und zwei Ruderern. Ogus auf dem Steg, mit drei Helfern. Nirgendwo irgendwelche Waffen. »Was ist, wenn es regnet?«, fragte ich.

Ich glaube, der Gesandte hatte zu diesem Zeitpunkt auch schon genug. »Dann werdet Ihr wohl nass«, sagte er.

»Ich komme mit«, sagte Hodda.

»Mach dich nicht lächerlich«, entgegnete ich. »Ich brauche Usuthus oder Hauptmann Pur.«

»Du kannst sie beide nehmen. Sie können wohl ein Boot rudern, nehme ich an.«

»Es ist gefährlich«, sagte ich. »Es ist fast sicher eine Falle.«

»Das bezweifle ich«, entgegnete sie sanft, »du hast sehr gründlich verhandelt. Und ich werde nicht seekrank. Vergiss nicht, ich bin schon oft durch die Provinz getingelt. Ich bin ein guter Segler.«

»Du kommst nicht mit. Warum solltest du das überhaupt wollen?«

»Du Idiot. Das ist doch unsere Chance.«

»Da stimme ich dir zu«, sagte ich, »wenn Ogus wirklich verhandeln will …«

»Du Narr«, sagte sie. »Du kapierst es wirklich nicht, oder? Er wird mit mir rechnen.«

Ich besitze durchaus ein Hirn, obwohl der einzige Teil davon, den ich die meiste Zeit meines Lebens benutzt habe, mein Gedächtnis ist. »Du hast was?«

»Sprich leise, du Schwachkopf. Er wird mich erwarten. Uns beide. Erinnerst du dich nicht mehr?«

»Nein.«

»Doch, das tust du sehr wohl. Wir waren uns einig, dass wir einen Pakt mit Ogus schließen müssen, wenn wir sicher aus der Stadt herauskommen wollen. Du hast gesagt, es gebe keine

Möglichkeit, mit ihm in Kontakt zu treten. Ich sagte, überlass es mir. Also habe ich es arrangiert.«

Verschiedene Dinge drängten sich in meiner Kehle und versuchten, gesagt zu werden. Was schließlich herauskam, war: »Das ist schon ewig her.«

»Solche Dinge brauchen Zeit.«

»Welche Dinge?«

Sie erklärte es mir ganz unaufgeregt. Vor ein paar Jahren war sie über die Halbinsel Dosmoi getingelt, mit einer Tourneeproduktion von ... Ich kann mich bis heute nicht mehr an den Titel erinnern. Jedenfalls war es irgendein Schmierentheater. Während sie dort unterwegs war, traf sie einige reiche Händler – was für eine Überraschung – und lernte sie recht gut kennen. Als sie dann Ogus eine Nachricht zukommen lassen wollte, fand sie einen Kapitän, der eine Fremmer Kogge kommandierte, gab ihm einen bestimmten Geldbetrag und sagte ihm, dass er das Doppelte bekäme, wenn er Ogus einen Brief übergäbe. Die Dosmoriner, das wissen wir genau, haben quasi ein Monopol auf die Lieferung von Essig an Ogus' Armee. Und sie war so unverfroren, sich einfach darauf zu verlassen.

»Aber das ist doch verrückt«, entgegnete ich. »Wie um alles in der Welt kommst du darauf, dass Ogus sich mit *dir* treffen will?«

»Weil er wissen dürfte, dass ich Lysimachus' Geliebte war«, erklärte sie. »Nur bin ich jetzt die Kaiserin, also ist der ursprüngliche Plan von der Wirklichkeit eingeholt worden. Aber keine Sorge, das Endergebnis ist dasselbe.«

»Ich glaube nicht, dass dein Hirngespinst irgendwas damit zu tun hat«, meinte ich. »Ich glaube vielmehr, Ogus will über Frieden reden, weil wir ihm in letzter Zeit das Leben wirklich schwer gemacht haben.«

»Glaubst du das? Wie süß. Ich weiß, dass er uns meinetwegen sehen will, weil mein Koggenführer mir das gesagt hat.«

»Schwachsinn. Du hast keinen Kapitän kennengelernt.«

»Er hatte einen Brief an mich, zusammengerollt in einer Parfümflasche. Sieh selbst.« Sie öffnete eines von den Millionen Fläschchen auf ihrem Schminktisch und reichte es mir. Darin befand sich ein winziger Fetzen nach Rosen duftenden Papiers. Ich konnte noch eben so die Schrift entziffern.

»Er will sein Geld«, vermutete ich.

»Weil die Dosmoriner ihm seinen Bonus nicht auszahlen wollten. Und wenn du selbst nachsiehst, steht dort, dass das Treffen arrangiert ist und wir bald Näheres hören werden. Das war, zwei Tage bevor der Abgesandte auftauchte. Du siehst also, ich habe das alles arrangiert.«

»Ein Brief in irgendeiner Parfümflasche. Wie groß war die Wahrscheinlichkeit, dass du genau die öffnest?«

»Wegen der Rosenessenz. Mein Dosmoriner Freund weiß, dass ich diesen besonderen Duft liebe.«

Ich konnte sehen, wie die Wetterfahne von »Glaubwürdig« auf »Wahrscheinlich« drehte. »In Ordnung, das erklärt das Wie«, sagte ich. »Ich bin aber eher am Warum interessiert.«

»Du weißt, warum. Oder hast du nicht zugehört? Wir kommen nicht aus dem Palast raus. Das ist unsere einzige Chance.«

»Willst du aus dem Boot springen und ans Ufer schwimmen? In vollem Ornat. Du wirst ertrinken.«

»Nein. Hör zu.«

11. Kapitel

Alles ändert sich, siehe oben. Und nichts ändert sich häufiger, schneller oder radikaler als die Vergangenheit. Die Helden von gestern sind die Schurken von heute. Die ewigen Wahrheiten von gestern sind die überschießenden Mythen von heute. Das Richtige von gestern ist das Falsche von heute, das Gute von gestern ist das Böse von heute. Und morgen wird alles um hundertachtzig Grad anders sein, darauf könnt Ihr Euch verlassen.

Was eigentlich seltsam ist, da die Vergangenheit ja bereits geschehen ist. Sie ist erledigt, vollständig, beendet, abgezeichnet, versiegelt, geliefert, tot. Auf der anderen Seite verändern sich tote Dinge immer noch sehr, wie der Geruch beweist. Ich neige dazu, mir die Vergangenheit als Kompost vorzustellen. Verwehungen des toten Gestern, die zu einem feinen Mulch verrotten, in dem alle Arten von Unkraut keimen, sprießen und gedeihen. Natürlich verändert sich die Vergangenheit, sie kann sich nicht nicht verändern, und was gestern wahr war ... Siehe oben, an mehreren Stellen.

Überall bemerke ich Veränderung und Verfall. Einfach alles verändert sich, nur *ich* nicht. Und das ist es, was ich Hodda sagte. Ich hatte mich entschlossen, das sagte ich zu ihr, aus dieser dem Untergang geweihten Stadt zu verschwinden, sobald sich die Gelegenheit dazu ergebe, und ich hatte vor, mich daran zu halten, komme, was wolle.

»Himmel, bin ich erleichtert, das von dir zu hören«, antwortete sie. »Ich hatte schon angefangen, mir Sorgen um dich zu machen.«

»Das ist so süß von dir.«

»Ich hatte Angst, du würdest anfangen, deinen eigenen Schwachsinn zu glauben.«

Ich lächelte sie an. »Ich mache eine Menge wirklich blöder Dinge«, meinte ich. »Aber das, niemals.«

Usuthus musste lernen, ein Boot zu rudern.

»Du wirst den Dreh schon noch rauskriegen«, sagte ich ihm. »Schau dir die Leute an, die ihr Leben damit verbringen, Boote zu rudern. Wenn die das können, kannst du es auch.«

Usuthus hat schreckliche Angst vor Wasser. Also bat ich Konteradmiral Gainas, jemanden zu suchen, der es ihm beibringt, und sie fuhren in einem kleinen Beiboot los. Als sie zurückkamen, zitterte Usuthus wie Espenlaub. »Ich kann das nicht«, flehte er. »Ich bin nicht stark genug, und ich habe große Angst.«

»Das habe ich auch gedacht, als man mich zum Kaiser gemacht hat, und jetzt sieh mich an«, erwiderte ich. »Also reiß dich zusammen und üb weiter.«

Er tat mir leid, das tat er wirklich. Hauptmann Pur auch, der aus einem Binnenland kam, das von Bergen umgeben war. Er mochte das Meer ebenfalls nicht besonders, aber er war entschlossen, sich nicht von ihm besiegen zu lassen. Stirb, du Bastard, konnte man ihn fast jedes Mal sagen hören, wenn er ein Ruder ins Wasser stieß. Ich war es, der vorschlug, sie sollten wirklich zusammen rudern üben, denn Teamwork ist die Grundlage beim Rudern. Es wurde das Lustigste, was ich gesehen habe, seit Chalco den Erzherzog in *Alchemie der Liebe* gespielt hat.

Der Gesandte kam zurück und sagte, die Bedingungen, um die wir gebeten hatten, seien akzeptabel, bis auf eine. Lass mich raten, sagte ich, und ich hatte recht. Ich hatte darum gebeten, dass Ogus die Bergbauarbeiten aussetzt, als Geste des guten Willens. Keine Chance.

Während also Ogus' Zimmerleute eine halbe Meile Steg bauten, ging der furchtbare Krieg in den Tunneln weiter. Ich hatte darauf bestanden, dass Oberst Apsimar, der die Angriffe auf die gegnerischen Stellungen selbst leitete, sich eine Pause gönnte, mit dem Ergebnis, dass wir an Boden verloren und hundert Meter zurückgedrängt wurden, mit schrecklichen Verlusten sowohl für uns als auch für den Feind. Also übernahm Apsimar wieder persönlich das Kommando, eroberte die verlorenen hundert Meter in einer einzigen verzweifelten Nacht erneut und trieb Ogus' Männer weiter zurück, einen Schritt nach dem anderen, bis sie den Granitkamm erreichten. Genau das war es, was Ogus unbedingt hatte vermeiden wollen. Es hatte ihn unendlich viel Mühe, Material und Leben gekostet, den Grat zu durchbrechen. Wenn es uns gelänge, die Bresche zu besetzen und zu blockieren, müsste er wieder von vorne anfangen.

»Es ist alles eine Frage der zeitlichen Planung«, sagte mir General Pertinax bei der nächsten Stabsbesprechung. »Wenn wir das Loch im Granit versperren können, bevor Ihr Euch mit Ogus trefft, habt Ihr natürlich eine viel bessere Verhandlungsposition. Selbstverständlich gilt das in beide Richtungen. Wenn wir mit allen Mitteln versuchen, den Durchbruch zu besetzen, und wir werden zurückgeschlagen, schwächt das Eure Position enorm.«

Na, vielen Dank, dachte ich. Ich konnte es nicht über mich bringen, es Apsimar von Angesicht zu Angesicht zu sagen, also habe ich gekniffen und ihm den Befehl schriftlich zukommen lassen: Ihr habt fünf Tage, um den Durchbruch zu besetzen, Versagen ist keine Option. »Nicht, dass uns das in irgendeiner Weise interessiert«, sagte Hodda, als ich ihr erklärte, warum ich so unglücklich aussah. »Aber du hast recht, wir müssen den Anschein erwecken, dass wir die Sache ernst nehmen, sonst könnte jemand Verdacht schöpfen.«

Die Verteidigung der Bresche war viel einfacher als der offene Kampf in den Stollen. Der Feind holte den Schwefel und die Blasebälge heraus und tötete innerhalb von wenigen Minuten sechsundsiebzig unserer erfahrensten Tunnelkämpfer. Apsimar revanchierte sich, indem er einen eigenen Blasebalg baute, nur dass dieser nicht blies, sondern saugte. So schnell, wie Ogus' Männer den giftigen Rauch produzierten und in unsere Richtung schickten, pumpte Apsimar ihn in einen Seitenstollen, der aus einer früheren Phase der Aktion übrig geblieben war.

In der Zwischenzeit gruben unsere Pioniere einen weiteren Stollen, parallel zu ebendem, um den gerade alle kämpften. Dann, als sie auf den Granit stießen, drehten sie sich um neunzig Grad und folgten der Linie des Kamms, bis sie direkt neben dem Durchbruch herauskamen. Ogus' Männer schafften es gerade noch, die Düse des Blasebalgs herumzudrehen, und löschten vierzig Männer aus, wie ein Imker seine Bienen einnebelt. Schließlich führte Apsimar seinen Hauptangriff an, den ursprünglichen Tunnel hinauf, bevor der Gegner eine Chance hatte, die Düse wieder zurückzudrehen. Nach etwa fünf Minuten der blutigsten Kämpfe der gesamten Belagerung brachen wir durch, schlachteten etwa dreihundert ihrer Ingenieure ab und verbarrikadierten den Tunnel auf ihrer Seite, während unsere Steinmetze zwölf massive Basaltblöcke anschleppten, die im Voraus sorgfältig behauen worden waren, um das Loch zu verschließen. Sie waren so gefertigt, dass sie ineinandergriffen, ohne dass Mörtel nötig war, und als sie sich in Position befanden, saßen sie dort unverrückbarer als der ursprüngliche Granit. Unsere Männer kletterten durch die Bresche, bevor der letzte Block in seine Position fiel. Der Auftrag war erledigt, und das zwei Tage früher als geplant.

Ich hätte Apsimar gerne persönlich gratuliert, vor der ganzen Stadt, aber dazu kam es nicht mehr. Ich habe noch mit den Männern gesprochen, die am Ende bei ihm waren, aber es war nicht klar, was genau passiert war. Der junge Offizier, der als Letzter mit ihm gesprochen hatte, sagte, sie seien zusammen auf unserer Seite der Bresche gewesen, kurz nach dem großen Vorstoß. Apsimar habe den Angriff angeführt, sei aber auf unsere Seite des Lochs zurückgekommen, um Verstärkung zu holen, da wir mehr Männer verloren hatten als erwartet. Dann erzählte mir der Offizier, er hätte Rosen gerochen und sei in Panik geraten.

»Was meint Ihr damit, dass es nach Rosen roch?«, fragte ich.

»In letzter Zeit riechen die bösen Jungs nach Rosenessenz«, erzählte er mir, »damit sie ihre eigenen Leute von unseren unterscheiden können. Es ist ein alter Trick.«

»Ich weiß. Und er funktioniert nicht.«

»Genau. Aber sie sind dumm.«

Jedenfalls meinte der Offizier, Rosen zu riechen, und weigerte sich weiterzugehen. Apsimar sagte, das sei völlig in Ordnung, schickte ihn zurück in den Tunnel, um die Verstärkung zu holen, und kletterte zurück durch die Bresche. Es war das Letzte, was man von ihm gehört hatte.

Doch tot war er definitiv. Wir wussten es, da Ogus seine Leiche an einen Karren gebunden und vor der Mauer auf und ab geschleift hat, gerade außerhalb unserer Reichweite, bis er irgendwann auseinanderbrach.

Ich glaube, ich weiß, was passiert ist, falls es Euch interessiert. Nach allem, was man hört, war der Feind, als Apsimar durch die Bresche zurückkletterte, vorübergehend vertrieben, wobei sie sich schon für einen letzten erfolglosen Vorstoß versammelten. Aber irgendjemand auf unserer Seite musste gehört haben, dass jemand kam, dabei einen sehr schwachen Rosenduft wahrgenommen und ihn erstochen haben, weil er dachte, es sei einer der Bösen. Der Fehler kam dadurch zustande, dass Hodda Rosenessenz liebt und ihre Taschentücher in dem Zeug tränkt, bis alles danach stinkt.

12. Kapitel

Trotzdem, egal. Wir hatten den Durchbruch erobert, und nur das zählte. General Aineas, Konteradmiral Gainas und der Stadtpräfekt sagten mir, wir hätten Ogus' Leute in die Flucht geschlagen und ich solle mich mit nichts weniger als einem vollständigen Rückzug der feindlichen Truppen zufriedengeben. Ich solle auch auf die Rückgabe eines Teils unseres Territoriums und mindestens hundert Millionen Trachy als Kriegsentschädigung drängen. Wenn ich das nicht bekommen könne, müsse ich darauf bestehen, dass Ogus seine Fabriken schließe oder zumindest einer Art Lizenzgebühr zustimme.

Das Boot, das sie extra gebaut hatten, war ein Prachtexemplar. Purpur gestrichen und mit Blattgold verziert. Der Rumpf war aus Eichenholz und garantiert pfeilfest, sodass ich mich nur ducken musste, sollten sie zu schießen beginnen. Sie hatten sogar zugehört, als ich möglichen Regen erwähnt hatte, denn es gab einen riesigen purpurfarbenen Schirm, der mit einer Feder versehen war und auf Knopfdruck aufspringen würde. »Hoffen wir, dass es regnen wird«, meinte der neue Oberst der Ingenieure, »dann bleibt Ihr schön trocken, und er wird klatschnass.« Er erzählte mir, dass Apsimar den Mechanismus selbst entworfen hatte. Offenbar hatte er ein Gespür für solch alberne Spielereien.

Hodda hatte für diesen Anlass ein neues Kleid bekommen. Der Kämmerer hatte uns beide in voller Montur sehen wollen. Ich sagte, zeig mir, wo steht, dass der Kaiser und die Kaiserin in vollem Ornat erscheinen müssen, wenn sie von einem Ruderboot aus mit dem Feind verhandeln. Außerdem, meinte Hodda, seien die kaiserlichen Insignien heilige Symbole der kaiserlichen Würde, und wenn sie durch Salzwasser ruiniert würden oder über Bord fielen, wäre das eine nationale Katastrophe. Also schiffte sich Hodda in einem Kleid aus fließender weißer Seide ein, das merkwürdigerweise an jenes Kleid erinnerte, das sie in *Der Geschichtenerzähler und die Sklavin* angehabt hatte, während ich die Uniform der kaiserlichen Kürassierbrigade trug, ohne den dämlichen Kürass.

»Himmel, es ist wunderbar, wieder in richtigen Kleidern zu stecken«, schrie sie mir ins Ohr, als wir in die Bucht hinausruderten.

Ich suchte den Horizont nach Schiffen ab, nach kleinen Booten und Schwimmern mit zwischen die Zähne geklemmten Messern. »Ist das deine Vorstellung von richtiger Kleidung?«

Als ich das sagte, trug ich eine rote, knielange Tunika, die mit Mustern aus Goldfäden eingefasst war, unter einem gesteppten Hemd aus rotem Samt, das mit dem doppelköpfigen Wildschweinemblem der Kürassiere aus Gold- und Silberdraht bestickt war, dazu rote kreuzgegürtete Strümpfe und rote Wildlederstiefel. Sie besaß die Freundlichkeit, nichts zu antworten, obwohl das eigentlich nicht nötig gewesen wäre.

Usuthus und Hauptmann Pur machten ihre Sache beim Rudern ziemlich gut, obwohl das Boot viel größer und schwerer war als das, mit dem sie geübt hatten. Die See war ruhig und flach, und Hodda und ich hatten Seidenkissen, auf denen wir sitzen konnten. Krank fühlte ich mich überhaupt nicht. Dann waren wir weit genug draußen, um den Steg zu sehen, und ich spürte, wie sich in mir alles zusammenzog.

Ogus persönlich, der böseste Mann der Welt, der leibhaftige Teufel. Eigentlich hatte ich nie viel über ihn nachgedacht. Ich wusste, dass er alle Robur hasste, also hasste er auch mich. Das lag daran, dass die Robur seit Jahrhunderten sein Volk unterdrückt und versklavt hatten. Die einzige Antwort auf das Problem, sagte er, sei die totale Ausrottung der Robur. Bevor das nicht geschehen ist, sei die Welt nicht sicher. Als die Belagerung begann, hatte ich angenommen, er sei ein Spinner, verrückt, habe Schaum vor dem Mund. Jetzt, da ich ein wenig darüber gelernt hatte, wie die Dinge funktionieren und wie sie zustande kommen, konnte ich seine Argumentation irgendwie verstehen. Ich konnte mir eines dieser elenden, trostlosen Treffen vorstellen, mit drei mächtigen Männern, die sich darüber stritten, wessen schon von Anfang an völlig unhaltbaren Plan sie denn nun übernehmen sollten. Und ich konnte mir vorstellen, wie ich selbst sagte, dann lasst uns sie einfach alle abschlachten, damit wäre das Problem gelöst. Und alle stimmen mir zu, damit sie keinem der anderen beiden zustimmen müssen. Nein, eigentlich könnte ich das nicht, aber vielleicht liegt das einfach daran, dass meine Vorstellungskraft nicht ausgeprägt genug ist. Schließlich würde sich dieser Vorschlag nicht sonderlich von einigen der Befehle unterscheiden, die ich in letzter Zeit ausgegeben habe: Brennt diese und jene Stadt nieder, von der ich vor dem Treffen noch nie gehört hatte. Trommelt alle grünen und blauen Bruderschaftsführer zusammen und entsorgt sie. Erobert den Durchbruch, ohne zu versagen. Wenn man den Befehl gibt, ist er durchaus sinnvoll. Müssen dabei ein paar Leute leiden, ist das ein kleiner Preis. Lasst uns diese Bedrohung loswerden, ein für alle Mal.

Ogus und ich waren also beide in denselben Club eingetreten und hatten unseren Mitgliedsbeitrag bezahlt. Ich würde ihm in die Augen sehen können und eine Art menschliches Wesen erkennen, keinen Dämon oder ein Monster. Was die Angst vor ihm angeht – wenn man vor tausend zahlenden Zuschauern steht und nichts hat, womit man sich verteidigen kann, außer zwanzig Zeilen gereimten jambischen Pentameter, dann erschrecken einen die Leute nicht, nur weil es Menschen sind. Solange er also nicht hundert Bogenschützen mit Tarnkappen dabeihatte, gab es nichts, wovor man sich fürchten musste.

Gleichwohl.

Meine Erfahrung als Kaiser hat mich inzwischen in die Lage versetzt, eine einfache Faustregel aufzustellen, die ich gerne an alle Könige, Herrscher, Gouverneure oder Mitglieder repräsentativer Bürgerversammlungen weitergeben möchte, die diese Zeilen vielleicht zufällig lesen. *Lasst uns diese Bedrohung ein für alle Mal loswerden*, ist immer sehr beliebt, weil das eine scheinbare Lösung verspricht und niemand mehr über das wirkliche Problem nachdenken oder die Dinge tun muss, die tatsächlich getan werden müssen. Stattdessen entfernt man einfach ein paar Figuren aus dem Spiel und macht weiter wie gewohnt. Das entscheidende Element dabei sind die Zahlen. Tötet mehrere Millionen, und Ihr werdet unweigerlich zum Monster. Aber wenn Ihr Euch auf eine relativ bescheidene Zahl beschränkt, sagen wir ein oder zwei Prozent der Bevölkerung, fünfzigtausend Menschen als absolutes Maximum, seid Ihr ein Staatsmann und ein Held und der geliebte Landesvater. Und das ist sie auch schon, die Regel. Ihr könnt sie gern als notkersches Gesetz bezeichnen, wenn Ihr glaubt, dass das hilft.

Aber manchen Leuten ist das alles völlig egal. Und einer von ihnen wartete am Ende des Stegs auf uns. Natürlich wusste niemand, wie er aussah. Die einzige Information, die von jemandem stammte, der die beiden gekannt hatte, besagte, dass er für ein Milchgesicht recht groß war und seinem Vater sehr ähnlich sah. Davon abgesehen wussten wir nichts. Insofern konnte der Mann, der am Ende des Stegs auf uns wartete, auch gar nicht Ogus sein, sondern ein Double oder Hochstapler.

Die Frage ist wahrscheinlich schon von einem Wissenschaftler oder Philosophen umfassend erörtert worden, allerdings hatte ich noch nichts darüber gehört. Ab wann wird der Punkt am Horizont zu etwas, das man erkennt? Zuerst ist da nur der Punkt. Dann nähert man sich, und es ist immer noch ein Punkt. Irgendwann nimmt er Formen an, bleibt aber immer noch abstrakt. Dann kommt ein Moment – und das ist der Gegenstand meiner Überlegungen –, in dem es ein Mensch oder ein Pferd oder ein Hund sein könnte, und dann ein weiterer Moment, in dem er das definitiv ist.

»Ich kann ihn sehen«, rief Hodda. Sie hat ein unfassbar gutes Sehvermögen.

»Dir ist schon klar«, meinte ich, »dass ich mich noch nie in meinem Leben so weit von der Stadt entfernt habe.«

Hodda blickte mich an, dann schaute sie zu Usuthus und dem Hauptmann, die uns den Rücken zuwandten. Ich begriff, was sie meinte. Was für mich galt, musste nicht unbedingt auch für Lysimachus gelten. Ich fluchte leise vor mich hin, aber ich war mir ziemlich sicher, dass sie zu sehr mit dem Rudern beschäftigt waren, um meine Worte mitzubekommen.

»Ich kann sie auch sehen«, sagte ich.

Der Steg war wunderschön geworden. Schnurgerade und eben, ohne jeden rustikalen Charme, und das helle Holz leuchtete in der Morgensonne wie Gold. Kaum überraschend, dachte ich. Ihre Zimmerleute hatten in letzter Zeit viel Arbeit gehabt, und je mehr Arbeit man hat, desto mehr verfeinert man seine Fähigkeiten.

Ich blickte zurück zur Stadt. Alle sagen, dass man sie am besten vom Meer aus betrachten sollte. Sie haben recht. An einem sonnigen Tag sieht man von hier nicht all den Schmutz

und das Elend und die Menschen, nur Türme und vergolde-
te Dächer und weiße Kuppeln vor einem blauen Himmel. Eine
wirkliche Schönheit, schön wie ein Bild. Ich hatte sie so natürlich noch nie gesehen. Sie wirkte seltsam klein.

»Er ist allein«, sagte sie.

»Nein«, korrigierte ich. »Die Abmachung war, dass jeder
von uns drei Helfer mitbringen darf.«

»Er ist allein.«

Wie immer hatte sie recht. Eine halbe Meile Steg – zuerst
treibt man mannsdicke Pfähle in den Meeresboden, mit speziellen Fallhämmern, die auf Kähnen montiert sind. Dann ver-
bindet man sie mit Planken und setzt ein Geländer darauf.
Wenn man noch unbedingt angeben will, streicht man das Geländer krokusgelb – und dann nur ein Mann, ganz am Ende,
der auf einem Klapphocker sitzt. Das ist echte Arroganz.

Wir hielten etwa hundert Meter entfernt, damit Hauptmann Pur noch mit mir reden konnte. Da er sich nicht umdrehen konnte, sprach ich mit seinem Hinterkopf. »Ist er wirklich
allein?«, fragte der Hauptmann.

»Ja.«

»Hat er nicht noch irgendwo Männer versteckt?«

»Auf dem Ding kann man niemanden verstecken.«

»Er könnte Taucher unter Wasser haben, die die Luft an-
halten.«

»Das glaube ich nicht.«

»In diesem Fall ...« Hauptmann Pur senkte seine Stimme,
was albern war, wenn man es genau betrachtete. »In diesem
Fall könnten wir ihn umbringen. Nein, hört mich an. Verwickelt ihn in ein Gespräch, ich lasse mich über Bord gleiten,
schwimme zu einem der Pfeiler ...«

»Nein«, sagte Hodda.

»Wir könnten diesen Krieg mit einem Schlag beenden«,
beharrte der Hauptmann. »Kein Ogus, und alles fällt in sich

zusammen. Ich könnte es mit ihm aufnehmen, ich weiß, dass ich es kann. Wir wären zurück im Boot und aus der Reichweite von Bogenschützen, lange bevor seine Männer uns erreichen könnten.«

»Nein«, wiederholte Hodda. »Wenn Ihr das versucht, geht die Sache schief, und unsere einzige Chance auf Frieden ist vertan. Ich verbiete Euch absolut, irgendetwas in dieser Richtung zu unternehmen.«

»Majestät?«

Gemeint war ich.

Stellt Euch das vor. Auf einen Schlag. Aus einem Impuls heraus den Lauf der Geschichte verändert. Lysimachus der Große rettet das Volk der Robur. »Sie hat recht«, sagte ich. »Nette Idee, aber besser nicht.«

Hauptmann Pur stieß Usuthus an, und gemeinsam nahmen sie erneut die Ruder auf. Einen Augenblick später waren wir wieder unterwegs. Nette Idee, dachte ich noch einmal. Genau das hätte Lysimachus getan – Held, Meister der Arena, bester Kämpfer seiner Generation, er hätte auch das durchgezogen. Ich wünschte mir, er würde in diesem Boot sitzen und nicht ich.

»Bringt uns auf etwa fünf Meter heran«, sagte ich.

»Wir sehen nichts«, entgegnete Usuthus. »Ihr müsst uns sagen, wann es so weit ist.«

Je näher wir kamen, desto höher über uns befand sich Ogus. Kaum sah ich ihn, kannte ich ihn. Den Typ, meine ich. Ich war mit ihm aufgewachsen. Er war der typische Bruderschaftsschläger, der sich eine goldene Nase verdient hatte und das Leben genoss: Kugelbauch, Doppelkinn, fleischiges Gesicht, Tränensäcke unter den Augen, aber alles irgendwie hinzugefügt, wie moderne Anbauten an ein altes Haus. Darunter konnte man immer noch den Mann erkennen, der für die goldene Nase verantwortlich war, indem er Leute verletzte und ihnen Angst und Schrecken einjagte und schlauer war als der Durchschnitt. Er war ungefähr so alt, wie mein Vater gewesen wäre, hätte er noch gelebt.

Ich stand auf. Das Boot schaukelte fürchterlich. Ich setzte mich wieder. Ogus lachte.

»Wer seid Ihr?«, fragte er.

»Lysimachus. Der Kaiser.«

»Nein, seid Ihr nicht«, entgegnete Ogus. »Ich habe Lysimachus getroffen, und der seid Ihr nicht.«

Dann bemerkte ich, wie Hodda ihn anfunkelte, genau so, wie sie es vor einem Moment bei mir getan hatte, nur etwa fünfmal heftiger. »Egal«, meinte Ogus. »Ihr seid der Kaiser?«

»Ja.«

Er stand auf, kam an den Rand des Stegs und hockte sich auf die Fersen. »Lasst uns zur Sache kommen«, sagte er.

»Sicher«, antwortete ich. »Was können wir für Euch tun?«

Er grinste. »Wir sollten reden«, schlug er vor. »Aber nicht so. Das ist lächerlich.«

»Einverstanden.«

»Es gibt eine Insel«, sagte er, »etwa sechs Meilen vor der Küste. Lapizaria. Ein winziges Stück Felsen mit einem Hof und einem Dutzend Schafe. Wir treffen uns dort. Eure Männer entfernen die Bewohner, auch die Schafe. Meine Männer rudern rüber und überzeugen sich, dass niemand mehr da ist, dann ziehen sich Eure Männer und meine Männer zurück. Ihr rudert in einem Boot rüber, ich auch. Wir treffen uns in der Hütte des Farmers, jeder darf einen Begleiter mitbringen. Abgemacht?«

Ich wandte mich um, um mich mit Usuthus und dem Hauptmann zu beraten, aber Hodda blickte mich finster an. »Das klingt gut«, sagte ich. »Und wann?«

»Mittags, übermorgen. Wenn Eure Männer die Insel geräumt haben, hisst Ihr eine weiße Flagge, und meine Männer kommen rüber. Wenn wir mit allem fertig sind, rudere ich zurück, und Ihr gebt Eurem Kriegsschiff erst dann ein Signal näher zu kommen, wenn ich wieder an Land bin.« Er hielt inne und grinste. »Habt Ihr das alles verstanden, oder muss Euer Schreiber es für Euch zu Papier bringen?«

»Ich denke, wir vier können uns das merken.«

Er stand auf. Die anderen hatten recht gehabt. Er war ein großer Mann, etwa so groß wie ich, wenn auch nicht ganz so breit in den Schultern. Er sah mich an, runzelte die Stirn, drehte sich um und ging den Steg entlang. Er hatte eine Art, sich zu bewegen, die Erinnerungen weckte.

Acht Stunden später, so sagte man mir, war der Steg wieder verschwunden, als hätte es ihn nie gegeben. Ein Team von Ingenieuren kam heraus und demontierte ihn, packte die Bretter und Balken auf Karren und fuhr sie dann klappernd davon. All das Holz würde sich für den Bau von Stollen als nützlich erweisen.

13. Kapitel

Es gab eine Frage, auf die ich gern eine Antwort gehabt hätte, die ich mich aber nicht zu stellen traute, deswegen tat ich es nicht. In der Zwischenzeit mussten Vorbereitungen für die Gipfelkonferenz getroffen werden.

»Wir möchten, dass Ihr Eure Rüstung tragt«, sagte der Stadtpräfekt. »Das letzte Mal haben wir nicht darauf bestanden, weil Ihr in einem kleinen Boot unterwegs wart. Wäre es gekentert, wärt Ihr untergegangen. Aber dieses Mal bringen wir Euch mit einem Kriegsschiff direkt zur Insel und holen Euch damit auch wieder ab, also werdet Ihr die Rüstung tragen können.«

»Nein«, sagte ich.

Es folgte ein gewisser Schlagabtausch, in dem die Worte *dumm* und *starrköpfig* nicht laut gesagt wurden, aber ausnahmsweise habe ich irgendwann ein Machtwort gesprochen. Es gibt zwei grundlegende Schulen der Verteidigung: sich zu panzern oder einfach nicht da zu sein. Mein Vater glaubte fest an Letzteres. Er sagte immer, all dieser ganze Eisenschmuck ist nur für das Militär gedacht. Auf der Straße braucht man so was nicht, es behindert einen nur. Wenn der andere Kerl wirkt, als wollte er angreifen, geh ihm aus dem Weg. Wenn du nicht da bist, kannst du auch nicht getroffen werden.

Worte, nach denen man leben sollte. Vater und ich sind uns nicht ganz einig, was es bedeutet, nicht da zu sein.

Er meinte damit, einen schnellen Schritt zurück oder zur Seite zu machen, dann geschickt selbst anzugreifen, während der Gegner aus dem Gleichgewicht ist, und ihm in die Nieren zu schlagen, wohingegen ich es so interpretiere, dass man wegläuft und nicht stehen bleibt, bis man sicher ist, dass man die Gefahrenzone verlassen hat. In jedem Fall wollte ich keine Rüstung. Ich hatte die Schnauze voll von dem verdammten Ding.

»Wir sind schon auf der Insel«, sagte mir General Pertinax. »Seit Beginn der Belagerung hat dort niemand mehr gewohnt. Irgendein Bauer bringt dort im Sommer ein paar Schafe hin, und ein Hirte nutzt die Hütte, das ist alles. Wir haben das Dach geflickt, die Tür neu aufgehängt und einen Tisch und ein paar Stühle hineingestellt.« Er beugte sich vor und senkte die Stimme. »Der Boden ist mit Steinplatten ausgelegt«, sagte er. »Wir könnten eine hochnehmen und ein Messer darunter verstecken.«

»Bitte nicht«, sagte ich.

»Denkt darüber nach«, zischte mir der General ins Ohr. »Euer Adjutant könnte ihn ablenken, Ihr tut so, als würdet Ihr etwas auf den Boden fallen lassen, Ihr bückt Euch, hebt die Platte an, holt das Messer. Euer Adjutant packt seine Arme, Ihr rammt ihm die Klinge in die Eingeweide. Damit könntet Ihr den Krieg auf einen Schlag beenden.«

»Nein«, erwiderte ich. »Das ist eine dumme Idee, und wir versuchen, keine Dummheiten mehr zu machen. Wir machen stattdessen etwas Kluges.«

»Wir haben Zeit. Wir könnten es vorher proben, damit Ihr genau wisst, was zu tun ist. Es ist immer wieder erstaunlich, wie sehr das hilft, wisst Ihr?«

Sehr wahr. »Irgendwas geht immer schief«, sagte ich. »Lest es in Eurer Geschichte nach. Attentate gehen meistens schief.

Sein Adjutant wird mich wie ein Falke beobachten. Und was ist, wenn Ogus eine Rüstung unter seinem Hemd trägt? Nein, wir machen das richtig. Wahrscheinlich ist es das Beste, wenn Ihr die Fliesen entfernt und zum Beispiel einen schönen Teppich auslegt. Wäre ich Ogus' Sicherheitschef, würde ich genauso einen Trick vermuten.«

Trotzdem war es eine Überlegung wert. »Haarnadeln«, sagte ich zu Hodda.

»Was ist damit?«

»Eine schöne lange Haarnadel«, führte ich meinen Gedanken aus, »mit Gift dran. Jemand erzählte mir mal von einem Zeug, das aus den Wurzeln der Weißen Nieswurz gewonnen wird: Man sticht sich in den Finger, und schon ist man tot. Während er und ich miteinander sprechen, spielst du an deinen Haaren herum. Frauen machen das ständig, niemand stört sich daran. Dann ziehst du die Haarnadel heraus und stichst sie ihm in den Arm, ich schlage seinem Gehilfen ins Gesicht, und wir rennen davon. Wie wäre das?«

»Meinst du das ernst?«

»Eine Überlegung ist es wert.«

»Nein«, entgegnete sie, »das ist es nicht. Und Weiße Nieswurz wächst nur in den Bergen von Permia. Wir haben nicht genug Zeit, um sie zu besorgen.«

»Es gibt bestimmt was anderes, das genauso gut ist.«

»Vergiss es einfach«, sagte sie. »Das ist eine wirklich blöde Idee.«

Ich nickte. »Das dachte ich auch. Nur ...«

»Was?«

»Keine Ahnung. Lysimachus würde es genauso ...«

»Du bist nicht Lysimachus.«

Da meldete sich eine kleine Stimme in meinem Hinterkopf. Ich sagte ihr, sie solle wieder schlafen gehen. »Einverstanden«, erklärte ich laut. »Ich dachte nur, ich erwähne es mal.«

Interessant war, dass sie so viel über Gifte wusste und wo man sie findet. Gleichwohl, sie ist eine sehr gut informierte Frau. »Du denkst immer noch darüber nach, ob du nicht hierbleiben solltest«, stellte sie fest.

»Ohne Ogus gibt es auch keinen Grund zu gehen.«

»Doch, den gibt es. Natürlich gibt es den. Ich kann nicht den Rest meines Lebens hierbleiben, in diesen dämlichen Klamotten, eingesperrt mit einem Haufen dummer Frauen. Wir müssen hier raus, mit Geld, mit viel Geld. Du hast dem zugestimmt. Oder etwa nicht?«

»Schon.«

»Du hast deine Meinung geändert. Es gefällt dir inzwischen, so zu tun, als wärst du der Kaiser.«

»Ich *bin* der verdammte Kaiser«, schnauzte ich sie an. »Aber du hast natürlich recht«, fuhr ich etwas beherrschter fort, »so kann ich nicht ewig leben, genauso wenig wie du. Wenn ein Stück lange läuft, ist das toll, aber nicht ein ganzes Leben. Wir müssen hier raus.«

»Ja. So bald wie möglich. Morgen.«

Ich starrte sie an. »Du machst Witze.«

»Sehe ich so aus? Nein, wenn Ogus aufs Festland zurückkehrt, gehen wir mit ihm. Das ist der Plan. Bist du dabei oder nicht?«

»Das wird nicht funktionieren. Es ist noch zu früh. Wir dürfen nichts überstürzen.«

»Morgen oder gar nicht. Ich habe mir alles genau überlegt. Das Reden überlässt du mir. Halt einfach den Mund, und alles wird gut.«

Etwa zu der Zeit, als Hodda und ich dieses Gespräch führten, durchbrachen Ogus' Bergleute erneut das Granitband, etwa fünfhundert Meter südlich der vorherigen Bresche.

Wir bekamen es durch unsere Wasserschüsseln mit, und

daher gab es keinen Zweifel. Falls man nicht gleich Erfolg hat, braucht man Geduld, Ausdauer und eine unerschütterliche Arbeitsmoral.

»Wahrscheinlich«, sagte der neue Oberst der Ingenieure, ein fünfzehnjähriger Veteran, der den Posten bekommen hatte, weil jeder mit einer besseren Qualifikation inzwischen tot war, »ist das nur ein Ablenkungsmanöver, und er wird seine Hauptanstrengungen auf den alten Durchbruch konzentrieren. Aber ignorieren können wir den Versuch natürlich auch nicht einfach, sonst wird er seinen Hauptangriff durch die neue Bresche lenken und mit der alten als Ablenkung herumspielen.«

»Wir haben die Kräfte, um uns ihm entgegenzustellen, nicht wahr?«, erkundigte ich mich.

Er nickte. »Ich lasse die Tanagener gerade einen Konterstollen graben«, sagte er, »und wir haben neun Sätze aus Brennern und Blasebälgen. Ich könnte mir vorstellen, dass er mit irgendetwas Neuem um die Ecke kommt, nachdem wir ihn beim letzten Mal geschlagen haben. Erraten lässt sich das nicht, also müssen wir einfach abwarten und sehen, was passiert.«

Hrabanus, so hieß er. Ich hatte seine Aufzeichnungen gelesen, und er schien recht klug zu sein, wenn auch eher ein Schinder als ein inspirierender Held in glänzender Rüstung. »Hast du Posidonius' Werk über Belagerungstechnik gelesen?«, fragte ich.

»Das wollte ich schon seit Ewigkeiten«, antwortete er, »aber Ihr wisst ja, wie das ist.«

»Posidonius«, erklärte ich, »sagt, dass eine belagerte Stadt, wenn ein Belagerer über genügend Ressourcen verfügt, unweigerlich fallen wird, wenn er sie angreift und mit Stollen untergräbt. Es ist nur eine Frage der Zeit, der Kosten und des politischen Willens. Die Aufgabe der Verteidiger besteht darin, die Sache komplizierter zu machen, als sie es eigentlich ist, und in vier von zehn Fällen haben sie damit Erfolg. Dem Belagerer geht die Zeit oder das Geld aus, oder die Regierung zu Hause wechselt und will Frieden, oder im Lager des Aggressors bricht die Pest aus – was nicht selten ist –, oder es passiert etwas, das ihn daran hindert, bis zum bitteren und ansonsten unvermeidlichen Ende weiterzumachen. Aber rein technisch gesehen, vorausgesetzt, der Belagerer hat die Mittel, ist es unmöglich, eine Stadt auf unbestimmte Zeit gegen eine Erstürmung zu verteidigen. Das meint zumindest Posidonius.«

»Ich habe ihn nicht gelesen«, sagte Hrabanus. »Tut mir leid.«

Nachdem ich Oberst Hrabanus losgeworden war, hatte ich Zeit zum Nachdenken. Posidonius hatte vor dreihundert Jahren gelebt. Er war der Chefingenieur des Vesanischen Reiches, in dessen Auftrag er nicht weniger als sechsundzwanzig Städte belagerte und einnahm. Anscheinend bis heute ein ungebrochener Rekord. Er schrieb sein Buch in einer belagerten Stadt, die er mit all seinem Können und seiner Erfahrung verteidigte, und starb tapfer, als die Stadt vom Feind untergraben und geplündert wurde. Aber das war Geschichte, die Vergangenheit, und, wie wir gesehen haben, ändert sich nichts so schnell wie die Vergangenheit. Wendet Euren Blick für den Bruchteil einer Sekunde ab, und alles hat sich bis zur Unkenntlichkeit verändert.

»Mir reicht das erst mal«, sagte ich zu Hodda. »Lass uns etwas unternehmen. Gehen wir ins Theater.«

Sie sah mich an. »Was, und nur zugucken?«, fragte sie. Bei ihr klang es, als wäre es etwas Unanständiges. »Das können wir nicht machen. Es dauert drei Tage, alles zu organisieren, wenn wir einen Fuß vor den Palast setzen.«

»Gut«, erwiderte ich. »Dann beordern wir eine Inszenierung hierher. Das ist kein Problem. Wir können jede Produktion hier antanzen lassen.«

»Wenn du darauf bestehst«, antwortete sie wenig überzeugt.

»Eins ist sicher«, gab ich zurück. »Wohin wir auch gehen, wo auch immer wir landen, es wird dort keine Theater geben. Jedenfalls nicht das, was wir uns unter Theater vorstellen. Also wäre es unsere letzte Chance.«

Sie zuckte mit den Schultern. »Ich kann nicht behaupten, dass mich der Gedanke sonderlich stört«, meinte sie. »Aber wenn du unbedingt möchtest.«

Ich ließ den Kämmerer rufen. »Wir haben überhaupt keine Verbindung mehr zum kulturellen Leben«, erklärte ich. »Welche Aufführung ist zurzeit die beste in der Stadt?«

Er wusste es nicht, aber er wollte es herausfinden. Eine halbe Stunde später kam er zurück. Die jüngeren Schreiber, berichtete er, hätten übereinstimmend gesagt, *Das Mädchen aus Emarus* im *Schwert* sei kaum zu übertreffen, mit Olethria in der Titelrolle und Psaolus als komischem Arzt. Die älteren Schreiber empfahlen *Eines Lügners Tragödie* im *Zepter*, mit Einhard als König.

»Wir nehmen die Komödie«, sagte Hodda. »Schick sie her.«

»Warum musstest du ausgerechnet die aussuchen?«, fragte ich, nachdem der Kämmerer gegangen war.

»Weil ich nicht in der Stimmung für drei Stunden Saloninus bin. Und *Das Mädchen aus Emarus* ist ein gutes Stück.«

»Mir gefällt es nicht.«

»Tatsächlich? Wieso nicht?«

»Ich habe es geschrieben.«

»Stimmt«, sagte sie, »das hatte ich vergessen. Zumindest stammen der zweite Akt und einige der Lieder aus deiner Feder. Wenn ich es mir recht überlege, schulde ich dir dafür sogar noch Geld.«

Und so schlecht war es dann gar nicht. Der erste und der dritte Akt liefen gut, Olethria zeigte ihren Schwerttanz, und irgendjemand hatte einen meiner Songs durch eine Tanznummer mit neun als Fische verkleideten Mädchen ersetzt. Nachdem es vorbei war, ging Hodda hinter die Bühne, um ihren alten Freunden Hallo zu sagen, denn hätte sie das nicht getan, wäre es seltsam gewesen. Unterdessen schickte ich nach dem Kämmerer.

»Ich habe vorhin vergessen, es zu erwähnen«, sagte ich zu ihm, »aber Ihre Majestät möchte, dass die Gemälde in ihrer Garderobe abgenommen und durch Kunstwerke mit etwas mehr Klasse ersetzt werden. Das waren ihre Worte.«

»Ja, Majestät.«

»Sie dachte, vielleicht die Ikonen von Kallikrates.«

»Eine ausgezeichnete Wahl, Majestät.«

»Kümmere dich darum. So ist es brav.«

14. Kapitel

Die berühmteste Ikone der Welt ist natürlich *Unsere liebe Frau, die das Böse abwendet*. Sie hängt im *Tempel des Speers* über dem Altar und ist von tausend Jahren Weihrauch schwarz wie Kohle. Außerdem handelt es sich bei ihr mit ziemlicher Sicherheit nicht um das Original, das vor sechzehnhundert Jahren verschwand. Ein Jahrhundert später tauchte es auf wundersame Weise wieder auf, als niemand mehr lebte, der es noch gekannt hatte, und ich habe den Verdacht, dass es sich um eine Fälschung handelt. Ganz ähnlich wie bei einem anderen Werk, das ich noch erwähnen könnte. Aber seit tausend Jahren vollbringt *Unsere liebe Frau* regelmäßig Wunder – sie heilt Kranke, gibt Blinden das Augenlicht zurück, bringt uns den Sieg über unsere Feinde –, leistet also offensichtlich großartige Arbeit, selbst wenn sie eine Fälschung sein sollte.

Die zweitberühmteste Ikone ist *Unser lieber Herr des Bronzehauses*, und seit Beginn der Belagerung wurde er am ersten Tag jedes Monats von den Priestern in einer Prozession an der Mauer entlanggetragen, was nach Meinung von etwa achtzig Prozent der Einwohner der einzige Grund dafür war, dass wir alle noch lebten.

Wir mögen unsere Ikonen. Sie werden bei Taufen als Paten eingesetzt, bezeugen Testamente und wichtige Handelsverträge. Auf Hochzeiten übergeben sie dem Bräutigam die Braut, wenn der Vater der Braut tot oder abwesend ist. Ein kranker Mann hätte viel lieber eine Ikone als einen Arzt – *Unsere liebe Frau von der Goldenen Schnur* ist das einzige bekannte Heilmittel gegen den Biss der schwarzen Diamantspinne und gegen verschiedene Arten von Giftpilzen –, und die ehrwürdige Bilderserie der Verklärung über dem Weißen Tor ist praktisch bis auf das nackte Holz blank poliert, dank der Gewohnheit von Generationen von Soldaten, ein winziges Stückchen Farbe mit dem Fingernagel abzukratzen, damit es sie schützt vor dem Tod im Feld. Schauspieler und Dramatiker verehren vor allem *Unseren lieben Herrn der Saldi*. Ich selbst hatte früher eine Kopie davon, Eitempera auf gekalkter Platte, die ich immer kurz vor meinen Auftritten küsste.

Schließlich funktionieren diese Ikonen, oder zumindest funktionieren sie genauso gut wie alles andere in diesem Leben auch. Kaiser Corineus, so habe ich in einem Buch gelesen, pflegte mit einer Rüstung in die Schlacht zu ziehen, die vollständig aus einander überlappenden Ikonen bestand, wie bei den Schuppen eines Fisches. Einmal wurde er während der Attacke auf Auxesis aus nächster Nähe von einem Katapultpfeil getroffen. Der Pfeil prallte einfach von ihm ab, und er bekam nicht mal einen blauen Fleck.

Was für Corineus gut genug war, erklärte Hodda ihren Hofdamen, ist auch für meinen Mann angemessen. Also ließ sie von den Frauen die ganze Nacht durch zweiundsiebzig Kallikrates-Ikonen zwischen zwei Lagen rotem Samt sorgfältig zu einer heiligen Brigantine zusammennähen. Und zu ihrem eigenen Schutz schickte sie eines der Mädchen hinunter zur Königlichen Kapelle, um die ehrwürdige und exquisite *Unsere liebe Frau von den Wasserlilien* auszuleihen, die sie sich an einer Goldkette um den Hals hängte. Sobald das erledigt war, konnten wir aufbrechen. Und das taten wir.

Auf dem Weg zu den Docks hörten wir das Neueste aus den Tunneln. Wir hatten ein halbes Dutzend Erkundungsstollen gegraben, nur um (auf die harte Tour) herauszufinden, dass der Feind viel weiter vorne war, als wir dachten. Wir mussten uns zurückziehen und unseren Hauptstollen mit Schutt verfüllen, den wir mit Mörtel mischten, um den Feind davon abzuhalten, durch ihn hindurch bis in die Stadt vorzustoßen. Hrabanus schlug vor, tief unter dem Hauptstollen des Feindes zu graben und ihn zu unterminieren, sieben Meter darunter eine breite Kammer zu graben, das Dach der Kammer zum Einsturz zu bringen und dadurch den feindlichen Stollen mitzureißen, doch das würde Zeit brauchen, und er war sich nicht absolut sicher, wo sich der Stollen tatsächlich befand, also war es gut möglich, dass er all unsere Energie und Ressourcen in etwas steckte, das nicht funktionieren würde. Trotzdem war es besser, als herumzusitzen, Karten zu spielen und darauf zu warten, dass einem die Kehle durchgeschnitten wurde.

15. Kapitel

Irgendwie hatte sich die Sache herumgesprochen, und es waren Tausende von Menschen zu den Docks gekommen, die meisten in Purpur gekleidet, um uns zu verabschieden. Hodda stand in der Kutsche und hielt die heilige Ikone über ihren Kopf, was ihr den größten Jubel einbrachte – und warum auch nicht. Es war eine Szene, für die sie geboren war. Ich blieb sitzen und schaute unglücklich drein. Das brauchte ich nicht mal zu spielen.

Die See war nicht ganz so ruhig wie beim letzten Mal. Ich fühlte mich krank und schaffte es gerade noch, mich nicht zu übergeben. Natürlich war ich zum ersten Mal auf einem Kriegsschiff. Wir sind zwar eine Seefahrernation, haben Salz in den Adern und all das, aber was mich betrifft, könnt Ihr Euch das sonst wohin stecken.

Die Insel war ganz anders, als ich erwartet hatte. Zum einen lag sie näher am Festland, zum anderen war sie größer. Ich hatte mir eingebildet, dass wir auf einen aus dem Wasser ragenden Felsen zusteuern würden, auf dem eine kleine Hütte kauerte. Doch die Insel war größer als der Heumarkt und die größte offene Fläche, die ich je aus der Nähe gesehen hatte. In der Ferne konnte ich ein Gebäude ausmachen. Als wir durch das Gras stapften, auf dem kopfgroße Steine herumlagen, über die jeder stolpern musste, dachte ich, das wird die Hütte sein, von der alle gesprochen haben. Und was für eine Hütte das war. Im alten Treppenviertel würden fünf Familien in so einem Gebäude leben.

Tatsächlich war er da, saß auf den Stufen der Veranda und wartete auf uns. »Ich bin allein«, rief er, »es ist alles sicher.«

Jetzt geht es los, dachte ich. Der letzte Teil des Wegs war ein steiler Anstieg, deswegen kam ich außer Atem und verschwitzt an. Ogus stand auf. »Kommt rein«, sagte er.

»Hier draußen reicht mir«, erklärte ich.

»Drinnen. So ist es verabredet.«

Das stimmte, also gingen wir hinein. Die Hütte war schrecklich. Die Wände waren weiß von Schimmel, die Luft war feucht, und es gab Rattenlöcher in den Wänden und Rattenscheiße auf der Fensterbank. Hodda hasst Ratten. Sobald wir im Innern waren, schlug Hodda die Tür zu und stellte sich davor. Hallo, dachte ich.

»Also gut«, sagte Ogus, allerdings nicht zu mir. »Wer ist dieser Idiot?«

Ich sah sie an. Sie schaute ihn an. »Das ist eine lange Geschichte«, erwiderte sie.

»Antworte auf die Frage.«

»Er ist Schauspieler«, erklärte sie, »er heißt Notker. Lysimachus wurde von einem eurer dämlichen Katapulte getötet.«

Ogus grinste. »Das soll ein Scherz sein, oder?«

»Keineswegs. Notker sieht halt aus wie Lysimachus ...«

»Nein, das tut er nicht. Ich habe Lysimachus persönlich gekannt. Dieser Trottel ist größer und stämmiger, und seine Nase hat eine andere Form.«

»Er ist *Schauspieler*«, wiederholte Hodda. »Jedenfalls ist er jetzt rechtmäßig zum Kaiser der Robur gekrönt worden, und das ist die reine Wahrheit.«

»Entschuldigung …«, meldete ich mich zu Wort.

»Sei still!«, schnauzte Hodda mich an. »Ich habe ihn mitgebracht, hier ist er«, fuhr sie fort. »Damit habe ich meinen Teil des Geschäfts erfüllt. Sind wir uns einig?«

Es gab ein Fenster, aber es war zu klein und zu eng, um hindurchzugelangen. Die Tür war der einzige Fluchtweg, sollte man hastig aufbrechen wollen. »Was für ein Geschäft?«, fragte ich. »Hodda, was ist hier los?«

Ogus drehte sich stirnrunzelnd zu mir um. »Sei still!«, fuhr Hodda mich erneut an. »Und habe ich nun geliefert«, wandte sie sich dann wieder an Ogus, »oder nicht?«

Ich erinnerte mich – eigentlich hatte Ogus mich daran erinnert –, dass ich ein großer, kräftiger Mann war, fast einen Kopf größer als Ogus und mindestens zwanzig Jahre jünger als er. Ich machte einen langen Schritt nach vorn und packte ihn an der Schulter.

Ihr erklärt mir jetzt, was hier eigentlich los ist, wollte ich sagen, aber ich schaffte es nicht, denn da lag ich schon wie ein Häufchen Elend auf dem Boden und bekam keine Luft mehr. Mein Vater kannte diesen Schlag, er hat ihn oft benutzt. Man bewegt sich dabei kaum, und der andere ist in seiner Folge so hilflos wie ein Baby.

»Nicht schlagen«, hörte ich Hodda rufen.

Nun trat Ogus mich, doch eigentlich registrierte ich das kaum. Wenn einem vollkommen die Luft wegbleibt, spürt man nicht mehr viel. Ich hörte, wie sie ihn anschrie. Eine leise, ziemlich desinteressierte Stimme in meinem Hinterkopf meinte, sie will das eigentlich gar nicht tun, denn es wird ihm nicht gefallen. Nur einen Augenblick später hörte ich einen lauten Schlag, einen Schrei und einen weiteren Schlag, dieses Mal ohne Schrei. »Sag mir nicht, was ich zu tun habe«, sagte Ogus, ohne auch nur seine Stimme zu erheben. Dreimal dürft Ihr raten, an wen er mich erinnerte.

»Ich habe genug von dir«, fuhr er fort. »Du bist eine Nervensäge. Und jetzt halt die Klappe und geh von der Tür weg.«

»Das ist nicht das, was wir ...«

»Nein, ist es nicht. Ich habe es mir anders überlegt. Weg jetzt.«

Ich schaffte es, etwas Luft in meine Lungen zu bekommen. Es fühlte sich an, als würde ich einen Ziegelstein einatmen. Ich öffnete die Augen. Hodda lag zusammengekrümmt vor der Tür. Er bückte sich und packte eine Handvoll ihrer Haare. Nützliches Zeug, die Haare, in der Branche meines Vaters. »Also gut«, sagte er und versuchte, sie auf die Füße zu zerren.

Ich hätte gegrinst, wenn ich es gekonnt hätte. Hodda bekommt ihre Perücken und Haarteile von den Gebrüdern Curali in Langeland. Sie zahlt eine Menge Geld dafür, und sie sind jeden Pfennig wert.

Nach einem Ruck hatte Ogus ihr Haar in der Hand, und er taumelte zurück. Das gab Hodda gerade genug Zeit, um auf die Füße zu kommen, die Tür zu öffnen und nach draußen zu stürzen. Großes Lob an sie. Sie hatte die Geistesgegenwart, nach ihrem Abgang noch die Tür hinter sich zuzuschlagen. Ogus brauchte nur den Bruchteil einer Sekunde, um sie wieder aufzureißen, aber ein Sekundenbruchteil kann in diesem Zusammenhang eine sehr, sehr lange Zeit sein. Lange genug – als rein willkürliches Beispiel –, um mich vom Boden hochzustemmen und ihm einen Stuhl über den Schädel zu ziehen.

Allerdings lief es so nicht. Am Theater benutzen wir spezielle Stühle aus einem leichten, sehr zerbrechlichen Holz. Dieser Stuhl war schwerer und unhandlicher zu schwingen, also schaffte ich es gerade so eben, Ogus mit einem Bein an der Seite seines Kopfes zu treffen.

Gleichwohl, es muss nicht unbedingt perfekt sein, und es gab kein Publikum, das uns kritisierte oder mit Nüssen warf.

Ich hatte ihn eindeutig ausreichend verletzt, um ihn daran zu hindern, noch irgendetwas zu denken, geschweige denn etwas zu tun, und mehr muss man am Anfang gar nicht erreichen. Glaubt mir, ich kenne mich mit solchen Dingen aus. Ich hatte ja Zeit und genug Kraft, um ihn auch noch richtig zu treffen: ein Fußstoß in die Nieren. Das tut richtig weh. Er fiel auf die Knie, und ich hatte freie Bahn, um mir seinen Kopf vorzunehmen. Mit einem soliden Stuhl wie diesem konnte ich den Krieg mit einem kräftigen Schlag beenden.

Nur schaffte ich es nicht. Ich behaupte, es lag daran, dass ich zu schwach war, nachdem er mir die Luft aus den Lungen gepresst und mich getreten hatte, meine ich. Ich sah ihn an, wie er da auf den Knien lag, und trat zurück, die Stuhlbeine zwischen uns. Auf dem Boden entdeckte ich eine halbe Ikone. Er musste sie zerbrochen haben, als er mich schlug.

Er legte die Hände auf seine Knie und stemmte sich langsam hoch. »Sie wird nicht weit kommen«, sagte er.

»Was ist hier eigentlich los?«, fragte ich ihn.

Er lachte. »Du hast geschummelt«, erwiderte er, »du trägst eine Rüstung. Sie hatte gesagt, sie würde das nicht zulassen.«

Ich knöpfte den Mantel auf und zog ihn auseinander. »Was ist das?«, fragte er. »Die sehen aus wie kleine Bilder.«

»Ikonen.«

»Tatsächlich? Ihr seid wirklich erbärmlich, wisst ihr das?«

Er stürzte sich auf mich, aber ich war auf ihn vorbereitet. Selbst mein Vater hatte zähneknirschend zugegeben, dass meine Beinarbeit gut war, wenn ich mit einem Angriff rechnete. Ich wich aus, er stürzte vor und prallte fast gegen die Wand. Ich schwang den Stuhl, als er an mir vorbeistolperte, aber ich hatte die Kopffreiheit der Hütte unterschätzt. Die Beine krachten gegen einen Dachbalken, und eines davon brach. Ich ließ den Stuhl fallen. Ogus drehte sich um und sah mich an. Er hatte ein Messer in der Hand. Zu diesem Zeitpunkt hatte ich natürlich auch längst eines.

Ach, hatte ich das nicht erwähnt? Es war meine Idee gewesen, nicht ihre, ausnahmsweise. Ich hatte es in das Futter des Mantels gesteckt, wie mein Vater es mir beigebracht hatte, an der Stelle, wo es nur bei einer sehr sorgfältigen Durchsuchung gefunden wird. Es war kein besonders tolles Messer, aber das einzige, das ich kurzfristig bekommen konnte.

»Im Ernst?«, fragte er. »Du bist Schauspieler.«

»War.«

»Wie sie.«

»Ihr kennt euch offensichtlich.«

»Oh ja. Sie ist meine Frau.«

Er brauchte keinen Stuhl, um mir Kopfschmerzen zu bereiten. »Deine Frau.«

»Ja, sie hat darauf bestanden. Alle meine Ehefrauen nehmen ein böses Ende. Wenn man vom Teufel spricht«, fügte er hinzu, als die Tür geöffnet wurde.

Ich vermute, sie war nicht weit gekommen, hatte sich aber offenbar gewehrt. Der milchgesichtige Soldat, der bei ihr war, sah aus, als hätte er eine kräftige Abreibung hinter sich. Sein Gesicht war ziemlich zerkratzt. Er schob sie vor sich her in die Hütte, schloss die Tür und stellte sich davor.

»Du bist zu nichts zu gebrauchen«, sagte Ogus zu dem Soldaten. »Ich hätte getötet werden können, während du da draußen herumgespielt hast. Mein Adjutant«, fügte er hinzu. »Ich schummle nicht. Nun ja«, fügte er hinzu und steckte das Messer zurück in seinen Gürtel, »jedenfalls nicht mehr als du.«

Ich hielt mein Messer dort, wo er es sehen konnte. »Du kannst die Insel nicht verlassen«, sagte ich. »Man wird dich vom Kriegsschiff aus sehen.«

Er grinste mich an. »Es gibt einen toten Winkel«, erklärte er. »Die Hütte verdeckt einen Weg zurück zu unserem Boot.

Natürlich nicht zu dem, das uns hergebracht hat. Ihr seid unfassbar dumm.«

Ich blickte an ihm vorbei. »Bist du wirklich mit diesem Trottel verheiratet?«, fragte ich.

Sie sah mich finster an, auf den Knien, während sie sich ihre Perücke wieder aufsetzte. Ausgerechnet jetzt, dachte ich. Trotzdem ist sie Hodda. Vermutlich zählte der Soldat als Publikum. »Ja«, antwortete sie.

»Wenn ich du wäre«, sagte Ogus zu mir, »würde ich das Messer weglegen, bevor du dich noch schneidest. Er und ich, wir können es leicht mit dir aufnehmen, aber manchmal passieren auch Unfälle.«

»Ich glaube kaum«, erwiderte ich. »Wenn ich das tue, bringst du mich um.«

Ogus seufzte. »Wir werden dich sowieso töten, mein Sohn. Hattest du das nicht bedacht?«

Dann geschah etwas Unerwartetes. Der Soldat rutschte auf einmal zu Boden. Er zappelte noch ein bisschen und gab komische Geräusche von sich, dann lag er still. Hodda sah mich an. »Die Haarnadel«, sagte sie nur.

Ogus fuhr herum und starrte sie an. »Du dämliche Schlampe«, sagte er. »Warum hast du das getan?«

»Du hattest es mir versprochen«, sagte sie. »Du wolltest ihn nicht umbringen.«

»Einen Teufel habe ich getan.«

»Das war, als er noch Lysimachus war. Dies ist Notker.«

»Mich interessiert nicht, wer er ist.«

»In meinem letzten Brief schrieb ich, töte ihn nicht. Wir hatten eine Abmachung.«

Das ist so typisch für sie. Sie stellt Bedingungen und geht davon aus, dass man sie akzeptiert hat. »Du hast sie einfach geändert«, sagte er. »Und überhaupt, warum nicht? Er ist ein Niemand.«

»Lass ihn in Ruhe!«

»Wenn ich das tue, was soll dann das Ganze? Die Vereinbarung lautete: Du bringst mir Lysimachus, ich töte ihn.«

»Tu so, als wäre er tot«, entgegnete sie. »Das ist genauso gut, und wir werden dir nicht widersprechen. Wir werden irgendwo hingehen.«

»Du und er?«

Sie nickte. »Ich glaube, ich will nicht mehr mit dir verheiratet sein.«

»Das wird nicht passieren«, erklärte Ogus. »Ich brauche einen Kopf, den ich auf einen Spieß stecken kann. Wer soll mir sonst glauben?« Wieder dieses Grinsen. »Gott, ich wünschte, du hättest mir gesagt, dass Lysimachus tot ist. Dann hätten wir uns dieses ganze Theater sparen können.«

Ich dachte darüber nach. Hodda und ich gegen ihn, das würde wahrscheinlich funktionieren, vorausgesetzt, Hodda war wirklich auf meiner Seite. Konnte ich auf sie zählen? Wahrscheinlich nicht, auch wenn ich im Besitz all der wertvollen Ikonen war. Doch es war nicht die Wahrheit, die zählte. Es ging darum, was Ogus glaubte. »Sie hat dich übers Ohr gehauen«, sagte ich.

»Du bist still«, schrie sie. Ich überging das.

»Du stirbst«, sagte ich, »der Krieg ist vorbei, sie ist die Kaiserin des wieder erstarkten Robur-Reiches. Ganz zu schweigen davon, dass sie deine Witwe ist. Würde sie das auch zur Kaiserin *deines* Volkes machen?«

»Halt die *Klappe*!«, schrie Hodda mich an.

»Nimm ein Messer mit, hat sie zu mir gesagt, nur vorsichtshalber. Und falls das nicht klappt, gibt es immer noch ihre zuverlässige vergiftete Haarnadel.«

Er lachte. »Das glaube ich nicht«, sagte er.

»Glaub, was du willst.« Ich trat einen Schritt vor. »Stell dich hinter ihn, Hodda. So ist es gut.«

Ogus wich einen langen, anmutigen Schritt zurück in die Ecke, genau, wie ich es wollte, genau dorthin, wo ich ihn brauchte. Natürlich ist Hodda die erfahrene Regisseurin, nicht ich. Trotzdem guckt man sich natürlich ein paar Sachen ab.

Ich griff nach dem Stuhl. Ich warf ihn nach ihm. Dann lief ich zur Tür. Sie öffnete sich natürlich nur halb, weil der blöde tote Soldat sie blockierte, und in der Zeit, die ich brauchte, um ihn wegzuschieben, war Ogus bei mir. Also stieß ich ihm das Messer zwischen die Rippen.

Ich erinnere mich, wie er mich ansah, dann auf das Blut hinunterblickte, das sein Hemd durchtränkte. Ich zog das Messer heraus. »Du solltest da vielleicht mal einen Arzt draufschauen lassen«, meinte ich. »Komm schon, Hodda, wir gehen.«

Sie wollte nicht mitkommen, aber ich drehte ihr den Arm auf den Rücken, wie mein Vater es mir beigebracht hatte. Er hatte eine wunderbare Art, mit Frauen umzugehen, und mit Kindern auch.

Wir rannten etwa hundert Meter, mehr schaffte ich nicht, bevor ich keuchend auf die Knie fiel wie ein Fisch auf dem Trockenen. Ich schaffte es, meinen Kopf zur Seite zu drehen und hinter uns zu blicken. Wir wurden nicht verfolgt.

»Steh auf!«, schrie sie mich an.

Nein, dachte ich. Was nützt es mir, Kaiser zu sein, wenn ich mir nicht mal gelegentlich den Luxus gönnen kann zu atmen? Die Luft einzuziehen, gestaltete sich ungefähr so schwierig, wie einen Karren bergauf zu ziehen. Er wollte sich nicht von der Stelle bewegen, und ich war mir nicht sicher, ob meine Kraft reichen würde. Da packte sie mich am Ohr und zog mich auf die Beine. Widerworte nützen in einem solchen Fall wenig.

Wir rannten los, wobei sie mich hinter sich herzog wie ein Schlepper eine Getreideschute, bis wir das Kriegsschiff sahen. Sie ließ mich los und winkte mit beiden Armen.

Ich lag wieder am Boden. »Du hast jemanden umgebracht«, sagte ich.

»Was?«

»Diesen Soldaten. Du hast ihn getötet.«

»Ja, das habe ich wohl.« Sie winkte wieder. »Es war mein erstes Mal. Gut, dass ich es getan habe, sonst wärst du jetzt ein toter Mann.«

»Wie konntest du das tun?«

»Mit meiner Glückshaarnadel«, sagte sie. »Ich habe sie schon seit Jahren. Oh, du meinst, wie ich mich dazu überwinden konnte? Unter den gegebenen Umständen war das ganz einfach.«

Ich sah, wie das Kriegsschiff ein Boot zu Wasser ließ. »Du hast mich reingelegt«, sagte ich.

»Nicht dich. Lysimachus.«

»Ich sollte dir das Genick brechen.«

»Sei nicht dumm, Notker. Wenn du nicht alles vermasselt hättest, wären wir jetzt in Sicherheit.«

Das Boot hatte inzwischen ein Drittel des Weges zur Insel zurückgelegt. »Komm schon«, sagte sie.

Ich taumelte auf die Füße. »Wie lautete der Plan?«, fragte ich. »Der, den ich vermasselt habe.«

Sie seufzte. Wir setzten uns in Bewegung. »Ursprünglich«, sagte sie, »sollte ich Lysimachus verführen und ihn zu einem Treffen wie diesem hier überreden. Ogus würde ihn töten, und das wäre es dann gewesen. Natürlich dachten wir damals alle, Lysimachus sei das heldenhafte Genie, das die Stadt rettet.«

»Du hast vorhin was von deinem letzten Brief an Ogus gesagt.«

»Ich habe ihm geschrieben, nachdem er gemerkt hatte, dass du nicht Lysimachus bist«, erklärte sie. »Ein Brief in einer Parfümflasche. Ich schrieb ihm, lass uns beide einfach gehen und tu so, als hättest du Lysimachus getötet. Aber er hat uns verraten, der Schweinepriester.«

»Du bist wirklich seine Frau?«

Sie nickte. »Ich hätte schwören können, dass er verrückt nach mir ist«, sagte sie traurig. »Es fing an, als ich die Tour zu den Herkulesinseln machte. Ich stahl mich mit einem Fischerboot ans Festland und ging zu ihm. Ich kann dir Lysimachus bringen, sagte ich. Wir verstanden uns prächtig. Dachte ich zumindest.« Sie blieb stehen, drehte sich um und sah mich an. »Du hast ihm das Messer zwischen die Rippen gestoßen. Wird er wieder gesund?«

»Oh, ich denke schon«, sagte ich. Ich zeigte ihr das Messer. Dann schob ich mit der Spitze meines linken Zeigefingers die Klinge vollständig zurück in den Griff.

»Um Himmels willen«, stöhnte sie.

Theatermesser sind, wie alles andere am Theater, eben auch nur Theater. Es funktioniert mit einer Feder, sodass es so aussieht, als würde man fünf Zentimeter Stahl in jemanden versenken, doch in Wahrheit hat man nicht mal die Haut angekratzt. Und wenn die Klinge in den Griff fährt, spritzt durch einen kleinen Schlauch Kunstblut. Ich hatte es einem Schauspieler bei der Aufführung im Palast abgeknöpft. Es war das einzige Messer, das ich in die Finger bekommen konnte.

»Er wird eine Stunde sehr verwirrt sein«, sagte ich. »All das Blut und nirgends ein Loch. Ansonsten wird es ihm gut gehen. Ich bin kein Mörder«, fügte ich hinzu. »Nicht wie manche anderen Leute.«

Sie warf mir einen Blick purer Verachtung zu. »Du bist ein Narr, Notker.«

»Das glaube ich gern«, sagte ich. »Das Mädchen kriegen wir Narren nie, dafür aber alle Lacher. Du hättest mir doch was sagen können. Ich dachte wirklich, wir fahren dorthin, um zu verhandeln.«

»Dein Ernst? Himmel, bist du einfältig.«

»Ja, mein Ernst. Du hast es versäumt, etwas zu sagen, das mich auf etwas anderes hätte schließen lassen.«

»Du lügst«, befand sie. »Sonst hättest du die Ikonen nicht mitgebracht.«

»Die waren für dich, du dämliche Schlampe.« Einen Moment herrschte Schweigen. »Du wolltest unbedingt aus der Stadt raus. Ich dachte, das sei der Plan. Dass du das Treffen arrangiert hättest, damit er und ich in Ruhe über Frieden sprechen können, und die Kunstwerke seien dein Honorar.«

»Oh.« Sie starrte mich immer noch an. »Dumm wie Bohnenstroh«, sagte sie dann. »Das hast du wirklich geglaubt?«

»Es schien mir plausibel«, erwiderte ich. Das Boot näherte sich dem Ufer. Wir waren noch etwa zweihundert Meter von ihm entfernt. »Ich dachte, er will vielleicht tatsächlich reden. Wie dumm von mir.«

»Du hättest mich gehen lassen?«

»Das lag nicht an mir, oder? Wenn du gehen willst, dann geh. Warum hast du übrigens nicht zugelassen, dass er mich tötet? Das war doch eure ursprüngliche Vereinbarung, oder nicht?«

»Nein, da ging es um Lysimachus.«

»Ich bin Lysimachus«, erwiderte ich. »Ogus schien damit zufrieden zu sein, aber du hast Nein gesagt.«

»Es entsprach nicht der Abmachung«, sagte sie. »Und überhaupt ...« Sie blickte mich finster an. »Keine Ahnung«, sagte sie schließlich. »Wenn ich jetzt so darüber nachdenke, hätte es doch ganz gut funktionieren können. Du wolltest verschwinden«, fügte sie wütend hinzu, »du hast es mir gesagt. Du hast gesagt, wir müssen nur aus der Stadt rauskommen.«

Ich nickte. »Das war eine der Sachen, um die ich bitten wollte«, erklärte ich. »Bei den Friedensverhandlungen, die nie stattgefunden haben. Keine Ahnung. Das kommt davon, wenn man nicht miteinander redet.«

Hauptmann Pur kam auf uns zu. Er hatte zwei Soldaten dabei. »Du wirst niemandem etwas sagen«, zischte sie.

»Was denn? Dass du versucht hast, den Kaiser an den Feind zu verraten?«

»Notker ...«

»Sprich leise bitte.«

Hauptmann Pur kam in Hörweite. »Und?«, rief er.

»Es war ein einziges Desaster«, rief ich zurück. »Lasst uns machen, dass wir von hier verschwinden.«

16. Kapitel

Eine Falle. Ein feiger, heimtückischer Anschlag auf das Leben des Kaisers. Das sprach sich rum wie Freibier.

»Die Leute sagen, es kommt daher, dass er verzweifelt ist«, berichtete mir General Aineas. »Weil er weiß, dass er den Krieg verliert. Was die Moral angeht, hat es Wunder gewirkt.«

»Wie fein«, freute ich mich.

Die heiligen Ikonen hatten mich laut dem Wort medizinischer Experten vor mindestens einer gebrochenen Rippe bewahrt. Wodurch nach Meinung hochrangiger Theologen bewiesen war, dass Ikonen tatsächlich eine Wirkung haben. Sobald die Nachricht von dem feigen, verräterischen Anschlag die armen Bastarde in den Tunneln erreichte, starteten sie einen Gegenangriff, bei dem sie Ogus' Pioniere direkt bis zur zweiten Bresche zurücktrieben und Hrabanus Zeit gewann, um seine Konterstollen fertigzubauen.

»Du redest nicht mit mir«, bemerkte Hodda. »Das ist kindisch.«

»Was zum Teufel gibt es da zu reden?«, fragte ich. »Wenn dir irgendwas einfällt, das die Sache nicht noch schlimmer macht, bin ich ganz Ohr.«

»Wirklich kindisch«, wiederholte sie.

»Herrgott noch mal, Hodda!« Immer wenn sie mich zum Schreien bringt, weiß sie, dass sie gewonnen hat. Ich senkte meine Stimme, aber da war es schon zu spät. »Du weißt, was du getan hast. Ich glaube nicht, dass es besser wird, wenn wir darüber reden.«

»Ich verstehe. Das ist nun der Dank dafür, dass ich dein kleines Leben gerettet habe.«

Ich konnte spüren, wie sich um mich herum der Verlauf der Geschichte veränderte. »Lass es uns einfach vergessen, ja?«

»Ich kenne dich«, beharrte sie. »Du wirst immer wieder darauf herumreiten, bis ich nur noch schreien möchte.«

»Lass uns über etwas anderes reden.« Ich nahm einen tiefen Atemzug und ließ ihn langsam wieder entweichen. »Was noch?«

Stumm richtete sie ihren Blick zur Decke und flehte um Kraft. »Keine Ahnung«, sagte sie dann. »Alle meine Pläne sind den Weg der gestrigen Pisse gegangen, dank …

»Ja, ich danke dir auch.«

»Ich sitze hier fest«, sagte sie. »Gestrandet, bis Ogus sich doch einen Weg in die Stadt bahnt und uns alle umbringt. Alles dank dir«, fügte sie hinzu. »Wenn du nicht wärst, könnte ich einfach ein Schiff besteigen und davonsegeln. Ich wäre dann pleite, aber wenigstens am Leben.«

»War es das, was du von Ogus wolltest? Geld?«

»Man kann nie genug davon haben, ja. Und mir war klar, dass der Krieg nur auf eine Weise enden konnte.«

»Das glaubst du wirklich.«

»Ja«, entgegnete sie, »das glaube ich.«

»Ich stimme dir zu«, sagte ich.

Es war in meinem Fall nicht nur Intuition. Die neuesten Nachrichten aus den Tunneln besagten, dass Ogus' Männer seit unserem unglücklichen Zusammentreffen sechs neue Stollen gegraben hatten. Seine Bergleute hatten inzwischen alles gelernt, was man über das Durchbrechen eines Granitbandes wissen musste, also würde es nicht mehr lange dauern, bis wir an mindestens sechs Fronten kämpfen würden, dort unten in der pechschwarzen Dunkelheit. Hrabanus' Männer rangen weiterhin mit allen Mitteln um jeden Zentimeter des Tunnels und töteten Ogus' Männer in einem Verhältnis von über zehn zu eins, aber es wurde immer schwieriger, die erfahrenen Männer zu ersetzen, die uns dabei verloren gingen.

Er kann so nicht weitermachen, sagten mir meine weisen Berater. Früher oder später werden die Provinzen rebellieren, besonders wenn wir den Druck durch die Flotte erhöhen. Er kann nicht ständig ganze Städte rekrutieren. Schon jetzt gibt es Regionen, in denen niemand mehr lebt, und das Land dort ist inzwischen von einem Dschungel aus Dornen und Disteln überwuchert, weil alle Männer in den Krieg gezogen sind und nicht mehr nach Hause kommen. Die Menschen werden so etwas nicht dulden. Sie wollen es einfach nicht.

Ich hätte ihm zugestimmt, nur gab es da ein Buch, das ich gelesen hatte. Offenbar befindet sich im Norden Blemyas eine Wüste, Tausende von Quadratkilometern mit nichts als Sand. Vor Hunderten von Jahren waren das alles Weizenfelder gewesen, die Kornkammer des Ersten Blemyschen Reiches. Aber dann hatte es einen Bürgerkrieg gegeben, zwei Neffen stritten sich, wer die Nachfolge ihres Onkels antreten sollte. Beide waren brillante Generäle, und sie schlugen viele bemerkenswerte Schlachten, wunderbare Zeugnisse militärischer Wissenschaft, in denen jeweils Zehntausende von Männern starben, doch ein klares Ergebnis blieb aus. So wurden mehr und mehr Männer rekrutiert, und der Krieg ging weiter und weiter. Einer der Rivalen starb und wurde durch seinen ebenso brillanten Sohn ersetzt. Der andere Rivale verheiratete seine einzige Tochter mit dem besten General der Welt, einem Robur, versteht sich, der zur gegebenen Zeit den Anspruch seines

Schwiegervaters erbte. Der Krieg endete erst, als ganz Blemya von Nomaden überrannt wurde – einfache Leute, die zivilisierten Armeen nicht gewachsen waren, aber es war inzwischen praktisch niemand mehr da, der sich ihnen entgegenstellen konnte. Sie brannten die leeren Städte nieder und ließen ihre Ziegen auf den unkrautbewachsenen Feldern grasen. Nun fressen Ziegen alles und jeden, und schon bald bliesen die starken Winde, die es in dieser Gegend gibt, den ganzen überweideten Oberboden weg, sodass nichts als Sand darunter übrig blieb. Und die Moral: Es ist erstaunlich, was Menschen bereit sind zu tun, wenn die Regierung es ihnen befiehlt.

17. Kapitel

Also begann ich, über Granit zu lesen.

Ich hatte viel Zeit dazu, weil ich mich weigerte, meine Abende damit zu verbringen, mich mit schlecht verdaulichen Luxusspeisen vollzustopfen, in Gesellschaft von dummen, langweiligen Aristokraten. Die kaiserliche Palastbibliothek hat ein Exemplar jedes Buches, das jemals geschrieben wurde. Ich musste Usuthus nur sagen, was mich interessierte, und ganze Armeen von engagierten Bibliothekaren wuselten wie Maulwürfe herum, bis sie es für mich gefunden hatten. Es gibt in der Tat geradezu lächerlich viel Literatur zum Thema Granit, aber die Bibliothekare hatten das irrelevante Zeug aussortiert und mir nur das gebracht, was ich sehen musste.

Es waren alle möglichen nützlichen Informationen dabei: wofür er verwendet wird, woher er kommt, die verschiedenen Granitsorten, wie viel ein Quadratmeter davon wiegt, welches Volumen eine Tonne einnimmt. Granit, so wurde mir klar, birgt den Schlüssel zu all unseren Problemen, wenn ich die Leute nur dazu bringen könnte, das zu tun, was ich will. Im Vergleich zu Menschen ist Granit kinderleicht zu bearbeiten. Von allen Komponenten, die zum Bau einer Stadt gehören, sind die Menschen die hartnäckigsten, unzuverlässigsten, teuersten und gefährlichsten. Um das zu erkennen, brauchte ich kein Buch. Diese Lektion hatte ich längst über dem Knie meines Vaters gelernt oder besser gesagt durch seine Schuhspitze.

Relevant in gewisser Weise. Ich hatte ein Team von (relativ) sachkundigen Männern, die mich berieten, was Steine und Ziegel der Stadt angingen und wie man sie davor bewahren konnte, zerstört zu werden. Sie lehrten mich, wo man die Zinnen verstärken konnte, die Bedeutung von Mamelon und Ravelin und die geheimnisvolle Wissenschaft der fliegenden Stützpfeiler, wie viel Gehämmer eine Mauer standhalten kann und alle Feinheiten des Grabens über, unter, um und durch die vielen und verschiedenen Arten von Erde, Kies, Lehm und Fels. Was Ziegel und Steine anbelangt, war ich einigermaßen zuversichtlich, dass wir alles im Griff hatten.

Aber Saloninus sagt, es sind nicht Ziegel und Steine, die eine Stadt bilden, es sind die Männer und Frauen, die darin leben. Und was sie betrifft, wen zum Teufel könnte ich fragen oder wem könnte ich vertrauen? Tausende Jahre Geschichte und die Taten großer Männer, inspirierender Anführer, weiser Staatsmänner – sie alle waren der Trichter, durch den wir gerutscht sind, um uns in diesem grässlichen Chaos wiederzufinden. Die Ururenkel dieser weisen Führer bildeten das *Haus*, und soweit ich es beurteilen konnte, hatten sie alle die Denkweise ihrer Vorfahren geerbt, zusammen mit dem Geld und den goldenen Tafelservices. Berufssoldaten, die unser Reich mehr oder weniger über Nacht verspielt hatten. Nein, ich kann nicht behaupten, dass ich viel Wert auf das legte, was sie über die Dinge dachten, besonders nicht, seit ich sie kennengelernt hatte. Die Bruderschaften, die Stimme des Volkes, vereint stehen wir und geteilt fallen wir. Bis vor Kurzem gab es noch zwei von ihnen, rechnet mal nach. Ich bin mit den Bruderschaften aufgewachsen, wie ich vielleicht schon erwähnt hatte, und mein Vater war so tief in seiner Bruderschaft verwurzelt, dass es mir bis heute unmöglich ist, das eine ohne das andere zu bewerten. Wie Euch sicher aufgefallen ist, verdanke ich meinem Vater und der Bruderschaft unendlich viel: meinen Instinkt, die Fähigkeit, spontane Entscheidungen zu treffen, und bei unzähligen Gelegenheiten mein nacktes Leben. Er hat mich gelehrt zu denken, als ob jeder Moment meines Lebens zu einem Kampf werden könnte, und ich kann mir beim besten Willen kein wertvolleres Geschenk vorstellen. Im Vergleich dazu sind die Erbschaften der großen Senatorenfamilien nichts als Müll. Aber die Bruderschaften können eine Stadt nicht leiten, genauso wenig wie Maden wieder zum Leben erwecken können, was sie fressen. Nein, wir haben vielleicht das mit den Ziegeln und Steinen im Griff, aber die Menschen verstehen wir nicht, und ich kann auch nicht erkennen, dass wir das jemals ernsthaft versucht hätten.

Steine und Menschen. So was nennt man eine Symbiose. Steine, die zu einer Mauer aufgeschichtet werden, wiegen Euch in Sicherheit. Steine, die über eine Mauer geschleudert werden, zerquetschen Euch. Warum muss alles im Leben so ambivalent sein?

Auf der Straße gab es ein kleines Handgemenge, als ich in all den schrecklichen Klamotten zum Verkündigungsgottesdienst im *Tempel des Roten Herzens* ging. »Kein Grund zur Sorge«, versicherte mir Hauptmann Pur, »nur eine verrückte Frau.« Er lachte. »Ich dachte schon, sie sei Eure Mutter.«

Nach dem Gottesdienst sagte ich dem Hauptmann, dass wir zum Wachhaus gehen würden. Zu welchem? Dorthin, wo die unglückliche Verrückte gelandet war, die den Aufruhr auf der Straße verursacht hatte. Ich wies darauf hin, dass der Kaiser die Quelle aller Gnade ist, und die Leute mögen so etwas.

»Wenn Ihr darauf besteht«, sagte er. »Ihr kommt aber zu spät zum Geheimen Rat.«

»Scheiß auf den Geheimen Rat.«

Zufälligerweise kannte ich dieses Wachhaus ziemlich gut. Man hatte mich dort einmal acht Stunden lang festgehalten, wegen einer völlig unbegründeten und böswilligen Anklage aufgrund ungebührlichen Verhaltens nach einer Premierenfeier. Die Zelle, in die sie mich brachten, war größer als mein Zimmer, allerdings hatte sie keinen Straßenblick.

»Hallo, Mutter«, sagte ich.

»Notker? Was zum Teufel führst du hier auf?«

»Nicht so laut, bitte.«

»Du bist es wirklich«, sagte sie. »Ich wusste, dass du es bist. Ich habe dich beim Festival *Alt & Neu* oben auf den Stufen gesehen. Was zum Teufel ...?«

Also sagte ich es ihr. Versteinert hörte sie zu. Niemand, nicht einmal Hodda, kann Missbilligung besser schweigend ausdrücken als meine Mutter. Sie hat ja auch viel Übung darin.

»Du bist verrückt«, meinte sie schließlich.

»Was hätte ich denn sonst tun sollen?«, klagte ich. »An jeder Ecke gab es Leute mit Waffen, die gedroht haben, mich zu töten, wenn ich nicht tue, was man mir sagt. Ich habe mir das alles nicht ausgesucht. Es ist einfach passiert.«

»Nein, das ist es nicht.«

»Doch, das ...« Einmal tief einatmen. »Mich hat eine Welle erfasst und einfach mitgerissen«, versuchte ich zu erklären. »Natürlich habe ich im Laufe der Zeit versucht, das Beste daraus zu machen, mit dem Ergebnis, dass ich noch am Leben bin. Wenn ich irgendwann hätte aussteigen können, hätte ich genau das getan. Aber ich konnte nicht. Es war einfach nicht möglich.«

»Blödsinn«, erwiderte sie. »Das sind alles nur Lügen, die du da erzählst. Du warst schon immer ein Lügner, Notker. Du lügst auch dann, wenn es nicht notwendig ist. Meistens weißt du selbst gar nicht mehr, was wahr ist und was nicht.«

»Gut«, sagte ich. »Angenommen, du hast recht. Du bist meine Mutter. Sag mir, was ich tun soll.«

Sie warf mir diesen Blick zu, unter dem sich Trauben freiwillig in Rosinen verwandeln. »Du steckst deine eigene Mutter ins Gefängnis«, sagte sie. »Ich war in meinem ganzen Leben noch nie in einer Gefängniszelle, bis du mich jetzt hineingesteckt hast.«

»Ja, schon gut.«

Sie sah mich an, diesmal ohne mich schrumpfen zu wollen. »Du bist ein Narr, Notker. Dein ganzes Leben lang hast du nur gelogen und bist weggelaufen. Du hast deinem armen Vater das Herz gebrochen.«

»Nein«, sagte ich, »das habe ich nicht. Er war stolz auf mich.«

Sie antwortete mit einem Achselzucken. »Er wollte, dass du ein besseres Leben hast als er. Und jetzt sieh dich an.«

Nun ja, dachte ich, einerseits und andererseits. »Was denkst du, sollte ich tun?«

Sie überlegte eine gefühlte Ewigkeit. »Tauch ab«, sagte sie schließlich. »Geh weg von hier, so weit weg wie möglich, irgendwohin, wo dich niemand kennt und du neu anfangen kannst, mit einer richtigen Stellung.«

»Das kann ich nicht«, antwortete ich. »Ich habe dir doch gesagt, ich sitze in der Falle.«

»Dann musst du eben einen Weg finden, um da rauszukommen«, beharrte sie. »Erzähl ein, zwei Lügen. Darin bist du doch gut.«

»Ich wünschte, ich wäre es«, erwiderte ich.

»Das darfst du dir nie wünschen«, schnauzte sie mich an. »Deine Lügen haben dir diesen Schlamassel beschert. Lügen haben noch nie zu etwas Gutem geführt.«

Ich wollte ihr erklären, dass ich wirklich der Kaiser bin. Es spielte keine Rolle, wie es dazu kam. Die Hälfte der Kaiser auf der Liste hätte ebenfalls kein Recht auf den Posten gehabt, bis sie ihn bekamen. Was ist mit Tisander dem Befreier, Eroberer von Ballene und Freund der Armen? Er war ein Schreiberling, der sich bis zum Abteilungsleiter hochgearbeitet hatte. Als der alte Kaiser starb, wurde er mit den Vorbereitungen für die Krönung betraut. Er sollte dem Kronprinzen mit seinem ganzen Ornat helfen – Lorus und Dalmatik und Divitsion und all diesem Scheiß –, aber stattdessen schlüpfte er selbst hinein, stürmte in die Große Halle, plumpste mit seinem Arsch auf den Thron und proklamierte sich kurzerhand selbst zum Kaiser. Nur der Kaiser könne die Insignien tragen, erklärte er. Und da er sie trage, sei er der Kaiser. Tatsächlich kam er damit durch. Trotz der Tatsache, dass er die Dalmatik verkehrt herum anhatte und die Sandalen am jeweils falschen Fuß. Ich bin wirklich der Kaiser, also wie kannst du es wagen, zu behaupten, ich hätte dich enttäuscht, selbst wenn das stimmt?

Das konnte ich natürlich nicht sagen. »So lautet also dein Ratschlag, ja? Lügen und weglaufen.«

Natürlich kennt sie mich viel zu gut. Egal, zu wem ich werde oder in wen ich mich verwandle, sie kennt mich. Alles ändert sich, aber das nicht. »Ich wüsste nicht, was du noch tun könntest«, sagte sie. »Nicht nach dem Schlamassel, den du angerichtet hast.«

»Lügen und weglaufen«, wiederholte ich. »Na gut, von mir aus.«

Ich gab eine offizielle Erklärung heraus, die auf jedem Marktplatz und in jedem Tempel der Stadt verlesen wurde. Ihr kennt das ja. Jeden Tag gibt es zwei oder drei davon zu irgendeinem Thema. In dieser hieß es, der Kaiser habe Mitleid mit der armen Verrückten gehabt, die versucht hatte, ihn auf der Straße zu attackieren. Auf Nachfrage habe sich herausgestellt, dass die Frau ihren Verstand verloren hat, nachdem ihr Sohn im Kampf gegen den Feind gefallen war. Ihr tragischer Verlust habe ihr derart den Verstand vernebelt, dass es unmöglich war, ihr auch nur ein Wort zu glauben. Nichtsdestotrotz war sie deshalb eine Heldin der Gemeinde, und als Zeichen des Respekts ihr und anderen wie ihr gegenüber hat der Kaiser ihr gnädigerweise eine beträchtliche Rente auf Lebenszeit zuerkannt und freie Unterkunft in einer Gnadenwohnung, zusammen mit dem Ehrentitel *Mutter des Landes*. Wie nicht anders zu erwarten, kam das beim Volk sehr gut an, und Usuthus sagte, er wünschte, er wäre darauf gekommen.

Lügen und weglaufen, zwei Dinge, in denen ich gut bin. Nun ja, dachte ich und legte mein Taschentuch als Lesezeichen in ein weiteres Buch über Granit, warum zum Teufel eigentlich nicht?

18. Kapitel

In diesem Fall galt es, keinen Moment zu verlieren. Ich schickte nach dem Finanzminister. »Wie viel Geld haben wir?«, fragte ich ihn.

Er sah mich an. »Majestät?«

»In Münzen«, sagte ich. »Wie viel?«

Er sah mich respektvoll, aber finster an. »Das kann ich wirklich nicht sagen, Majestät. Die Reserven schwanken von Tag zu Tag, abhängig von einer Vielzahl von Faktoren.«

»Schätzungsweise.«

Ich glaube, es hätte ihm besser gefallen, wenn ich ihn gebeten hätte, einen Salat aus Kuhaugen zu essen. »Wirklich, es ist unmöglich, eine seriöse Einschätzung abzugeben. Ich kann es aber für Euch herausfinden, wenn Ihr wollt.«

»Tut das.«

»Natürlich, Majestät, es wird aber einige Tage dauern. Und bis ich eine Zahl habe, kann sich die Situation schon wieder wesentlich verändert haben und die ermittelte Summe dadurch bedeutungslos sein.«

»Ihr habt bis heute Abend Zeit«, sagte ich. »Und ich möchte nicht in Eurer Haut stecken, sollten die Zahlen nicht stimmen.«

Ich bekam meine Antwort, pünktlich und auf den Groschen genau. Basierend auf meiner überschlägigen Rechnung war das nicht genug. Also schickte ich nach dem Präsidenten der Zentralbank. »Wie viel Geld haben wir?«, fragte ich ihn.

Auch hier die gleiche Masche. Ergebnis: Die flüssigen Mittel, addiert zu dem Wert bereits vereinbarter Kredite, Hypotheken auf zukünftige Einnahmen und andere konkrete immaterielle Güter (das ist kein Scherz, so nannte er sie) würden gerade so reichen. Also schickte ich nach Oberst Hrabanus und Konteradmiral Gainas.

Ich sagte ihnen, was sie tun sollten, und es entstand zum wiederholten Mal diese vielsagende Stille.

»Ihr glaubt nicht, dass es funktioniert«, stellte ich fest.

»Das will ich nicht behaupten«, erwiderte der Oberst, »aber es ist ein bisschen ...«

»Radikal«, soufflierte ich. »Ja, ich weiß. Aber lasst mich Euch etwas sagen. Wir haben den Punkt, an dem alles, was bisher getan wurde, uns möglicherweise helfen kann, weit, weit hinter uns gelassen. Habt Ihr Posidonius gelesen, wie ich es Euch empfohlen habe?«

»Ja, Majestät. Allerdings ...«

Ich starrte ihn an, aber er fuhr trotzdem fort.

»Seit Posidonius' Zeiten hat sich vieles verändert«, sagte er. »Die Verteidigungstechniken sind weiterentwickelt worden. Wir haben große Fortschritte im Erd- und Tunnelbau gemacht.«

»Ich weiß. Das hat der Feind auch.«

»Ich weigere mich, davon auszugehen, dass es sich dabei um eine unumstößliche Tatsache handelt.« Er hielt kurz inne und schämte sich offensichtlich, dass er laut geworden war. »Ich glaube fest daran, dass eine konventionelle Verteidigung wirksam sein wird. Das muss sie einfach«, fügte er hinzu.

Ich schüttelte den Kopf. »Das ist kein konventioneller Angriff«, sagte ich. »Wir haben es mit einem Verrückten zu tun, der ein Drittel der bekannten Welt beherrscht, und es ist ihm egal, was es kostet, an Geld oder Leben. Das ist ziemlich unkonventionell, wenn Ihr mich fragt.«

»Selbst wenn ...« Er hob die Hände. Ihm schienen die Worte zu fehlen. »Wenn Ihr es mir befehlt, werde ich mein Bestes tun. Aber ich habe starke Vorbehalte ...«

»Zur Kenntnis genommen«, unterbrach ich ihn. »Admiral, was ist mit den Schiffen? Seht Ihr da ein Problem?«

Er schüttelte den Kopf. »Nicht, wenn es die Schiffe tatsächlich gibt«, antwortete er.

»Oh, davon gehe ich aus«, erwiderte ich lässig. »Sie wurden aus Eichenholz gebaut und bis zum Anschlag geteert und abgedichtet. Ich weiß, das ist lange her, aber ich wette, es gibt sie noch.«

»In diesem Fall«, sagte er, »ist das durchaus machbar, wenn Ihr es unbedingt tun wollt.«

»Und was ist mit der Eskorte? Das ist sehr wichtig.«

»Auch das wäre sicher möglich«, erklärte er. Das war alles, was ich hatte hören wollen.

Also schickte ich nach den leitenden Vertretern der Purpurbruderschaft. Nicht nach den Trotteln, die ich installiert hatte, um das *Haus* zu besänftigen, sondern nach den echten, den übrig gebliebenen aus alten Tagen, die klugerweise beschlossen hatten, mit mir zusammenzuarbeiten. »Es muss ein Loch gegraben werden«, sagte ich.

Das gefiel ihnen nicht. »Stollen und Konterstollen zu bauen ist Handwerkskunst«, sagte einer von ihnen. »Wir haben niemanden, der erfahren genug ist, um ...«

»Keine Sorge«, beschwichtigte ich ihn, »ich bitte Euch nicht, Bruderschaftsangehörige in die Tunnel zu schicken. Jedenfalls noch nicht«, fügte ich hinzu, als er sich gerade zu entspannen begann. »Nein, das ist ein rein ziviles Loch. Groß, aber zivil.«

Sie blickten einander an. Mein »noch nicht« hatten sie wohl gehört. »Betrachtet es als erledigt«, versprachen sie.

»Oh, und noch eine Sache«, sagte ich, als sie aufstanden, um zu gehen. »Es gab seit Jahren keine richtige Volkszählung mehr. Ich denke, wir sollten eine machen.«

»Mit Verlaub, im vorletzten Jahr hat es eine Volkszählung gegeben.«

»Das war eine staatliche Volkszählung«, bemerkte ich. »Natürlich lügen die Leute bei einer staatlichen Volkszählung, das wird auch von ihnen erwartet. Ich meine aber eine Zählung durch die Bruderschaften. Eine echte, die von uns durchgeführt wird. Wie viele Einwohner es wirklich gibt und wo sie tatsächlich leben. Ich denke, mir sollten diese Informationen zur Verfügung stehen, wenn ich für Notfälle planen muss. Sonst haben die Leute am Ende vielleicht nichts zu essen und können nirgendwo schlafen, nur weil ich nicht wusste, dass es sie gibt. Kümmert Euch bitte darum. Und keine Eile. Ein Ergebnis nächste Woche um diese Zeit reicht völlig aus.«

Danach musste ich nur noch den Kapitän des schnellsten Schiffes der Flotte herbeirufen und ihm seine Befehle geben.

»Das ganze Geld, Majestät.«

»Nirgendwo ist es sicherer als im Laderaum eines kaiserlichen Kriegsschiffs«, erklärte ich. »Außerdem wird niemand außer mir und Euch wissen, was Ihr transportiert.«

Er sah mich direkt an. »Ihr vertraut mir all das Geld an?«

Ich nickte. »Ihr habt eine Frau, eine Mutter, zwei Söhne und eine Tochter«, sagte ich. »Kommt Ihr vor Himmelfahrt mit einer versiegelten Quittung zurück, werden sie wieder freigelassen.«

»Himmelfahrt?« Er starrte mich an. »Das ist nicht …«

»Ich wette, das ist es durchaus«, entgegnete ich sanft. »Lasst es uns herausfinden, ja?«

(Hodda sagte dazu: »Das meinst du nicht ernst, oder? Die Familie dieses armen Mannes ...«

Ich zuckte mit den Schultern. »Wahrscheinlich nicht«, entgegnete ich. »Und wenn es nicht funktioniert, ist sowieso alles egal.«

»Was soll das denn heißen?«

»Es ist unsere letzte Chance«, erklärte ich. »Verstehst du das nicht? Wenn es nicht klappt, haben wir keine Zeit mehr, kein Geld, keine Soldaten, keine Optionen, einfach nichts.«

»Aber es ist eine dumme Idee. Es wird nicht funktionieren.«)

Ich hatte alles getan, was ich konnte. Nun waren andere Leute am Zug.

Schnell sprach sich herum: doppelter Lohn für das Graben eines verdammt großen Lochs, Schaufeln und Spaten werden gestellt, wenn man keine eigenen hat. Natürlich wollten die Leute wissen, wozu es dienen sollte. Es geht um Abflüsse, sagten wir ihnen. Natürlich glaubte uns niemand ein Wort.

Zwei weitere synäische Schiffe tauchten vor unserer Hafeneinfahrt auf, mit dieser furchtbaren Flagge, die nur eines bedeutet. Das beunruhigte mich. Ich ließ den Hafenmeister seine Aufzeichnungen durchforsten – nach jedem synäischen Schiff, das in den letzten drei Monaten bei uns angelegt hatte. Es waren neunundfünfzig, und ihre Mannschaften hatten die üblichen Touren durch die Bars und Bordelle gemacht. Nirgendwo hatte es ein Anzeichen auf die Pest gegeben. Aber drei verseuchte Schiffe in so kurzer Zeit? Ich schickte nach Gainas und befahl ihm, alle synäischen Schiffe außerhalb der Fünf-Meilen-Zone abzuweisen. »Aber geht nicht an Bord«, befahl ich ihm. »Und wenn sich eines von ihnen weigert umzudrehen, dann rammt es. Und das Schiff, das es rammt, sollte besser für einen Monat irgendwo anders hinsegeln, nur vorsichtshalber.«

»Was ist mit den beiden Quarantäneschiffen?«, fragte er. »Sollen wir sie versenken wie beim letzten Mal?«

»Das scheint mir ein bisschen herzlos zu sein«, entgegnete ich. »Aber passt mal auf. Diese Insel, auf der ich Ogus getroffen habe, eskortiert sie dorthin. Wenigstens können die armen Schweine da auf dem Trockenen sterben, und es besteht keine Chance, dass ihre Schiffe in den Hafen treiben, wenn sie alle tot sind.«

Er musterte mich. »Ihr hofft, dass Ogus Soldaten dort hinschickt und sie die Seuche dann zurück in sein Lager schleppen. Eigentlich ist das gar keine schlechte ...«

Ich schüttelte den Kopf. »So dumm sind sie nicht«, sagte ich. »Außerdem würde ich das niemandem antun, nicht einmal ihm.«

»Das ist gar keine schlechte Idee«, meinte Hodda.

»Auf keinen Fall«, widersprach ich. »Es ist eine schreckliche Idee, und ich werde es nicht tun.«

»Man könnte den Krieg beenden, wenn man ...«

»Das haben wir versucht, weißt du nicht mehr?« Sie blickte mich finster an. Ich fuhr fort: »Wie auch immer, ich habe ein Buch darüber gelesen. Pakatians Bericht über die Pest von Coseilha.«

»Wo?«

»Es war vor langer Zeit«, erzählte ich. »Es gab eine Belagerung. Unter den Belagerern brach die Pest aus. Fünftausend Männer starben in einer Woche.«

»Nicht schlecht.«

»Was taten die Belagerer also?«, fuhr ich fort. »Sie luden die Leichen auf Katapulte und versuchten, sie über die Mauer in die Stadt zu schleudern. Aber ihre Katapulte waren nicht stark genug, und die Leichen fielen vorher zu Boden.«

»Na dann.«

»Also schnitten sie die Leichen in Stücke. Ein Stück einer Pestleiche tut es genauso gut, fanden sie. Sechs Wochen später rammten sie das Tor auf und sahen, dass sie die Stadt für sich hatten. Alle Einwohner waren tot. Die Moral dazu lautet: Leg dich nicht mit der Pest an. Sie ist nicht deine Freundin.«

Hodda zuckte die Schultern. Es ist immer schön, sie dabei zu beobachten. »Du liest wirklich viele Bücher«, meinte sie.

»Sie sind voller guter Ideen, zumindest zum Teil.«

Sie stand auf, um den Raum zu verlassen. Es war an der Zeit für sie, den Rest des Tages in der Gesellschaft der Elite der Robur-Frauenschaft zu verbringen – und absolut nichts zu tun.

»Nur einen Moment noch«, sagte ich.

»Was?«

»Setz dich.«

»Ich kann nicht mehr lange bleiben. Man wartet auf mich.«

»Kümmert dich das?«

»Ich hasse sie«, sagte sie einfach. »Sechsundvierzig verrückt reiche Frauen im Alter zwischen siebzehn und neunundsechzig. Jede Einzelne trägt genug Diamanten und Perlen, um einen Eimer damit zu füllen. Und dann ist da diese fette Frau.«

»Erzähl.«

»Ich meine, wirklich fett«, fuhr Hodda fort. »Schmilz sie ein, und man könnte genug Kerzen aus ihr herstellen, um die *Galerie* einen Monat lang zu beleuchten. Und sie besitzt einen Ring mit Rubinen und Saphiren.«

»Ist er schön?«

»Nein, schrecklich. Es ist so furchtbar, dass ich ihn immer anstarren muss. Er dürfte ziemlich viel wert … Ich weiß nicht, wie viel. Ich sehne mich buchstäblich danach, ihr in den Nacken zu stechen und ihn ihr vom Finger zu reißen.«

»Tu es nicht«, sagte ich sanft. »Es ist gegen das Gesetz.«

»Und dann reden diese Frauen«, fuhr Hodda fort, »die ganze verdammte Zeit. Und frag nicht, worüber, denn ich weiß es wirklich nicht. Meistens geht es um Leute, von denen ich noch nie was gehört habe und die Sachen machen, die mich zu Tode langweilen. Alles dreht sich darum, wer mit wem zum Essen gegangen ist und wer sonst noch da war und was sie anhatten. Das ist alles so *dumm*.«

»Das ist die Gesellschaft.«

»Es sind die Dinge, über die wir Stücke aufführen«, meinte Hodda verbittert, »nur wissen wir da, wie lächerlich das alles ist. Aber diese Leute scheinen das nicht zu begreifen. Sie denken offenbar, das sei das wahre Leben.«

»Das wahre Leben. Den Ausdruck habe ich schon lange nicht mehr gehört.«

Sie setzte sich, die Ellbogen auf den Knien, den Kopf nach vorne gebeugt. »Mich bringt das um, Notker. Ich spüre, wie mein Hirn zu Brei wird. Ich muss hier raus, sonst sterbe ich.«

Wenn das gespielt war, dann hatte sie sich selbst gespielt. Ich legte meinen Arm um ihre Schultern. »Aber das ist das Leben, von dem jede Schauspielerin träumt«, sagte ich. »Anständig und reich. Jedes Chormädchen aus dem Alten Treppenviertel, das je dem Sohn eines Senators schöne Augen gemacht hat …«

Hodda funkelte mich an. »Die Frau hat bekommen, was sie verdient«, sagte sie. »Hat nicht mal jemand gesagt, die Strafe dafür, etwas zu sehr zu wollen, ist, es zu bekommen?«

»Kommt drauf an, was genau man will, schätze ich.«

»Ich will ein Theater leiten«, sagte sie so laut, dass man sie durch die Tür gehört haben muss. »Ich will Stücke aussuchen, Schauspieler engagieren und feuern, die Maler und Kostümbildner anschreien, den Chor drillen, als wäre er ein Garderegiment, und viel Geld verdienen. Nicht, um es auszugeben«, fügte sie schnell hinzu, »nur um es zu haben, um zu beweisen, dass ich Erfolg habe. Das ist es, was ich will, Notker. Und weißt du was? Ich hatte das alles schon, bis du aufgetaucht bist.«

Ich zog meinen Arm zurück. »Nur eine Sache noch«, sagte ich. »Du und Ogus.«

»Ach, das.«

»Ja, das«, bestätigte ich. »Du hast dir die Mühe gemacht, unseren Todfeind zu verführen, um ihm die Stadt zu verkaufen. Für vermutlich sehr viel Geld.«

Sie blickte mich an. »Er wird gewinnen«, sagte sie. »Das weißt du.«

»Ja«, erwiderte ich. »Das weiß ich schon lange.«

»Deshalb habe ich es getan«, erklärte sie. »Ich dachte, alles, was ich kenne und liebe, wird sich ohnehin in Rauch auflösen, und jeder, den ich kenne und liebe, wird sterben. Aber ich nicht. Ich steige aus, und ich werde dafür sorgen, dass eine Menge Geld für mich dabei herausspringt.« Sie stand auf. »Das kannst du mir doch nicht verübeln, oder?«, fragte sie. »Wenn sowieso alle sterben werden.«

»Jeder wird sterben«, sagte ich sanft, »das ist eine unumstößliche Tatsache. Aber nicht jeder hilft dabei, eine ganze Stadt zu ermorden.«

»Stimmt.« Sie warf mir ihren genialen Blick zu, für den tausend Männer in dieser Stadt nur zu gerne sterben würden. Den Blick, den sie fünfmal pro Abend gegen Honorar aufsetzte. Ihr wisst natürlich, dass er nicht echt ist. »Umso besser, dass es mir nicht gelungen ist.«

»Wahrscheinlich ganz gut so«, entgegnete ich. »Es war eine verdammt blöde Idee.«

»Nein, war es nicht. Du hast nur alles vermasselt.«

»Wahrscheinlich ganz gut so«, wiederholte ich.

Sie nickte absolut perfekt, aber ich war nicht überzeugt. Und es kümmerte mich auch nicht weiter. »Notker«, sagte sie und sah mir direkt in die Augen, »was sollen wir tun?«

Ich blickte geradeaus, damit ich sie nicht ansehen musste. »Das habe ich meine Mutter gefragt«, sagte ich. »Sie hat mir ein paar wirklich gute Ratschläge gegeben.«

»Sprich weiter.«

»Sie hat gesagt, erzähl Lügen und lauf weg. Sie kennt mich einfach zu gut.«

»Notker, ich meine es ernst. Was sollen wir tun?«

Darüber dachte ich einen Moment nach. Dann traf ich eine Entscheidung.

»Wenn ich uns hier rausbringen kann«, sagte ich, »lebend und in einem Stück und vielleicht sogar noch obszön reich, obwohl das nicht zu garantieren ist, willst du mich dann heiraten?«

Es kam mir vor, als hätte sie mich um Brot gebeten und ich hätte ihr eine schleimige Schnecke gereicht. »Was willst du?«

»Du hast es gehört.«

»Aber wir sind doch schon verheiratet«, sagte sie. »Und du magst mich nicht sonderlich.«

»Stimmt«, sagte ich. »Aber diese Hochzeit war nur gespielt. Und ja, du hast Angewohnheiten, die mich irgendwann dazu treiben könnten, von einer Brücke zu springen. Nur um dir irgendwie zu entkommen. Aber du bist sehr hübsch.« Ich sagte das lediglich, um sie zu ärgern.

»Notker.«

»Und«, fügte ich hinzu, »du bist schlauer als jeder Mensch, den ich je kennengelernt habe. Und du kannst ein Theater leiten wie niemand sonst, und du warst eine umwerfende Prinzessin Toto.«

»Ich liebe dich nicht, Notker.«

Ich nickte. »Ich glaube auch nicht, dass du fähig bist, jemanden zu lieben«, entgegnete ich. »Und warum solltest du auch? Es wäre eine solche Verschwendung. Für mich bist du eine Göttin.«

»Jetzt hör mal.«

»Aber so ist es«, beharrte ich, »wirklich. Du bist boshaft, egoistisch, völlig egozentrisch, süchtig nach Anbetung, gefühllos und absolut unfähig, jemanden außer dir selbst zu lieben. Findest du nicht?«

Sie wirkte verzweifelt. »In Ordnung«, sagte sie. »Unter der nicht verhandelbaren Bedingung, dass das nie passieren wird, weil es keinen Ausweg gibt. Wenn es einen gäbe, wäre er mir schon eingefallen.«

»Ich will hören, wie du Ja sagst.«

»Verpiss dich! Also gut. Ja. Wenn es dich glücklich macht.«

Ich musste noch etwas fragen. »Die Haarnadel«, sagte ich. »Hattest du die wirklich nur zufällig dabei?«

»Was? Ach, die. Ja, ich habe sie schon seit Jahren. Sie steckt in diesem kleinen silbernen Röhrchen, schau. Man weiß ja nie, oder?«

»So was könnte ich auch brauchen. Als Brosche vielleicht.«

»Du bekommst das Rezept.«

Ich lächelte sie an. »Du wirst dich noch in den Arsch beißen, wenn du hörst, was ich vorhabe«, sagte ich. »Also pass auf.«

19. Kapitel

Ich hatte von einem Loch gesprochen, aber in Wirklichkeit war es ein Graben. Er verlief parallel zu den Mauern, mit einem Abstand von dreißig Metern, einmal um die ganze Stadt herum, und er war zwanzig Meter tief. Der Abraum wurde zwischen der Mauer und dem Graben aufgeschüttet und bildete einen Wall, sodass wir auf unserer Seite Türme bauen mussten und einen Steg, damit die Wachposten auf die Türme und zu den Artilleriebuchten gelangen konnten.

Zwanzig Meter tief, denn tiefer kann man nicht gehen, weil man dann auf nackten Fels trifft. Wie Ihr Euch vorstellen könnt, bekamen wir alle möglichen Probleme. Wir trafen auf vier unterirdische Quellen, die den Graben fluteten und alles in ekelhaften, klebrigen Schlamm verwandelten. Sie mussten geortet und umgeleitet werden, was an sich schon ein gewaltiges Unterfangen war. Da wir kein Geld hatten, wurden die Arbeiter – im Grunde alle arbeitsfähigen Mitglieder der Purpurbruderschaft – mit Berechtigungstoken bezahlt, was anfangs nicht sonderlich gut ankam, bis sich alle daran gewöhnt hatten, dass Geld nicht aus glänzendem Metall, sondern aus kleinen versiegelten Tonstückchen bestand. Hätte es die Bruderschaft nicht gegeben, hätten wir die Leute nie dazu bringen können, sich darauf einzulassen. Aber mit der Regierung auf der einen Seite, die mit lächerlichem Geld bezahlte, und den Bruderschaftsführern auf der anderen, die ihnen erklärten, was mit ihnen passieren würde, wenn sie nicht zur Arbeit erschienen, waren es zwei Seiten derselben Münze, auch wenn die fast mit Sicherheit gefälscht war.

Und zusätzlich lief alles nach einem engen Zeitplan. Die Arbeiten mussten bis zum Himmelfahrtstag erledigt sein. Eigentlich war ich geradezu verzweifelt besorgt, dass es dann schon zu spät sein könnte. Ogus hatte drei weitere Stollen begonnen und schickte Männer über Männer in die Tunnel. Oberst Hrabanus hielt ihn mit Konterstollen in Schach. Zumindest im Moment konnten wir tiefer graben als sie, dank der genialen Idee von Hrabanus' Leuten, Luft in die untersten Ebenen zu pumpen, indem wir den gewaltigen Blasebalg benutzten, den wir für den Schwefel gebaut hatten, und dazu Rohre aus ausgehöhlten Birkenstämmen. Ogus' Männer versuchten, die Anlage nachzubauen, aber wir bekamen es mit, gruben uns seitlich zu ihnen hinüber, fanden ihr Rohr, bohrten ein Loch hinein und pumpten Schwefelrauch hindurch. Ich vermute, als tausend Männer in diesem Tunnel verschwanden und nicht zurückkehrten, ahnten Ogus' Ingenieure nicht, dass wir das Belüftungssystem sabotiert hatten, und schlossen daraus, dass es einfach nicht funktionierte.

Hrabanus führte den Krieg in den Tunneln nicht mehr persönlich an. Ich übertrug ihm die Verantwortung für das Ausheben des Grabens und beförderte einen seiner Nachwuchsoffiziere, ein halbes Milchgesicht namens Cotkel. Er war derjenige, der die Birkenrohre erfunden hatte und den Rauch in Ogus' Nachbau blies. Er war ein unangenehmer kleiner Mann mit einer schrecklichen Vorgeschichte von Ungehorsam und Gewalt gegen Vorgesetzte. Zudem hatte er mehr feindliche Pioniere mit einem Messer oder seinen bloßen Händen getötet als irgendjemand sonst im Pionierregiment, daher dachte ich, er sei perfekt für den Posten geeignet, und ich wurde nicht enttäuscht. Hrabanus hingegen hatte studiert und wusste alles über Mathematik und militärische Bauten, und er zeichnete eine ganze Reihe von exquisiten Plänen des Grabens, vielfältig kommentiert mit Zahlen. Ob sie tatsächlich etwas nutzten, weiß ich nicht, aber sie waren sehr hübsch anzuschauen.

»Ich dachte, du solltest Bescheid wissen«, sagte ich. »Ich bin im Begriff zu heiraten.«

Es sei ganz wunderbar, fanden die Leute. Der Kaiser, der meistbeschäftigte Mann der Stadt, nahm sich immer noch die Zeit, die arme, alte, verrückte Frau zu besuchen, die ihren Sohn verloren hatte. Ich glaube, der einzige Mensch, den das wenig beeindruckte, war die arme, alte, verrückte Frau, die sich zutiefst darüber ärgerte und beklagte, dass man sie als verrückt bezeichnete, obwohl sie es doch nicht war. Zum Glück nahm niemand ein Wort von ihr zur Kenntnis. Außer mir.

»Ich weiß nicht, warum du dir die Mühe machst, mir das zu erzählen«, sagte sie. »Es ist sowieso eine blöde Zeit zum Heiraten. Hast du nicht andere Dinge im Kopf, als den Mädchen hinterherzujagen?«

»Du wirst sie mögen«, sagte ich. »Sie ist klug.«

»So schlau kann sie nicht sein, wenn sie dich heiratet.«

Ich lächelte. »Es brauchte etwas Überredungskunst«, gestand ich.

Sie runzelte die Stirn. »Du planst also für deine Zukunft.«

»Ja«, erwiderte ich. »Ich glaube, es wird doch noch eine geben.«

»Du bist ein Narr. Du kannst diesen Krieg nicht gewinnen.«

»Das sagen mir alle.« Ich stand auf, dann setzte ich mich wieder. Die Kissen waren so weich, dass mein Rücken schmerzte. »Fühlst du dich hier wohl?«

»Es ist ganz in Ordnung. Mir ist langweilig. Ich habe nichts zu tun.«

Sechzig Jahre angekettet an ein Spinnrad. Nimm es ihr weg, sie langweilt sich. Sie hat nichts zu tun. Alles ist immer meine Schuld. »Kann ich etwas für dich tun?«

Sie antwortete nicht einmal darauf. »Du meinst es gut, Notker, manchmal zumindest. Aber du kümmerst dich nicht um die Menschen. Sie sind dir völlig egal.«

»Das stimmt so nicht ganz.«

Sie seufzte. »Ich weiß«, sagte sie, »es ist nicht deine Schuld, das ist es nie. Du steckst ständig in Schwierigkeiten, also denkst du immer nur an dich. Wenn du ertrinkst, machst du dir keine Gedanken darüber, ob jemand anders vielleicht schwimmen kann. Du hast nie Zeit für andere, weil du immer vor irgendeinem dummen Schlamassel wegläufst, in den du dich selbst gebracht hast.«

»Ich glaube, du bist nicht ganz fair«, wandte ich ein.

»Glaubst du das? Und dann leihst du dir ständig Geld. Weil du nie welches hast.«

»Im Moment schon«, erwiderte ich. Im Moment habe ich viel, wollte ich sagen, aber das ganze Geld aus der Schatzkammer befand sich auf einem Kriegsschiff, das in Richtung des Sashan-Reiches segelte.

»Es kommt dir immer wieder in die Quere«, sagte sie. »Du bist so damit beschäftigt, dir zu überlegen, wie du die Leute dazu bringst, dir Geld zu leihen, dass dir keine Zeit bleibt, auch mal über ihre Gefühle nachzudenken. Wann hast du das letzte Mal mit mir gesprochen, als du dir kein Geld leihen wolltest?«

»Ich mache es wieder gut«, versprach ich. »Ich werde es bei allen wiedergutmachen.«

»Sicher wirst du das. Das sagst du immer.«

»Eines Tages mache ich es wirklich.«

»Und immer das letzte Wort«, bemerkte sie und grinste. »Immer ein Scherz und immer das letzte Wort. Wer ist sie eigentlich?«

»Ihr Name ist Hodda.«

»Die?« Sie zuckte mit den Schultern. »Sie ist nicht besser als ein gewöhnliches Flittchen.«

»Ich bin verrückt nach ihr, seit ich sie das erste Mal gesehen habe«, gestand ich. »Ich sah sie und dachte: Diese Frau ist eine Göttin.«

Sie lachte. »Das hat dein Vater auch mal über mich gesagt. Hat zwar nicht lange angehalten, aber er war ein guter Mann, dein Vater.«

»Ja«, sagte ich, »das war er, auf seine Art.«

»Besser als du.«

»Das«, entgegnete ich, »bleibt abzuwarten.«

»Was ist das für ein Wirbel in den Straßen?«, wollte sie wissen. »Die Leute kommen zu jeder Tages- und Nachtzeit mit Gerüstbrettern und Schubkarren vorbei. Was ist denn da los?«

»Wir heben einen Graben aus«, sagte ich.

»Und wozu?«, fragte sie.

Also habe ich es ihr erzählt.

Ich erklärte, dass Ogus' Ingenieure es früher oder später schaffen würden, an uns vorbeizukommen, weil sie so viele waren und wir uns irgendwann nicht mehr gegen sie würden verteidigen können. Das Einzige, was sie bisher zurückgehalten hatte, war das Granitband, aber sie hatten inzwischen herausgefunden, wie man es durchbricht, also konnten wir uns nicht mehr darauf verlassen. Doch was wäre, wenn sie bis zur Mauer kämen, sie unterhöhlten und zum Einsturz brächten, nur um einen riesigen Erdwall vorzufinden? So gut wie eine Mauer. Oder in vielerlei Hinsicht sogar besser. Zunächst einmal kann man den nicht mit Rammböcken oder Katapulten niederreißen, wie man es bei einer Steinmauer kann. Er ist weich. Er gibt nach, anstatt zu splittern. Und wenn man einen Stollen hineingräbt, füllt er sich, sobald man nach oben durchbricht, mit lockerer Erde. Und so schnell, wie man die aus dem Weg schaufelt, rutscht kaskadenartig mehr nach. Man gräbt sich also unter dem riesigen Erdhaufen durch, in der Hoffnung, auf der anderen Seite wieder herauszukommen, und was passiert dann? Man stößt auf eine weitere Granitplatte, die doppelt so dick ist wie die erste.

Ach so, Ihr meint, es gibt kein Granitband auf unserer Seite der Mauer. Das stimmt. Noch nicht. Aber sehr bald wird es eins geben.

»Wir reißen alle Tempel und öffentlichen Gebäude ab«, erzählte ich ihr, »alle, die mit Granit gebaut oder verkleidet sind, und wenn der Graben fertig ist, werden wir ihn mit Blöcken füllen. Er wird fast so breit sein wie die Stadtmauer, aber tief hinunter in die Erde reichen. In der Stadt gibt es nicht genug Granitsteinbrüche, aber ich habe eine Abordnung dorthin geschickt, von wo wir früher all unseren Granit bezogen haben, mit der Anweisung, alles aufzukaufen, was dort zu haben ist. Wenn wir fertig sind, wird es eine Art Zwilling zu unserer Mauer geben, zwanzig Meter hoch und zwölf Meter breit, nur unter der Erde anstatt darüber. Und sollten sie versuchen, Breschen hineinzuschlagen, haben wir eine Überraschung für sie. Als wir den Graben ausgehoben haben, sind wir auf vier unterirdische Flüsse gestoßen. Ein kleiner Stoß an einem Schleusentor und all das Wasser wird sie mitreißen.« Ich machte eine Pause, um Luft zu holen, dann fuhr ich fort: »Zuerst dachte ich, wir könnten es nicht rechtzeitig schaffen, aber wir können es. Du würdest staunen, was alles machbar ist, wenn man die Anführer der Bruderschaften auf seiner Seite hat und niemand herumläuft, der einem widerspricht oder behauptet, es gäbe kein Geld. Natürlich ist kein Geld da, aber es gibt Essen für die Arbeiter und für alle in der Stadt, zumindest im Moment, und was später wird, darüber sprechen wir, wenn es so weit ist. Wir müssen nur hart arbeiten, das ist alles, um genug zu produzieren, damit wir gut verkaufen und die Kosten für die ganze Unternehmung tragen können. Es wird Zeit brauchen, aber die werden wir haben, anstatt einfach alle nur tot zu sein.«

Sie hatte den Kopf abgewandt.

»Und weißt du was?«, fuhr ich fort. »Das war alles ich. Niemand außer mir hätte das schaffen können. Nicht der alte Kaiser, weil er nicht den Verstand dazu hatte. Nicht Nikephoros, weil er nicht die Macht dazu hatte. Er hätte andere Leute überzeugen müssen, und die hätten ihm gesagt, dass es nie funktionieren würde. Nicht das Parlament oder der öffentliche Dienst, denn die können nichts tun, nur verhindern, dass etwas getan wird. Nicht einmal der echte Lysimachus, denn er hätte nie die Bruderschaften zusammengeführt und sie dazu gebracht, für ihn zu arbeiten. Er war ein Grüner durch und durch, genau wie Vater, und die Blauen würden eher sterben, als all das für einen Grünen zu tun, selbst wenn dadurch die Stadt gerettet würde. Die Ingenieure hätten es nicht geschafft, die Soldaten und die Politiker hätten es nicht geschafft, die Bruderschaften hätten sich nicht die Mühe gemacht, es überhaupt zu versuchen. Nein, ich war es, ein dummer kleiner Sänger und Tänzer, dein Sohn. Ich habe es getan. Ich habe gelogen und betrogen und so getan, als wäre ich ein großer Held. Ich habe alles getan, was man nicht tun soll, all die Dinge, in denen ich gut bin, und als Ergebnis wird die Stadt nicht fallen, und wir werden alle im nächsten Jahr um diese Zeit noch hier sein und im Jahr danach auch. Also wage nicht zu behaupten, ich sei nicht gut, denn das ist einfach nicht wahr.«

Ich sah sie an und merkte, dass sie eingeschlafen war.

20. Kapitel

Wieso Himmelfahrt, höre ich Euch fragen? Weil dann laut Admiralitätshandbuch das Wetter umzuschlagen beginnt. Dreißig Tage danach kommen heftige westliche Winde auf, und eine Fahrt über das offene Meer in Richtung Osten würde nur in Tränen enden. Außerdem ist Himmelfahrt das zweitgrößte Fest des Kalenders, und der Kaiser hält traditionell am letzten Tag der Feierlichkeiten seine Rede zur Lage der Nation. Außerdem hatte Major Cotkel gemeint, er könne nicht garantieren, dass Ogus nach Himmelfahrt nicht wie der Teufel in einer Pantomime aus dem Boden schießen und uns alle abschlachten würde.

Über die offene See sollte es gehen, denn wenn man eine gerade Linie über die Karte zieht, anstatt sich den ganzen Weg bis zur Grenze von Sashan an der Küste entlangzuhangeln, spart man ganze zwei Monate Reisezeit. Die meisten Frachter kommen mit Wind und Wellen so weit draußen nicht zurecht, aber ich wusste genau, dass die Steintransporter der Sashan (ich habe Euch von ihnen erzählt; die größten Schiffe, die je gebaut wurden) es schaffen und die Route überstehen können, denn so waren sie auch in den alten Tagen gesegelt. Ich wettete darauf, dass dieselben Schiffe immer noch in Betrieb sein würden – ein kalkuliertes Risiko, wenn man bedenkt, dass sie mal eine obszöne Menge an Geld gekostet hatten, sodass man sie etwa hundert Jahre lang betreiben musste, bevor sie sich rentierten. Ich hatte die Spezifikationen, nach denen sie gebaut wurden, in einem der alten Bücher gefunden und war tief beeindruckt gewesen, auch wenn ich nicht wirklich ein Wort davon verstand.

In der Zwischenzeit rissen wir das Senatshaus nieder und brachen die Architrave des *Tempels der Goldenen Feder* ab, und wir demontierten die halbe Bergstraße. So bekamen wir fast eine Viertelmillion Granitblöcke zusammen, jeder einzelne wog eine halbe Tonne. Die Ingenieure, die Steinmetzinnung, die Fuhrleute und die Artilleristen sagten mir, dass es nicht zu schaffen sei, jedenfalls nicht in der verfügbaren Zeit. Wahrscheinlich sogar überhaupt nicht. Aber ich hatte alle Fabriken und Werkstätten, die Läden und Marktstände, sogar (Gott vergebe mir) die Theater geschlossen. Wenn man Geld verdienen wollte, kam man zu mir und arbeitete für mich. Natürlich gab es kein echtes Geld. Nichts, was ich mache, ist echt. Aber mein fingiertes Geld wurde in der ganzen Stadt akzeptiert. Man konnte damit Brot kaufen. Man musste nur seine Zweifel überwinden, wie das Publikum im Theater, und alles lief glatt wie gebügelte Seide. Es war ein hübsches Paradoxon – lasst uns die Stadt retten, indem wir sie Stein für Stein auseinandernehmen und in der Erde vergraben –, aber das Paradoxon ist meiner Meinung nach das Tor zur Wahrheit.

Ich zahlte ihnen unfassbares Geld, und sie hatten keine Wahl. Trotzdem glaube ich nicht eine Minute, dass sie es getan hätten, wenn es nicht einen außergewöhnlichen Umstand gegeben hätte: Die Leute glaubten an mich. Das Volk liebte mich. Du meinst Lysimachus, sagte Hodda, aber eigentlich nein, das tat ich nicht. Nehmt die bescheidene Raupe, die ihren Namen ändert und sich ein schickes Seidenkostüm anzieht und statt auf dem Boden herumzukriechen, plötzlich fliegt. Zwei völlig unterschiedliche Kreaturen, die eine ein Wurm, die andere eine Art sehr kleiner Vogel. Man könnte die eine unmöglich mit der anderen verwechseln, sie haben überhaupt keine Ähnlichkeit. Aber innerlich sind sie ein und dasselbe Wesen. Und vielleicht war ich nicht Lysimachus, aber die meiste Zeit meines Lebens war ich auch nicht Notker gewesen, zumindest nicht wenn ich gearbeitet habe. Ich war immer nur ich. Lange Zeit bin ich auf dem Boden herumgekrochen, und dann habe ich meine Flügel ausgebreitet. Und fragt Euch doch mal Folgendes: Wenn Ihr in eine Vorstellung geht und Olethria die Königin Eudikia spielen seht, für wen klatscht und jubelt Ihr dann? Lysimachus war eine gute Rolle, aber ich schmeichle mir, dass ich sie ziemlich gut gespielt habe. Deshalb haben wir den Graben ausgehoben, die Gebäude abgerissen und die Steine verlegt, und das alles mit zwei Tagen Vorlauf vor Himmelfahrt.

Was für ein selbstgefälliger Kerl, nicht wahr?

Die Hoffnung brütet in dieser Stadt wie die Ratten. Verzeiht mir, dass ich mich wiederhole. Es ist ein guter Satz, und niemand wird bemerken, dass ich ihn schon einmal benutzt habe. Nicht, dass ich wirklich verstehe, was die Leute gegen Ratten haben. Sie sind klein und pelzig, mit niedlichen Schnurrhaaren, und auch sie wollen nur ihren Lebensunterhalt zusammenbekommen, ihre großen Familien in Ruhe aufziehen und nicht von riesigen Monstern ausgerottet werden, deren Motivation sie nicht ansatzweise verstehen. Aber: Ihr zieht in eine neue Wohnung, und das Erste, was Ihr sagt, ist: Igitt, Ratten, die müssen weg.

Mit »weg« meint Ihr natürlich »sterben«. Also führt Ihr mit allen Mitteln, die Euch zur Verfügung stehen, Krieg gegen die Tiere. Ihr leiht Euch von Freunden den Terrier. Ihr mischt

Gift mit einer Handvoll Weizenspreu. Ihr stellt Fallen auf, raffinierte, ausgeklügelte Fallen mit Mechanismen, deren komplexe Funktionsweise, aus dem Zusammenhang gerissen, eine wahre Augenweide ist. Wenn Ihr wirklich entschlossen seid, verstopft Ihr alle Löcher bis auf eines und blast mit einem Blasebalg Schwefelrauch hinein. Seid Ihr weich wie Butter, fühlt Ihr Euch vielleicht ein wenig schuldig, denn alles Leben ist kostbar, sogar das des Feindes. Doch in Eurem Herzen wisst ihr, dass sie wegmüssen, weil es Ratten sind.

In einem Gedicht gibt es eine Zeile:

... In verfallenen Kirchen, wo Bienen
Und Ratten und Mäuse Klöster bauen.

Das ist ein guter Spruch, auch wenn der Reim ein wenig holpert. Eigentlich sind es Ameisen und Mäuse, aber keine Sorge. Niemand hat gern ein Ameisennest in seiner Nähe.

Nur die Hoffnung, die ist eine echte Plage. Die Hoffnung knabbert nicht nur an Eurem Käse und kaut Löcher in Eure Fußleisten. Hoffnung lässt Euch auch dann noch weitermachen, wenn es wirklich an der Zeit wäre, aufzuhören. Die Hoffnung schleppt Euch an einem einzigen Tag zu sechzehn verschiedenen Vorsprechen, obwohl in der Gerberei Eures Schwagers eine schöne Arbeit auf Euch wartet. Die Hoffnung hält Euch im Alten Treppenviertel oder in Eden, obwohl es dort kein Geld mehr und nichts zu essen gibt und der Vermieter Euch gerade Euren Stuhl und Euren Nachttopf weggenommen hat. Ich persönlich kann keinen großen Wert darin sehen, einfach nur am Leben zu sein, wenn man sich elend fühlt und Schmerzen hat, aber die Hoffnung lässt Euch nicht gehen. Sie ist eine Nervensäge, wie böse Kinder, die ein dummes Tier ärgern, und ich habe mir angewöhnt, ihr aus dem Weg zu gehen, wann immer ich kann. Aber manchmal überfällt sie einen, und man kann nirgendwo mehr hin. Man kann sich umdrehen und gegen sie kämpfen und verlieren oder sich von ihr einfangen und sein Gehirn zu Brei verarbeiten lassen.

Hoffnung arbeitet auch gegen Hoffnung. Wir hatten Menschenketten, die die Blöcke mit Hebeln und Rollen durch die engen Gassen schoben. Wir hatten Schichten, die den Graben bei Regen und bei Lampenlicht aushoben. Und in jeder Arbeitsgruppe gab es mindestens einen Mann, der fröhlich verkündete, dass es nicht funktionieren würde, dass die ganze Idee dämlich sei, dass der Feind im Handumdrehen einen Weg drum herum finden würde. Und selbst dieser Mann glaubte nicht wirklich daran, eben wegen der Hoffnung. Hoffnung lässt hundert Männer und Frauen, die sich mit einem groben Hanfseil die Haut von den Händen reißen, plötzlich ein Straßenfest feiern. Jemand erzählt einen Witz oder albert herum oder fängt an, ein beliebtes Lied aus einem der Stücke zu singen, und Hoffnung bricht durch wie Pioniere, und als Nächstes ist sie überall wie Rauch oder Flutwasser oder Ratten. Wir werden Ogus schlagen, flüstert sie in jedes Ohr, und dieses Mal wird es anders sein.

Und dann kamen die Transporter. Ich war nicht dabei, aber ich hörte davon. Zuerst dachten sie, es sei ein Nebel, der vom Meer hereinweht. Nein, es waren Segel, Hunderte und Aberhunderte von Segeln, die das Meer in einer so langen Linie bedeckten, dass es sich sichtbar krümmte. Und einige davon waren Kriegsschiffe – es war die Flotte, die nach Hause kam. Aber bei den meisten handelte es sich um riesige Kästen mit schwarzem Rumpf und beispiellos hohen Vorschiffen, unfassbar groß und quadratisch und flach, mit einem Viertelmorgen an Segeltuch, dank dem sie stetig durch das kabbelige Wasser gezogen wurden, als wäre es nicht vorhanden. Es wirkte, als wären die Riesen zu Besuch gekommen. Man erwartete vier

Meter große Männer in ihrer Takelage und Ratten in der Größe von Pferden.

Das waren die Steintransporter der Sashan, auf deren Existenz ich jeden Trachy in der Staatskasse gesetzt hatte. Und da kamen sie, ein wahr gewordener Traum, wie die Erlösung, die am Ende des dritten Aktes an Drähten auf die Bühne herabschießt. Ich ging hinunter zu den Docks, um zu sehen, wo sie anlegten, zusammen mit dem Generalstab, den Abteilungsleitern des öffentlichen Dienstes, dem gesamten *Haus* und den leitenden Vertretern der Bruderschaft. Ich hatte über sie gelesen, jedes Detail, wie viele Nägel und Dübel genau in jedem von ihnen steckten, aber ich hätte mir nie vorstellen können, dass sie so groß sein könnten. Und doch glitten sie sittsam in den Hafen und schmiegten sich wie Kätzchen an die Kais.

Ich wusste, dass sie das können, weil sie es schon mal gemacht hatten. Denn laut den Büchern waren alle unsere Docks vor dreihundert Jahren abgerissen und wieder neu aufgebaut worden, um diese Ungetüme abfertigen zu können. Hundert auf einmal, mit Platz zum bequemen Entladen, Wenden und Wieder-Hinausfahren.

Doch jetzt waren es nicht hundert, sondern zweihundertzweiundsechzig, sechzehn mehr, als überhaupt in den Büchern verzeichnet waren, was irgendwie meinen Standpunkt gegenüber der Geschichte beweist. Ich hatte sie gebeten, alles zu schicken, was sie hatten, und das hatten sie getan.

Die Kräne, die wir gebaut hatten, um die Blöcke zu entladen, standen bereit, und sobald sie auf dem Kai lagen, übernahmen Mannschaften mit Rollen, Hebeln und Seilen, denn es würde schneller gehen, sie von den Docks gleich zur Mauer zu hieven, als sie erst auf Karren zu heben und dann wieder herunter. Ich stieg auf einen der Aussichtstürme. Von dort oben sah es aus, als würde ein Fluss aus Granit durch die Stra-

ßen fließen, wie Regenwasser oder die Lava eines ausbrechen-
den Vulkans. Ach ja, Vulkanmetaphern. Wie nützlich sie mir
beim Erzählen dieser Geschichte waren. Vielleicht war dies der
Punkt, an dem die Lava beginnt, den Hügel hinaufzufließen,
um das feurige Loch zu füllen und sicherzustellen, dass es nie
wieder ausbricht.

21. Kapitel

Hodda kam hoch zu mir auf den Turm. Wir sahen zu, wie die Purpurbruderschaft das Unmögliche schaffte. Eine ganze Stadt war in Bewegung, arbeitete zusammen und tat das, was tatsächlich getan werden musste. Was verdammt viel unwahrscheinlicher ist, als dass Lava bergauf fließt, kann ich Euch sagen.

»Gut«, sagte sie nach einer Weile. »Du hast gewonnen.«

»Wirklich?«

»Ich weiß, wann ich verloren habe«, erklärte sie. »Du hast es geschafft. Es ist verblüffend. Wir werden Ogus tatsächlich schlagen. Ich kann nicht glauben, dass ich das gerade gesagt habe, aber es ist wahr.«

»Nein«, entgegnete ich. »Ist es nicht.«

Sie verdrehte die Augen. »Sei nicht albern«, sagte sie. »Sie tun genau das, was du ihnen aufgetragen hast, und es wird funktionieren. Die Stadt ist sicher. Keine Macht dieser Welt …«

Ich sah mir alles genau an, damit ich es für den Rest meines Lebens nicht vergessen würde.

»Nein«, sagte ich. »Nein, es wird nicht funktionieren. Nicht, wenn Ogus lesen kann. Oder wenn er jemanden hat, der ihm vorliest.«

»Wovon zum Teufel redest du?«

Ich wollte es ihr schonend beibringen, aber sie ist ein großes Mädchen, sie kann mit solchen Dingen umgehen. »Es wird nicht funktionieren«, wiederholte ich. »Ich weiß, das wird es nicht.«

»Du redest schon wieder Unsinn. Ich wünschte, du würdest das lassen.« Sie seufzte.

»Du glaubst doch nicht ernsthaft, dass mir das selbst eingefallen ist, oder?«

»Ist es nicht?«

»Himmel, nein«, sagte ich. »Ich habe die Taktik in einem Buch entdeckt. *Grundlagen der Militärarchitektur* von Deodatus. Und er hat es sich ebenfalls nicht selbst ausgedacht, er hat nur darüber geschrieben.«

Sie zuckte mit den Schultern. »Na und?«, meinte sie. »Originalität wird überbewertet, wenn du mich fragst.«

»Deodatus«, leierte ich herunter, »schrieb über die Belagerung von Oppa, wo die Echmen fünf Jahre lang versuchten, den größten Militäringenieur aller Zeiten zu schlagen, einen Mann namens Posidonius. All das war seine Idee. Es steht jedoch in keinem seiner Bücher, weil er nicht lange genug gelebt hat, um darüber zu schreiben. Posidonius hat das alles bei Oppa gemacht – den Graben, die unterirdische Mauer –, und es hat nicht funktioniert.«

Sie sah mich an, die Augen ganz rund. »Du machst Witze.«

»Leider nein. Die Echmen brauchten ein ganzes Jahr, und es kostete sie eine Menge Geld und Tote, aber sie schafften es. Doch dann fiel Oppa, und alle, die sich in ihren Mauern befanden, wurden getötet, auch Posidonius.«

»Aber du hast gesagt, es würde funktionieren.«

»Ich habe gelogen.«

Ich wartete auf das Donnerwetter, doch es kam nicht. Sie war zu fassungslos, um ein Wort zu sagen. Als sie sich ein wenig erholt hatte, meinte sie: »Es könnte aber funktionieren.«

»Das glaube ich nicht.«

»Schwachsinn.« Sie starrte mich an. »Es steht doch alles in dem Buch, oder?«

»Ja«, sagte ich. »Was Posidonius getan hat und wie die Echmen alles umgangen haben. So technisches Zeug.«

»Gut«, sagte sie. »Du weißt also, was die bösen Jungs damals gemacht haben, und deshalb wirst du einen Weg finden, sie aufzuhalten. Wenn du weißt, was kommt, kannst du auch was dagegen unternehmen.«

Ich schüttelte den Kopf. »Erst unternehmen wir etwas. Dann unternehmen sie etwas, also unternehmen wir wieder etwas. Das Problem ist, dass es nicht gerade ein fairer Kampf ist. Es ist wie mit dem Bogenschützen und dem Hirsch. Sie können immer wieder Niederlagen erleiden und werden es trotzdem noch mal versuchen. Wenn aber wir nur einmal verlieren, sind wir tot. Es ist unvermeidlich, Hodda. Waren wir uns nicht einig? Früher oder später wird die Stadt fallen.«

Sie wurde wütend. »Wofür ist das dann alles gut? Nur damit sich die Leute besser fühlen?«

Ich wollte lachen. Mein ganzes Arbeitsleben, all die Mühe und das Können, das wir hineinstecken, Welten, die wir aus Worten und Kostümen, Schminke und hübschen, auf Stoff gemalten Szenen entstehen lassen. Alles reine Luftschlösser. Verändern wir damit die Welt? Nein. Wir sorgen dafür, dass sich die Menschen besser fühlen, zumindest für kurze Zeit. Ich konnte mich fast hören, wie ich das Konzept einem Theaterleiter anbot. Luftschlösser würde ich sagen, die wurden schon unendlich oft gebaut. Aber ein Schloss unter der Erde, das ist etwas vollkommen Neues.

Und noch etwas tun wir im Theater. Wir warten immer bis zur allerletzten Sekunde. »Nicht ganz«, sagte ich.

Es war ein wunderbares Himmelfahrtsfest. Ich kann mich nicht an ein besseres erinnern. Sie arbeiteten den ganzen Tag, schleppten Steinquader und brachten sie in Position, bis das Vorhaben fertig war, eine mächtige Mauer aus dem härtesten Stein der Welt, genau dort, wo sie sein sollte. Dann zogen sie in feierlicher Prozession zum Hippodrom. Der Zuschauerraum war für sechzigtausend Menschen gebaut, aber man kann die Zahl verdoppeln, wenn man die Leute wie Oliven in eine Presse stopft. Es war voll. Jeder in der Stadt, der laufen konnte, war da. Erschöpft, glücklich, hoffnungsvoll, stolz darauf, Robur zu sein, und voller Erwartung, seinen Kaiser sprechen zu hören.

Ich musste mich noch um ein paar Dinge kümmern, dann war ich bereit. Diesmal hatte ich es mir nicht nehmen lassen, mich in das gesamte Ornat zu werfen, einschließlich meines Glücksmantels und meiner Rüstung. Jeder, der in der Branche tätig ist, wird Euch sagen, dass Ihr, sobald Ihr Euer Kostüm übergestreift habt, plötzlich nicht mehr Ihr selbst seid. Ihr seid der, der Ihr sein sollt. In meinem Fall der Kaiser.

Also: Fanfare der Trompeten. Alle sitzen still, hören auf, Cashewnüsse zu essen, drehen sich um und schauen mich an. Ich stehe einen Moment lang da und blicke unsagbar würdevoll drein.

Dann tippt mir jemand auf die Schulter und reicht mir einen Zettel. Ich lese ihn. Pause wegen des Effekts.

Und los geht es.

»Bürger«, hebe ich an, »es gibt schlechte Nachrichten. Der Feind hat die neue Mauer durchbrochen.«

Ich hatte mir erlaubt, bis drei zu zählen. Genug Zeit, um es selbst zu begreifen, aber nicht lange genug, um in Panik zu verfallen. »Wir müssen die Stadt räumen«, fuhr ich fort. »Die Bruderschaftsführer sollen die Leute in den Stadtteilen sammeln und sie direkt zu den Docks bringen. Dort warten Schiffe. Ich wiederhole, es gibt genügend Schiffe. Tut alle genau das, was eure Bruderschaftsführer euch sagen. Wenn wir in Panik geraten, sind wir alle tot. Wenn ihr in Panik geratet, tötet ihr nicht nur euch, sondern auch eure Familie und eure Nachbarn. Tut genau das, was euer Bruderschaftsführer sagt, und es wird euch nichts passieren. Darauf habt ihr mein Wort. Bleibt auf euren Plätzen, bis eure Sammelstation aufgerufen wird. Dann steht auf und begebt euch zügig dorthin. Rennt nicht, und seid am besten leise, damit ihr die Anweisungen hören könnt. Geht von da direkt zu den Docks. Macht euch keine Sorgen um die Daheimgebliebenen, wir bringen sie nach. Es tut mir leid, aber ihr könnt nicht zurückgehen, um eure Sachen zu holen. Dafür ist einfach keine Zeit. Das war alles. Fangen wir an.«

Es war eine Szene, die ich mein Lebtag nicht vergessen werde. Alle blieben zunächst, wo sie waren. Dann standen ganz hinten drei Reihen auf und gingen hinaus, dann zwei Reihen vorne, dann drei Reihen in der Mitte und so weiter, bis sich niemand mehr in dem riesigen Raum befand, außer mir und meiner Entourage in der Kaiserloge. Es war so ziemlich das Schönste, was ich je gesehen hatte: ruhig, organisiert, geradezu anmutig. Und das hatten wir den Bruderschaften zu verdanken. Niemand sonst hätte das hinbekommen, und ohne sie wäre überhaupt nichts passiert.

Nehmt die Leute aus dem Spiel, etwa hundertsechzigtausend, und wer bleibt übrig? Die Armee und die Marine hatten ihre Befehle und führten sie aus, ohne lange nachzudenken. Ich hatte, kurz vor dem Morgengrauen, die Senatoren zusammengetrommelt. Nun befanden sie sich auf den ihnen zugewiesenen Plätzen in einem der mächtigen Schiffe. Die Ingenieure waren ausschließlich damit beschäftigt, Ogus' Stollen mit dem Wasser aus diesen praktischen unterirdischen Quellen zu fluten. Sie waren der einzige wirkliche Glücksfall, der mir zuteilgeworden war, und ich glaube, ich habe ihn auch zur Gänze ausgenutzt. Dann hatte ich noch ein paar Leute, die einige kleinere Dinge für mich erledigten. Das war es auch schon. Übrig blieben nur ich und mein engster Kreis, der wusste, was tatsächlich vor sich ging.

Und so hatte ich es Hodda erklärt. Es war alles eine Lüge, sagte ich ihr. Die unterirdische Mauer wird nicht funktionieren. Aber das ist nicht der Punkt. Der Zweck der Übung war nicht, eine Mauer zu bauen. Mit dem Bau von Mauern erreicht man nie etwas. Der Zweck war, diese riesigen Kähne hierherzubringen.

Frage: Warum haben wir die Stadt nicht schon vor Jahren evakuiert? Antwort: Weil wir die Leute niemals dazu gebracht hätten, dem zuzustimmen. Weil niemand, der bei Verstand ist, versuchen würde, so etwas zu organisieren. Aber vor allem, weil man nicht genug Schiffe auftreiben kann, um hundertundsechzigtausend Menschen auf einmal zu transportieren.

Aber genau wie die Ratten müssen wir gehen. Aber anders als die Ratten werden wir nicht sterben, nur weil jemandem unsere Gesichter nicht passen. Ziegel und Steine machen eine Stadt nicht aus, Menschen schon. Der einzige Weg zur Rettung der Stadt ist also, sie hinter sich zu lassen. Oder, andersherum betrachtet, sie mitzunehmen.

Als ich von den Steintransportern las, während ich alles über Granit herauszufinden versuchte, wusste ich sofort, dass sie unsere einzige und letzte Chance waren. Es gab diese verblüffenden Schiffe tatsächlich. Außerdem wurden sie gebaut, um über das offene Meer zu segeln, und die Docks waren für sie angelegt worden. Wenn ich nur die Bewohner der Stadt irgendwie überreden könnte, an Bord dieser Schiffe zu gehen ...

Und dann (sagte ich ihr) erinnerte ich mich an das Feuer vor vier Jahren, oder waren es fünf, in der *Galerie der Illustrationen*. Du warst erstaunlich, sagte ich ihr. Sie hatte vorn auf der Bühne gestanden und dem Publikum mit klarer, ruhiger Stimme verkündet: Meine Damen und Herren, ein Feuer ist ausgebrochen, bitte tut Folgendes, und alles wird gut werden. Und du hast es geschafft, dass alle aufgestanden und ruhig hinausgegangen sind, ohne zu rennen, ohne zu schreien oder Leute zu Brei zu trampeln. Ohne zu zögern, ohne sich umzudrehen und zu fragen: Moment mal, ist da wirklich ein Feuer, oder werden wir nur verarscht? Und genau das, dachte ich mir, ist die Art und Weise, wie man eine Stadt evakuiert.

Gab es ein Feuer? Zum Glück gibt es immer ein Feuer. Diesmal in der Armenstadt, und ich konnte beobachten, wie die Bruderschaft zusammenkam und es löschte. Nur weil das Feuer noch ein paar Straßen entfernt ist, heißt das nicht, dass man sich ausruhen kann. Irgendwo lodert garantiert immer ein Feuer. Deswegen verschwindet man lieber gleich, oder man bleibt und verbrennt.

Lüg und lauf weg, hat mir meine Mutter gesagt. Ein guter Rat.

Es ist genug Platz, habe ich ihr gesagt. Jeder dieser Lastkähne kann sechshundertfünfzig Menschen aufnehmen, das weiß ich, weil ich es ausgerechnet habe. Wenn x die Anzahl der Granitblöcke der Größe y ist, die ein Kahn aufnehmen kann, dann entspricht das sechshundertfünfzig Menschen, selbst wenn sie sich hinlegen wollen. Es wird nicht luxuriös sein, aber es ist weitaus besser als der Tod. Sobald wir aus der Bucht heraus sind, nehmen wir Kurs gen Westen, raus aus dem Mittleren Meer. Dort draußen gibt es Inseln. Wir wissen von ihnen, weil sie uns Obst und Gemüse liefern. Auf einer Insel werden wir von der Flotte geschützt in Sicherheit sein. Nicht einmal Ogus schafft es, einen Tunnel von sechzig Meilen Länge unter dem Meer durchzugraben. Auf dem Weg dorthin kann die Flotte uns ernähren – Piraterie im großen Stil, rauben und brandschatzen und Menschen dem Hungertod überlassen. Es ist alles Ogus' Gebiet, falls das einen Unterschied macht. Die Kähne werden sicher sein, weil sie nicht an Land anlegen müssen.

Wir werden die Inseln in fünf Wochen erreichen. Es wird nicht lustig sein, aber die Menschen können so lange durchhalten, wenn sie es müssen.

Was ist, wenn sie es herausfinden? Sie werden es nicht herausfinden. Niemand außer uns wird es wissen, und nach sehr kurzer Zeit wird sich die Vergangenheit so verändert haben, wie es uns passt.

»Und eines Tages«, sagte sie, »werden wir zurückkommen.«

Darauf habe ich nicht geantwortet.

»Wir werden zurückkommen«, sagte sie. »Und wir werden die Milchgesichter vertreiben und uns zurückholen, was uns gehört. Ist es nicht so, Notker? Eines Tages?«

»Eines Tages«, sagte ich.

Sie nickte. »Das müssen wir«, ließ sie nicht locker. »Wir dürfen ihn nicht gewinnen lassen. Selbst wenn es fünfzig oder hundert Jahre dauert. Man darf die Bösen nicht gewinnen lassen. Das ist nicht akzeptabel.«

Für Hodda ist das Leben ein Drama. Es setzt sich aus einer bestimmten Anzahl klar definierter Kategorien zusammen: Tragödie, Komödie, Romanze, Burleske, Farce. Wenn es eine Komödie ist, gewinnen die Guten, und alle heiraten. Ist es eine Tragödie, gewinnen zwar auch die Guten, aber alle sterben. Man darf die Bösen eben nicht gewinnen lassen. Niemand würde dafür bezahlen, das zu sehen.

Mir sind die bösen Jungs egal, solange sie sich von mir fernhalten. Wenn sie mir zu nahe kommen, erzähle ich Lügen und laufe weg. Das heißt, ich werde nie ein Held sein, aber das macht mir nichts aus. Ich spiele Charakterrollen und imitiere bekannte Menschen.

Eigentlich hatten wir an Bord des kaiserlichen Flaggschiffs reisen sollen, aber das wollte ich nicht. Unser Platz ist bei unserem Volk, sagte ich. Wir werden auf dem letzten Transporter sein. Also warteten wir, während die ersten Hundert Lastkähne mit Menschen beladen wurden und den Hafen verließen, wonach die nächsten Hundert hereinkamen. Es war schon außergewöhnlich, das zu beobachten: Menschen, die sich in langen Schlangen langsam dorthin begaben, wo sie hingehen sollten. Sie sahen traurig und ängstlich aus, und viele von ihnen weinten, aber trotzdem hatten sie ... Hoffnung. Die alte Geschichte. Aber ausnahmsweise machte sie sich mal nützlich.

Der letzte Transporter war bereit zum Auslaufen. Zweihundertfünfzig mächtige Schiffe, beladen mit verängstigten, aber hoffnungsvollen Menschen, auf dem Weg zu ihrem Zufluchtsort. Die meisten von ihnen hatten den Hafen bereits verlassen, und es würde noch eine halbe Stunde Tageslicht herrschen.

Der letzte Lastkahn legte ab. Meine Mutter war darauf – man hatte sie auf einer Trage an Bord geschafft – und schimpfte wie ein Rohrspatz. Wir dagegen nicht. Stattdessen kletterten wir in eine kleine Pinnace, Eigentum von Hauptmann Pur. Ihm reichte es, als Söldner zu arbeiten, sagte er mir. Für ihn war es Zeit, nach Hause zurückzukehren und sich niederzulassen. Ich fragte ihn, ob es ihm etwas ausmachen würde, Hodda und mich mitzunehmen. Mit Vergnügen, erwiderte er, und ich glaube, er meinte es sogar ernst.

»Das war für mich die einzige Möglichkeit, um sicher zu entkommen«, sagte ich zu Hodda. »Ich musste die ganze Stadt vorausschicken.«

Wir ließen uns im Heck des Bootes von Hauptmann Pur nieder. Drei Mann Besatzung und drei Passagiere. Die Besatzung bestand aus Lystragonern, alles ehemalige Wachleute. Sowohl Hodda als auch mir fiel es schwer, es uns bequem zu machen, teils, weil alles klein und eng war, teils, weil es mörderisch ist, auf einem mit Ikonen gefütterten Mantel zu sitzen. Der Anteil des Kapitäns an der Beute war ein Seesack, gefüllt mit Diamanten, Rubinen und Perlen. Dort, wo er herkommt, sind die Leute keine großen Kunstliebhaber, erzählte er mir, aber Diamanten sind Diamanten, wo auch immer man hingeht.

Nehmt so viel, wie Ihr wollt, sagte ich. Er hob die Tasche an, spürte ihr Gewicht. Das wird reichen, sagte er. Man darf auch nicht gierig sein.

»Ich frage mich, was sie tun werden, wenn sie herausfinden, dass wir weg sind«, sagte Hodda.

»Wen interessiert das?«, erwiderte ich. »Wahrscheinlich wird Usuthus das Kommando übernehmen oder Admiral Sisinna. Ich persönlich möchte nie wieder einen von ihnen sehen, solange ich lebe.«

Sie lächelte. »Ich kann es nicht glauben«, sagte sie. »Es passiert tatsächlich.« Dann tauchte das Boot ins Wasser ein und stieg über die nächste Welle. Hodda steckte ihren Kopf über die Reling und kotzte wie – in Ermangelung eines besseren Vergleichs – ein Vulkan.

Noch eine andere Sache. Unseres war nicht das einzige kleine Boot, das im Hafen herumdümpelte, nachdem die Lastkähne in See gestochen waren. Es gab noch eins. Mit den mutigsten Männern, die ich je getroffen habe. Sie waren wahre Helden und hätten das Mädchen kriegen sollen. Aber sie taten es nicht. Wahre Helden tun das nie.

Es waren Lystragoner. Ich bat um Freiwillige, unter der Bedingung, dass ihre Familien in der Heimat mit unvorstellbarem Reichtum entschädigt würden, ein Versprechen, von dem ich sicher war, dass es eingehalten würde. Ich schickte sie zu der Insel, auf der Hodda und ich Ogus getroffen hatten und wohin ich später die synäischen Pestschiffe gelenkt hatte. Sechs Männer saßen im Boot. Jeder hatte einen kleinen Weidenkorb und einen Beutel mit Brotkrumen dabei. Ihre Aufgabe war es, zu der kleinen Hütte auf der Insel zu gehen und so viele Ratten zusammenzutreiben, wie sie in die Hände bekommen konnten, sie dann zurück in die Stadt zu bringen und sie im Palast auszusetzen. Ratten – so habe ich es in einem Buch gelesen – verbreiten die Pest.

Ich hatte keine Ahnung, ob es funktionieren würde, aber ich dachte, einen Versuch sei es wert. Tatsächlich hat es ziemlich gut funktioniert. Es ist schwer, genaue Informationen über weit entfernte Ereignisse zu bekommen. In Oktiana, der Stadt im fernen Osten des Sashan-Reiches, in der Hodda und ich gelandet sind, zumindest für eine Weile, hörten wir, die Zahl der Toten unter Ogus' Soldaten läge irgendwo zwischen hundert- und zweihundertfünfzigtausend. Genug jedenfalls, dass die Hälfte seines Reiches innerhalb von achtzehn Monaten wegbrach.

Ogus jedoch war nicht unter den Toten. Er fing sich die Seuche zwar ein, doch er überlebte, allerdings ist er blind und taub und hat kein Gefühl mehr in den Fingern und Zehen. Zuletzt habe ich gehört, dass er noch lebt. Lang lebe der Kaiser. Und ich hoffe, er lebt noch sehr lange.

Dies sind die Geschichten, wie ich bereits erwähnt zu haben glaube, von Notker, dem Berufslügner, der stets die Unwahrheit sagte und weglief und so die Stadt rettete. Bitte nehmt meine Entschuldigung an, falls ich mich versehentlich zum Helden stilisiert habe. Ich kann nicht anders, als zu versuchen, mir selbst eine gute Rolle zu schreiben, und wie mir meine Mutter einmal sagte, habe ich gerne das letzte Wort.

Aber warum seid Ihr abgehauen, wollt Ihr wissen, als Eure Leute Euch brauchten? Im Ernst? Denn als ich in den Spiegel in meinem Kopf schaute, sah ich Lysimachus, nur dass er – nennen wir es eine Täuschung des Lichts – genau wie Ogus aussah. Jeder, der es für eine gute Idee hält, unbequeme Menschen zu töten und Soldaten zu schicken, um Städte niederzubrennen, ist früher oder später Ogus. Ich war nicht er, noch nicht, nur ein Mann, der jemanden darstellt, aber das ist das Risiko, wenn man in seiner Rolle bleibt. Früher oder später bleibt der Charakter an einem hängen. Oder, wie meine Mutter zu sagen pflegte: Zieh keine Grimassen, sonst bleibt dein Gesicht eines Tages so stehen.

Ich weiß, dass ich nie der Held sein werde, denn der Held bekommt immer das Mädchen. Sie verließ mich in Oktiana und nahm das meiste Geld mit, obwohl das, was sie mir hinterließ, reichlich war. Sie sagte, sie wolle nach Sagbatan gehen – das ist die Hauptstadt von Sashan – und sehen, ob sie die Leute dort für das Theater im Robur-Stil interessieren könne. Wenn man dort überhaupt Geschmack hat, wird sie Erfolg haben. Und ich werde da sein, am Eröffnungsabend. Ich weiß nicht, ob sich Prinzessin Toto gut in Sashan übersetzen lässt. Ich würde Hodda gern noch einmal spielen sehen. Sie war die Beste überhaupt, und es war es wert, am Leben zu sein, wert, ein Robur zu sein, nur um sie zu sehen.

Eines Tages vielleicht.

VON SEICHTEN
LÜGEN
UND DUNKLEN
GEHEIMNISSEN.

Abgeschlossener
Einzelband

GINNY MYERS SAIN
Dark and Shallow Lies
ISBN 978-3-8332-4180-2

Eine dunkle, gruselige, mysteriöse und magische Geschichte
im schweißtreibend-sumpfigen Süden der USA

Harry Potter meets Riverdale meets Twin Peaks

www.paninibooks.de

BAND 1
EINER FANTASTISCHEN
TRILOGIE VOLLER

MAGIE UND
EXOTIK

S. A. CHAKRABORTY
DIE STADT AUS MESSING
(Daevabad-Trilogie 1)
ISBN 978-3-8332-4099-7

„Die beste Fantasygeschichte, die ich seit
„Der Name des Windes" gelesen habe."
– Sabaa Tahir

Für alle Leser/-innen von George R.R. Martin, Peter V. Brett und Patrick Rothfuss

www.paninibooks.de

Band 1 einer
fantastischen Trilogie voller
STARKER FRAUEN und
RÄTSELHAFTER MONSTER

Theodora Goss
DER SELTSAME FALL DER ALCHEMISTEN-TOCHTER
ISBN 978-3-8332-4101-7

Für alle Leser/-innen von Ben Aaronovitch, Arthur Conan Doyle,
Mary Shelley, Robert Louis Stevenson u.v.m.

Für Fans von Holmes & Watson, Jekyll & Hyde, Victor Frankenstein und Van Helsing

PANINI BOOKS
www.paninibooks.de

DER GRÖSSTE
APOKALYPSE-
THRILLER
DES JAHRES

Abgeschlossen in zwei Bänden

CHUCK WENDIG
WANDERERS Band 1 –
Die Schlafwandler
ISBN 978-3-8332-4102-4

*„Ein Meisterwerk ... Es erinnert mich an
Stephen Kings „The Stand" – aber ich muss
sagen, diese Geschichte ist sogar noch besser."*
– James Rollins